有爱的青春陪伴者

春夜妄想

妙岁碎 著

江苏凤凰文艺出版社
JIANGSU PHOENIX LITERATURE AND
ART PUBLISHING

图书在版编目（CIP）数据

春夜妄想 / 妙岁碎著. -- 南京 ：江苏凤凰文艺出
版社，2025. 11. -- ISBN 978-7-5594-9882-3

Ⅰ．I247.5

中国国家版本馆CIP数据核字第2025BJ7423号

春夜妄想

妙岁碎 著

责任编辑	王昕宁	
特约编辑	廖 妍	
出版发行	江苏凤凰文艺出版社	
	南京市中央路165号，邮编：210009	
网 址	http://www.jswenyi.com	
印 刷	长沙鸿发印务实业有限公司	
开 本	880mm×1230mm 1/32	
印 张	10.5	
字 数	358千字	
版 次	2025年11月第1版	
印 次	2025年11月第1次印刷	
书 号	ISBN 978-7-5594-9882-3	
定 价	45.80元	

江苏凤凰文艺版图书凡印刷、装订错误，可向出版社调换，联系电话025-83280257

目 录
—MU
—LU

· ·
·

目录
—MU
LU

：
：
：

第一章 · 榴火

她想去巴黎，她也想去死。
　　　　　　　——福楼拜《包法利夫人》

2020年10月12日，星期一。

早上七点五十分左右，太阳还没完全升起。市医院只有候诊大厅亮着灯，冷冷清清，供人休息的座椅是空的。

林留溪独自一人坐在椅子上等待。这么早来医院的确是一件稀罕事。

到八点，日光从云间透过，火烧一样的云像是榴花的火焰。医院上班了，从大厅到诊室的长廊陆续亮起灯。

大屏幕开始叫号，是毫无感情的机械音——

"请1号，林留溪，到1号诊室就诊。"

林留溪推开诊室的门。

空气中弥漫着消毒水的味道。牙椅上的无影灯尚未打开，黄色的医疗废物箱就这么安安静静地立在旁边。

而林留溪的主治医生戴着口罩，坐在电脑前。电脑桌上摆放着很多牙齿的模型，极其逼真。它们压在牙片上，以免拍好的片子被风吹跑。

主治医生扭过头，显然是发现了林留溪。

他"咦"了一声，疑惑地问道："这不还没一个月吗？你怎么又来了？"

怎么又来了？这真是个好问题。

该如何跟他解释，她昨天吃个苹果把牙套上的钢丝磕下来的事？

谁能想到苹果还没啃完，牙套就先掉了？那一截钢丝现在还挂在口腔中，连着托槽，很难受。

今天本是要上学的，林留溪只能请假。

主治医生说过，要是牙套上掉下来的托槽不及时粘回去，牙齿就会发生移位。

对方叹气："算了，你进来。"

医生戴上医用手套，然后拿棉签在她掉托槽的那颗牙齿上，戳了两下，问："就知道又掉下来了。什么时候掉下来的？"

林留溪很老实："昨天下午。"

说完，她后知后觉地发现昨天是周末。

医生笑道："我没记错的话，今天是星期一吧？你们学校不是要上课？昨天下午掉了，你也可以来啊，我值班。"

没等林留溪回答，他就若有所思道："懂了，你是不想上课，想请假吧？行，你先躺上去，我帮你把托槽粘上去。"

林留溪道："啊，不是……"

她顿了顿："是……"

说不清，算了。

有没有可能世上有个东西叫晚自习。

那个时候估计医生也要下班了。

懒得解释，林留溪闭嘴当哑巴。

医生一副"我都懂"的样子，道："来，张嘴。

"张大点，一会儿就好。

"来……"

棉球被塞进林留溪的腮帮子里，她的脸颊鼓胀得如同金鱼。医生手持口腔镜探进去，另一只手拿镊子将托槽取出来，放在酒精灯上烧。

隔壁小孩的哭声穿透门板进入她耳中，连带着一众医生的连哄带骗声，令人很是心烦。

林留溪闭上眼。

终于好了，医生拍了拍她："好了，老规矩，一个月复查一次。顺便帮你把钢丝加了力，回去注意点，不要吃硬的东西，不要再把托槽弄下来了，知道吗？"

林留溪下了躺椅："嗯。"

"别走。"

林留溪回头。

医生将盘子里的棉球丢在医疗垃圾桶中，然后取下手套，从抽屉里拿出一张卡。

他继续道："你们学校的。"

看到左上角熟悉而又丑陋的校徽，的确是二中的饭卡。林留溪正好奇这是谁的，可惜照片和名字、班级的位置贴了一张很大的贴纸。虽然自己的饭卡上也贴了贴纸遮挡丑照，但不是这样的。

"前几天保洁阿姨在楼梯间捡到的，只知道是你们二中的，但不知道是谁的。我说我这儿正好有个戴牙套的学生也是二中的，她就把卡放我这儿了。我本想等你下次来再给你，没想到你提前来了，也正好。拿去吧。"

林留溪："啊？可是我也不知道这是谁的。"

"叫你们学校广播一下不就行了？那人丢了饭卡，自然会过去领。哎，这有什么要紧的。"

叫号的下一位已经站在林留溪身后了，她如芒刺背，仿佛自己再啰唆就会被身后人的目光刺穿。

医生却还在絮絮叨叨："你成绩一定很好，才能考上二中，市里最好的高中呢！从里面出来的不是985就是211。我儿子正好今年中考，能不能考上高中都不一定呢。那死小子，成天就知道玩，你有没有什么学习的法子啊？"

林留溪牵强道："我也不知道自己怎么考上的……"

感觉对方还要说，林留溪急忙出声打断："秦伯伯，我先回学校了。再见。"

"好好好，不耽误你学习了。"

怀里揣着人家的饭卡，林留溪多少还是有些坐立不安。

前几天联考刚刚考完，算算日子，今天就出成绩了。自己的事情都没扯清，回去又要跑趟年级组。

早知道就找理由拒绝了。

联考的事才是当前最烦的。这次联考也不知道是谁出的题，一题比一题刁钻。数学最后几个大题，根本动不了笔，物理也没写完。考完后，她都觉得自己的大学梦破碎，直接逐梦大专。

她梦断得非常安详。

口袋里的手机响起铃声，林留溪的思绪一下子被拉回。

她从口袋里拿出手机，看了一眼，是林涛打来的，又将其塞回去，装作没看见。

林涛打来的十个电话里，她能接一个都已经很不错了。不是为了成绩，就是为了让她帮忙做事，总之就不是为了林留溪本人。

成绩出来就来电话了是吧。

她直接戴上蓝牙耳机，打开音乐，耳中再也不是烦人的电话铃声。

装死，是常态。

林涛知道林留溪早上在医院，一直在打，一直在打，反反复复，到最后终于放弃了。

林留溪的微信突然弹出消息。

她眼皮一跳，点开。

林涛：[文件]2020年三市联考高一排名.xls

林涛：是不是刚开学不适应？

林涛：是不是最近玩手机耽误了学习？

林涛：要不要爸爸找人给你补课？你要一直是这个成绩，可能连大学都考不起。有什么困难跟爸爸说，钱爸爸都给你，但是你把书给我读好。

接踵而来的微信消息，她一条也不想回。

只是那个排名表，林留溪点开。

上次月考她是五百名，处于年级中游，不上不下。这一次月考在前五百名里，她看见了几个熟悉的名字，却没看见自己的。

林留溪意识到不对。

她心里一紧，终于在排名表下游找到了自己的名字。

序号是：812。

意味着她整整后退了三百多名，也难怪林涛那么着急。

林留溪初中也是上的最好的学校，成绩一直很好，上了高中后，成绩开始变得平平奇奇。本来就够难过了，现在还退步这么多，她都不知道该怎么办了。

还能怎么办？往死里学啊。

她觉得一定是自己出门没看皇历，才会阴沟里翻船。市联考就是上天派来克她的，净给她添堵。

"哎，你还走不走？别堵在这儿啊！"

林留溪翻文件的时候，面前的电梯门打开，外面的人进来，里面的人出去，还有吊着药水瓶的婴儿"哇哇"大哭，抱着她的家长就是刚刚说话的人。

家长边哄着小孩，边烦躁地说道："哪个学校的啊，这么没素质堵在这儿？二中的，二中就是……哎呀，小宝别哭了。就是这个姐姐不好，姐姐好坏。"

林留溪虽站在电梯前面，但离口子还有一段距离，后面的人见她不进电梯，就从她旁边进。

那家长现在心情不好，林留溪现在心情更不好。

她扭头看向对方："您不会往旁边走吗？"

家长怔住。

莫名的疲惫感涌上心头，林留溪说完这句就转而走楼梯。

与人挤人的电梯差别很大，楼道里无人。

电灯比外面暗，不锈钢的楼梯扶手泛着白色的光泽，可以听见电流细微的"吱吱"声。

林留溪眼前有扇巨大的落地窗，外面不知道什么时候下雨了。雨水擦过玻璃窗，滑下一条条清晰的水线。挂在对面楼的排气扇在雨幕中越来越模糊，无数电线下的红绿灯倒是扎眼。

她抓着扶手的边缘，往下看是黑的。

每到这时候，她就会控制不住地干呕，不知道是不是很多天没睡好，头很晕，眼角很不争气地湿了。

林留溪有种悬浮在半空的不真实感，落地窗外的高楼仿佛化为一只野兽，对她虎视眈眈，给人压抑又窒息的感觉。

她掐着脖子干咳，左边耳机随着头发的牵动掉下来。

耳机先是撞在不锈钢的扶手上，发出一声嗡鸣，然后"啪嗒"掉在地上，寂静的楼道里回荡着空响。

林留溪去捡，却踩空差点掉下去。

还好她及时抓住扶手，手臂内侧肌肉被压着的绞痛疼得她牙齿发酸。

真狼狈。

这时，听见有人上楼的声音，林留溪低着头，假装无事发生。

视野中出现了一双白色的运动鞋，可能是涉水而来的缘故，鞋底边缘沾着些淤泥。

林留溪正想用头发遮住脸上的表情，岂料对方捡起掉在地上的耳机，朝这边走了一步。

是一只修长、骨节分明的手。

雨水淌在五指关节之间，青色的血管很是清晰。

展开，耳机静静地躺在他手心里。

"是你的？"

这声音低而哑。

他穿着宽松的秋季校服，拉链没拉，里面是一件黑色卫衣。

黑底白条纹的衣袖让林留溪逐渐意识到，这人跟她是一个学校的。

她曾吐槽过二中校服丑得像是囚衣，但可能好看的人穿什么都好看吧。晨会上，校长一而再再而三地强调穿校服会有的少年气，竟能在他身上体现出来。

她下意识地"嗯？"了一声。

疑问的语气比较模棱两可，少年挑了挑眉。

林留溪反应过来："是，是我的。"说完，接过耳机。

少年黝黑的眼眸，也在她身上的校服上停顿了一下，"哦"了一声。林留溪不动声色地打量，他皮肤很白，鼻梁高挺，头发细碎，看着有点长了，透露出教务处主任最不喜欢的那种散漫感。

黑伞被他换了一只手拿，飞溅出来的雨滴将他的手指打湿。

这第一眼真的很惊艳。

她迅速低下头，耳机在手中滞留了很久，紧张得连手都有些颤。

从他手中拿回来的耳机好像会发热，她不太懂为什么会这样。

反过头看了少年离去的背影很久，林留溪摇着头，心想，看一眼就好了。

人群中每时每刻都会有人擦肩而过，可大多数人穷极一生都不会相识。

楼道空旷，对方的脚步声到顶楼就消失了。

林留溪下到一楼，医院楼层的索引指示牌安静地挂在墙上，人流来来往往。

她有意望了一眼。

10F：重症监护病区（ICU）

这是顶楼。

林留溪下意识地后退两步，撞到一旁的保安。

保安搀扶了她一把。

她说："抱歉。"

说完，就要匆匆离去。

被撞到的保安说："小妹妹，你的东西掉了。"

林留溪下意识地摸口袋，钱还在，就是医生交给她的那张饭卡掉在了指示牌下面。指示牌的阴影笼罩在上，乍一看还不显眼。

——"前几天保洁阿姨在楼梯间捡到的。"

——"只知道是你们二中的，但不知道是谁的。"

医生的话言犹在耳。

林留溪将饭卡捡起来，看向楼道口的位置。是他的吗？

卡上遮住姓名和照片的贴纸又不好撕下来。

算了，交到年级组去就行了，广播一喊总有人来领。

她将饭卡在指尖翻了个面。

保安看见："这饭卡是你们学校的啊？"

林留溪侧头看他："是啊。"

保安继续道："我媳妇前几天也捡到过一张这样的饭卡。"

林留溪道："嗯，应该就是我手里的这张。我刚去看牙套，我的主治医生交给我的。贴纸挡着名字，也不知道是哪个班的谁。"

保安沉思了一会儿，突然说："其实……我觉得是那个天天去十楼的小帅哥的。"

林留溪指尖一动。

保安理所当然:"就那个跟你穿一样校服的,你同学。"

林留溪道:"我不认识。"

"不认识没关系,我天天在楼道这边值班,最近穿这身衣服的,除了他就是你了。我还特地问了下我媳妇,是在九楼楼梯间捡到的。你说巧不巧?"

林留溪将饭卡递过去,若有所思:"要不他下次来,你来给他?"

保安摆摆手:"我这不是猜测嘛。倘若不是就尴尬了,这卡还要在他手上耽搁几天,保险起见,还是你带回学校吧。"

林留溪微微颔首。

林留溪回到学校,已经是第三节课的大课间,今天广播出了点问题,没有跑操。年级组老师守在进教学楼的楼道,抓那些迟到的学生。

她刚走过去,就被问哪个班的。

她说:"十五班,林留溪。"

"好了,知道你请假去医院了,快进教室吧。"

推开教室的门,她才想起口袋里还有一张人家的饭卡,不禁拍了拍脑袋,居然忘记了,又要多跑一趟。

难得大课间大家都不去小卖部买东西,而是围在教室后面,看打印出来的联考排名。

林留溪没考好,看到那东西就心堵,假装不知道后面贴着什么,走回位置上。

但她的位置显然被别人霸占了,是和她同桌一个寝室的男生,叫欧阳豪。

以为林留溪上午不来,欧阳豪就跷起个二郎腿,坐在她位置上,笑嘻嘻地拍着前排男生的背:"唐越宏啊唐越宏,藏什么藏?有好东西也不给我看?昨晚就见你看了一晚上,别以为我不知道你在那儿偷笑。快告诉我是哪本小说,不然你今晚就要死。"

坐在前面的唐越宏斜眼看着他,眯着眼笑:"滚一边去,就不给你看。"

欧阳豪扯唐越宏的卫衣帽子,他就掰着欧阳豪的手。林留溪的书立横在他俩中间,像是摇摇欲坠的危楼,随时都有可能坍塌。

她面无表情地盯了两人一会儿,说:"让开。"

语调很淡,也很冷。

欧阳豪没放在心上,只看了她一眼就继续与唐越宏打闹。

林留溪终于忍无可忍,踹了下凳子,提高语调:"说了多少遍了,这

007

是我的位置，不要坐在我的位置上。"

踢凳子的声音太大，附近的同学都看过来。

欧阳豪站起身，高壮的身躯遮蔽头顶的光。林留溪够不到他的肩膀，但指着他，气势不输。

正当旁人都以为他俩要打起来的时候，欧阳豪紧绷的表情转为笑容："钢牙妹，你回来了？发脾气了？惹不起，惹不起，我先撤了。"

林留溪很讨厌被人这么叫。

最开始只是她同桌寝室里的男生私下里喊，后来班上的男生都这么叫。林留溪从不跟班上的男生说话，都不明白哪里得罪了他们，但她不敢表现出来。

班上有她新交的朋友，班外有她相伴三年的闺密。她有点胆小，好点面子，痛恨这些人的刻薄，又害怕被闺密听见、被之前的朋友知道，知道她被不堪对待的一面。

有时候这群男生在外面这样喊，她还会假装没听见，好像被喊的人不是她，是不是很可笑？

可就算她每次都骂回去，换来的却是对方的愉悦和肆无忌惮。她想告诉老师，也明白治标不治本，他们只会说是在"开玩笑"。

她不蠢，不至于分辨不出别人的恶意。

她冷冷地说了两个字："晦气。"

林留溪把书包挂在桌边，摸着口袋里的饭卡，再想要出去，上课铃已经响了。

欧阳豪拍了拍唐越宏的脑袋："你惹钢牙妹不高兴了，还不快道歉！都是因为你。"

唐越宏拍他的手："占她位置的是你不是我。上课了，滚回你位置上。"

男生们对视一眼偷笑。

林留溪无语，那种恶心的感觉又涌上来。她低头找上课要用的书，没再看他们一眼。

一个寝室的男生能玩得好不是没有理由。少了欧阳豪，同桌与唐越宏也照样聊天。都不是分心的问题，而是有些男生的话题总让林留溪生理不适。

听完，她脑子里就一个想法：真是一丘之貉。

下课铃一响，林留溪只觉得自己解脱了，直接去了年级组。

年级组的门虚掩着，露出办公桌的一角。主任显然在里面骂人，语气很冲，不见其人，也能想象到他的唾沫横飞。

"迟到了？迟到了，还不往正门走，绕什么绕？以为我看不见你？以为我眼瞎？少给我扯什么睡过头了、堵车了，全年级一千多个人都不堵车，怎么就你堵车了？

"还一迟就是几节课，这怎么能读得好书？你上学迟几节课，高考是不是也要迟几节课来？你迟到就是给你这一天开了个不好的头，人家都已经上完三节课了，你才来，知不知道高考一分就能干掉千人！"

看样子，是哪个倒霉鬼迟到被年级组的老师逮到了。

骂得有点口干舌燥了，主任也没有要停下来的趋势："来，你告诉我，你为什么迟到？我倒要听听你有什么鬼借口。"

来得真不是时候，林留溪犹豫着是进还是不进。

主任却已经发现了她："门口的那女生，你有什么事？"

莫名被点了名，林留溪有些踌躇。

正要张开嘴，她猛然看清正被主任训斥的男生。

他双手插在兜里，正侧对着她。虽然他身子站得笔直，脸上的神色却有些吊儿郎当，似没有将主任的话放在心上。

是早上遇见的那男生。世界真小。

林留溪想起保安的话，伸进口袋里的手收回："啊？我、我去找老师讲试卷，好像走错楼层了。"

要真是他的，等他出来问问，直接还就是；若不是，再交到年级组也不迟。只是很奇怪，明明早上还在医院遇见过，年级主任却说他迟到。

逃课去ICU？真令人匪夷所思。

年级主任倒是耐心地指着天花板："教师办公室在上面，这层是年级组和值班室。"

林留溪不太聪明的样子点点头，退出去。她的手扣在门上，想把门带上，以免挨骂那人的熟人看见他被骂。

少年口中像是嚼了冰，说话冷冰冰的："还能为什么迟到？喜欢呗。"

很刺，火药味十足，过于嚣张了。

谁也没想到他会这么说。

林留溪绷不住了。

太猛了。

预备铃打响，年级主任的咆哮穿透整个走廊。风将树叶吹到天上。林留溪靠着走廊的墙面，课前琅琅的读书声中都盖不住他的怒火。

"喜欢迟到？你什么态度！你这个态度，别来读书了！反正就算读，也读不好。你哪个班的？班主任是谁？喜欢当刺头是吧？就算你是特长生，给我打电话叫你父母来把你领回家，等反思好了，再来上学！你们教练那儿，我来说！"

拍桌子的声音一下将挨着年级组的班级的读书声一块儿拍停。

林留溪寻思着，如果是突发意外的话，直接说去医院了，也比什么都不说好。去重症监护病区，应该是遇上了棘手的事。

好奇怪的人啊。

但她转念一想，年级主任明明可以好好说话，先问问他是怎么回事，偏不，偏要装这一下。

赌气的话，那男生这么呛他好像也合理。

林留溪思忖，想看热闹的学生们随着预备铃打响相继回班。有一人逆流而来，是一个高瘦的中年男人，额头宽大，眼睛吊着，长得跟外星人一样。

他急匆匆地闯入年级组："主任，事发有因。他妈妈本来给他请了假……微信消息太多，我刚刚才看见。"

他们说了一会儿悄悄话，主任干咳几声。

林留溪猜，他现在应该很尴尬。

刚进去的中年男人好像是一班的班主任。林留溪意识到，原来男生不仅是文化生，还在一班，他好厉害啊！

还以为成绩特好的都邋里邋遢呢。

主任又清清嗓子，架子依然端着："你先去上课吧。下次呢，请假还是要早点。我刚刚说那么多，也是在关心你，你们都是二中的学生……"

话没说完，那男生已经夺门而出。铁门被他重重关上，猛掀起来的风吹起林留溪的刘海，蹭过耳畔。

她侧头，跩什么跩！

林留溪揣着饭卡，跟在那男生身后上楼。

一班班主任还在与年级主任说悄悄话，有些任课老师提前来了，大家都回了教室。现在楼梯间空荡荡的，又是他们两人。

感觉到身后的人离得越来越近，少年回头。

林留溪直接开门见山："我早上去医院看牙套。医生给我的，说是别人捡到的，是你的饭卡吗？"

相距三级楼梯，她将对方的眼睛看得更清晰。少年黑色的眼睛带点琥珀棕，很漂亮的颜色，阳光一照，有点透明。

额前的碎发长度虽有些遮眼，但从中间微微分开，看起来懒洋洋的。

他目光落在林留溪的手上："谢谢你啊。"

也不是想象中的那样难以沟通。

她接着想解释：本来是想交给年级组的，没想到在年级组办公室看见你了。我猜测这饭卡是你的，但是当时氛围不太对劲，就还是在外面等你出来再问问。

可对方已然将饭卡拿起，指节无意刮过林留溪的手心。林留溪睫毛动了动，有点痒。

陌生的触感，一种异样的感觉从夹缝中肆意生长。

林留溪别开眼："没事。"

也不知自己是不是卷子做得太少闲得慌，突然有点好奇他叫什么。

又是学校风云人物里的谁？

上晚自习前，林留溪照例去吃饭。

按冬季作息时间，下午五点半下课，六点一十就要上晚自习。紧迫的四十分钟里，学生要么在食堂吃，要么在学校外吃。

林留溪与朋友在校外吃。走到校门就被送饭的家长们围得水泄不通，保安一直在旁边赶人。

她挤出人群，扭头喊朋友："陈愿！"

陈愿踮脚，举起手朝她招了招，也紧跟其后，抱怨道："哎呀，丧尸围城了，这么多人。刚刚有个家长踩了我的新鞋，还骂我，我真的服了！"

陈愿家里有钱，大小姐脾气，看见不爽的，直接甩脸色。

相比于她，林留溪就比较社恐。两人原本八竿子打不到一起，但林留溪有段时间在校门口吃饭总遇见陈愿，两人又是一个班的，就跟她熟了。

林留溪安慰："好惨好惨，摸摸。"

陈愿也懒得计较了，笑了笑："我们吃什么啊？"

林留溪说道："吃泡菜。"

校外的饭店都被二中的学生们围满。人间的烟火气，飘荡在斑驳的树影间，给绿化带之间的街灯增添了朦胧的光影。

等待的时间，她俩就喜欢闲聊。

陈愿随后道："林老板，你上午好像没来。"

林留溪说道："我大课间来的，你应该去小卖部买东西了。"

陈愿点头："好像是的。"

林留溪："今早我请假去了医院。我看见了一个帅哥，是我们学校的，真的很帅，一眼惊艳的那种。我捡到他的饭卡交到年级组去了。"

陈愿动作一顿："我没听错吧？二中还能出现帅哥？"

林留溪道："他长得真的挺好看的。我觉得挺好看，可能是符合我的审美吧。"

陈愿看向她："什么类型的？"

林留溪低头看地砖："嗯……很难说。很高？很白？还可以。"

陈愿笑道："你刚不还说挺好看吗？"

林留溪一愣，连她自己都不知道为什么要将"挺好看"说成"还可以"。暂且将这归类为变化莫测的少女心思。

一早还放晴，傍晚却下起雨来。

雨点落在林留溪的刘海上。陈愿从书包里拿出伞，伞的阴影笼罩在两人身上。

林留溪接过阿姨打包好的泡菜，递给陈愿，随后说："说不定我们的审美不一样嘛。"

陈愿突然说："我大课间其实没去小卖部。"

林留溪看向她。

她就继续道："我被周肖林叫去喝茶了。这次联考我们班没考好，我在年级退了十名就被他骂了个半死，他更年期犯了吧……老爱骂人。会要癫掉。"

林留溪闻言，一不留神踩中翘起来的地砖。

雨水和泥混合在一起的污水飞溅在半空中，好似突然有了生命一般，钻进她新买的小白鞋里。

脚上生出冰冷而黏稠的触感，林留溪睫毛一颤。

她的鞋袜转眼间被浸湿，有点难受。

陈愿也"啊"了一声，伞面抖落一地雨珠。

陈愿："怎么会这样！这破二中有钱修花坛，就不能好好修下学校门口的路，下点雨就跟踩地雷似的。林老板，现在怎么办？感觉你的鞋全湿了，晚自习请假回家？"

林留溪摇摇头："算了吧。"

但鞋子进水其实还挺难受的。

她回到班上，吃打包好的泡菜，满脑子都是陈愿刚刚说的话。陈愿上次月考成绩比自己好一点点，才退步十名就被周肖林骂。

那自己退步三百名……

沉默是今晚的康桥。

雨后天冷，班上开着热空调，还没下课就有一半的人在"钓鱼"。值班老师也在写这次的联考卷子，浑然不觉。

林留溪弯着脚趾，觉得浑身痒痒的。

她很想把鞋袜脱下来，可满教室都是同学，脱下来又难以启齿。

她捏紧笔杆，脚一直在动。

偏这时候拍窗的声音吓了她一跳，"啪啪啪"，周肖林神出鬼没。他的咬肌很小，颧骨突出，发际线上可见白发苍苍。眼皮就算耷拉着，也难掩眼中的怒意。

不仅林留溪被吓到，"钓鱼"的人也在瞬间清醒，正襟危坐。

班主任的声音隔着玻璃传进来："晚自习睡什么觉？看看自己的试卷！都考得很好是吧？"

空调一直在吹，外冷里热，玻璃上起了雾气。

他愤怒的眼球边缘泛灰。

今天晚自习不是班主任值班，周肖林却突然来查班，大家心里都知道是怎么一回事。

班上的同学低了一半的头。

林留溪的脚一直扭着。

即便她的后脑勺对着窗户，假装在看试卷，但仍然感觉到周肖林像老鹰抓小鸡一样的目光。

果然——

"林留溪，你跟我去办公室一趟。"

林留溪早就有准备，带着自己的问卷和答题卡跟着上楼。

周肖林的手背在身后，问："你应该知道我为什么叫你？"

林留溪回答："知道。"

所以她是来"赴死"的，手里拿着到处被涂红的答题卡。

周肖林顿了一下，转过头来，说道："你自己说说这次考试是怎么回事？"

正因为他现在语气寻常，林留溪才越发紧张。

她踌躇道："粗心……大意。感觉这次考试比之前难，没发挥好。"

周肖林的目光总让林留溪惴惴不安："你说这次考试没发挥好，可是我看你的周练试卷分数也不高。都没发挥好？"

林留溪迟疑了下："嗯……"

周肖林摇摇头，严肃推门的样子，总让林留溪想：他是不是在组织语言蓄势待发？

走着倒是比坐着舒服，至少不会浑身刺挠。

身体的不适久了，就只剩下暴躁了。

办公室的门被推开，茶香迎面而来。周肖林的茶杯是玻璃的，悬浮的茶叶旁边还泡着点枸杞、西洋参。他打开电脑，点开智学网。

林留溪不忍直视，偏头看向门口的方向。

随后，她将问卷连着答题卡一起藏在身后，指尖在颤抖。

教师办公室在晚自习，除了值班的老师，就是加班的老师。今天联考成绩刚出，事多，还在办公室里的老师也多，因此前来问题的学生进进出出，门还未关紧就又被人推开。

那是一个要出去的女生，看见来人，红着脸低下头。

外头狡诈的冷风就这么得了空，见缝插针。

桌上的文竹"沙沙"，未见其人，先闻其声。

"您说，叫我来什么事啊？"少年的声音冷硬，隐隐透出不快。

"你这死小子，怎么说话的？没什么事就不能叫你了？"

少年一愣，手掌按在门上。他的校服外套上多了些细密的水渍，怕是走的时候，靠近走廊边缘，飘进的细雨落在了衣领上，如同雨天赶路的行客。

人长得好看，果然怎样都好看。

卷子已然被林留溪抓皱。

他从林留溪身侧进来，办公室里突然很安静。

吊灯的亮光打在少年的脸上，原本优越的五官越发深邃。他脸上没什么表情，校服拉链还是没拉。暮然多出的光影被他的发丝切割得更细，伴随着雨后空气中的潮湿，都给人一种不真实的感觉。

林留溪愣在原地，下意识地想。

早知道就考好点了。

试卷上，到处都是解题步骤。用红笔圈起来的错题触目惊心，有些题就算看答案，她都看不懂。

好烦。

周肖林见林留溪苦恼，随后将喝空的茶杯递给她："来，先去帮我接点热水。"

林留溪立刻回神："要冷的还是热的？"

刚说完她就后悔了。

嘶……

周肖林甚至还回过头来，盯了她一会儿："不都说了接热水？你没听清吗？"

他的手还在智学网上不停输密码。

林留溪屏着呼吸，转身。

饮水机在办公室最角落，旁边有棵发财树，来接水的会把杯子里剩的水倒在发财树上。一班班主任的办公桌就在发财树的另一端，他停在办公桌前，手插进兜里，颇有些语重心长的意味。

"主任上午的话，你不要放在心上。你也知道他是急性子，平时抓迟到抓得严。他不了解具体情况，可能话就说得重了一点，但本质还是为了你的未来着想。也怪我，消息太多，没有及时看见。前面几节课你没来，还以为你出什么事了。你要是出事还得了。老师们其实都很关心你。"

一班班主任看了眼在接水的林留溪，继续道："你好好想想，我叫你过来跟你谈心，说明什么？"

他的目光又转向眼前的人。

少年摸着下巴，寻思了一会儿："你无聊。"

他慵懒地靠在桌边，语气不像是在开玩笑。

林留溪在一旁听乐了。

一班班主任无语地说道："说什么呢？我无聊？我无聊还喊你过来，没事干啊？"

人激动的时候最容易说出冲动的话。

林留溪按了接水键，就站在一旁，竖着耳朵听。

岂料少年的下一句是："满了。"

不仅是林留溪没反应过来，一班班主任也是一脸蒙："谢昭年你说什么满了？"

林留溪一直盯着发财树的底部，后知后觉这人刚刚的话不是对自己说的吧。

她抬眼，眼前突然一暗。

少年俯身关掉饮水机。

饮水机"嘀"的一声停止后，耳边发财树的"沙沙"声格外清晰。

很寻常的一个动作，林留溪的目光不由得从他的胳膊往上移。

自下而上的角度，能清楚看见对方的下颌线。少年低着眼看了她一眼，睫毛很长，微微垂着，瞳仁里映出吊灯的碎光。

她突然嗅到空气中弥漫开来的冷香，很好闻，又总令人慌乱。

人啊，一慌乱就容易手忙脚乱。

她差一点就要被烫到了。

她的大拇指下意识从水杯上移开。

茶水中映照出少年的身形，随着周肖林的声音不断荡漾。

周肖林皱眉："怎么回事？怎么这点小事都做不好？没烫到手吧？"

林留溪无语凝噎。

她低下头，对少年说了声："谢谢。"

转过身去，她的嘴角微微弯起。

原来他叫谢昭年。

名字真好听。

茶杯被放在桌上。周肖林已经在智学网上，找到了班级成绩分析。他瞥了眼拘谨的林留溪："下次注意点啊，以后还是不让你们帮忙接水了，这水温可不是在开玩笑。谢谢人家了没？"

"谢谢了。"

可林留溪盯着周肖林，明显欲言又止。

周肖林的手臂搭在椅背上，很敏锐："怎么了？身体不舒服？"

林留溪迟疑地回道："还好。"

周肖林用方言疑惑地问道："还好？舒服就舒服，不舒服就说，怎么说还好？"

林留溪又迟疑地说道："我真的还好。"

周肖林依然不信："什么还好还好。好就好，不好就不好。说吧，我又不会骂你。"

烧水壶"咕噜噜"开始烧水，窗外又淅淅沥沥下起雨了。听着"滴滴答答"的夜雨声，林留溪不免卸下些许防备，她脚趾抓着地面。

脚踝被水浸久了，皮肤变得皱巴巴的。

不用看就知道已经苍白，还有红色勒痕。

或许周肖林的声音有些大，谢昭年往那边看了一眼。

一班班主任也看过去："谢昭年，你有在听吗？"

雨融进夜色，在玻璃窗上留下细细的白线。

沉默很久，林留溪才抿了抿唇："老师，我放学去外面吃饭的时候，不小心踩到了水，鞋是湿的。"

玻璃窗上闷闷的雨声一声又一声。

她的声音也随着雨声变闷了："有点难受……"

周肖林看了眼窗外的雨："要不要打电话叫你父母送双干净的鞋子来？"

林留溪："不用了。"

周肖林："打电话吧。"

林留溪："不用……"

周肖林："死要面子干什么？你爸妈都在上班，走不开？"

林留溪迅速点头。

周肖林沉默片刻，才道："我桌子下面有小太阳，等会儿你插上电，在阳台上烤烤。那里正好有张桌子，你就把鞋子脱了，在那儿自习算了。

办公室里也有空调。我简单跟你说说这次月考就行。"

林留溪笑着点点头。

周肖林打开智学网，滑动鼠标，最开始就是年级总体情况，一班照常遥遥领先。二中除了一班、二班两个重点班，其他都是平行班。

林留溪所在的十五班，上次综合排名第九，这次年级十八。班主任的学科全年级倒数第三，也难怪周肖林发这么大的火。

林留溪心情复杂。

周肖林能心平气和地跟她说话，已是世界奇迹了。

她这次退步很大，原本处于班级十八的位置，这次滑到了中下游。

总成绩直接变成东非大裂谷。

周肖林点了点她的名字："看见了没？要重视起来。坐你前面的那个唐越宏上课不是爱打瞌睡，但人家这次进步了两百多名。"

林留溪盯着那个名字。

周肖林看向她："最近你的状态不太好，不懂就来找老师问。我看了你各科的成绩，理科都不错，就是数学差了点，还有文科，没努力学啊。你这次的数学要是考到你上一次的水平，现在也不在这个位置。按理来说，物理好的人，数学也不差。下学期分班，你是选理科吧？"

林留溪道："对。全理。"

周肖林道："全理竞争可是很大的，年级选全理的人很多，你可要吸取这次的教训，更加努力学习。不要有事没事就请假，上课要是困了，就自觉地站到后面去。我有时候过来看，你还是会打瞌睡。"

林留溪"嗯"了一声。

周肖林展开林留溪的问卷："看了答案后，你还有什么不懂的吗？"

林留溪指着一个打圈的地方："我没看懂这里为什么突然换元？这两个又怎么突然联立在一起去了。"

周肖林正要读题，门外闯进一个人。

头发花白的老奶奶提着保温袋，轻车熟路地走到周肖林面前："肖林啊，你不是说几分钟就下楼，我都走上来了。"

林留溪打量她，周肖林的亲戚？

周肖林放下试卷，对林留溪道："我现在有点事，你这题估计要讲好久。"

"这样吧，我问问别的老师有没有时间。"他转头，"志春啊，你有时间给我班上一个学生讲题吗？我这里有点忙，马上要走了。"

一班班主任转过来："肖林啊！我马上也要回去了！我要我班上的学生给她讲讲算了。"

对谢昭年苦口婆心地劝说，已经是口干舌燥，徐志春喝了口水："谢昭年，我记得这套卷子，你考了一百三十多分。"

林留溪身子下意识地挡住电脑屏幕。

和你们这些数学好的人拼了！

谢昭年闻言，眼皮一跳，望见捏着卷子的女生，扎着马尾，秋季校服下面是一件夏季校服，都是黑白相间，倒也挺配。

她额前的法式刘海蓬松，露出的额头圆润。可能因为人瘦，下巴也是尖瘦的，戴着牙套，看着有点青涩。

谢昭年却想都没想，吊儿郎当道："那真是不巧了，我有事，回班了。"

也是，听了这么久的叨叨未必不烦，还想把他当免费劳动力呢。

何况他们还素不相识。

林留溪愣在原地："还是不用了，明天上课应该会讲，我多看几遍答案总会了。"

谢昭年在她身侧停住，林留溪抬头。

因为身高差，她看他时总是不自觉地盯着他的喉结看，他脖颈线条流畅勾人，明暗交界的地方，喉结不时收缩。

想什么乱七八糟的呢？

一定是被潮湿的空气糊住了脑子，赶紧回去搬东西，来办公室自习，再不将鞋袜烤干，脚要废掉了。

林留溪移开目光。

徐志春见谢昭年油盐不进，只好亲自上阵。倒也出乎林留溪的意料，她正要说"不用讲了，不用讲了"。

谢昭年伸出一只手，微微低头："看看试卷？"

少年的影子落在她的答题卡上，林留溪自尊心作祟，摇摇头。

她说："不用了，你有事就回教室吧，不劳烦了。"

谢昭年好脾气道："你会了？"

林留溪："老师明天上课会讲。"

少年愣住。

林留溪就跟护犊子似的，看样子是在生气。

他失笑一声，干脆利落道："那行，随你。"

很难辨别有没有记仇。

林留溪转过身去搬书，反而更加烦恼了，明明是自己占上风，却又感觉没赢。

谢昭年没急着走。徐志春临走前，还叮咛他盯一会儿打印机，马上课代表会来拿答案。

谢昭年无语道："我说老师，我不都说了没空吗？"

徐志春见他要走，扯住他的胳膊道："巧了，你没空也必须有空，你还能有什么事？成天跟一尊大佛一样杵着，叫你去讲题也不讲。要你命了吗？行吧，这是你自己的意愿，倒也不逼迫你。但你守在这里一会儿，又不用口舌。人家马上来了，要是到时候答案不对，我拿你是问。"

眼见事情没有逆转的余地，少年大摇大摆地坐在徐志春的办公桌前，冷笑着挽着胳膊。瞥见办公桌上的成绩表，他报复性地折成千纸鹤。

课代表一进办公室就撞见这个情形，表情跟吃了苍蝇似的。

他好心地提醒："这个……老师明天开班会要用……"

谢昭年懒洋洋地说道："那正好。"

他直接起身，校服擦过桌面，那皱巴巴的千纸鹤差点掉下来，课代表险险接住。

少年不经意地看了眼阳台的方向。

办公室连着阳台，阳台围着墙，被一圈防盗网封死。爬山虎缠在不锈钢的防盗网上，青苔从墙砖的间隙中挤出来。

水池边的课桌就显得单调。

林留溪不知什么时候把书搬过来了。

她坐在椅子上，并着膝盖，弯着腿，并没有穿鞋袜。身下垫着一张《英语周报》，脚也放在椅子上，任由小太阳赤橘色的光爬上她的脚指头。

阳台透光门虽然合上了，但窗户没关。

爬山虎叶片上的雨珠随风而入，她披着的校服上多了几个灰色的圆点。

少女专心写试卷，竟浑然不觉。

课代表见谢昭年久久站着，疑惑地问："你在看什么啊？"

课代表随着他的目光看去，也看见了林留溪。

他正要说什么，就听谢昭年若有所思道："外边的雨更大了。"

他补充："飘雨，有伞也没用。"

课代表笑着摇摇头，一摸蒸汽升腾的脑袋，数答案去了。

谢昭年回到教室，班上在传试卷。

一班晚自习的纪律一直很好，只有在传答案的时候，同学们才会交头接耳。

少年背靠着桌子，脱下来的外套被随意扔在书堆上，撑着下巴转笔。

阴影遮住题干。

前面的男生转过身来："谢哥，年级第五、班级第三，你考这么好，咋学的？你数学分数好高啊！"

要知道谢昭年在他们班基本是软硬不吃的类型，上课时直接趴桌上睡觉，这节课写另外一节课的试卷都是常有的事。

谢昭年看向他，懒声回道："随便学。"

这只是个幌子。男生故作疑惑："哎，谢哥，徐志春没把你怎么样吧？你是没看见，今天早读时徐志春发现你不在，找你都快要找疯了！你早上……究竟怎么了啊？"

谢昭年一顿，将笔撂在桌上。

他漫不经心道："我睡过头了。"

试卷传下去后，谢昭年没有再搭理谁的打算。

晚上九点五十，结束了一天的学习。

林留溪在等闺密一起放学。

闺密陆轻悦在二班，也是个好班。她们初中在一个班，从初一开始就无话不谈，一直到高中都是各自圈子朋友中公认的要好。

她站在走廊与楼梯间交界的地方等，不一会儿陆轻悦就来了。

陆轻悦是个细看很好看的女生，五官底子好，只不过平时穿校服，额头总爆痘，在美女如云的二中就普普通通。

她一来就笑着打趣："听说你被周肖林请去喝茶了？"

林留溪瞪眼："你听谁说的？"

"我们班上的，跟我们一个初中，认得你，也知道我们俩的关系。"陆轻悦继续道，"周肖林脾气暴躁是出了名的。他瞎说话，你别管，我们班主任都说这次考试题目难，她可是一班的任课老师。"

"没说多久。我靠着鞋子进水逃过一劫，跑去办公室自习了。晕倒。"

陆轻悦学着她的腔调，歪头重复了一遍："晕倒！"

林留溪打了下她的胳膊："你这人，QQ上就偷我的表情包，现在又学我说话。网络小偷，转我十亿版权费。"

陆轻悦："滚！"

分开时，陆轻悦塞给林留溪一封信。

最真挚的年代，学校不让带手机，只有晚自习回家才能摸到手机。有时候上课无聊，就会给对方写信。

想让对方知道：你就是我生命中最重要的人。

林留溪拆开信件，陆轻悦字迹娟秀。

　　致我最好的朋友溪溪子：

　　亲爱的溪溪子，你好哇！这是我们一起玩的第四年。我知道这世界上没有什么感同身受，我的安慰或许无法愈合你的伤疤，但是我很努力地想要拥抱你。

一时的失意不代表永远，我很笨，不聪明，不太会安慰人，只能尽我所能帮助你。我曾也有你这种感觉，来到一个新环境摔得很惨。最开始我能安慰自己是失误，可次数多了我真的很崩溃，一度觉得自己就是个废物，身边朋友的光芒也一度刺得我体无完肤。

后面我下定决心一科一科地提升，从头开始梳理知识点，成绩才慢慢搞上来。你一直比我聪明，我相信我可以的，你也一定可以。我向你伸出手，最后能爬上来的，只有你自己啊。你可以试着改变学习方法，多数时间放在弱势科目上，总结题目背后的知识点。你真的很棒！也有人真心爱着你。你一定要为自己奋斗一把！我会一直等你。

讲了很多吧，如果溪溪子感到不适的话，我以后会注意的，我只是想告诉你，我很重视你。我的文笔笨拙，我的说话逻辑也不是这么清晰，但是我对你的心一直都是非常非常真诚的。

我永远爱你！

信的最下方还有一句拉丁文：
Per Aspera Ad Astra.
循此苦旅，以达天际。

林留溪按捺住喉头涌上的酸涩，不想遗忘看到信上每一个字的瞬间。真好，能在失意之后，收到好朋友亲手写的信，这一天也算是圆满了吧。

校门口一下雨就堵，一堵就全是汽车鸣笛声。

人行道上的地砖成了学生上学放学路上的地雷，走路都得看着点地上。若不小心踩到松动的地砖，整双鞋都会湿。

林留溪内心逐渐宁静下来，低眼看着自己的影子。

鞋袜好不容易烘干，还是别梅开二度了，赶紧回家吧。

夜晚的冷意顺着领口蔓延至全身，她打了个寒战，实在是不想再喝西北风了，要不打个车？

打车的钱都够吃一餐了，还是坐公交车。

她想去马路对面的公交车站，不远处一辆白色的车对她鸣笛。

从车上下来一个中年男人，与林留溪视线对上。

男人套着西服，夹着公文包。啤酒肚被皮带勒紧，皮鞋锃亮，在人行道边缘跺脚，发出声响。

他继续跺脚："林留溪，这里！"

没想到林涛来接她了。

她慌忙将信纸折好，塞进口袋。中年男人穿过拥堵的马路，已经来到了她身侧，手拍在她背上，很是关切："宝贝女儿，今天上午我给你打了这么多电话，怎么一个都不接？那个时候你在学校？"

林留溪道："我手机一直静音的。"

林涛继续问："那我发给你的文件，你看见了吗？你们老师发在家长群里的。

"本来中午打算找你谈谈，但爸爸在外面和别人吃饭，就是小时候抱过你的那个伯伯，你还记不记得？后面那两箱橙子就是他送的，你想吃的话，等下提回家。"

林留溪拉开车门，后面堆着很多东西无人清理，都是逢年过节的人情往来，现在又多了两箱橙子："看见了。"

她给自己挪了一个空位，听见汽车的引擎启动。

林涛转动方向盘："回复消息是一种礼节。你是一个有教养的孩子，最应该注意这些。明白吗？"

林留溪"嗯"了一声。

通过后视镜，她看见林涛皱眉又假和蔼的样子，不免好笑。

他继续说："爸爸一直相信你是我们家最厉害的，知道吗？这次考试退步，你自己分析了原因吗？是刚开学不适应，还是最近玩手机懈怠了？你都上高中了，那些电子产品还是少玩。还有你要管好弟弟，你考上二中不算成功！带着你弟弟一起考上二中才是成功！"

林留溪"哦"了一声。

后视镜中，林涛的眉头皱得更深了："林留溪啊，爸爸跟你讲，跟别人说话，不要总是'嗯啊哦'的，这样会显得情商很低。你以后在学校跟别人说话也要注意，会显得爸爸没有教育好你。"

车在红绿灯前停下，路边的行人来来往往。

林留溪漫不经心道："哦。"

昏暗的街灯照在她脸上，眼前的树统统向后飞逝，无人能看清她藏在阴影中的表情。

她从书包中拿出日记本，将陆轻悦写的信夹在里面，与之前的很多信件一起。

林留溪随后写下今天的日期：

10 月 12 日

今天，我的托槽掉了。倒霉的事情似乎总是一件接着一件。

联考出成绩了，我考得很差。

我踩中了学校门口的地砖，鞋袜湿了。

　　他的眼中似乎只有成绩与林留光（同父异母的弟弟），他不会注意到我的袜子曾经湿过，从来不会。

　　今天陆轻悦又给我写信了，我好喜欢她。

　　这个世界似乎一直是公平的。原生家庭缺失的爱，我朋友一直在弥补。我不知道要是没有遇见他们，我的人生会变成怎样。

　　有时候我会幻想自己站在高楼摔下去粉身碎骨的样子，有时候只想找个无人的角落慢慢活着。倒不是放下那些爱我的人。（我总是不想承认我没有勇气。）

　　这个世界上有太多的痛苦，爱自己是终生浪漫的开始。

　　停笔，林留溪趴在车窗边，看树影不断向后退。她回家的必经之路会经过市医院，因为那边人流量大，有个十字路口经常堵车。

　　今天也是如此。

　　林留溪伸长脖子，听见的喇叭声躁动不安。

　　越靠近医院人流量越大，还正好是个三岔路口，一些人图方便横穿马路，自然就堵车了。

　　外头飘起的绵绵细雨打湿了车窗，玻璃窗上的水雾给灰蒙蒙的世界添了一丝朦胧。晚上十点了，该忙碌的人还是照样忙碌，有人拿文件夹顶在头上挡雨，有人索性将塑料袋套在脑袋上，低着头往医院跑。

　　她突然在斑马线的尽头看见他。

　　少年直挺挺地站在红绿灯旁边，各种车灯和信号灯打在他身上，将他的影子拉长，不真实得像是一场梦。

　　他戴着 N95 口罩，看不清脸上的神情，手中好像拎着什么东西。

　　林留溪擦去玻璃窗上的雾气看清了，是一小盒粥，还能看清上面的葱花。这么晚了，不知是送去医院，还是他本人没吃饭？

　　林留溪扣着车窗的手收紧，联想起 ICU……

　　堵车堵得太厉害，交警吹着口哨，开始疏散车辆。她家的车也缓慢移动，慢慢靠近他。

　　林留溪不再看窗外，而是老实地坐在位置上。

　　林涛接了一个电话，对她说："等会儿爸爸还要去接个人，先送你回去。你回去后一定要好好复习。"

　　林留溪压根没听进去，余光看了眼信号灯旁边的少年。

　　他正低着头看手机，像在给什么人发消息。

　　他身后有几个实验中学的女生，化了点淡妆，很好看。她们一直看着谢昭年偷笑，商量一番就有人上前去要 QQ 号，说是交流学习。

林留溪下意识地屈起手指。

朦胧的灯影下，谢昭年甚至都没抬眼，懒洋洋地说道："不好意思，号被封了。"

那几个女生当场就愣住了。

这一听就是借口，她们当即都知趣地离开。

交通通畅，路灯也亮了，车辆穿过十字路口。

林留溪不自觉地扬唇。

日记中，她继续写下：

> 分享一件事，我一直找不到人说。嘿嘿。
>
> 今天我遇见一个人很多次，我感觉这像是上天注定的缘分。他很帅，一眼就惊艳了我。
>
> 他们班的老师叫他：谢、昭、年。

时间过得很快，转眼到了运动会。

运动会带来的喜悦一扫联考留下的阴影。好几个晚自习，同学们都浮躁不安，订班服、报项目，可以吵吵嚷嚷一晚上。周肖林来了很多次，教室里才安静下来。

林留溪什么项目也没有参与。

陆轻悦问她运动会参加什么项目，她就摇头说："不想报，我不喜欢参加活动。"

所以最开始的社团招新她也只是看看。

陆轻悦边点头边吐槽："无语，运动会三天，周五、周六、周日，真的太会选日子了，一群时间管理大师。"

林留溪一听："对啊，还要上晚自习。原本周日休息的那半天也没了，我宁愿休息。不行……我要疯了！"

到时候每个班还要表演节目。幸好她班上有很多街舞社的，表演的事怎么也落不到她头上。

陆轻悦道："我们老师还说不许带手机，有拍照需求直接用相机。你说我带不带？我怕教务处的查。手机被没收了，我妈会骂死我。"

林留溪道："我们班的都是偷偷带。成天卷死了，还不准人运动会期间放松一下，教务处的应该不至于这么不懂味吧？"

陆轻悦道："这不年底了，冲业绩。话说，到时候我去你们班上找你，还是你来我们班上找我玩？"

林留溪想了想，回道："我去找你吧，我怕到时候我们班主任把我们锁到教室里自习。"

周肖林在班上提过，运动会的时候，没项目的人必须在教室里自习。林留溪盘算得好，该玩玩，该学学，一周该放的半天假都没了，怎么运动会就必须乖乖地在教室里自习了。

她没想到的还在后面。

运动会的裁判员缺人，每个班必须派一个人当裁判员，且那个人必须没项目。表交上去后，林留溪才被告知她的名字被报上去了。她去问的时候，副班长说："我看你没项目就把你的名字报上去了。"

林留溪道："但是你从没问过我想不想当裁判。"

副班长小声地说："我以为你想。"

见林留溪冷脸看着他，他继续道："有点集体荣誉感吧，当裁判员还算社会实践呢。"

林留溪反问道："我记得你也没项目，既然都算一次社会实践了，为什么你不去？"

副班长含糊其词地说道："这不是管理班级事务吗？你就不能有点集体荣誉感，都是为班级争光。"

林留溪笑得讥讽。

现在就提集体荣誉感了？为什么不在他们叫她"钢牙妹"的时候，有集体荣誉感？嗯？

可现在有意见又能怎样，名字都已经报上去了，跟周肖林告状，她又说不出口。"什么报了你的名字，没想到你不愿意"这种鸡毛蒜皮的小事，到最后就算换来周肖林一句"下次不要再这样了"，又能怎样？

根本就没有下次了！

林留溪突然喊了副班长的名字："高晨。"

高晨抬起头，林留溪继续道："你有时候真的很让人讨厌。"

男生坐在原地，手足无措，给人一种受了欺负的错觉，仿佛是林留溪不好，她咄咄逼人。

林留溪看着心烦，回去写卷子去了。

晚自习放学的时候，陆轻悦敏锐地察觉到林留溪的不对劲，问道："感觉你有点难过，还在想成绩的事吗？"

林留溪道："你有没有一种感觉，人有时候会莫名难过。"

陆轻悦道："是这样的。"

林留溪看着学生们飞奔到校门口，说道："我现在就是这样，莫名其妙难过。对了，忘了和你说了，我被报名了运动会的裁判员，这三天很少有自由活动时间。但是你可以来看看我，或者是晚自习来找我玩，我一直都在。"

陆轻悦："啊？这不像你的性格啊。"

林留溪道："不是说被报名了，就算我有意见，也改变不了什么。"

况且，他们从不在乎她的意见。

陆轻悦："没问过你就报上去了，脑子不好使吧？"

林留溪很牵强地笑了笑："我看见我爸爸的车了，我先回去了。"

陆轻悦叹息："拜拜，明天见。"

小车依旧停在校门口的马路边，灯影自白色的新漆上掠过，一眼就能看出这车刚洗过不久，门把手都锃亮。她握在上面，宛若拂过新生儿滑嫩的肌肤。拉开车门就闻到了一股淡淡的香水味，檀木混杂着栀子花香，她不免皱了皱眉。

今天的后座是干净的，但是林留溪俯身进去就发现副驾驶座上还坐着一个人，一个打扮妖艳的女人。

女人生完孩子，身材有点发胖，穿着红色的束腰裙，流苏耳坠在后视镜中最为明显，鼻梁上还架着一副眼镜，说不出的怪异。

林涛见她上车，催促道："快点叫阿姨。"

林留溪没有搭理，透过后视镜不难发现——这女人手中抱着的孩子眉眼间与自己有几分相似。

而这个生物学上的父亲曾经说过这么一句话："这孩子跟林留溪小时候很像。"

两人长得明明不像。

林留溪很不喜欢谈起"家"这个话题，即便陆轻悦说起她严厉的母亲时，林留溪也总是岔开话题，或者回避。曾经有一个老师在课堂上提问：谁是你的英雄？

有人说是爸爸，有人说是妈妈。

林留溪被叫起来回答问题，她支支吾吾半天，迷茫地答道："我不知道。"

她父母都来自农村，早些年抓住国家经济改革的风口从商，大赚了一笔，企业在省里赫赫有名。

都说人一旦有钱就会发生变化。林留溪觉得不是变化，而是暴露本性。

妈妈的娘家人当年到处借钱给林涛创业，事情成了之后，林涛就四处留情，甚至在妈妈怀林留溪的时候，搞大了小三的肚子。

妈妈知道了，两人离婚。

但她咽不下这口气和被耽误的十多年青春。当时房子装修的钱，也是她娘家亲戚借的。

她不搬，要林涛搬。

林涛也不搬，让小三带着孩子住进来。

那个孩子就是林留溪同父异母的弟弟。

小时候林留溪不懂为什么妈妈不让她跟林留光玩，但随着年纪增大，她懂了。她很希望林涛去坐牢，打开户口本，却发现林涛的婚姻状态是离婚，也就是说判不了重婚罪。

她想妈妈根本也不会去告。

妈妈说她越大越偏激："林涛要是去坐牢了，我们吃什么？这么大一个企业怎么办？"

妈妈学历不高，婚前在超市做收银工作，婚后是全职家庭主妇，已经很多年没工作了。她还说她这么多年的青春都耗在林涛身上，林涛必须补偿她。

林留溪沉默不语。

林涛这些年在外找了一堆红颜知己。林留溪就不理解了。这女的大学刚毕业，干什么不好？为什么偏要与林涛厮混在一起，破坏别人家庭，连孩子都有了？

服了，好讨厌他们。

副驾驶座上的孩子仿佛感受到了林留溪的强烈排斥，"哇哇"大哭，女人急急忙忙地喂奶。孩子的奶嗝声，听得林留溪直反胃，多待一秒都想死。

林涛重复一遍："叫阿姨啊！"

见林留溪迟迟不开口，林涛教育道："林留溪，你要懂礼节，出门在外要主动叫人。这不仅是在家里，以后出了社会也是如此。你在学校才会有人喜欢你。你小时候明明是个很开朗的孩子，为什么现在总是'嗯啊哦'的？"

林留溪冷着脸："哦。"

林涛也冷脸哼着气。

"我先把你阿姨送回家。"

林留溪冷冷地看了他一眼，"哦"都没说了。

车开得很快，一路都是小孩的哭声。女人哄不好，大声叫了林涛的名字。林涛边开车边打电话，突然刹住车，大吼："闭嘴，再吵，滚下去！"

趴在窗上的林留溪扭头看过去，林涛总是这么喜怒无常。

女人嘴唇颤抖："林涛，这是你的孩子。"

林涛道："我说了，再吵，滚下去。"

车停在一个小区对面，女人暗讽两句，开门下车。关门的声音很响，才安分下来的小孩又哭了，女人边过马路边哄。

林留溪盯着那个小孩。

日记中，她这么写：

> 那孩子真可怜，出生在这样一个家庭。
> 我也很可怜。可谁能来可怜我呢？

11 月中旬，树叶落了一地，扫公共区域的学生怨声载道。

所幸只是落叶，并没有如天气预报说的那样下雨，运动会没有推迟。

为了一个开幕式像小丑一样演练再演练，林留溪已经受够了。走这个方阵，难道就这么重要吗？当然重要！校领导不断重复这是学校的脸面。

为了走整齐、走气派，放学后，全年级都被叫到操场上，走了一遍又一遍。

林留溪的腿都被折腾麻了，台上的领导依旧不满意："再来一遍，最后一遍了……同学们坚持，一定要坚持，拿出你们军训时走方阵的气势。到时候，开幕式上，三个年级聚在一起就看哪个年级走得最好，我相信一定是我们高一！"

林留溪腹诽：站着说话不腰疼。

运动会开幕式之前，很多班级都订了班服，十五班有意愿订班服的人太少，最后就没订。

她班上的口号是：挥洒汗水，铸就辉煌。十五十五，勇夺第一。

开幕式当天，口号做成横幅，由第一排的同学举着。林留溪看见副班长在前面举牌就恶心。

于是副班长喊着口号经过主席台时，林留溪就在队伍里当南郭先生，只对口型不出声。一趟跑下来，耳边都是同学的喊声。

随后，班上街舞社的女生开始表演节目。

这年 BLACKPINK 依旧很火，因此 Jennie 的 *Solo* 一出，全校爆发出热烈的掌声。即便领导不知道，也依旧举起手机录视频。

没有表演的人就退到一旁。

上场的女生换了服装，漂亮的短裙配合着精致的妆容，每个动作都卡在音乐节点上。最后那些女生扭腰的时候，全校爆发出尖叫。

在一片尖叫声中，林留溪看向日光下脸上带着自信笑容的女生们，下意识跟着大家一起鼓掌。

每到这时候，她都觉得自己格格不入。

开幕式的入场顺序是按照班级序号从大到小，年级一共二十个班，十五班排到前面。因此在表演结束后，早早到达提前安排好的位置，观看其他班级的表演。

后面的班级不是舞蹈就是合唱。当然还有整活的，要么戴着橡胶鱼头头套、橡胶牛头头套跳《新宝岛》，要么当着校领导的面表演"黑人抬棺"。

拥挤的人群中，林留溪笑够了，顺着入场的人群往后看。

轮到最后一个班了，一班。

主持人介绍道："现在迎面向我们走来的是一班，他们迈着矫健的步伐，每一步都洋溢着青春的风采……"

后面的人都挤到前面来，林留溪个子本来就矮，视线还被挡住，这下什么也看不见。

她踮起脚，却依旧只能看见别人的后脑勺，不免有些着急。

陈愿突然喊她："林留溪，快过来，我这儿还有位置！"

林留溪循着声音挤进去，耳边多了很多纠缠在一起的呼吸声。她微微弯腰，想看得更清楚一点，旁人的阴影将她笼罩其中。

今年的天气很反常，入冬的季节出了太阳，因此他们全班都穿着夏季校服，停在主席台前。领导的神色都和蔼可亲了不少。

林留溪一眼就看见了谢昭年。

二中黑白色的夏季校服穿在身上向来规规矩矩的，偏偏边上那个拿横幅的少年神色松散，阳光洒落在他身上，显得格外耀眼。

谢昭年骨节分明的手攥着横幅的一端，头发长度明显超过学校规定的一指。

阳光穿过头发间隙，在他额头上方留下阴影，本就白皙的皮肤更亮，光点在他鼻梁上、眉眼间晃动，他漫不经心地扫过主席台。

他个子高，本就很出众，优越的长相又很快吸引了旁人的目光。

"看！拿横幅的那个帅哥！谁有他的联系方式？"

"这是谁？我们学校有个这么帅的大帅哥，军训时怎么没见过？相见恨晚啊！"

"好像是这次联考的年级第五，别想了！一班的学霸人家只搞学习不早恋。"

纪律早就烟消云散，仿佛这不是开幕式，而是谁的演唱会现场。

少年的目光从主席台转向观众，与另一个拿横幅的男生对视一眼，慢慢地拉开横幅，露出醒目的几个大字。

谢昭年懒洋洋地说道："拉个横幅告诉你，一班随时碾压你。"

红底白字，直白又嚣张，是他最意气风发的时刻。

热风吹拂，少年的头发被吹乱了。他却一脸不以为意，站在那儿，横幅拉得直直的，嘴角带着些许笑意。真的很绝。

林留溪呆愣了许久。

不仅是林留溪，陈愿也呆在原地："你看见了吗？一班方阵前面那个男生好帅！"

林留溪笑了笑："我也这样觉得啊。"

一班朗诵《少年中国说》，手背在身后，声音洪亮，橡胶跑道上的落叶起了又落，落了又起。朗诵的人正是风华正茂的年纪，惹得领导们拍手叫好。

在领导漫长的献词过后，校长宣布运动会开幕。

炽热的日光下，人群早就已经等得不耐烦了。人群中的林留溪，不耐烦地摇着脑袋，额头上全是汗水。

她接过陈愿递来的纸巾，两人相视一笑。

下午裁判员开会。

林留溪被分到田径组，管检录。她领了自己的牌子，挂在脖子上，"裁判员"三个字异常醒目。

检录处有个蓝色的雨棚，天晴的时候闷热，人坐在里头，像是馒头进了蒸笼。

不检录的时候，林留溪坐在里面自习，草稿纸被折成扇子，一直在扇风。

耳边留有清风，丝毫不减热度。对完答案后，林留溪发现，金考卷上都留有许多汗手印，自己捏着的笔杆更是油乎乎的。

刷完就不写了，更何况马上就要干活了。

裁判长带着等会儿田径比赛的检录名单走进来。与林留溪坐在一块儿的，还有其他班的两位裁判员，每个人分到一份名单。

林留溪分到的是高一男子组一百米比赛名单。

谢昭年长得那么高，应该会参加项目吧？她边想着边翻看名单，却没有在名单上看见他的名字。不是跑步，就是打篮球吧？

可惜不能去看了，林留溪叹了口气。

裁判长给了她一个喇叭："高一男子组一百米比赛马上就要开始检录了，拿个喇叭喊名字更方便些。等下你们不仅要确定人来齐，还要负责把运动员带到操场那边去。那里会有老师专门接应你们，单子一定别忘了给那边的裁判长啊。"

林留溪道："好。"

裁判长道："天气炎热，辛苦你们了。都是女孩子，要注意点自己的身体，若有任何不适，千万要和我说。"

前面的检录都很顺利，就算运动员没有及时赶到，也就等一两分钟便到齐了。林留溪带着人，从检录处到操场来回一下午，很累，感觉脚底板都要冒烟了。

陆轻悦偶尔会来看看林留溪，但是她很忙，不是在点人，就是在带人去操场的路上。等她回来，看见闺密与班上要好的朋友一起跑到社团那边玩，不知道两人交头接耳说了什么，笑得眼泪都出来了。

林留溪有点失落，然后失笑着摇摇头。

都会有新朋友的，别这样，这样不好。

点完最后一组，林留溪就完成任务了。

她点着点着，突然发现不对，看见拿一班班旗的人就过去问："你们班的运动员怎么没来检录？"

拿班旗的人显然是知情的，话语难掩焦急："我们班的已经去找了，能不能等等？"

裁判长见林留溪久久没过去，喊道："什么情况啊？"

林留溪回头："一班少了一个人。"

裁判长道："马上就要比赛了，耽误不得！这样吧，我叫别人先将其他运动员带到田径场去。你和他们班上的人去广播站广播找人，看比赛之前人能不能赶到。到时候不用来检录处，你直接将人带去操场！听见了吗？"

林留溪正想问拿旗的人知不知道广播站在哪儿。

拿旗的人突然对林留溪身后喊："谢昭年，你来得正好！都快要比赛了，肖霖还是找不到人。你没事儿就跟人家去广播站喊人，一定要在比赛前找到！"

谢昭年。

林留溪心中一紧，慢慢回头。

橡胶跑道的尽头，飘香的广玉兰树下，少年正与人一同踏进操场。

谢昭年身边的男生长相也帅，但大家的目光都集中在谢昭年身上，身边吵闹的人都安静了不少。

少年正与人聊天，闻言看过来。

他黑眸中的那点棕色清晰了不少，像拉布拉多的毛发，又像打磨好的琥珀，让人根本移不开目光。

他身边的男生催促道："在喊你，快去快去。"

谢昭年想都没想："不去。"

男生说道："你们班上的事，你不去，小心徐志春削你。"

谢昭年闻言失笑，勾唇："那好啊，他来。"

男生叹气："随你。肖霖也算是我们的好兄弟吧？我是你，就不会因这个给自己惹麻烦，就跑一趟，意思意思。"

林留溪见谢昭年那边久无反应，有些不知所措。

他……不会因上次的事记仇吧？

谢昭年目光在林留溪身上停留了一会儿，若有所思道："行吧，等我一会儿。"

一会儿的工夫，谢昭年就走到林留溪面前，打量她。

林留溪戴的那块牌子上的字十分醒目：市二中，裁判员。

他随意道："走吧。"

少年身材高大，逆着光站在她面前，很容易叫人误会是林留溪惹了什么事。

林留溪想解释事情的原委：我是管检录的，发现你们班少了一个人，要去广播站喊一下他。或是我是裁判员，你们班那个谁好像不在哦。

算了，没解释的必要。

林留溪看向谢昭年。

良久，她才开口："好。"

身高差的缘故，两人走在一起很扎眼，这一路上不少人的目光都跟随着他们。

林留溪遇见熟人，有打招呼的习惯。

她招招手，对方的视线一直落在谢昭年身上，这也极大满足了林留溪的虚荣心。

明面上，林留溪低头看路，既没看他，也没搭话。

她根本就没去过广播站，不知道广播站在哪儿。

说走，她也不知走哪儿去。林留溪停下脚步。

"怎么？"

谢昭年淡淡地看向她。以为她懒得跑这一趟，什么借口都替她想好了。上次她也是这样说不用，谢昭年已经想好了，她这次要说不用，他扭头就走。

少年冷笑。

林留溪踌躇了半天，心一横："你……知道广播站往哪儿走吗？"

她说得特别小声，被人群的声音一盖就听不清。

谢昭年弯下身，勾唇："不好意思，我没听清，你说不用我去？"

他的语气漫不经心，嗓音好听。

林留溪沉默片刻，斩钉截铁道："不是，我不知道广播站在哪儿。"

谢昭年一愣，离得近些，难免会闻见她发梢的香味。

她中午才洗的头，就扎了个低马尾，发尾湿湿的，像是夏日小荷的尖角，有青苹果的甜香，又有玫瑰的芬芳。

谢昭年不动声色地拉开两人的距离："哦，我知道在哪儿。"

倒是意外。

他声音总是很冷淡，分辨不出喜怒。

林留溪擅长观察人的表情来决定什么该说什么不该说，正因谢昭年转过身去，什么也看不见，她才很慌。

日光将少年的影子拉长，林留溪踩着他的影子跟在后面，捏着自己脖子上的挂牌。

树上的蝉鸣听着很久违，若不是知道是11月，还以为跌入了另一个盛夏，一个只藏着少女心事、每天都很烦恼的盛夏。

谢昭年推开广播站的门，空调凉气扑面而来，给人一种汽水加冰块的清爽感。

说实话，林留溪想一直待在这儿，这裁判员谁爱当谁当！她喊了一下午，不仅嗓子都喊哑了，腿也在残疾的边缘，怎么不发一辆轮椅？

两人的闯入显然惊动了里面的一男一女。

女生不认得，但那个男生……林留溪脸色不太好看。

那男生叫王宇，是她班上的，平时叫她外号，他也有一份。

她顿时神经紧绷。

王宇显然看不懂林留溪的脸色，故意提高声音："钢牙妹，你怎么来了？"

身旁少年敲桌子的手一停，谢昭年的视线落在王宇身上，眼神轻蔑。

林留溪没看王宇一眼，直接走到女生面前："你好，我是负责田径项目检录的。"

女生看了王宇一眼："你们认识？"

王宇道："老大，我们是一个班的。"

能被叫"老大"，好像只能是上一届学生会的。陆轻悦曾说现在的学生会官僚之风盛行，有点权力就会作威作福，新加入的高一生喊高年级的老大。若不喊就会被塞些苦活累活，还平白无故看人脸色。

之前他们班有个人就是受不了学生会这种风气退出的。

导致林留溪到现在都不是很喜欢学生会的人。

林留溪眼皮一跳。

女生目光越过林留溪，看见她身后的谢昭年，惊艳掩饰不住："你们是来广播通知，还是广播找人？"

林留溪礼貌道："找人。请问一下能不能帮忙喊一班的肖霖去操场？高一男子组一百米短跑比赛马上就开始了，我会和他们班上的人在操场门口等他。"

女生抬着下巴："我是你学姐，为什么不叫人？"

眼下有要紧事，忍了，林留溪道："啊好，学姐，可以帮忙喊一下吗？"

女生才正眼瞧她："哦，我等会儿喊。"

林留溪按捺住心里的怒火："可一百米短跑比赛就要开跑了。"

她小心翼翼道："我的意思是学姐能不能现在就广播一下？喊一句话就行。"

"啊这……"女生白了她一眼，"这不还有时间。在他们比赛之前，给你广播不就行了——急什么急？出去等啊，进来连学姐都不会叫，凭什么给你广播？"

对方趾高气扬，林留溪简直无语。知道的清楚她是播音员，不知道的还以为她是电视台台长，把广播站都当学生会了。

她忍耐不住，有人却轻轻拍了一下她的肩。

谢昭年眉梢一扬，直接夺过话筒，"吱吱"电流声令林留溪捂住耳朵。

世界消音，他的声音是最清晰的："一边凉快去。"

女生尖叫："你有病吧！"

谢昭年俯身，按下开关，扬声道："肖霖，你是不是不会看时间？快滚到操场去检录，少磨叽。"

少年的语气毫不客气。暑气顺着帘子的缝隙渗入，他的发尾染上光晕，方才的冷意也顺带压下一些。惹眼又嚣张的人啊。

林留溪看愣了，要是她有这么勇敢就好了。

女生气得要抢话筒，林留溪眼疾手快地按住她的手，有意无意道："学姐，我猜你下一句是说档案记过警告。学生会真有这么大权力？让我见见世面呗。"

女生瞪向她。

王宇扫了一眼老大难看的脸色，教训谢昭年道："喂，广播站的麦只能播音员碰，你干什么啊？要是人人都像你们这样还得了！你牛！我这播音员给你当……"

话没说完，谢昭年推了下他的肩膀。王宇撞在墙上，如一颗钉子一样动弹不得。不承想谢昭年的力道这么大，王宇气得下巴抬起，青筋越发突显。

"你！"

"播音员？"谢昭年冷笑，低头望着比自己矮了许多的人，笑得肆意，"给我我也不要，看我不爽就上年级组告我。"

谁敢？

林留溪看过去。

少年的眼窝深邃，鼻梁的阴影衬得鼻子更加高挺。他眉尾微扬，又不失锋利，如同切鱼的刀，危险又迷惑人心。

他补刀："报警也行。"

王宇的耳朵擦出了血，恶狠狠地瞪着谢昭年，眼睛突然红了。

林留溪记得王宇是贫困生，黑黑胖胖的，说话的时候会露出两颗龅牙，唯一拿得出手的只有成绩。

论龅牙，这人可以说比自己有必要得多。

她没戴牙套之前，牙齿也很整齐，只不过是换牙期后被林涛发现下颌六龄牙旁边缺了一颗牙，去医院看，得出的结论是永远不会长出来。林涛就让她戴牙套收缝。

牙套戴到现在，旁人根本看不出。

看把他酸的。

在这一瞬间，林留溪突然想通了，那些叫她"钢牙妹"的男生就是下头。她本就不应该怕他们。

热风顺着门缝刮入，冷热交加，她丧失的勇气也在这一天被找回。林留溪默默注视着谢昭年，在心里道：谢谢你呀。

后续工作很顺利，林留溪领着姗姗来迟的肖霖去操场，顺利完成了一天的工作。

操场的另一边，古树的阴影笼罩着两位少年。

谢昭年的手臂撑在身后的扶手上，手中刚开的汽水还在"吱吱"冒泡。

周斯泽一直背靠着扶手，玩手机。

谢昭年漫不经心地看着跑道的方向。

枪响之后，发号枪的管口冒着白烟。少女扎着低马尾，独自站在跑道的尽头，红白格大肠发圈上的金丝闪闪发光。

等人家跑完之后，她将最后一组的单子交给负责这边的裁判员，与谁攀谈上了，一直在笑。

汽水罐往下滴水珠，流过指节，丝丝凉意才让谢昭年恍过神来。

他摇摇头，随口道："还玩呢，教务处的'鹰犬'来了。"

周斯泽迅速将手机塞进口袋，左右环顾一圈，却没看见教务处的老师："吓死我了。狗谢昭年，你玩我呢！"

"嗯哼。"谢昭年敲了敲他的后脑勺,打趣道,"就玩你。"

汽水罐敲敲铁栏,"哐当哐当",如同敲冰块。

周斯泽盯着他,失笑:"谢昭年,你在广播站与人起矛盾了?"

谢昭年皱眉,难掩眼中的狐疑。

周斯泽拿出手机,清清嗓子道:"你自己看咯。校园墙有人投稿十五班 llx 和一个长得人模狗样的男的,什么没素质、说脏话、动手动脚……说得一套一套的。我看,直接报你的身份证得了。"

二中的校园墙自创办初始就十分热闹,每天都会发很多投稿,关于老师同学,关于学校生活。很多人都猜测号主是已经毕业的学长学姐,可其中另有乾坤。

谢昭年垂眸。

对话框里,一个女生写了一大篇阴阳怪气的小作文,字里行间都是他们的不对,素质低下。

末尾还有两个字:不匿。

谢昭年刚摸了汽水,冰凉的手握着手机,没一会儿,手机壳也凉上几分。

他随手点开那人的空间,映入眼帘的就是女生穿着校服的自拍,化了妆,看样子是聚餐之后。与那女生合影的正是现任学生会主席,配文:"选了新人,今天也轮到我退休啦!"下面一长串"老大辛苦了,主席姐姐好漂亮,玫瑰玫瑰"。

周斯泽道:"想不到吧,还是上一届学生会主席亲自投稿。哈哈哈哈,不匿名。可惜了,她千算万算也想不到校园墙是我办的。你说——怎么处理?谢昭年。"

拖长了尾音。

他差点就踢到了谢昭年放在地上的汽水罐。谢昭年捞起汽水,冷不防看了他一眼。

罐子边有一道刺眼的冷弧,正好防止周斯泽窥屏。

谢昭年抬手在手机键盘上敲了几下,周斯泽越看不见越好奇。

过了一会儿,少年才把手机还给他,屏幕锁着。

谢昭年的喉结上下滑动,喝完最后一口汽水。或许天气好就容易给人一种适合打瞌睡的错觉,他回复完,声音中都带着一股倦意:"行了,这次算我欠你。"

周斯泽:"那我上次问你的事?"

"后天你放心请假,社团的事由我来帮你。满意了?"

谢昭年随手将易拉罐丢进垃圾桶。

周斯泽顿时喜笑颜开:"好好好。谢哥,她之后要是再胡搅蛮缠,我一定将她打发走。"

少年挑眉。

周斯泽十分好奇谢昭年编了什么鬼理由拒她的投稿，等他打开手机，扫了一眼聊天记录，嘴角都抽搐了。

对方写了一大篇讨伐的小作文。

二中校园墙上只回了两个字：滚啊。

还不知道谢昭年有没有仔细看。

周斯泽想要撤回，却发现已经过了两分钟。

他顺手还将人删了。

哈哈哈哈哈哈哈哈，逆天了。

前学生会主席高高在上了这么久，无论如何都想不到会踢到铁板，直接栽在谢昭年这儿。依着谢昭年的性子，看学生会的不爽，大概率还会去举报。也罢，学生会早就该整改了。

林留溪不知道校园墙上发生的一切，拉上书包拉链，背着回班级。

班上开着空调，一进来就是沁人的凉意。两边的窗帘都拉上，视野昏暗，只有后门上的小方窗透着光，淡金色的夕阳洒在林留溪的书立上。

教室里没有开灯，难得有这样的静谧时光。

班上鲜有人在，待在教室里的，也是低头在课桌里玩手机。今天的项目陆陆续续结束，算算时间，班上的人都在回来的路上。

周肖林说，项目结束后必须回班里点完名才能走。

林留溪正想开灯，听见王宇熟悉的声音："你们说得没错，钢牙妹太蠢了。"

同桌的声音从书立后传来："怎么了？"

王宇重复："她真的好蠢。"

欧阳豪接话道："我也觉得。"

唐越宏笑道："你这话要是敢在钢牙妹面前说，她肯定骂死你。"

林留溪抬眼，书立后面坐着一大群男生，都低着头，看上去是在打游戏。时不时还有"请求支援"的背景音传入她的耳朵。

真难听。

她一愣。

不知道从什么时候开始，自己变成了一个被人讨厌的人。她自己都开始怀疑自己是不是错了？是不是哪里冒犯到别人了？为什么被这样叫的是自己，而不是别人？

操场边上，副班长的话言犹在耳。

交单子给别的裁判员的时候，副班长突然走过来，说了一句"对不起"，然后告诉她，其实当时本来选的人是她同桌。但是她同桌不乐意，说她应该乐意。

应该乐意……

林留溪敷衍地对他笑，再计较下去，很累的。

她突然按下吊灯的开关，教室一片明亮。

聚在一起打游戏的男生们抬起头，林留溪径直走到座位前，瞥了一眼，自己的凳子被人用来搭脚，试卷掉在地上也没人捡。

搭脚的同桌甚至看了她一眼，继续打游戏。

真的忍不了了。

林留溪将书包砸在桌上，喊道："范自鹏！你把脚给我放下！"

唐越宏与欧阳豪对视一眼，表情精彩。范自鹏一脸"这人有病吧"的神情，还是把脚放下，但是一句话也没说。

这么爽快，林留溪有种一拳打在棉花上的感觉，后续要说的、要骂的全部堵在喉咙里。

很难受，也很想哭。

唐越宏拍拍欧阳豪的肩："快回去，钢牙妹生气了。"

林留溪毫无预兆地抄起凳子，朝唐越宏的大腿打了一下。突如其来的变故，让他一时没站稳摔在地上，气急败坏地骂了一句"有病吧"。

他的大腿被砸青了。

林留溪松手，凳子"哐当"掉在地上。她大口大口地喘气，抑制住自己不要掉眼泪。

很多人一回班就看见这一幕，窃窃私语："好像打起来了。"

林留溪倒不怕唐越宏去告诉周肖林，就像她也不会把自己受欺负的事跟人说，本就不是很光彩的事，这个年纪的孩子自尊心很强。

只是她本不想动手。

林涛一不顺心就喜欢动手打人。

林留溪讨厌他，不想变成像林涛一样暴怒的人。

此刻她看了眼玻璃窗上自己的倒影，感觉像是在照镜子。镜子里的人不再是林留溪，而是缩小版的林涛。所以人真的一辈子都不能逃脱原生家庭带来的阴影吗？

林留溪缩在袖口里的手发抖。

旁观的男生们神态各异，但都不想这个时候惹她，互相对视一眼，纷纷回了自己的座位。

晚自习要传试卷，他们也开始有所忌惮。暗指林留溪的时候，只说传给"她"或者"那个谁"，就是不说"林留溪"。他们彼此都知道那个谁是谁，也心知肚明给人起侮辱性的外号"不太好"。

但作为男人的可怜自尊心不允许他们承认错误，于是就采用迂回的法子掩盖心虚。

林留溪只觉得这一天很累，过量的运动让她身心俱疲，先是看题有重影，然后掐着大腿想要自己清醒些。可最后的结果是，她醒来之后都不知道自己是什么时候睡着的。

那时候，已经是晚自习下课了。

林留溪站在走廊与楼道的交接处等陆轻悦，等人走光了，还没等到。林留溪就顺势上楼，看看陆轻悦是不是请了假没上晚自习。

她的目光穿过二班的玻璃窗，看见里面正收拾东西的陆轻悦。

陆轻悦边收拾边与人打闹，对方就是白天与陆轻悦一起去社团玩的女生。她心中猛然升起焦虑。

林留溪背着书包，走近了两步，默默站在窗外。

等那女生发现林留溪了，陆轻悦顺着她手指着的方向看过去，才慌忙收拾好书包走出来，跟那女生一起。

别这样想……

别这样想。

林留溪笑了笑，想故作无事地与两人一起聊天，但她们聊的是班上的话题，她根本插不上话，也听不懂。

闺密与朋友说到激动的时候，开始笑，忽略了旁边还有个她。

林留溪只能静静望着，明明近在眼前，却总感觉自己与人隔了一层膜。

像是成了多余的那个。

仔细想想，近几日都是这样。

11 月 13 日

我们曾经无话不谈，我们说顶峰相见，我知道世间没有什么东西是永恒的，但真正渐行渐远起来，还是让人很难过。

未曾想过有一天，我们之间的关系也要费尽心思去维护。到最后我越来越累，想放手又舍不得。我们之间的问题到底出在哪儿？还是我太过敏感，太过自私？

你一直都是陆轻悦，但不是林留溪一人的陆轻悦。

第二章 · 暗焰

也许我不是可口的蛋糕，而是过期的提拉米苏。
发酸了，变质了，再也不会有人喜欢我了。

今天是运动会最后一天。

田径项目上午就全部结束了，林留溪与所有裁判员一起拍了照，东西收拾好，也恢复了自由身。

社团摆摊的地方一如既往的热闹，团委、学生会，还有 COS 社、文学社之类的，大多准备了很多小游戏、小礼物。

大家基本都结伴同行，林留溪独自一人站在人多的地方就会觉得很孤单。

有时候遇见班上熟悉的人，她会很尴尬。

陈愿与闺密手挽手，遇上林留溪，和她打了个招呼，随口问："林留溪，你闺密呢？"

两人在班上关系虽然好，但遇上运动会，都是跟闺密之类的朋友一起玩。

林留溪一顿，笑道："人太多了，我找不到她。"

陈愿伸手一指："我刚刚在汉服社那边看见她和她班上的同学，你可以过去找找。"

她班上的……

林留溪心头一紧："好。"

有什么找的必要呢？

她玩得开心就好，还是不去打扰了。

林留溪往相反的方向走。

在某一个社团前，学生们围成一个圈尖叫，目之所及都是黑黑的后脑勺。林留溪踮起脚，都看不见里面发生了什么。突然被人用胳膊肘撞了下，她侧头看身边几位同学将手机举过头顶录像，捂着胳膊很头疼，究竟发生什么了啊？

害怕。

"林留溪！林留溪，你过来！"

听见陆轻悦的声音，林留溪愣住了。陆轻悦跑过来，将她拉进圈子里。

她注意到上次放学一起走的女生也在。

陆轻悦小声地跟林留溪说："你见过的，我们班的刘雅琪，她是音乐社的。她跟我说他们社怂恿了社长来表演，但社长临时有事没来，不知从哪儿弄来一个朋友替，还是个大帅哥。"

林留溪与刘雅琪互相笑了一下，表示友善。

陆轻悦贴近林留溪的耳朵，悄悄地说道："你是没看见！好帅，真的巨帅！就是我们隔壁班那个脾气不太好的帅哥。快看，就在那片空地上！"

林留溪内心一动，向前看去。

几张桌子拼在一起组成的台子上放着蓝牙音响，旁边立着一块牌子。牌子上用各种颜色的粉笔洋洋洒洒地写下"音乐社"三个字，还悬挂着很多彩灯。

只是绚丽的彩灯都不及树下的少年闪闪发光。

谢昭年抱着一把吉他，独自坐在一张椅子上。树影自他头发间掠过，校服镀上夕阳橘色的光，暖暖的，看着就叫人感觉舒服。

兴奋的人群，围在一起的学生，那些黑眼睛里透出期待的目光。

原来都是因为他。

少年游刃有余，丝毫不在意被这么多人围住，话筒架调试好了，他就开始弹唱。

音响里刚放出前奏，人群就开始激动。

林留溪眼前一亮，是周杰伦的《反方向的钟》：

> 迷迷蒙蒙，你给的梦。
> 出现裂缝，隐隐作痛。
> 怎么沟通你都没空。
> 说我不懂，说了没用。
> ……………
> 穿梭时间的画面的钟，
> 从反方向开始移动。
> 回到当初爱你的时空，
> 停格内容，不忠。
> 所有回忆对着我进攻。
> 我的伤口，被你拆封。
> 誓言太沉重泪被纵容。
> 脸上汹涌，失控……

谢昭年嗓音好听，如杯子里搅拌冰块般清醇，又不失少年的青涩。

听一千遍《反方向的钟》就会回到过去吗？林留溪怔然地看向陆轻悦专注的脸，掠过刘雅琪，又愣愣望着椅子上的少年，垂下眼皮，手不知何时握紧了。

谢昭年已然弹完一曲，背着吉他朝林留溪这边走来，一句话都不说。

人群不知何时已经围得水泄不通，也就林留溪站的位置因为属于音乐社成员专用，人少。

她与谢昭年对视了一眼，迅速低下头，耳边都是"同学，可以加个联系方式吗""同学，你有对象了吗？能加个QQ扩列吗"。

谢昭年始终与人保持距离，懒洋洋地回道："不好意思，没微信，没QQ，都被封了。"

在众多女生扫兴的唏嘘声中，少年与林留溪擦肩而过。

来自盛夏的热风迟到了几个月而来，她慌忙背过身，掩饰微红的脸颊。

嗯，一定是热的。

天确实热，在外面多待一会儿就口干舌燥。

周斯泽从校外回来，拿出请假条给门卫看。趁着这个间隙，他喝了口刚买的冰水，突然想起什么，又跑到马路对面买了一瓶冰水。

他回来后，对门卫笑笑，推门就进了校园。

约定的地点，谢昭年靠在树上。

周斯泽看见他，就笑着说："哟，听我们社的人说，你QQ、微信都被封了，那刚才跟我聊天的是鬼啊？"

谢昭年接过周斯泽递来的水，神情散漫地拧开："这不是为未来的媳妇儿守身如玉？"

周斯泽故作难以置信："你还守身如玉？长成这模样，人家一看就觉得你是大浪子、中央空调。人都躲远了，还信你守身如玉？我跟你说，那些渣男真就长成你这样。"

谢昭年捏着矿泉水瓶，面无表情地滋了他一脸水："去死。"

后来班上的人陆续谈起运动会发生的事，那少年人意气风发，不知惊艳了多少人的青春。在不为人知的角落，他无意中让林留溪有了勇气。

几次月考下来，林留溪的成绩进步得很快。

她作为进步之星，名字上了光荣榜。

最开始的时候，林留溪站在公交车上都在背单词，瞒着家里写题写到凌晨一两点才睡。她每天只睡四五个小时，时不时精神恍惚，醒来的时候，浑身酸痛，犯恶心。

她学得这么费力，也只是从年级八百名提高到四百一十名。

到最后她坚持不了，才恢复了正常的作息。

摆烂。

进不了一班就进不了吧，她能和陆轻悦一个班就好了。

这几周，林留溪上课时昏昏沉沉的，下课铃一响就撑不住趴桌上睡觉。

从前大课间不跑操，她还能盼着大课间睡二十分钟养精神，现在跑完大课间，回来累死累活更困，只盼着明天下雨不跑操。

或许是最近太累，这天她睡得很沉，上课了也无人提醒。她意识到不对劲，醒来的时候，课已经上了一半。

化学老师"噼里啪啦"地念着PPT，根本不在意下面的学生听没听懂。书立后的脑袋"钓鱼"钓了一大片，化学老师也是睁一只眼闭一只眼。

林留溪按着太阳穴，依旧被困意裹挟着。

好困。

墙还漏风！冷死了！

热空调永远吹得到脑袋吹不到脚，吹得人昏昏欲睡，脚却冻得失去知觉，僵硬得跟木雕似的。

林留溪身心俱疲，想起之前朋友借了她一本言情小说，手在桌肚里翻找，终于找到了。

她拿出来，醒醒神。

可刚将小说垫在试卷下，林留溪就发觉不对劲，余光一看自己那昏睡的同桌不知何时醒来了，还憋着笑。

她转头看向窗外，果然，周肖林的脸贴在窗户上，正盯着她。阴天光线暗，脸上就干瘪无肉的老头如僵尸般可怕。

推开窗，班上大部分"钓鱼"的同学都被惊醒。

凉飕飕的风吹过脸颊，林留溪睡意全无。

周肖林朝林留溪伸手，她把言情小说递给他，神经紧绷。周肖林并没有说些什么，指了指台上的化学老师，示意她好好听课。

林留溪点点头，又怎么可能听得进课。

这本书根本不是她的，而是她外班的朋友的！

她如坐针毡，好不容易熬到下课。

陈愿过来拍了拍她："林老板，阴沟里翻船了啊！"

林留溪干笑两声。早知会被周肖林杀个措手不及，她就不看了。周肖林会不会把书还给她都不一定，根本就不好向人家解释啊！

她挣扎着一直走到周肖林的办公室前敲门。

"咚咚咚——"

"进来。"不知哪个老师喊了一声。

林留溪这才慢慢推门，还没走到周肖林面前，她就已经崩溃了，笑得尴尬。

"周老师……"

周肖林看了她一眼，明知故问："你过来干什么？"

林留溪道："这书是我借来的……要还给人家……我就是上课的时候有点困……从今往后我一定不看了！再也不看了！"

她低着头，视线一直追随周肖林。

周肖林从抽屉里拿出缴来的书，林留溪尴尬地不想看。周肖林继续道："你呢，这次月考进步了，但是我们不仅要追求进步，还要把成绩稳定下。上了高二，你到了全理班，压力会更大，以后这种课外书还是少看。"

林留溪道："嗯。"

见周肖林有意把书还给她，林留溪暗自窃喜。

谁承想周肖林的下一句话是："让我看看写的什么？这么好看，上课都想看。"

林留溪嘴角都笑僵了。

看封面就知道是一本言情小说！干吗？公开处刑啊？

周肖林戴上眼镜，在林留溪的瞪视下，不断翻页，偶尔停顿两秒，看看内容。翻着翻着，周肖林还抵着唇笑了。

她尴尬得都要脚趾抠地了，行行好，给个痛快。

林留溪按捺住一把将书夺回来的冲动。

怎料周肖林正在兴头上，突然用方言喊道："徐志春！"

一班班主任徐志春疑惑地看过来，林留溪有种不祥的预感。

他不会要念吧？

果然，周肖林翻到某一页停下："春，你给我听着啊！"

那一刻，林留溪甚至想将周肖林从窗户丢下去。好在周肖林念的不是小说中的原片段，而是小说中引用的一首诗《春日宴》：

> 春日宴，绿酒一杯歌一遍。再拜陈三愿：
> 一愿郎君千岁，
> 二愿妾身常健，
> 三愿如同梁上燕，
> 岁岁长相见。

周肖林念着念着，就走过去，拍徐志春的肩。这两人年纪虽大，但怪不着调的，惹得整个办公室的老师们哄堂大笑。

周肖林根本不打算把书还给林留溪，她只好挑时间去偷。正好陈愿的杂志前几天也被周肖林缴了，两人一拍即合。

周三的晚自习，周肖林的办公室里只有一个老师值班。

接近第一节晚自习下课，值班老师收拾东西离开。大多数时间办公室都不会锁门，所以值班老师走后，林留溪和陈愿悄悄地溜进去。

值班老师在走廊上和年级组的人遇上了。

"林老师，你这就回家了？"

"是啊，回去给我崽做饭。"

两人靠在门边，紧张得大气也不敢出。

等脚步声消失后，两人也不确定年级组的人还在不在，灯也不敢开，良久才在公用的桌肚里盲人摸象。

"找到了吗？"

林留溪回道："找到了。"

"我也找到了。"

两人正打算离开，门突然被推开，一束光照亮黑暗的室内。

看不清谁来了。

林留溪心虚，拉着陈愿靠在打印机边上。

别开灯啊别开灯！

逆着光看来人好像是个学生，很高，身形偏瘦，浑身上下都散发着漫不经心。他走到一张办公桌前，拿起眼镜盒，应该是来帮老师拿东西。

林留溪太过紧张，手肘碰掉了打印机上的纸张。

"刺啦"一声，来人的脚步微顿。

纸张飘在脚边，他弯腰捡起，挤进来的光束瞬间照亮他的脸庞。

是他。林留溪呼吸一窒。

谢昭年眼皮耷拉着，唇线紧抿。

陈愿在黑暗中，拉了拉林留溪的衣袖，看得出她很紧张。

应该是发现有人了。

在谢昭年打开灯之前，林留溪下意识出声："你别开灯。"

少年倒也不意外，饶有兴致地笑出声，慵懒道："还进'小偷'了啊？"

林留溪自然不认："偷你的东西了？我只是来拿东西。"

谢昭年若有所思："也是，拿东西不开灯。"

这话听不出是暗讽还是夸赞。

"我视力好。"林留溪想了想，答道。

谢昭年被这么一呛，愣住了。林留溪拉着陈愿，匆匆离开"作案现场"。怎么撞上他了。

高一末尾的时光，分班结果如期贴在公告栏上。林留溪与陆轻悦站在公告栏前，仰着头，从密密麻麻的名字中，寻找彼此的名字。

真巧，她俩的名字紧挨在一起。

陆轻悦拍拍林留溪的胳膊："乖儿子，你看！爹跟你一个班。"

林留溪反拍她的胳膊："总有儿子想当爹。"

她看过去，想寻找某个人的名字，出乎意料，一班那一栏没有谢昭年的名字。原来他选的物化政，二中唯一一个物化政的十一班。

她走神。

陆轻悦歪头笑着，用胳膊撞了她一下。

林留溪没注意，手中的书本落地，夹缝中掉出一张巴掌大的画。陆轻悦低头看了眼："咦，你画的？"

画纸是用尺子裁下的草稿纸，边缘贴了几圈胶带保护。画中仅用勾线笔勾勒出一座雪山。男人站在风雪中，身后负着一把剑，雪压着他戴着的黑帽子。

下课的时候，班上没人找林留溪聊天，不想写卷子，她就会画画。

林留溪："对啊！牛不牛？"

陆轻悦"啧"声："牛！以后你画画养我啊。"

红底金字的光荣榜、白底黑字的分班告示，两者挂在一起，看久了有些滑稽，起风的时候就会"刺啦刺啦"。学校公告栏的狭管风不知不觉已经吹满一年。

林留溪其实想学美术，比普通高考生轻松，最重要的还是她自己喜欢。

她顺势告诉陆轻悦，说："我其实想学美术。"

陆轻悦问道："你家里同意吗？"

林留溪道："不知道啊。"

陆轻悦道："喜欢就好，挺好的啊，湖南卷得要死，当美术生挺爽的。要不你去问问家里？现在也才高一。"

林留溪在脑子里预设很久，觉得可行。

中午回来的第一件事，她去找妈妈。

妈妈正在用黄瓜敷脸，没太大反应："我能有什么意见？你之后干什么都好，是你的事。你去问你爸，钱都在你爸那儿。"

最不喜欢找他了，林留溪硬着头皮还是上了。

这段时间，林留溪都是在学校吃午饭。今天她突然回家吃饭，林涛很意外，问的第一句话是："你吃过饭了吗？怎么突然回来了？"

"吃过了。"林留溪继续说，"老爸，我高考想走美术。"

林涛手捏着茶杯，笑了一下，油光发亮的额头上多出一个"川"字。他笑得谦和，林留溪却总觉得对方在忍笑，忍着嘲笑。

有这么好笑吗？

林涛倒掉茶，说："乖女儿，我尊重你的选择。"

只听了一句话，林留溪就知道了结果。

林涛从抽屉里拿出一张白纸，示意林留溪站在旁边："但有些事你得知道，这社会是个金字塔，最上面的是企业家、银行家、公务员……最底层的是农民工，上面一点的就是打工的，你之后想当哪个阶层的人呢？"

他画了个三角形，用线条分割出阶层。

林留溪沉默。

林涛自顾自地说道："小时候抱过你的那个叔叔，一个企业的董事长，他最大的兴趣爱好是书法，我们这儿书法协会的副会长也是他。你还记得吗？爸爸在社会上认识这么多人，就这么跟你说吧，美术赚不了多少钱。你长大后，难道想给人打工，做个没出息的孩子？"

他的笔尖指着金字塔倒数第二层，话里话外的优越感让林留溪恶心。

她疲惫地重复一遍："我想学美术。"

林涛皱眉道："当然，爸爸非常尊重你的想法。但你现在还在叛逆期，有这样的想法很正常，爸爸理解你，爸爸也是这么过来的。你现在不要想别的，好好学习就行了。"

林留溪笑道："可是你从一开始就不打算尊重我。"

直接拒绝就行了，何必绕这么大一个圈子呢？

分班之后，有了新的班主任。

他个子矮，不戴眼镜，眼睛很大，长得圆头圆脑。

他自我介绍的时候很啰唆，眼睛总是扫来扫去。

新班级、新班主任，林留溪的高二开始了。

她时不时会想起谢昭年。太久没看到他，她甚至忘了他长什么样，努力靠着记忆描摹，又觉得很奇怪，明明不喜欢他，为什么要记住？

更奇怪的是，林留溪会把她能想到的所有理想标签都贴在谢昭年身上，仿佛她想起的不是一班那个谢昭年，而是自己创造出来的谢昭年。

这到底算什么啊？她很疑惑。

10 月 22 日，《沙丘》上映。

这天是周五，要上晚自习。

林留溪约了陆轻悦周六放学后一起去看电影。因为男主角是她最喜欢的电影明星，她非常非常期待。她心心念念，等到周六下午，心都要飘出窗外了。

天公不作美，放学后，外面下着绵绵的细雨。林留溪没有带伞的习惯，蹭着陆轻悦的伞，到了校门口。

林留溪看了看表："我们去商场吃个饭就直接去看电影，时间够的。"

陆轻悦今天异常沉默，许久没说话。

林留溪扭头："怎么了？"

陆轻悦道："我今天去不了了。"

林留溪认真道："可是票都已经买好了。"

陆轻悦道："我跟我妈说了这事，但是我妈不准。你也知道我妈的强势，她说我这次月考退步了，应该在家好好自习，要是敢去看电影，今晚就别进家门了。"

林留溪道："你跟你妈说票都已经买好了啊。"

陆轻悦有点烦："她知道，但还是不准，我有什么办法？我也想去看啊！可我就是有这么一个妈！"

林留溪恳求道："就不能争取一下吗？我们真的好久没出去玩了。"

说到后面，她都是赔着笑的。电影院里都是成双成对，一个人看电影，在大家一起笑的时候，会好孤独。

陆轻悦摆手："我争取过了，还和她吵了一架，可她就是不准。也不需要退票了，你问问你朋友有没有想去的吧？确实挺扫兴的，我也觉得很烦。"

林留溪被她送到屋檐下，手足无措。陆轻悦朝着另一个方向走，细雨中模糊的光映在她的伞面上，形如洞窟中的冷焰。

林留溪多希望陆轻悦能够回头，穿过细雨，跟她说一句：没事，今天她们不管别的，只管看电影。

林留溪想成为被选择的一方，但她从没被选择过。

陆轻悦的身影终究消失在红绿灯尽头，林留溪清晰地意识到被放鸽子了。她站了很久，也迷茫了很久。

米线店是她千挑万选，最后是她自己去吃的，大头贴也是她独自去拍的。她买了两盒提拉米苏、一盒半熟芝士、一杯奶茶、一桶爆米花。

不是因为特别需要，而是人总是要被爱的。

只有万达影院门口的哈根达斯冰激凌做活动，29.9元买一送一，她舍不得。没有第二个人来A（分担费用），冰激凌的时效性也更短。

林留溪看了许久冰激凌车，终究还是入场了。电影上映的第二天，影厅里基本座无虚席，不是大人带小孩，就是情侣、朋友结伴而行。

林留溪戴上卫衣的帽子，沉默地坐在座位上。

她两边的座位都是空的，也不知道有没有人来。

不来也好。

电影开场，周围随着灯的熄灭暗淡下来。林留溪注意到坐自己另一边的人也没来，此时此刻她就像坐在孤岛上，与世隔绝。

银幕上出现广阔的沙漠。电影开场五分钟后，一群人才匆匆到场。林留溪只看见几个弯着腰的黑影从眼前闪过，都是男生，背着书包，秋季校服外套的拉链都没拉，一直在窸窸窣窣地找座位。

同校的？

她顿时拘谨，此刻她身上穿的也是校服，连排坐好像有些尴尬。

可是换座位……林留溪扭头看了眼身边的空座。

此地无银三百两，林留溪继续看电影。

影院内杂音不少，比如林留溪后座那个小孩一边踢着座椅，一边说"妈妈，这个是谁""妈妈，这是沙漠""妈妈，这个好像飞碟"。

林留溪很烦躁，后座那小孩的家长丝毫不觉得哪里不对，整个影院都是他俩的声音。

"妈妈，电影好无聊，看不懂，我要回家！"

"马上回家，无聊的话，你拿手机看看视频，乖乖，我们看完这场电影就回家。"

"我不，我不，我现在就要回家！"

林留溪差点被这小孩重重的一脚踹成脑震荡，无语死了。有病能不能去治啊？看不懂就去看《小猪佩奇》。

有人看不下去，提醒了一句。熊孩子依旧丝毫不知收敛，刷短视频外放，整个电影院都是土味视频的声音。

而此刻，电影正放到一个精彩的片段：男主角将手伸进装有"痛苦"的盒子里，他炸裂的演技，加上超强的表现力，使得画面张力十足。

林留溪正专注看着，身后突然传来短视频的土味BGM（背景音乐）。

她一下就萎靡了。

男孩就像没人管一样，一直在"哈哈"大笑。

林留溪实在是受不了这种奇葩，扭头："吵什么吵，不想看就出去刷视频行吗？"

　　影院瞬间安静下来，她听见男孩小声骂了一句什么。

　　家长象征性地收了手机，教育了一两句。男孩踢着林留溪的椅子，根本没有消停的打算。

　　林留溪很烦。

　　在她说出那句话的时候，坐在她旁边的少年动了动手指。只是影院的光线很昏暗，她看不清他的面容，只能依稀感受到他很高。手指时不时搭在放奶茶的地方，修长又好看。

　　电影一直在继续，男孩也只是象征性地收敛了一点，一直在问："妈妈，现在演到哪里了啊？"

　　他妈妈哄道："别闹，乖乖，看下去就知道了，再闹，那个姐姐又要说你了。"

　　男孩撇嘴："我不，我不，我就不！我要回家！"

　　他一直踢着椅子，林留溪耳边跟吹唢呐一样。男孩说着说着，还哭了，哭声就像报丧一样，电影情绪她根本沉浸不进去。

　　身旁的少年突然冷笑一声，回过头去，敲敲椅子："管不好自己的小孩，要我现在帮你管教一下？"

　　他话语轻狂，听上去不像是在开玩笑，后排一下就安静了。

　　林留溪觉得这声音莫名耳熟。趁着少年转头，她悄悄点开手机屏幕，假装看时间。

　　借着手机屏幕微弱的亮光，她看清了：少年眉眼冷厉，下颌线利落流畅，胳膊撑在座椅的扶手上，有力却不失分寸感。

　　林留溪失神，手机屏幕一直亮着。

　　戴着的卫衣帽子遮掩住她眼底的心虚，也好在她戴了帽子，谢昭年就算回头，一时也发现不了旁边坐着的人是她。

　　手机不小心脱手砸在她大腿上，疼痛感将林留溪从惊异中拉回来。

　　林留溪下意识用手掩盖住屏幕的亮光。把手机反扣，不就完事了，傻了。

　　真没想到会在这儿遇见谢昭年。假如陆轻悦也来了的话，或许她此时此刻会高兴。但是现在只有她一个人，她看上去一定很窘迫。

　　或许是谢昭年的身高，外加不良少年的语气，给人的感觉不好惹，男孩连哭都不敢大声。谢昭年一出声，他的同伴们也都跟着回头，一大波来者不善的视线让男孩妈妈面红耳赤。

　　她提起大包小包，带着男孩匆匆忙忙地走了，不仅要背男孩的书包，还要拿一堆菜，背影看上去也怪可怜的。林留溪始终没看见男孩爸爸的身影，从始至终。

　　气氛随着这两人的离去恢复正常，只是林留溪现在的心态与进场前已经不一样了。

　　少看了一大截的缘故，后面的情节她走马观花，虽有时上头，但整体的沉浸感已经被破坏掉了。

　　电影到了尾声就有人陆陆续续退场。

　　趁着没亮灯，林留溪也有了退场的打算。

　　还是早点走好，这个位子挑得真的特离谱，最开始只是想安安静静地看喜欢的电影，谁承想会遇见谢昭年。

　　她将没吃完的东西都盖上盖子，塞进书包，起身猫着腰，迈出的第一步就踩碎了掉在地上的爆米花。清脆响声过后，林留溪头皮发麻。

　　正当她走到本属于陆轻悦的座位时，身后的帽子突然被人扯了一下，不轻不重。林留溪回头，卫衣帽子顺势而落，少女眼中的慌乱在安静的影院中显得特别明显。

　　"你的包没拿。"

　　谢昭年仿佛只是随口一说。

　　影院里灯光亮起，林留溪的面庞被照亮。看见她，少年也是一愣。

　　两人目光好巧不巧对上，林留溪大脑一片空白，啊啊啊，很好，脑子都不要了。

　　她脸颊有些红。

　　快速伸手拿包之余，灯光照得她眼睛不舒服地眯了一下，像一只被人抚摸的猫咪，迷惑又治愈。

　　"谢谢。"她说。

　　谢昭年别开目光，道："随口的事。"

　　林留溪松了一口气。

　　影院里的人陆陆续续散场，从林留溪的位置到靠墙的位置，这一排的人都是跟谢昭年一起来的。

　　他们上下打量了一下林留溪，最后视线落在她身上的校服上："谢哥，这姑娘你带来的？买票的时候不说，现在却在这儿偷偷摸摸，我们还是不是兄弟？"

　　"是啊，太不够兄弟了吧！"

　　谢昭年面无表情地扣住其中一人的后脑勺往下按，他吃痛道："哎呀，谢哥谢哥，咱们有话好好说。"

　　林留溪出声解释道："我跟他只是碰巧遇上……"

两人不是很熟，这么着急撇清关系，感觉有点冒犯。

她转而说："他之前帮过我。"

林留溪捏紧拉链。

自以为撞破谢昭年恋情的男生们面面相觑。

周斯泽问："你一个人来的？"

林留溪点头，暗自打量他。那时他和谢昭年走在一起，这两人关系应该挺好。

或许是自尊心作祟，她特意补充了一句："本来我闺密跟我一起，她临时有事。"

林留溪背过身去，神情没什么起伏。虽然她失落的语气藏得很好，但谢昭年还是听出来了。

他突然问："你想去吃烤串吗？"

就连他自己都觉得鬼使神差。

林留溪很蒙地回头，浓黑的眼睛中映着谢昭年的影子，仔细一看，好似有点点光亮。

旁人一听："谢哥，你——"

谢昭年自己都后悔了。

周斯泽撞了下说话的那个人，对林留溪说道："你没吃晚饭的话，我们可以一起去吃。这附近有家烧烤店，我们经常去吃的。"

直接答应感觉不太好。

林留溪想了想道："我吃了晚饭。"然后才说，"但看完电影有点饿，可以的。"

或许是人家看她被放鸽子太可怜了吧。

林留溪背起书包，与一群比她高了许多的男生走在一起，惹来不少目光。再次路过影院门口的冰激凌车，林留溪停下来。

哈根达斯的冰激凌车从她小时候起就一直在万达门口摆着，里面还有个小冰柜。还记得小时候过年，跟父母去看电影，她嘴馋说想吃，林涛连价格都没看就摇头。

他说："都是垃圾食品，一堆色素，吃多了对身体不好。"

而妈妈看了眼，大声惊呼："就一个冰激凌哪要这么贵？还按球卖？"

小姐姐扯着笑容，跟妈妈解释。妈妈有她自己的判断标准："可以少点吗？"

小姐姐道："不可以的，女士，我们有规定的价格。"

妈妈说话的语气跟吵架似的："怎么不可以少？冰激凌哪要这么贵，

都可以少的。你把你们经理叫过来。"

看小姐姐难堪，林留溪扯着大人的衣服道："我不想吃了。"

妈妈无语："怎么又不吃了？"

林涛在一旁教育林留溪："这冰激凌里有很多色素，你是懂事的孩子，不吃是对的。"

那时候跟父母出去吃饭，叔叔伯伯们总会笑着问她想喝什么饮料啊溪溪。林留溪满心欢喜地在服务员递来的酒水单上指了指可乐，林涛却说可乐里都是色素，吃多了对身体不好。这样一番说辞，在她说想吃巧克力和零食的时候，也能听见。

哪是一定要吃，只是小时候她惶恐自己是不是被爱着的小孩就吵着闹着要父母买。都说会哭的小孩有糖吃，为什么这道理在她身上永远行不通？

不懂。

林留溪一直盯着冰激凌车走神，男生们已经走到前面去了。

谢昭年转头看了她一眼，也跟着停下脚步。

感受到少年的目光，林留溪回神，小声说："这里在搞活动，哈根达斯买一送一。你想吃吗？我一个人吃不完。"

十月气温降下来，少女穿着冬季校服，也是黑白相间的棉服，脖子上围着的淡蓝色围巾遮挡了半张脸。要不是商场里有空调，她的鼻尖应该会泛红。

不知道发什么疯。

谢昭年走到林留溪身边，漫不经心道："你要什么味道？"

林留溪瞬间欣喜，纠结了片刻道："夏威夷果。"

谢昭年说了句一样的口味，随后手插入口袋，拿出手机付款。

林留溪道："给我付款码，我现在把钱转给你。"

谢昭年动作微顿，随口说道："哦，倒不用，就当请你，我不缺这点钱。"

他的语气总是很冷漠，林留溪手中端着装冰激凌的小纸杯，愣愣地看着他，不知说什么好。

她愣神片刻，后知后觉，运动会的时候，谢昭年不是说微信号被封了，现在倒是大大咧咧地在她面前扫码。

谢昭年发现她盯着自己的手机发愣，意识到什么，笑道："你就当收了贿赂，帮我保密。"

林留溪莞尔，好哦。

他们去的那家烧烤店在城中河的古巷里，因为附近住着很多老人，巷里开着很多老店。之前说要商业化的时候，老人们还组团去开发商那边闹过。可能真的怕出事，商业化的事就没有下文了。

巷内的烧烤店开了很多年，整条巷子除了这家，就只有一家大排档。别的要么是五元理发店，要么是卖膏药的，门上还贴着"印度神油"的海报，很有年代感。最近才开了一家便利店，全国连锁的，醒目的霓虹灯亮在一众老店中很突兀，但是年轻人喜欢。

一群学生一来，烧烤店的老板就笑着迎来："来来来，坐。上次说好了，这次来给你们免单。今天想吃什么，随便点。"

林留溪坐到了谢昭年旁边。

烧烤店的老板见他们之中多出一个女生，笑弯了眼："哎，好可爱的小妹妹，你们都是一个学校的啊？"

林留溪下意识地笑了一下，点点头。

烧烤店的老板喊了其中一个男生的名字："小霖啊，你让她别客气，就当在自己家一样。"

林留溪顺着他喊人的方向看过去，一个满脸青春痘的男生应答。肖霖戴着黑框眼镜，头发长度符合学校规定的一指。高一运动会的时候，她见过他一次，那时他的头发没这么短。

原来不知不觉已经过去一年。

周斯泽靠近了些，悄声对林留溪说："别见外，这是肖霖的亲爹，都认识的。"

林留溪明显对这自来熟没有防备，身子下意识缩了缩，她不喜欢陌生人挨太近。

她反应过来后，抱歉地笑了笑，周斯泽也并不在意。

反倒是谢昭年见林留溪像一只应激的猫一样，他眉梢一扬，打趣道："周斯泽，人家跟你压根不认识，上赶着套近乎呢？"

少年并不在意河边刮来的风，脱掉校服外套，手指就搭在玻璃杯边缘，似笑非笑地对周斯泽这么说。

林留溪赶紧解释："我不是这个意思。"

周斯泽道："瞧瞧，她没意见，你倒是有意见了。谢昭年，啧啧啧。"

谢昭年面无表情地给了他一记眼刀。

菜单被递过来，林留溪用铅笔在别人点的羊肉串后面，加了四小串，然后将菜单传给谢昭年。

见谢昭年盯着单子看了许久，林留溪怀疑自己是不是点多了。她捏紧书包的一角，正要开口。

谢昭年突然转过头："你要什么辣？"

林留溪愣了片刻："正常辣度就可以。"

谢昭年标注了辣度，帮林留溪加了两串。林留溪注意到谢昭年自己的不加辣。

谢昭年不吃辣，是林留溪对他的新印象。

点完菜。

周斯泽道："介绍一下，我是二十班的周斯泽。这个是肖霖，他还在一班。那个是陈家鑫，二班的。最后一个，你也知道了，在十一班。全年级这个组合只有一个班，卷王也挺多。"

月考的时候，林留溪就见识过十一班的厉害。很多像谢昭年一样的人本来稳进一班，只可惜一班没有物化政这种组合，就被分到另一个班。

这就导致了十一班月考成绩遥遥领先，跟一班一起断层，甚至有时候超过一班。

林留溪沉默了一会儿，说："三班林留溪，以前是十五班的。"

林留溪名字的缩写就是 llx。

周斯泽一愣，想起了什么一样，看向谢昭年。

他难以忘记，谢昭年后来举报学生会官僚之风，学校介入整改，校园墙平白无故多出几个阴阳 llx 的投稿，还是他帮着处理的。

谢昭年不以为然，淡笑道："听个名字就傻了？"

周斯泽冷笑了几声。

几听啤酒上桌，是刚从冰箱里拿出来的菠萝啤。谢昭年无视他的目光，抠开易拉罐的拉环。啤酒花往外冒，落在桌上，又蹭到袖子上一些。

谢昭年依旧用散漫的语气对林留溪说："三班挺好的，我们班之前的物理老师现在就在教三班。挺厉害一老头，就是我没怎么听过他的课。"

林留溪想了想："因为在'钓鱼'？"

谢昭年沉默了一会儿，一本正经道："你想多了，我从不'钓鱼'。"

肖霖有话说了："谢哥都是直接趴下来睡，只要成绩不掉，老师都不怎么管，脑子好就是好。之前谢哥在徐志春的课上睡觉，徐志春就让他回去睡一周，睡饱了再来。你猜怎么着？"

他越说到后面越神神秘秘，偏偏林留溪表情一直蒙蒙的，他卖关子也索然无味。

"回来就直接月考了，谢哥考了年级第三，气得徐志春只能骂他为什么没考年级第一！我要是能进年级前十，我爸都乐疯了！管他什么第三、第一的。"

林留溪正掩着嘴笑，谢昭年将菠萝啤推到她面前，打断："来点？"

指骨无意间触碰，少年的眼眸十分好看，她莫名觉得有点热，低头看向他手中的菠萝啤。

她吞咽一口唾沫："我试试。"

谢昭年盯着她局促不安的神情，若有所思："有度数，能行？倒在这儿，可没人管你。"

语气很是斩钉截铁。

林留溪一愣："那还是算了。"

"算了？"

林留溪道："真的算了。"

她暗自收回玻璃杯，谢昭年嗤笑一声，轻狂的模样将桌上其他人的目光一并吸引了过去。

林留溪顿感手足无措。

少年的手指将易拉罐转了一圈，似笑非笑道："骗你的，菠萝啤没度数。"

配料表被转到她眼前，她快速浏览：水、果葡糖浆……

愣是没有酒精。

林留溪也是现在才知道菠萝啤原来没度数。

她沉默许久，脱口而出："我恨你。"

她认真盯着谢昭年一脸无赖的样子，越来越气："谢昭年——我恨你一辈子！耍我！"

她尴尬地笑，微低着头，发丝凌乱，脸颊微红。

谢昭年："这样就好多了。"

少年撑着下巴失笑，额前松散的碎发随风轻扬。他如同一把带锋芒的刀，低调时收敛，必要时狂妄。挂在椅背上的秋季校服外套遮掩了身后小店油灯亮起的光芒。

林留溪别过眼，脸颊不知何时已然滚烫，他看不见。

谢昭年将还剩一半的菠萝啤倒进林留溪的杯中，林留溪愣愣地看向他。

谢昭年吊儿郎当道："从见面开始，你防备心就这么重，跟我会吃人似的。"

这时候，她心里突然有一层隔膜被撕开。

薄膜背后才是真正的她，无须对外伪装的林留溪。

空气中弥漫着羊肉、迷迭香的气味，肖霖帮着父亲在炭火上烤肉。

不一会儿，羊肉串上桌。林留溪那一份肉上撒了很多辣椒面，边缘的褐色焦层，咬下去很酥脆。热油弥漫在唇齿间，将喉间菠萝啤的凉意冲散一些。

好吃。

她一时说不出话。

在感受到某种幸福的瞬间，林留溪扭头看向谢昭年。少年随意地靠在椅背上，背后的暗蓝夜空中飘扬着火星。

"林留溪？"

她反应过来，移开视线。

周斯泽面带笑意："吃完能帮我们拍张照吗？"

"嗯。"

林留溪想都没想："好啊。"

烤串吃完，一众少年人靠在河边的栏杆上。林留溪拿着周斯泽的手机，给四个男生拍了几张，就拿给他们看。肖霖对她说："我们一起拍一张吗？去年运动会真是麻烦你了。"

肖霖说着就拉了一个路过的小姐姐帮忙拍照。

难得他还记得。

林留溪笑了笑："还是拿周斯泽的手机拍吗？"

周斯泽抱歉道："我手机快没电了，等会儿回家还要用。肖霖，你的手机呢？"

肖霖摸摸口袋："落在我爸店里了。"

谢昭年眼皮一掀："拿我的。"

"3……

"2……

"小妹妹不要偏头。后面那男生离她近点，照不到。

"1。"

比耶。

"咔嚓——"

这是林留溪为数不多的快乐时候。

回到烧烤店，已经没有空桌子了。最热闹的时段，附近很多居民都聚在这儿，点几根烤串、几听啤酒就开始唠嗑，人声鼎沸。

林留溪拿起放在座位上的包，与他们告别。

突然听肖霖问谢昭年道："谢哥，你等下要不要跟他们一起去我家看球赛？我就在这儿帮我爸，忙完一会儿马上就上楼了。"

陈家鑫探向肖霖身后："肖霖，吃饭的时候，就看你在看《高考英语3500词》，不愧是一班人，卷到我了。你就说我们还是不是兄弟？"

"卷什么卷？我才看了一个单词。别以为我不知道你每天学到凌晨两三点，每次给你发消息都找不到人，谁有你卷？"

谢昭年皱眉，扫了眼掐架的两人，背上书包，淡声说道："行了，我去医院了，不用等我。"

医院。

林留溪还记得自己第一次看见谢昭年就是在医院。

肖霖一拍脑袋，好像想起什么一样："噢，对，粥还在锅中热着。谢哥，我去给你拿打包盒。"

高一偶遇谢昭年的那个晚上，他就是提着粥去医院。都过了一年了，那人还没出院吗？

林留溪不敢往下想。

谢昭年一手拿着外套，一手接过热好的粥。清瘦的影子映在地上，看上去有些孤独。

她这时才注意到，少年的眉骨间有不易察觉的青黑，人比一年前也消瘦了很多。

具体缘由林留溪也不敢问。

她静静望着谢昭年消失在巷子尽头的身影，突然很想冲上去抱抱他。

她还没来得及跟他说一声"谢谢"。

林留溪从这儿回家，与周斯泽有一段同路，时不时看手机掩饰尴尬。

周斯泽主动上前搭话："要不要加个好友？我迟点把今天的照片发给你。"

她说："好。"

林留溪输了他的QQ号，点击加好友，25个共同好友……顿时都不知道说什么了。

好家伙，还是个交际花。

林留溪的QQ列表里，要么是朋友，要么是人家扩列时加上的交际花。她暗自把周斯泽移到交际花的好友分类，随口问："你也没跟他们去看球赛？"

周斯泽收回目光，说道："我家有门禁，谢昭年去医院看他爸，剩下的那两人估计也看不成了。主要是今天看了场电影有点晚了，要是早点，我还能多待一会儿。"

林留溪心头一揪："噢噢。"

他爸爸。

她小心道："他爸爸……快好了吗？我之前粘托槽，在医院看见过他，现在快一年多了……"

周斯泽："应该吧？主要是车祸那日被撞得太严重了，当时直接进ICU昏迷了，好几个月才醒来。"

林留溪回忆了一下，那明明是谢昭年状态最差的几个月，在外人眼中，却依旧意气风发。

他继续道:"原本是要转去上海的医院,但叔叔依旧坚持在这儿陪他一直到高考。"

很羡慕别人的家庭。

"你应该不知道吧?谢昭年其实还是上海小少爷,他妈是上海本地人,继承了祖传的跨国企业。家里司机开的那辆老车,车牌都是黑的。他爸是湖南人,跟他妈是出国留学认识的。

"当年他们结婚的时候,女方父母非常反对,觉得他爸是农村来的,要嫁就嫁上海本地人,祖上还不能是外地的。"

林留溪恍然:"说起来,难怪他不吃辣。"

周斯泽耸肩:"其实我也不怎么能吃辣,就我妈喜欢吃。反正谢昭年他妈跟他爸来湖南创业最开始还亏了钱,双方家里都轮流劝过,无果,说什么不怕富二代败家,就怕富二代创业。他们都不信这个邪,现在好不容易有了起色,他爸爸却出事了。人生啊……"

他叹了口气:"做朋友的就是想让他能够开心点,要我们做什么都可以。他越是表现得轻松,我们反而越不安。这也是我的心里话,你别告诉别人啊。"

林留溪点头,问道:"肇事的那个人呢?"

"他是广西人,来湖南打工,自己挂着尿袋,还有个白血病的女儿。为了挣钱给女儿治病帮人拉货,出事前,他已经三天没合过眼了。他怕会连累到女儿,想要自杀。谢家生气归生气,到底也没有追究任何责任,还帮他女儿垫付了医药费。"

她心中五味杂陈:"希望叔叔快点好起来吧。"

林留溪回家后,就收到了周斯泽发来的照片。她翻看他的空间,一遍又一遍,告诉自己只是好奇谢昭年的QQ会是什么样的,只是好奇。她想从周斯泽说说的点赞列表和评论区,找谢昭年的QQ,但是一无所获。

林留溪摊在床上,突然将头埋在枕头下,枕套冰凉凉的触感压制住脸颊上的红晕。

啊啊啊,丢死人了。自己究竟在干什么啊!

每周星期天早上要来教室周练。

班主任说是自愿参加,但其实不来,老师就会把你叫到办公室谈话,为什么不想来?上午有课。上午的课为什么不能调到下午?都是高二的孩子了,要对自己的学业上心,很多班周六晚上都有学生在教室自习。

挨个谈完话之后,三班无人敢不来。按林留溪的话说是发神经。

考完四选二有十分钟休息时间，林留溪想与陆轻悦分享遇见谢昭年的事。

她扭头看见了窗外的刘雅琪。

刘雅琪推开窗，对看过来的陆轻悦招手："出来聊天。"

"刘雅琪喊我。"

陆轻悦看了林留溪一眼，起身朝外面走。林留溪咽下满腹想说的话，低头写题，捏紧了手中的笔杆。

分班后的日子都是这样，本以为与陆轻悦在一个班，一切就会好起来，但随着时间流逝，很多事都在暗中变化。最开始只是刘雅琪每节课下课找陆轻悦玩，然后是陆轻悦几乎每节课下课都去他们班上。

林留溪想找闺密下课后去食堂吃早饭，陆轻悦说："等会儿下课，我还要陪刘雅琪去问题，你自己去吧。"

"好。"林留溪笑着说。

此后她再没问过陆轻悦，也开始变得沉默。习惯了陆轻悦去找刘雅琪，习惯了下去跑操的时候，陆轻悦将她抛下，去找刘雅琪。

这天上课，她看见闺密在写信。这时语文老师走过来，她用胳膊肘戳了戳对方，提醒："老师来了。"

幸好语文老师的注意力一直在书上，陆轻悦心有余悸。

林留溪似随口一问："你在写什么？"

陆轻悦道："给刘雅琪的信。对了，这周六我要和刘雅琪去看电影，就不跟你一起回家了。"

林留溪道："你妈同意了？"

陆轻悦道："我上次跟她大吵一架，她同意我一学期出去玩四次。她知道我是和刘雅琪去玩，还要我好好向人家学习。刘雅琪现在在一班。"

她看向林留溪，眼中不知是什么情绪。

林留溪牵强地对陆轻悦笑了笑，真的很不甘。写信和去小卖部，她都和刘雅琪一起。陆轻悦，那我呢，我哪里没有刘雅琪好了？

当一件事悄无声息地改变时，旁人也会有所察觉。

陆轻悦家离学校近，下午放学回家吃饭。林留溪家里离得远，放学后依旧在外面吃，与陈愿一起。

高二分班的时候，陈愿没有跟林留溪分在一个班，但下午放学后，两人依旧会一起去吃饭。她俩能玩在一起，很大缘由是两人消费观一样，平时出去吃东西，也不会太注重价格，一顿饭够别人在食堂吃一天，很爽。

几倍价格的前提下，阿姨的手自然不会抖，黄焖鸡米饭的鸡都是一满碗。

陈愿刚动筷，突然想起了什么："说巧也巧，和你闺密玩得很好的那个女生上次来我们街舞社找人，我刚出去就遇上了。我记得她也认识我闺密，看见我就对着我笑。好像叫'刘雅琪'是吧？我总是看见她跟你闺密走在一起。"

林留溪不知道该说什么："嗯。"

察觉到陈愿偷偷观察自己的神情，她不想让自己表现得难堪，扯出了一抹笑："她俩以前是一个班的，玩得挺好的。"

陈愿一愣，嘴唇动了动，有些欲言又止。

她情商一向很高，跟谁都玩得来，自然猜测到了什么。

林留溪假装自己在专心吃饭，将这一切说得很轻松，不太敢看陈愿的表情，怕按捺不住心中的崩溃决堤。

不知道从什么时候开始，她感觉自己越来越像一个逃兵，什么都逃避，什么都做不好。

也不知道从什么时候开始患得患失，她与陆轻悦的关系需要费尽心思去维护。

曾经不知道芋泥提拉米苏放了一天一夜就会过期，她不知死活地拿着塑料勺，挖一勺放在嘴里。是酸的，酸得她眼泪都要掉下来了。

12 月 3 日
我就是过期的提拉米苏。
发酸了，变质了，再也不会有人喜欢我了。

可这还不是压死骆驼的最后一根稻草。

决定结束五年友谊的那天只发生了一件事。

晚上十点，下了晚自习，林留溪照常与陆轻悦一起回家。

一路上，两人的话很少。楼道里的人很多，头顶的灯用久了光线暗淡，各种人影在光滑的白瓷砖上掠过，宛若短视频里舞动的瘦长鬼影。

林留溪已经丧失了分享欲。

身边的陆轻悦也心不在焉。

她顺着陆轻悦的目光看过去，看见了前方人群中的刘雅琪。刘雅琪很高，长相温婉，在人群之中很扎眼。

陆轻悦与她挤眉弄眼，双双笑了。

林留溪心中烦躁，但未曾在面上表露出半分。

她的视线刚从刘雅琪身上移开，却又和走在刘雅琪旁边的男生对上。林留溪对那男生有印象，初中两人是一个学校的，刘雅琪班上的，高中也是。

刘雅琪经常跟他一起走，只是作为单纯的朋友，男生长得很安全，任何人都不会往那方面去想。

　　他虽长得高但也很胖，肉眼可见的肥胖，五官挤在一起，给人一种要被挤扁的感觉，还戴着一副很厚的框架眼镜，眼睛如针孔。

　　可不知道为什么，与他视线相撞的一刹那，林留溪心中涌起了不好的感觉。

　　男生随后在刘雅琪耳边说了些什么，刘雅琪又看了林留溪一眼，表情敷衍。

　　林留溪听不清，身为女生的第六感又让她觉得他们是在说关于自己不好的话。

　　可她根本就不认识那个男生，更别说以前得罪过人家啊！

　　她努力说服自己是太过敏感而多想了。

　　只可惜，这世间的很多恶意本就是莫名其妙的。

　　回家后，林留溪刚打开手机，就看见关联的 QQ 弹出一条信息。她的 QQ 号与陆轻悦的 QQ 号是关联的，方便不在线时帮对方续火花，有时候陆轻悦账号上的消息会弹出来。

　　陆轻悦比她早到家很久，应该是在和刘雅琪聊天。

　　所以在弹出这么一条消息的时候，林留溪手指一颤。这样，指向性本来就很明显了。

　　琪：他说她本来就丑，还戴着牙套，丑绝了。

　　后面还跟着一个未读红点，很快又消失，显示暂无新消息。

　　林留溪烦躁地熄灭手机屏幕，跑到浴室里，洗了把脸，又看向镜子中的自己。

　　她还是那个她，一如既往。

　　为什么要因为他而内耗？

　　林留溪心中莫名蹿出一团火气，这男的自己丑成那样，居然还有脸评价别人，真是令人匪夷所思。靠着贬低别人的长相，自己就能得到心理安慰？林子大了，什么鸟都有。

　　她越想越来气，放在洗手池边的手机又亮了。陆轻悦发来信息，估计是跟她说事来了。

　　悦悦子：你认识李一翔？

　　林留溪假装没看见刚刚那消息：不认识。

　　陆轻悦当即甩过来一大串聊天记录。

　　是刘雅琪和陆轻悦的。

　　琪：林留溪认识李一翔？

　　我女鹅天下第一：不知道，应该不认识吧。

　　我女鹅天下第一：怎么了？

琪：李一翔晚自习放学时跟我说……

我女鹅天下第一：［？］

然后就是林留溪看见的那句了。

琪：他说她本来就丑，还戴着牙套，丑绝了。

琪：你别告诉林留溪。

我女鹅天下第一：［……］

聊天记录到这儿就没了。

这事是刘雅琪说出来的，她的附带条件是不准说出去，但陆轻悦还是说了。

自己要是去硌硬李一翔，必然会影响刘雅琪与陆轻悦之间的关系。

林留溪是知道的，但她根本咽不下这口气。

她直接发语音回复："李一翔现在在哪个班？"

悦悦子：你要干吗？

林留溪：去校园墙向他表白。

校园墙的表白一般分为四种：一种是单纯表白，一种是朋友之间开玩笑让大家顺便成为 Play（游戏）的一环，一种是单纯挂人，最后一种是阴阳怪气。

校园墙最不缺的就是阴阳怪气。

悦悦子：［……］

悦悦子：算了吧，别这样。

悦悦子：你这人好偏激，你别理他就是了，忍忍，你以后又不跟他接触。

明明是李一翔的错，为什么要她忍？她忍得够多了，一到学校就要忍受这群男生，还要忍受三个人一起走的尴尬。

真是够了。

如果陆轻悦一开始就想息事宁人的话，那她为什么还要告诉自己这件事？好玩吗？想看她难受、受挫、内耗就满意了？

林留溪全身缩在被子下，屏住呼吸，让自己适应这种窒息的感觉。

还是说，陆轻悦怕刘雅琪知道了会不高兴，所以让她忍着。陆轻悦终究把刘雅琪看得比她重要，不肯坚定不移地站在她这边。

若是执意要她选一个朋友，那人会是刘雅琪吧？

林留溪有点崩溃，哭着发语音，质问："陆轻悦，你究竟是想跟我好下去，还是跟刘雅琪？"

她每次都告诫自己不准讨厌刘雅琪，三个人一起走的时候，又控制不住讨厌。

她们初中的时候根本不是这样的。

2019年12月25日圣诞节。
林留溪和初中班主任发生不愉快，她一气之下涂掉所有《英语周报》的答案，只留几个听力。那期《英语周报》，她只考了8分。陆轻悦当即给她写了两页的信，告诉她班主任就是有病。我亲爱的好朋友就不要因为这个自我内耗啦。考上二中，打她脸！

2020年6月9日下午两点到五点，湖南境内出现日环食。
陆轻悦翘了补习班陪她看。

2020年2月9日。
她们QQ闺密关系满99天。两人发说说庆祝。

2020年2月10日。
八点钟起床上网课，她们一起挂机，然后连麦打王者荣耀。林留溪的麦没关，全班都听见她在喊："陆轻悦你这射手，还不如挂机，死这么快！还得我来。"

2020年8月出中考成绩。
林留溪做的第一件事是打电话给陆轻悦，告诉她，自己考上二中了，陆轻悦说她也是。
真好，两人不用分开了。

2021年高一。
陆轻悦过生日，她花重金找网红录了个土味视频。陆轻悦说滚，但是笑着说的。
灯影下做伴的四年，躺在操场上，迎着落日的余晖，笑得脸颊发烫，或者雨天时打伞在操场上漫步，聊聊未来的理想。
不知道从什么时候开始，一切都在悄然改变，就像切开的苹果放久了会变色，雨下久了容易长蘑菇。两人相处越来越累，也越来越疏离。太累了，谁都坚持不下去。
陆轻悦信上说的永远终究食言了。

林留溪看着上面的"对方正在输入"，没有犹豫，删了陆轻悦的QQ。

删得非常干脆，也听不见答案了。

做完这一切，她仰面躺在床上盯着灯看，看了许久，前所未有地轻松。

陆轻悦也许也早就觉得累了，断了就断了，第二天回学校的时候，就跟没事人一样，什么话也不说，就好像昨晚什么都没发生。

林留溪好几次欲言又止，又强迫自己别找陆轻悦。就这样，她俩谁都没有找过对方，彻底形同陌路。

陆轻悦依旧还是每天下课去找刘雅琪，晚上放学回家，也跟刘雅琪一起走。不正常的沉默中，她已经给了林留溪答案。

林留溪明白了，也开始逐渐习惯独自一人。

在大多数高中生的眼中，独自一人是一件很可怜的事。这意味着体育课没人找你去小卖部；升旗的时候，你只能乖乖站在那儿，没人陪你聊天；放学回家也是一个人走，与周围的喧闹格格不入。特别是下雨天，满目天堂伞的时候。

或许陆轻悦也早就预料到有这么一天。在删陆轻悦 QQ 的那天，林留溪的手指曾停留在陆轻悦的小号上，陆轻悦大号信息多的话就会躲在小号，只有亲友，安静。但陆轻悦不常用这个号。

她终究没删。

她一直在等，等陆轻悦后悔，等陆轻悦低头。她要是肯认错，退一步，林留溪就会假装什么都没发生，退一步吧，退一步吧，求求了。

但陆轻悦都没有。

林留溪也终于忍不住，在春夜即将来临之际，把陆轻悦的小号删了。

12 月 25 日

我放弃了我生命中最重要的人。

此后，这世界上再不会有第二个人像陆轻悦一样懂我。

再过一周就 2022 年，去年学校的跨年晚会是陆轻悦陪我看，今年和往后很多年都不会是她了。

冷静下来想想，让我崩溃的，其实不是李一翔的那句话，而是陆轻悦摇摆不定的立场。我多希望她能无条件选我，选择站我这边。我真的好想好想她能告诉我：溪溪子，不用在意我跟刘雅琪的关系，放手去做。（现实永远让我很崩溃。）

或许这年，我年纪小、太过自私，竟然会妄想被人永远坚定地选择。

可仔细想想，这世间不忠诚的情爱太多，我现在不信，长大后就更不会信了。

第三章 · 错觉

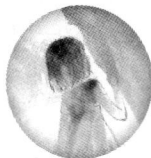

我的人生太过啼笑皆非，
永远不知下一秒是坠落谷底，还是峰回路转。
愿上天能怜爱我。

这天下课铃一响，谢昭年就被周斯泽叫出来。两人站在门边，周斯泽左右环顾一圈，不说话，一脸神神秘秘的。

谢昭年无语，转身就要走。

周斯泽拉住他的衣服："教务处那几只'鹰犬'在教学楼巡逻，我们去操场那儿说。"

操场前面有个主席台，是周一升旗时领导的专用地，很高、很宽敞，还有很多能坐人的台阶。

平时不用的时候，台阶上就会坐满学生，或聊天，或打三国杀。

还有用校服遮掩着玩手机的。

谢昭年随意找了个高地坐，瞥了周斯泽一眼："现在能说了？"

周斯泽道："我也不知道该怎么说，就是那谁，林留溪发校园墙了。"

谢昭年眼皮一掀，很不爽："你就为了这事将我喊出来？"

周斯泽拿出手机："你自己看吧。李一翔这人，我知道，跟我们社的刘雅琪关系挺好。刘雅琪就是之前问你要 QQ，但你说号封了的那个女的，之后她还从我这儿旁敲侧击来着。

"你说林留溪怎么会喜欢他呢？李一翔我还见过几次，长得……嗯……你懂的，像灾难片。现在好看的女生都这么瞎吗？"

周斯泽切的校园墙号。

对话框对面是林留溪。

林留溪的头像是电影《爱丽丝梦游仙境》里的小爱丽丝，金色鬈发的小女孩一眼看上去就讨人喜欢。

谢昭年的注意力最开始放在她的头像上，直到扫到她在校园墙上发的三句话。

第一句：墙，你好，表白一下不知道哪个班的李一翔。

第二句：他在背后讲人好话的样子，真是太帅了呢！不帅，我直接将年级主任半夜从床上拖起来跳舞。

第三句：不匮，谢谢墙～

顶级的阴阳怪气，也不知是跟谁学的。

谢昭年把手机丢还给他，眉尾微扬道："行了，别装了。"

周斯泽笑着摇摇头："果然我什么都瞒不过你。"

试探未果，他打开天窗说亮话："谢昭年你说，李一翔什么时候得罪她了？"

谢昭年懒得听他废话："你好奇就自己去问，滚回去上课。"

"你不说点别的吗？"

"说什么？说你有病啊？"谢昭年好笑道。

周六因学校照常补课的关系，没有课间操。

恰巧碰上这天天气好，冬日难得见暖阳，大课间铃一响，就有很多男生抱着球去篮球场。

林留溪安安静静地在教室里写试卷，偶尔抬头看向窗外。成群结队的男生在篮球场上打球，还有很多围观的人。热闹的时候，她总感觉格格不入，教室里人很少，大家一下课就去小卖部买东西了。陆轻悦又去找刘雅琪了。

就在她移开目光，趴桌上休息的时候，谢昭年跟一众男生出来，叼着一根棒棒糖。

肖霖将篮球丢给他："谢哥，听周斯泽说你要转学全理了？"

谢昭年随手一接就接住了："我妈要我转全理。"

肖霖笑了："哈哈！我们又能一个班了！"

谢昭年很快就泼了一盆冷水："我还不知道分到哪个班。徐志春那老头跟主任三番五次说让我回一班，但年级组的意思是让我去别的班，看看再说。"

到了篮球场，周斯泽早就等在那儿了。

谢昭年一出现就吸引了从小卖部回来的学生们的目光，很多男生围在篮球场附近，边吃边看，而路过的女生们则往他的方向看一眼，然后激动地笑。

处在人群视线焦点的少年则漫不经心地颠了下球，脱下外套，手腕戴着个护腕。

周斯泽突然推推他："李一翔也来打球了。谢哥，你还记得吗？就是我上次和你说的那个男生。"

谢昭年扫了一眼，懒懒道："你喜欢他，你追啊。"

另一个篮球场也来了一群人，李一翔跟着他们班的男生一起，遇上了从小卖部回来的刘雅琪与陆轻悦，他笑着上前，打了个招呼。

李一翔正要说些什么，刘雅琪突然惊呼："小心球！"

还没等李一翔反应过来，篮球迎面而来，同时刮来的厉风让他的瞳仁瞬间放大。

正当所有人都以为他要被打中的时候，篮球只是精准地擦过他的身子，在他的手背上留下一道擦伤，微微渗血。

李一翔爆了句粗口，话没说完，就变了脸色。

黑影落下，少年的身体遮蔽了日光。

谢昭年捡起地上的球，勾起一抹讥讽的笑："真不好意思。"

李一翔："我手肘出血了。"

谢昭年冷笑道："是吗？我故意的。"

他黑眸中只有讽意。篮球在他手中掂量两下，态度轻慢。手腕上戴着的黑色护腕，显得胳膊极细。

李一翔梗着脖子看他，却不敢轻举妄动。刘雅琪看见谢昭年，神色也变了一下。

周围很多人窃窃私语：

"那人是谁啊？"

"看了吗？就是之前校园墙那个，不是有人实名表白他，好像叫李一翔……背地里说人坏话呢。那个表白的还是我列表里的呢，初中上补习班认识的，人可好了。"

"你说的不会是那个三班的林留溪吧？我朋友跟我说过，她挺好相处的。这男的长成这样，还有脸说别人。呃，真不知道刘雅琪大美女为什么会跟他关系好？不觉得难受吗？"

对谢昭年为什么为难李一翔的猜测也有两种：一种是因为他看不惯刘雅琪跟李一翔走得近，另一种是校园墙上的事。

周斯泽露出欣慰的笑容："心口不一。"

在众多流言蜚语中，上课铃打响。林留溪也从睡梦中惊醒，睡眼惺忪，全然不知道刚刚发生的事。

她胳膊底下压着一张写着她名字的方格纸，经这么一睡还被压皱了。

是一张转班申请。

"为什么突然要转班啊？"陈愿问林留溪。

同样的问题林涛也问过，林留溪给了陈愿同样的回答："不太适应，压力太大了。"

陈愿叹了口气："原来跟你闺密一个班，不是挺好的吗？我感觉那段时间，你挺快乐的。"

快乐……

林留溪不知道说什么："还好吧。"

"话说我很久没看见你跟你闺密一起走了。"

林留溪怔然看向她，许久都没有说话。

"就这样吧。"

轮到陈愿沉默了："你转到哪个班？"

"七班。"

"下学期吗？"

"下周就走，元旦后吧。"

二中最好的师资在一班，其他班都是平均分配。林留溪之所以选择转到七班，有一个最主要的原因：她事先看过七班的名单，七班没有高一的同学，更没有认识她的人。

她想要个新的开始。

林留溪之前删了陆轻悦的QQ，两人认识的共同好友还来问过她，原先两人玩得这么好，为什么突然就掰了。

林留溪回：我不想说。

共同好友：你也有你的原因吧。

共同好友：她那天哭着给周暮暮打电话，说你这个人又冷漠又偏激。她对你这么好，你的良心就跟被狗吃了一样焐不热，一点都不值得。

林留溪讽笑：呃。

林留溪：她还说了什么吗？

共同好友：就说你做事很偏激，对她非常冷漠。她对你总是热脸贴冷屁股，事事为你着想，你却不知好歹。

林留溪：难怪周暮暮那天突然跑来骂我不配交朋友……

共同好友：你生周暮暮的气了？

林留溪：没意义了。周暮暮明明也是我俩的共友，不问我发生了什么就直接为陆轻悦骂我，挺伤人的。

共同好友：周暮暮和陆轻悦现在关系挺好的。你也许有你的原因，但我不站队。

林留溪：谢谢你……

她忘不了周暮暮那天写的一长串的小作文：你这种人不配被爱，骨子里就冷漠自私。要是当年陆轻悦知道真正的你是这样，就不会有今天了，真后悔跟你交朋友。

林留溪不明白怎么就自己成了个冷漠自私的人了，明明陆轻悦给她写信，她也回了。陆轻悦与刘雅琪关系好，她明面上也没说过什么，更没说过刘雅琪哪里不好。陆轻悦她自己呢？自从刘雅琪出现后，她干什么都和刘雅琪一起。林留溪就算原来和陈愿玩得好，也不至于这样。

想到最后，她根本就不知道问题究竟出在哪儿。

与闺密闹掰后，她情绪前所未有的稳定，淡淡的，也没有交新朋友的欲望。

转班的那天，林留溪抱着书往七班走，在走廊上，又看见了陆轻悦和刘雅琪。

那两人也双双看了她的背影一眼。

林留溪听见刘雅琪对陆轻悦说："你不是说你是林留溪的首选朋友吗？"

她在原地停了一下，随后加快脚步，搬走了最后一沓书。陆轻悦，如果我愿意，你会一直是我的首选朋友。

那我呢？我会是你的首选吗？

林留溪捏紧书的封面。

自林留溪搬书走进七班，教室里有很多人回头看她。

好奇的目光、疑惑的目光。

想她应该是转班进来的，很快就有很多热心的女生上前来帮忙。林留溪对新班级最初的印象是这里的人还怪好的，她小声地道了谢。

新同桌是个女生，和林留溪个子差不多高，低马尾，齐刘海，见林留溪过来，就给她腾了位置。这个过程两人始终没说上几句话。

新同桌好像也是 I 人。

很好，就喜欢这样的，林留溪笑得十分友善。

上课铃一响，七班的班主任来到班上，一进门就热情地对林留溪道："大家都看见了，我们班来了一个新同学——林留溪，大家掌声欢迎！"

掌声停止，林留溪悬着的心终于落了下来。

班主任又说："等会儿我们班还会来一个新同学，现在应该还在年级组办手续，等会儿人过来了，大家一定也要热情欢迎他。"

大家齐声回答："好！"

任课老师已经在教室外等了，是林留溪熟悉的面孔，原来教三班的物理老师。快要退休的老头，每次都穿着一件棕色的皮夹克过来上课，里面是一件红色的毛衣，很有年代感。

他一进来就认出了林留溪，有点蒙："这里是三班吗？"

有人回答："七班。"

他道："我没有走错啊。林留溪，你怎么到七班来了？"

全班的视线都集中到她身上，林留溪小声道："我转班了。"

物理老师恍然大悟："嗨呀，我俩真有缘，转班都是我教。"

在全班的哄堂大笑中，林留溪撑在桌面的手抚过脸颊，宁愿不要这个缘分。谭钱松是老教师，课堂上管得严，喜欢抽人回答问题。一到他的课，就如上刑场听天由命，上课"钓鱼"的都被他点名，上讲台写题去了。

在另一个班也上他的课，林留溪现在是欲哭无泪。

课上到一半，她有点困，好在开始传试卷。林留溪出去洗了一把脸，回来凳子都还没坐热，突然察觉到什么，朝门边看去。

门"吱呀"一声被推开，少年背着书包进来。

班主任站在谢昭年身后，指了一圈昏昏欲睡的人。大家抬起头，目光都落在谢昭年身上。

过去了两个多月，谢昭年的头发又长了一些，不遮眉，不遮眼，在眉尾形成一个流畅的八字，额前碎发微扬。

今天他穿了冬季校服，围着黑白色的围巾，衣角处的反光条还泛着银色的光。他双手插兜，走到最后一排的空位上，神情散漫，看上去很随性。迟来的掌声淹没了林留溪的耳朵。

她宛若从睡梦中惊醒，直接将同桌摆在桌角的《高考英语 3500 词》撞落在地上。

"啪"的一声过后，大家的目光再次聚焦过来，包括谢昭年。

他移桌子的手一顿，挑眉："是你？"

林留溪如小鸡啄米般地点头，然后慌乱地俯身捡书。热空调对着地面吹，将她的脸颊吹红了，还好有桌子挡着。

班主任笑道："还挺巧，我们班今天刚转来的两个同学还互相认识。你们往后要是遇上什么困难，直接来办公室找我就行，不要觉得不好意思。"

全班又爆发了一阵哄堂大笑。

谭钱松自谢昭年进门的那一刻起，就觉得他很眼熟，抬着眼镜，看了许久，才想起这人是谁，即刻上演了一段京剧变脸："谢昭年，老面孔了啊！高一我教你们班时，整个班上就你成天吊儿郎当的不像话。放好书包，马上给我上来解题，别磨蹭。"

谢昭年浑不在意，依旧是散漫的神情，笑道："刚进来就点我，老师一年没见，您也真是风采依旧。"

全班再次爆发出笑声。谭钱松显然听惯了他轻狂的话，面不改色道：

071

"你不想上来也行，那就让你的好朋友替你来，肖霖！"

喊完，他才意识到肖霖不在这个班。

谭钱松一拍脑袋："那就林留溪来吧，肖霖是之前班上的。"

班上同学沉默一会儿，很多人回头。

林留溪实在是没想到这把火会烧到自己身上，正犹豫着要不要上去。

可就在这众目睽睽之下，谢昭年走上讲台，她逃过一劫。

林留溪愣了一会儿，两人在一个班了，真好，感觉梦还没醒。

现在是新的开始。

她打开日记本，写上今天的日期。

1月4日

今天的我，一如既往地讨厌上学，讨厌人际交往，看见陆轻悦跟刘雅琪一起走就烦。多年的友谊被我亲手搞砸，生活乱得一团糟。

这一切的一切仿佛都在提醒我不够优秀，所以才过苦日子。所以，我有时候会想，这世界一定是从一开始就不欢迎我，不然为什么在赋予我一个支离破碎的原生家庭的同时，又给了我这么多苦难？

我的人生太过啼笑皆非，永远不知下一秒是坠落谷底，还是峰回路转。

我生物学上的父亲想要 PUA（精神控制）我的时候，爱说人要学会吃苦，好像这样就能解决所有刺穿我心脏的事。我不喜欢，也不明白吃这些无意义的苦能带给我什么？又能改变什么？

愿上天能怜爱我。

周练结束后，开始自习。

林留溪被叫到办公室，新班主任用的办公桌正是高一时周肖林用的那张。他们升上高二分班后，周肖林去教高一了。分班那天，班上很多女生曾抱在一起哭。

林留溪对此没有太大的感触，分班就是分班，她对任课老师也没什么感情。不知道这是不是陆轻悦口中的冷漠。

"林留溪，你是不是有什么心事？"

班主任面带忧虑，将她的思绪拉回来。

林留溪小声说："我挺好。"

班主任："真的挺好吗？我这次找你，没什么具体的事，就是单纯问问你对新班感觉怎么样？"

新班主任已经结了婚，有一对双胞胎。不过这件事还是林留溪从朋友口中听八卦听来的，真人看起来还挺年轻，留着干练的波波头，嘴唇丰满。

林留溪说："真的。"

"真的？你总给人一种心事重重的感觉。老师只是找你聊天，又不会骂你，放开点。你是不是遇上什么事了？"

林留溪："我只是比较社恐，不喜欢说话。"

班主任笑道："你这样搞得我很社恐。要是有什么心事，直接跟老师说便是，你直接说。遇上了什么事？或者有什么别的想法？

"有吗？"

林留溪："没有。"

"真没有？"

"没有。"

"老师再问你一遍，没有吗？"

与班主任明亮的眼睛对视，不知怎么，林留溪有了试一试的想法，说与不说，难道会有区别吗？

她木讷道："有。"

班主任抬起头来。

林留溪犹豫一会儿，说："我想走艺考，但是我家里不准。"

"你家经济条件怎么样？"

"挺好。"

"你家干吗的？"

"开公司的。"

有一刹那的寂静。

班主任说："我们班有个女生之前也是你这种情况，她父母不想她学美术，但是她很想学，我后来跟她父母交流，她父母最后同意让她走艺考。你真想学的话，给我一张你画的画，我拿给美术老师看看你的基础。如果他说来得及，我再去说服你父母。我看你文化课成绩也很不错。"

她继续叨叨："不过，林留溪你可要想好了，艺考不像你想象中那么轻松，不是过去玩的。我听之前集训回来的同学抱怨，每天睁开眼就是画画，一直画到凌晨，精神都要崩溃了。"

林留溪不假思索道："我想好了。"

假如一定要有一个苦的过程的话，她希望是能在自己钟爱的事上吃苦，她甘之如饴。她从未想过这件事居然还有转圜的余地，自这一刻起，她看什么都顺眼。

班主任："那好，给我一张你画的画，什么都可以，我去和美术老师交流。"

一月中旬，周六，回南天。

清晨起来去上学，地板砖都是湿的，稍有不慎滑倒了，脸着地就下去见太奶。推开小区的门，外面还起了大雾。

再过三天就是林留溪的生日，她想在生日之前让这件事尘埃落定。

下午放学回来，她就开始画。

石膏人像是在网上临时找的，林留溪从小学到初中一直学的素描，底子不错。起了形，开始铺色，橡皮掉在书桌下，林留溪屈膝下去捡。放在书桌上的手机，开始响铃。

林涛来了电话。

他已经连续打了好几个电话。

林留溪扫了眼，就将手机屏幕对着桌面。

不知道有什么事，林涛每次给她打电话就没有什么好事。笔下的石膏像素描已经到了收尾阶段，她根本不想被他打扰。

同父异母的弟弟也在家，林涛找不到林留溪，就给林留光打电话。

林留光接通电话，直接打开林留溪的房门："他让你下去背东西。"

林留溪："他是让你下去，我听见了，他是叫你，不是叫我。"

林留光坐在她床上打游戏："他是叫我们两个，不信你去问，他说他给你打了电话，但是你不接。"

林留溪一顿。

话音刚落，桌上的手机响起铃声。

林留溪不耐烦地问道："什么事？"

林涛："我刚刚给你打电话，你为什么不接？一个有教养的孩子要时时刻刻接人电话，不要成天找不到人。你快和你弟弟下来帮我背东西，我还有点事，等会儿上来吃饭。东西已经放在楼下了。"

林留溪随意道："我有事，叫林留光下去就行了。"

林涛怒道："你能有什么事？你一个女孩子成天在家，家务不做，要你帮点忙也不帮，养着你有什么用？二中老师就是这样教你的？你跟你弟弟是一个集体，互帮互助是应该的。你现在给我下来，必须下来！你下还是不下！"

林留溪也来脾气了，他自己道德败坏成这样，也有脸对她指指点点？

在林涛的怒吼声中，她直接挂断电话。

林涛一直给她打电话。

林留溪接通，就直接说了："不下。"

林涛道："你不下，可以，今晚别上桌吃饭！让你做这个不做，做那个不做，把你养大有什么用？光读书就有用了？要像你弟弟一样嘴巴甜、情商高、爱劳动才有用，你必须给我下来提东西。"

林留溪听都不想听，挂电话、拉黑一条龙。

床上的林留光抬起头来："哦吼，我游戏打完了，走吧，我们现在下去搬东西。"

"你自己下去搬就行了，别打扰我。"

在这个地方，不做家务和杂活就会被林涛视作懒、没用。他自己什么都不做，但他特别喜欢使唤她或者她妈妈做，强调她们是女人。女人怎么了？他凭什么认为家务和杂活是女人的义务。

小时候林留溪不理解，直到爷爷去世，林涛带她回老家参加葬礼，她才知道：

林涛出自一个女性不可以送逝者下葬的偏远农村，就算他靠自己的实力走出去了，思想也早就受到潜移默化的影响。

所以她也怕自己长大后会成为林涛的影子，变得跟他一样死板、易怒，她拼命读书，拼命长大，期盼有朝一日离开这个家。

妈妈也跟林留溪打了好几个电话，大意也是让她下去帮她爸的忙。林留溪还是同样的说辞，她妈妈没说什么，回来后就去厨房煮饭。

林留溪烦躁地在素描纸上留下最后一笔。

房门外，妈妈喊："溪溪，吃饭了。"

他们家是复式楼，林留溪的房间在二楼，吃饭的餐厅在一楼。

她将素描纸卷起来，用一根皮筋扎起，丢进书包，下楼吃饭。

林留光早就回来了，大门边多了几箱茅台。林留溪收回目光，坐在餐桌旁，刚准备吃饭。

林涛这时回来了，拎着林留溪的衣领，暴怒道："林留溪，你给我滚出去，别吃老子的饭。"

林留溪的衣领布料被他扯烂，冷淡道："饭是我妈煮的，不是你煮的，我想吃就吃。"

林涛指着她的鼻子，不爽："这房子是我的！我要你滚就滚，你现在给我滚出去，这里不欢迎你。要你做点什么都不肯做！你不配待在这个家！你弟弟比你小，成绩就算没你好，也比你懂事，要他做什么他就做什么。"

林留溪强调道："我是有自主意识的人！不是被你使唤的奴隶！"

林涛直接扇了她一巴掌："这就是你反抗父母的理由吗？"

妈妈拉住林涛。

林留溪脸颊震痛，反骨上来了，直接反扇了林涛一巴掌，上楼回房间。

她摔门而入，将房门反锁的瞬间，眼泪控制不住地涌上来。

为什么这么倒霉？

为什么要生在这里？

林涛踹得她的房门"嗡嗡嗡"作响："林留溪！你给我滚出来！你老子你也敢打啊！老子今天打死你。"

林涛的胳膊是她的三倍粗，挺着啤酒肚，发起火踹门，她的窗户都震得"嗡嗡"响。

林留溪到底还是个高中生，很害怕。

她肩膀颤抖地拨打 110 报警。

"您好，这里是淮南分局，请问……"

"淮南区新华安居 B 栋一单元九楼。"她带着哭腔大喊，"我爸要家暴我，我好害怕。"

"小妹妹，你别害怕，再报一遍地址，我们马上就安排人来。"

林留溪的房门已经被踹得变形，她赶紧挂断电话，站在桌边，拿起桌上的圆规。

在林涛冲进来甩了她一巴掌的瞬间，她下意识抬起圆规想要去挡，林涛的手臂上随之出现一道血痕。林涛打掉她手里的圆规，将她抵在墙上，限制住她的自由活动。

窒息感、悬空感、无力反抗。

林留溪眯着眼，从未这么难受过。

妈妈想要掰开林涛的手："松手啊，林涛！你女儿快要被你掐死了！"

林留溪奋力地抓着林涛的脸，上面多出了几道血痕。

不多时，警察破门而入，穿着防刺背心，手上还拿着一台对讲机，两人一胖一瘦。林涛似没想到林留溪会报警，下意识松手。林留溪跌坐在地上，面无血色。

林涛道："警察同志，很抱歉这么晚打扰你们。我在教育我小孩，她越大越叛逆，太懒了，叫她劳动一下都不肯。我平时很爱我女儿的，你也知道，正是因为我溺爱她，才把她惯坏了。"

真虚伪。

林留溪当即冷笑："那你说我生日是几月几日？"

林涛想都不想："8 月 30 日。"

林留溪破防了，与闺密闹掰后，她都没这么崩溃过。

她哭着大喊："8 月 30 日是林留光的生日，不是我的！"

可是再过三天就是我的生日了啊。

警察见他们两人情绪都十分激动，让他们分开。蹲在林留溪面前的是一个很瘦的警察。

他问林留溪："小妹妹，你多大了？"

林留溪："十六岁。"

"上高中了啊，要考大学，忍一忍，等你考上大学就好了。"

"你不管吗？他家暴我。"

警察愣了片刻，才说："这样吧，小妹妹，我给你留个电话，要是他再打你，你就给我打电话，好吗？"

林留溪没有回答。她这天跑回房间关上门，房门将父母的争执声阻隔在外。一个房子，两个分裂的世界，她蜷缩在被窝里，哭得很崩溃。

桌上的橡皮屑没来得及清理，素描画明明还差几笔就完整了，可再想它完整就是带着眼泪画了。她没再能拿起铅笔，意思是以后也拿不起笔了。

另一边。

跳广场舞的大妈陆续收工，霓虹灯光渲染夜色，对这座城市的很多人来说是夜生活的开始。

繁华的市中心有一家 Dionysus（酒神），既科幻又纸醉金迷，据说是本地的一个富二代当年为了追妻直接买下的。有人想要进去，却被人阻拦："不好意思，美女，牌子上写了每周六不营业。"

是一个穿黑衣服、戴墨镜的男人，直接给大门上了锁。

她柳眉倒竖："不营业？那他是怎么进去的？"

她抬手一指。

少年坐在卡座上，摇动着杯子里的冰块，神情散漫。

"那是老板的儿子，每周六会过来看看账。"

杯子底下压着一张金考卷。谢昭年拿着铅笔，在试卷的空白处演算了两下，就开始换百乐笔填答案。眉骨上的阴影使得他的五官更加立体。

陈家鑫看不下去了："谢哥，你到底是出来潇洒，还是出来写作业的？"

周斯泽的笔尖都快要写得冒烟了："什么时候了，就你还想着潇洒，我昨天的作业都没补完。一群冷漠无情的人，布置这么多作业，是想我变成一具四处找人索命的'尸体'吗？"

肖霖补刀："周斯泽，你别笑，我们陈家鑫凌晨三点上号卷死你。"

"要死啊你！"

周斯泽看了眼时间，摔笔："写不完了，我摆烂了。"

肖霖笑了："好！摆烂！我们一起摆烂。"

陈家鑫："这书反正我是一天都读不下去了！"

周斯泽抬头看墙上的日历，突然又扭头看向谢昭年："好像再过三天就是你生日了，我提前写好请假条。"

谢昭年说："别写。"

"你今年要在学校过？"周斯泽一脸的不可思议。

往年都是晚自习请假出去聚餐。

谢昭年漫不经心道："这不是废话，我不上你替我上？"

说罢，他继续写题。

周斯泽摇摇头，就开始玩手机，他突然推了推谢昭年。

谢昭年眼皮一掀，语气不善道："周斯泽，多动症是病，得治。"

周斯泽看向他："林留溪发说说了。"

他继续念道："最讨厌回南天……

"也就一句话。第一次看她发说说挺新奇的，我之前翻她的空间，什么都没有，还只展示三天。哎，她的头像怎么黑了？"

谢昭年拿笔的手一顿，很久之后，他才淡淡地开口："回南天，是挺讨厌的。"

肖霖起身时，猛摔了一跤，表示赞同。

父母连续吵了几天架，林留溪蜷在被窝里，哭了整宿，在学校里整个人的状态都是飘的。

今天是她的生日，她没有任何想过的欲望。

与陆轻悦闹掰后，就没人记得她的生日了。

班主任叫林留溪去办公室，问："上次我们说的事情怎样了？美术老师很期待你的画。"

在跟林涛吵架之后，那张画就被她亲手丢进了垃圾桶。

林留溪说："我不想学了。"

麻木的感觉原来是这样的。

"啊？怎么一下又不想学了？如果你真的想学，老师可以帮你争取，老师可以帮你。"她的声音很有激情、很清脆，林留溪却感受不到温暖。

老师你真好，你怎么这么好？但你也不懂，我的梦想在拨通报警电话时就已经碎成一枝枯萎的花，再多的温暖也无能为力。

时间不会倒退，林涛也根本不可能出这个钱。

那么一切就只能到此为止了。

"老师可以帮你啊……"班主任又说了一遍。

"老师，谢谢你。但我不想再谈论这个话题了。"林留溪淡淡地说道。

她语调很轻，谁也没看。开始回避伤痛，害怕被别人知道经历过什么，害怕被人知道她的家，更害怕与众不同。她不想别人提起她时说："看，这女生的爸爸包了很多小三，好可怜啊。"所以，她防备任何人。

　　黄晓莉的教龄已有十多年，从未见过林留溪这样戒备心强的学生。

　　她猜到了原因，沉默了一会儿："好。"

　　她目露关心，林留溪很久没感受到关心了。

　　林留溪当即破防，轻声地请求："老师，可不可以抱我一下？"

　　办公室里的打印机"唰唰唰"运作着，混合着其他老师讲题的声音，不算安静。

　　没等黄晓莉回答，林留溪察觉到身后有人。

　　她敏感地转过头。

　　谢昭年站在她身后，手随意地插在口袋里，一句报告也没打。

　　他什么时候进来的？

　　林留溪一怔，浑身冒了凉意。

　　他没听到吧？这是她下意识的想法，她脆弱的一面不想被人看到。

　　黄晓莉没听清："你刚刚说了什么？可以说大声点吗？"

　　林留溪愣了一会儿，笑道："我刚说我要回去上课了。"

　　少年盯着林留溪的发旋，插在口袋里的手动了动，很快又收回。这细微的动作，就连他本人都没察觉，他什么时候突然在意起来了。

　　林留溪说完，低下头，与谢昭年擦肩而过。

　　因为怕他听见了而惴惴不安。

　　黄晓莉："谢昭年，你来干什么？"

　　谢昭年："借个电话。"

　　随后，他补充道："打给家里人。"

　　林留溪装作无事发生离开，从办公室回来的谢昭年带回一沓学校印的试卷。

　　他交给林留溪："刚刚送过来的，黄晓莉让我给你发。"

　　林留溪是语文课代表，负责发试卷。

　　本想课间睡一会儿，现在又要发试卷，她认命般地站起来，腿都是麻的。

　　同桌抬头看了她一眼："林留溪，昨晚你几点睡的？总感觉你今天精神有点恍惚。"

　　林留溪愣了一会儿："我正常时间睡的，可能是没睡好吧。"

　　嘴再硬，身子都是虚的，她甚至能清晰听见心脏跳得比平时快。

　　林留溪随意数了八张试卷："哎，谢昭年，别走，这是你们那组的。"

　　谢昭年漫不经心地接过，点了下数："少了两张。"

嗯？林留溪刚数完同桌那组，一脸蒙。

谢昭年瞳仁中那点琥珀色格外清晰。

他神情寡淡，启唇道："这里只有六张。"

林留溪当即低下头："啊！我傻了，再给你两张。"

她慌忙去数，却见试卷上压了一只骨节分明的手。两只手的阴影重叠在一起，她的心跳变得更快了。

林留溪抬头。

谢昭年淡声道："我来发。"

他的语气不容置疑，没等林留溪反应，就顺势夺过试卷。

行。

林留溪不理解："你发就你发。"

连试卷都数不对，她将头埋在书立后，紧抿着唇，很烦。

许多件不顺心的事积压在一起，她蔫蔫地趴在桌上，都不把今天当作生日，又是很倒霉的一天。

试卷传下来，前桌见林留溪好像睡着了，就把试卷放在她的书立上。风一吹，试卷落在地上，谢昭年捡起地上的试卷，拿《高考英语3500词》将其压在她的书立上。

窗外春色明媚。

发完最后一组的试卷，谢昭年从林留溪最开始数的试卷中拿出一张，剩下的就放在这一组第一个同学的桌上。

试卷其实不多不少，正好八张。

他是头一回说谎。

这是林留溪整个上午唯一睡着的一次，虽然只有几分钟，但她奇迹般地睡着了。她中午回家吃饭，没有午睡就又来了学校。若说上午她整个人飘飘忽忽，现在就只剩一具躯壳在这里"坐牢"。

读书如上坟，她现在已是"死尸"一具。

这一天困意格外浓，林留溪下午又想睡觉，好不容易撑到晚自习，终于坚持不下去，就算拿两根牙签支撑着眼皮都不行。

昏睡之前，她想的最后一件事是：去洗个冷水脸。

去洗个冷水脸……

她失去意识，进入梦乡。

林留溪迷迷糊糊感觉到有人在摇她，在喊她的名字，在拍她的背，好像在世界的另一头，很遥远，站在原地的林留溪感受不到。

她梦见了小时候。

跟林涛去广西时，她八岁半，春天，天气很潮湿。

妈妈不想她去，她非要去，坐在驾驶室后面，跟同父异母的弟弟玩打地鼠。

同行的除了林涛、林留光，还有林留光的妈妈。

她坐在副驾驶座上，回头看了林留溪一眼，虽然友好地对林留溪笑了一下，但是目光中隐隐透着可怜。

林涛透过后视镜看他们，突然说道："林留溪、林留光，给爸爸念一段绕口令，让爸爸看看你们会不会说话。"

林留光跃跃欲试："红凤凰，粉凤凰，红粉凤凰，花凤凰。"

"真棒，不愧是爸爸的乖儿子！"林涛调整了下后视镜，"林留溪，你怎么不说话？"

林留溪安静地看向窗外："我不会。"

"不会就学啊，叫你弟弟教你。你这孩子很聪明，就是不会说话，咬字也不标准，跟你妈一样大舌头。上次要你妈带你去医院割舌系带割了没？就是舌头下面这个东西要割掉，你的普通话不标准，肯定是因为舌系带太粗了……"

林留溪扭头看向车窗中自己的倒影，张开嘴，抬起舌头，一条白色的筋膜连接着舌头的下端和下颚。

很细，已经被激光割过。

妈妈信了林涛的话，要带她去医院割舌系带。她最开始怕痛，不肯去，妈妈就承诺割完奖励她一顿牛排。

奖励的是超市里十块钱的合成牛排，放到现在都不够她买一杯奶茶，对于年幼的林留溪而言，却是垂涎已久的珍馐。

因为牛排在林涛眼中是垃圾食品，从不准林留溪吃。

林留溪就是被这样的垃圾食品收买，躺在了手术台上。

这件事后，林留溪不再爱说话。

她沉默寡言，不喜欢展示真正的想法。

林涛将车开过湖南最后一个服务区，进入了广西境内。这里是林留光妈妈的老家，很漂亮的地方。

林涛说是带她来玩，其实是来这边谈公司的合作。明明是为了谈事，林涛偏说来广西是为了旅游，大人的世界太难懂。

人都走光了，只剩下林留溪姐弟俩。

林留溪坐在车里觉得无聊，就和林留光下来一起打闹，难免窜上窜下，笑嘻嘻地互相追逐。

林留光说："你给我站住。"

林留溪撒丫子跑上车，关上车门，不让他进来。这一套行云流水的动作之后，她笑着对车窗外的林留光做鬼脸。

本以为能看见对方气急败坏的模样，却听林留光"哇"的一声痛哭。

她还没弄明白怎么回事，谈事的大人们回来了，急匆匆地拉开车门。

原来是——关车门的时候，不小心夹到了他的手。

林涛盯着林留溪问："怎么回事？我问你怎么回事？"

他声音很大。

林留溪从没这么害怕过。

林留光哭着说："我跟老姐在玩……"

他妈妈吹吹他的手："手都青了。"

林涛直接朝林留溪身上踹了一脚，又扇了她一巴掌："我问你怎么回事？"

林留溪始终没说话，任由他打呀踢呀，像一头愤怒的狮子。

她遵循一个八岁小女孩的本能害怕地哭起来，突然想妈妈了。

当天办完事，一行人并没有立即回湖南，而是在广西开了两间宾馆。林留溪跟林涛住一间房，林留光和他妈妈住一间房。

或许是意识到自己做得太过了。

林涛按着林留溪的肩膀，语气好像在忏悔："爸爸刚才太生气了，要是今天被压到手的是你，爸爸也会这么生气。"

说完，他就躺在床上，很快响起鼾声。

林留溪独自进了卫生间，洗净脸上的狼狈，突然就明白毫无血色的脸原来长这样。

像个瓷娃娃般，易碎。

她拿起洗漱台上摆放着的玻璃杯，悬在半空中，指尖一直在抖。镜中的玻璃杯透出惨白的光，像是死神的镰刀。

最终，林留溪还是没忍下心砸下去。

怕疼。

没勇气。

好痛苦。

第二天一早几人回湖南。

林涛在前台退房，林留光和他妈妈收拾东西，林留溪是走得最快的那个。

宾馆的后门架着镂空式的不锈钢楼梯，踩在上面"噔噔噔"地响。

楼梯太陡，林留溪没抓稳扶手，直接摔了下去。她连续滚了好几级台阶，最后直接摔了下去。

楼梯距地面大概一米高，她摔在了水泥地上。

林留溪四仰八叉地躺着，摔得肚子里的肠子都要吐出来。

她说不出话，也无力起来，只能仰头看着天空中的云。

第一个发现她的是停车场的保安大叔，他看了眼陡峭的楼梯，问："小朋友，你父母呢？"

林留溪不是不想说话，而是太痛了说不出话。她只能静静地看着他，像一只被雨水打湿的小狗。

天上淅淅沥沥下起了小雨。

保安大叔见她眼球还转着，朝着对讲机嘟囔了几句，随后撑开天堂伞，替她挡雨："哎，还是别冷到了。"

谢谢你啊。

春雨一直在下，她忍着喉咙里的呜咽，终于如愿以偿地从一个陌生人的善举中得到一点救赎。

小时候发生的事，即便是过了很久，留下的疤依旧存在。

林留溪在睡梦中呜咽，外表看起来，却睡得很沉。

她不知道的是，在她睡觉的这段时间里，教室里已经闹翻天了。

谁能想到，第一节晚自习一半都没上到，学校就停电了。

就一刹那的事，什么都看不清了。风吹树影动，尖叫声传遍整个教学楼，还有被玻璃窗阻拦在外面的小虫子的影子一直在窗边晃。要不是值班老师及时打开手机的手电筒，颇有一种误入校园鬼片的既视感。

"老师，停电了，我们可以回家了吗？"

"停电了，就可以回家了吧？"

"同学们坐在自己的位置上安静一下，等通知，群里已经有老师在问了。"

过了一会儿，值班老师说："电路出问题了，今晚回家自习。"

全校变成猴山，响起此起彼伏的欢呼。

同桌冯楼雨轻轻地拍了拍她："林留溪？林留溪？"

见林留溪没有转醒的迹象，冯楼雨就背着书包走了。临走之前，她还看了后排玩手机的少年一眼。

冯楼雨走后，班上就只剩下谢昭年和林留溪。

生日蛋糕送到了学校，正巧周斯泽上体育课时帮他领了。谢昭年在群里发消息，让他们都过来，很快就收到了回复。

肖霖：OK！

陈家鑫：谢哥，你别让肖霖来，他肯定要卷死我们，面目丑陋！

肖霖：滚！

周斯泽：等我收完东西。

谢昭年关掉手机，靠着墙，注意到了趴在桌上的林留溪。

窗帘半拉着，月光穿过间隙，洒在少女的脖子上。

青春期激素分泌旺盛，林留溪后脖颈处长了好些红点点，被月光这么一照，如笼上一层薄纱，冬季校服的反光条在薄纱中若隐若现。

谢昭年下意识地移开目光。

这一下就碰掉了桌上的百乐按动笔，好在他眼疾手快地接住，没发出一点声响。

林留溪睡得很安静，却不安稳，垫在桌上的小臂在颤。一来二去，她扎好的低马尾睡乱了，散下很多碎发。

谢昭年干脆走出教室等他们。走到后门，他又发现帘子后的窗户开了一小条缝，晚风无孔不入，有些冷，少女的鼻尖微红。

他顺手关上窗，别开头，冷硬道："别想多了啊，是我冷。"

可为什么要解释？他呆愣在原地。

周斯泽提着蛋糕，走进他们教室，就看见了少年古怪的神情：他站在那儿，好像在思考什么，神情变化莫测。

他正要喊谢昭年，转而看见趴在桌上睡觉的少女，很意外："林留溪不是三班的吗？怎么跑到七班来了？"

谢昭年示意他闭嘴，淡声道："出去说。"

肖霖与陈家鑫也过来了，疑惑他们怎么站在外面。

"谢哥，外面冷啊！"

少年不经意地"嗯"了一声，似笑非笑道："我没这么娇贵。"

他漫不经心道："林留溪转班了，现在跟我一个班。她晚自习时在睡觉，一直睡到现在还没醒。待会儿注意点，姑娘家的起床气还是挺重的。"

肖霖忧愁地问："难道让她睡到明天早读？"

谢昭年双手插进口袋，若有所思："等我们要走了，再说吧。"

不知道睡了多久，林留溪从睡梦中惊醒。可能是睡得太舒服了，她醒来时，耳边"嗡嗡"的，仿佛有天使环绕在身边唱歌，她很久没睡过这样一个好觉了。

她抬起头，一望无际的黑暗，伸手不见五指，同桌更是直接消失不见。不仅同桌，班上的同学，连同值班老师也离奇地消失。

她直接睡到晚自习放学了？

林留溪大脑过载。借着惨淡的月光，她开始收拾东西，突然听见身后传来咳嗽声。

陈家鑫踢了下肖霖："什么毛病？咳咳咳，吓人！"

肖霖白了他一眼："蠢东西，我第一个传给了你。"

这熟悉的声音。

林留溪回头才发现，后排的男生没走。

谢昭年被好友们围着，桌上堆满了礼物，奶油蛋糕上的烛光驱散了黑暗。

他也抬眼，两人目光无意中对上。

闲散、轻狂，这也是林留溪一直以来对谢昭年的印象。

林留溪回过神来："我这是一觉睡到放学了？"

她没手表，光线太暗，也看不清黑板上的钟表。

周斯泽好心地解释："停电了。"

林留溪恍然大悟："噢噢。"

她心中暗爽。

停电了啊，提前放学了。这学谁爱上谁上。今天她是自由民！回家玩手机去！

林留溪拉上书包拉链，准备回家。注意到谢昭年桌上的生日蛋糕，她拉拉链的手顿了一下。

谢昭年的生日居然也是今天。

她听班上的同学说谢昭年读书较晚，那他应该比她大一岁。两人要是同龄，她还比谢昭年矮这么多，真就丢脸。

仔细想想，今天来他们班上的外班人的确离奇多，以至于出班洗脸就会被人拦下问能不能帮忙带礼物。只是她整天的状态都浑浑噩噩困得要死，以有事为理由拒绝，但也没放在心上。

她无意间掠过谢昭年桌上成堆的礼物。

好羡慕，他生日被这么多人记得。

林留溪小时候每年都很期待过生日，可越长大那份期待消失得越快。最好的朋友离她远去，过不过好像没什么两样。

她一直在走神，衣袖蹭过谢昭年的桌子，"啪嗒"一声，好巧不巧撞掉了对方的笔袋。

林留溪反应过来去捡，可桌下伸手不见五指，她看不清，更是慌乱。

谢昭年轻笑一声，打开手机的电筒，俯身搜寻。林留溪微微仰头，眼瞳也被照亮。

她眼神迷惑，脸上还留有睡觉时压出的红痕。

谢昭年一句话也没说，陪她一起捡。别看林留溪表面很平静，其实紧张得抓笔的手都有点颤。

谢昭年的笔袋里很多笔都是百乐、斑马的按动笔，呈打开状态的按动笔被摔一下，就容易断墨。

林留溪的笔筒里也有很多摔断墨的按动笔，百乐、斑马都有。有的还是联名款，没买多久就寿终正寝了，摔多了成消耗品了，钱包实在遭不住，她就换成几块钱一支的杂牌按动笔，这样的摔了，也不心疼。

但是现在，散落一地的联名款……

有些还是打开的状态。

林留溪很崩溃："抱歉抱歉抱歉……"

她偷看谢昭年的表情，要是之后谢昭年找上门，她乖乖赔钱就是了，大不了勤俭节约几周。

谢昭年看了林留溪一眼，好像看出了她内心的想法："有什么好抱歉的？买来好看的。"

听他这么一说，林留溪更内疚了。

谢昭年用的是国誉的笔袋，未合上的时候，敞开在桌面，能装下很多笔，拿取也很方便。她记得之前陈愿用的也是这种。

陈愿之前也想让她买这种，她当时差点就买了，如果后面没看上另一个大笔筒的话。

记忆中微妙的巧合重叠。

后悔？又说不上来。

将所有的笔都装回笔袋后，林留溪小声地对谢昭年说："生日快乐。"

我也是，生日快乐。

"嗯。"少年应了声。

他手上拿着一把蛋糕切刀，侧脸棱角分明，身侧的树影在窗边"沙沙"响动，又是那种不切实际的感觉。

林留溪也不敢多看，逃似的要走。

生日歌都没唱，谢昭年就吹灭了蜡烛。烛火消失，教室又恢复一望无际的黑暗。

男生们焦急的声音陆续传出：

"哎，是不是忘了点什么？"

"谢哥，愿望还没许呢。"

谢昭年嗤笑一声："许过了。"

林留溪也定住身子，借着黯淡的月光，她看见谢昭年切下一块蛋糕。

随后，少年骨节分明的手，将那块蛋糕推到她面前。

他盯着她，懒洋洋地勾起唇："你要？"

林留溪怔然地望着他，蛋糕上的奶油映在她眼瞳中。

谢昭年显然是当林留溪默许了，又将蛋糕往前推了点，一脸无赖道："你要。"

这次是肯定句。

他随手扯开半合着的窗帘，月光洒满窗框，同时也塞满了林留溪心里的裂缝。

她愣住了，不知该说什么。

蛋糕上的奶油变得清透，如同丝绸上的亚光蒙上高级灰。

奶油蛋糕上有一颗车厘子，旁边是草莓与蓝莓，白色的巧克力碎铺在奶油上，撒了一层糖粉，像是下了一层薄雪。

这种感觉，好像在做梦。

谢昭年让林留溪坐在旁边的凳子上，点了没用上的蜡烛，插在蛋糕里照明。林留溪也不好意思拒绝，大家都分到蛋糕了，她才开始吃。

肖霖问她："林留溪，你昨晚熬夜了？"

林留溪下意识地回答："没有，我昨晚睡得挺好的。"

她吃了口蛋糕。

"说谎。"

两人都扭头看向谢昭年。

少年的目光在林留溪嘴角的奶油上停留一瞬，低下头看蛋糕："你跟冯楼雨说可能没睡好，跟肖霖又说睡得挺好的。你们女生的心思真是多变，跟我你又会怎么说？"

谢昭年手撑着下巴，点到为止，本就是想逗逗她。

林留溪蹙眉。

谢昭年刚想说：当我没问，怎么说这也是你的事。

林留溪竟一本正经地回答道："不是多变，是不好说。因为……我昨晚梦见你了。"

不仅是在场的男生们，就连谢昭年本人都是一愣。

林留溪继续语出惊人："我梦见寒假结束快开学，我的作业还一字未动，你跟年级组的坐在扫帚上追杀我，要我写作业，我到现在都心有余悸。"

虽是胡诌，但那画面想想都觉得好笑。

说完，她看谢昭年是什么反应。

周斯泽忍俊不禁："我受过专业的训练，无论多好笑都不会笑，哈哈哈哈哈哈。哎！谢昭年你！"

他从凳子上摔下来，四肢着地。

抽他凳子的少年神情松散，吊儿郎当道："我要坐扫帚，必定会先把年级组的老烟鬼踹下来。成天在办公室里抽烟，身上一股烟味，没眼看。"

真是没眼看。

说得没错，年级组那几个主任爱抽烟是大家有目共睹的，抓迟到叼一根烟，站走廊上巡逻也抽烟。一进年级组就有一股浓浓的烟味，以至于很多人猜测，那几个主任泡在里面都要被腌入味儿了。

林留溪忍不住笑，其余人也跟着笑。

照明的蜡烛快要燃尽，谢昭年拿打火机点燃了剩下的蜡烛，插在剩下的蛋糕上。少年的神情散漫又认真。

火光在他指尖跳跃的瞬间，林留溪看过去，突然很想与他有以后。

1 月 18 日

在爱丽丝梦游仙境的时候，疯帽子曾很多次问爱丽丝："为什么乌鸦像写字台？"

最好的解释是这是维多利亚时期的双关游戏。

我喜欢我的解释：因为我喜欢你没有理由。

这天轮到林留溪值日。

下了早读，倒垃圾的时候，垃圾桶里全是烟灰。她就知道年级组那几个烟鬼又来倒垃圾了，难怪早读的时候，听见有人拿着什么东西一直在敲垃圾桶，敢情是烟灰缸……

她很是头疼，回来跟冯楼雨吐槽。

两人坐在一起久了，就算是不熟，也能说上两句话。

冯楼雨说："还别说……某个晚自习，我犯困去走廊上背书，看见朱雷军拿着烟灰缸，从年级组走出来，往我们班的垃圾桶里倒烟灰。保守估计，他一个人就抽了三四十根，嘴巴一次性叼十根烟，是不是？年纪这么大了还抽，迟早得肺癌。"

林留溪道："我记得教学楼到处都贴了禁止抽烟……"

冯楼雨："他们办公室门口的墙上就挂着一块，我怀疑是不是他们看着不顺眼，把它抠下来了。我上厕所经过的时候，发现那块牌子不见了。"

林留溪乐呵呵地走到楼梯间，趴在扶手上，往下望了一眼。

果然，墙上空空如也。

原本悬挂在墙上的禁烟标识牌，不知什么时候掉下来了，被放在年级组办公室前面的桌上。

年级组的老师现在并不在办公室，而是站在楼梯间，守在铁门那儿抓迟到的学生，要不要这么滑稽？

旁边站了一排背着书包的学生，纷纷低着头，都是迟到被抓的。

林留溪突然想起谢昭年到现在都没来，在罚站的那一排学生中，也没看见，他是上午请假了，还是又迟到了？

快打上课铃了，楼梯口出现少年的声音，神情随意，没半点悔过的觉悟。

这次他没绕道。

年级组的老师们与他打过很多次交道，扭头看见他，个个都咬牙切齿，知道他油盐不进，批评他就是浪费口舌。

朱雷军就不一样了，他是从上届高三调过来的，这学期才来年级组，不知道谢昭年的"丰功伟绩"。

他问："请了假吗？"

谢昭年："没。"

朱雷军指着谢昭年就是一顿劈头盖脸的教训："没！你还好意思说'没'？几点了？现在才来？干脆休学在家睡饱算了！又堵车了？"

谢昭年压根就不喜欢听训，但也难得解释："闹钟没响。"

"你什么态度？还不当回事了。闹钟没响就有理了？为什么全校这么多人的闹钟响了，就你的闹钟没响？还想不想来读书？你高考时，闹钟也不响？"

朱雷军越说声音越大，一旁罚站的学生们个个都低下头，偷看谢昭年。年级组的其他老师脸色一变，拉住朱雷军："好了好了，马上打上课铃了，都回去上课，下次不要迟到了。"

难得扮演了一次和事佬。

朱雷军还以为自己听错了，换作平时，都是他和同事们轮番上阵，怎么今儿就和下蛊了一样？

林留溪也很快就明白，现在理科的年级前五有四个都在一班，剩下的那一个就是谢昭年。联考时，他一直稳定在年级第三名；如果是别的联考，就会掉到年级第五名。

以至于谭钱松都说谢昭年基础好，但解难题方面还要下功夫。

二中是市里最好的高中，也是市状元出得最多的学校，但去年不是。

因为去年附中校长将他们学校的第一名送到衡水去借读，以至于那个学生回湖南高考，直接拿下了市里理科第一。

二中领导为此气得咬牙切齿，从今年开始各方面都抓得特别严，还特地组织教师去衡水学习，全面学习衡水模式，势必保证今后的文理科状元都出自二中。这样的大背景下，高二年级前十名都是重点关注对象，断不能出差错。

果然还是成绩好吗！

谢昭年又是一掀眼皮，淡然道："我呢，就这个态度，您爱怎么就怎么好了。我不想来读书，也不见得高考您来帮我考啊。"

朱雷军脸色很臭。

谢昭年放完狠话，转身就走。

朱雷军骂道："走什么走？你以为这事完了？还我帮你高考？你父母呢？不叫你？这么关键的时刻，对小孩读书的事都不上心，负不负责？没有责任感的父母教出来的只会是没有时间观念的孩子！"

这话听着让人不舒服。

其他人都拉住他："小朱，好了好了。"

谢昭年回头："可这个没有时间观念的孩子这次考了年级第三名。"

他虽是勾唇笑着，但满目讥诮。

少年一只手插在兜里，任由日光从手臂间穿过，他的发尾镀金似的。

漫长的沉默之中，预备铃响了，朱雷军只觉不可思议。林留溪缩回脑袋，跑回走廊，假装出来丢垃圾。

见谢昭年走上楼，她好似随口问了一句："你现在才来？"

经过上次的生日，两人的关系熟络许多，偶尔会讲两句话，问问作业什么的。

少年漫不经心道："嗯。黄晓莉来查早读了？"

林留溪摇头："早上没她的课，我倒垃圾回来的时候，也没看见她在办公室。"

想让他开心一点，林留溪话锋一转："我倒完垃圾回来的时候，还被朱雷军喊住了。他这人好烦，往我刚倒完的垃圾桶里倒烟灰。我好烦他。"

少年却皱眉："你都听见了？"

也是，刚刚的动静可不小。

林留溪大脑飞速旋转，没好气道："听见了，觉得他更讨厌了。我这辈子最讨厌在我面前吸烟的。朱雷军一天不晓得抽多少根。冯楼雨还跟我说，之前挂在他们办公室外边那块禁止吸烟的标识牌不见了，说不定就是他们偷偷抠下来的。诡计多端。"

她吐槽的时候，像小仓鼠似的，满脸苦瓜相，脸颊有些婴儿肥，很可爱。

谢昭年不由得嗤笑一声："你等着。"

等着什么呀？

林留溪一愣，嘴角不自觉地扬起弧度，又努力压下来。

谢昭年笑得真好看。

这时，谭钱松的声音打破了欢脱的气氛。他站在门边，胳肢窝下夹着物理书和一本教案，吸引了班上的同学们拉开窗帘往外看。

"已经打第二道铃了，你俩还站在垃圾桶边交流什么小秘密啊？要不说给我听听？"

全班同学："哦……"

林留溪不好意思地笑了笑。

上谭钱松的课时想睡觉，林留溪就会偷偷看谢昭年一眼，看一眼她就不困了，仿佛冥冥之中有什么魔力一样。他又不是风油精，也不是清凉油，真是高中一大未解之谜。

物理课十分枯燥，谭钱松上课节奏很快，对着多媒体稍微走下神，就听不懂了，只能等他讲下一题。这时候无聊，林留溪就好奇地看谢昭年在干什么。

谢昭年也没在听课，自顾自地写题。他计算的速度很快，草稿纸上写得密密麻麻。林留溪这时很想拥有一块记忆面包，把知识从他的脑子里复制粘贴，不然她只会越读越蠢。

他写完一题，没有继续做下一题，而是大拇指按动笔，撑着下巴，若有所思。与其说他在看试卷，不如说在走神，像是在计划着什么大事。

少年好似察觉到什么一样，突然抬头。

林留溪迅速收回目光，紧张地低着头，心道：没看见没看见没看见。

"林留溪，你低着头在'钓鱼'吗？要是困就站到后面去，你看后面站着的那些同学多自觉，老师又不会怪你。"

从站在教室后面的人数上来看，物理课和数学课不分伯仲。就连很少"钓鱼"的冯楼雨也在无意识地打瞌睡后，自觉地站到后面。随着谭钱松的话音落下，后面又多了几个防"钓鱼"大军。

林留溪只好拿着书，乖乖加入他们。

谢昭年坐在最后一排最后一个，单人成桌。

眼看座位上的同学顷刻间少了大半，他稍稍回头看了一眼。教室后面就跟大阅兵一样，个个挺着背站得笔直。互相遮挡的同学之间，少女拿着荧光笔在书上写写画画，应该是在记笔记。

旁边的冯楼雨看了林留溪的书一眼，跟她交头接耳："哇！好可爱的小兔，你居然在画兔子。"

林留溪笑了笑，余光看见少年转回头去，紧握的荧光笔松了几分。

因为太紧张了啊。

下课铃一响，谢昭年叫住林留溪。

就连林留溪自己都不知道谢昭年因什么事找她，她慌忙合上书。

谢昭年倒是开门见山："你知道禁止吸烟的那块牌子现在在哪儿吗？"

林留溪抬手一指说："在年级组门口的桌上。"

她的目光有些疑惑。

谢昭年勾唇："多谢。"

他起身往外走。林留溪目光跟随着他，似无意地问："哎，你问这个做什么？"

她实在是想不明白。

谢昭年回头，神情令人捉摸不透："你猜？"

不猜。林留溪生气了！

她把书放在桌上，很快追上谢昭年。

谢昭年白色卫衣上的两根绳被打成跟电话线圈一样的结。从穿上冬季校服的那天起，林留溪就没见他拉过拉链，大敞着也不怕冷，很不正经的一个人。

他站在年级组办公室的那张桌前，拿起那块牌子，边打量还边来回掂着。

此刻，年级组的老师都坐在里面。门虚掩着，几个中年男人坐在里面吞云吐雾。林留溪一靠近，就闻到一股呛人的烟味，她皱着眉连连后退。

大帅哥凭空出现在这儿，走廊上聊天的学生们都扭头看过来，好奇他要干什么。路过的很多学生也纷纷停下来观望。

他要把这块牌子粘回去吗？林留溪可记得他没带胶水下来。很荒谬。

谢昭年却又一次出乎所有人的预料。

只见谢昭年大摇大摆地推门，不仅林留溪愣住了，年级组办公室里的老师们也是一愣。

朱雷军见到谢昭年这副吊儿郎当的模样，火气又上来了，摆着架子道："你还好意思过来！年级第三名很厉害了？怎么不考个年级第一名呢？第三名就开始骄傲了？自满了？这只会让你摔得更惨。"

他手中的烟没熄，在指尖静默地燃烧着。烟雾一直在飘，呛人的气味无孔不入。即便年级组里有人在咳嗽，抽烟的人也不以为然。一眼望去，个个都叼着烟玩着手机。

谢昭年没将他放在眼里，懒洋洋道："年级第一迟早要有。我只是听说朱老师是教语文的，正好，这四个字我不知道怎么读，特地来请教一下。"

他的手指着"禁止吸烟"的指示牌，似笑非笑道："怎么读啊？"

四个醒目的红色大字。

他揣着明白装糊涂。

朱雷军当场就爆粗口了："回去上课，大人的事你少管！"

哈哈哈哈哈，林留溪扶着栏杆，笑得眼泪都要出来了，年级组也有今天！不行了，太好笑了。

"那怎么行？"

谢昭年挑眉，像发奖状一样将禁烟牌甩到年级组的办公桌上。"啪"的一声，气流上升。

他的发丝上下飘飞，快乱了，又蓬松了点，像蒲公英一样柔软，粘在林留溪心间。

懒倦、松散、天不怕地不怕。

这是林留溪能想到的形容谢昭年的所有词汇。

谢昭年漠然地笑道："我听说这牌子是您老特地从墙上抠下来的？朱老师，不是我要管，是要物归原主。朱老师，您说是不是这个理儿？"

楼梯间又是一阵爆笑，年级组里的老师们纷纷掐掉烟。

朱雷军怒了："这是什么歪理？去上课，少在这儿跟我扯有的没的。"

日常巡逻的校领导被围堵的人群吸引过来："这里怎么这么多人？都围在这儿做什么啊？散开，都散开。"

校领导胸前挂着一个牌子，手背在身后。楼梯间人满为患，根本下不了楼。

有学生添油加醋道："老师，好像是年级组的老师为了抽烟，把墙上的禁烟牌子抠下来了。哎呀，他们天天抽烟，也不来个人管管，每次进里面问题就跟上香一样。"这传闻越传越广了。

校领导微微颔首，看样子，信了一半。

朱雷军连忙掐灭烟："你胡说，这牌子是自己掉下来的！"

校领导走进办公室，示意谢昭年先回教室，然后拍拍朱雷军的肩，意味深长道："小朱啊……"

办公室的门合上，估计他几个月的奖金都被扣没了。

看热闹的学生们欢呼雀跃，甚至耳朵贴在铁门上听。这样一来，自然遭到了其他老师的驱赶。谢昭年被很多人围着，手挡在身前："让一让，让一让。"

如此耀眼的人，林留溪笑着笑着，脸上的笑容就消失了。或许他才是受这个世界欢迎的人，一定是这样的。

她站在楼道中央沉思。

太阳像是假的，照在少年校服上的光却是真的。

谢昭年漫不经心地上楼，勾唇道："以后再也不会有人往你的垃圾桶里抖烟灰了。不谢谢我？"

林留溪只是笑了一声。

谢昭年摸着下巴，打量她，随后"啧"了一声："笑得好假。"

林留溪沉默半晌，很不客气："眼瞎。"

谢昭年的目光落在她头顶，顿了一下，笑着摇摇头："你干脆改名叫'林怼怼'算了。"

青春里那些旁人只是想想的不满与反抗，谢昭年做了。

因着这件事，他不仅在班里名声大振，在全校也是。下课后，开始有女生手挽手假装路过他们班，然后扭头盯着座位上的少年偷笑。

林留溪冷静下来，就开始头脑风暴，大脑死机。

为了不在谢昭年面前表露少女的思绪，她确实很不客气，说他眼瞎。仔细品品，根本就不给人留余地啊。好崩溃，真的好崩溃，就应该换个词，委婉一点。怎么就不过一下脑子啊？

要是有读心术就好了，这样人与人之间就不会留有那么多缓冲的余地，谎言与真心也能分得更清。

1月25日，离过年还有一周时间，连上三周课后，学校终于舍得放寒假，班上同学都说年级组良心发现。

林留溪补课补麻了，都快忘记"监狱"外什么样了。

可以说很快乐，但是想想一个寒假都看不到他了，心里又有些失落。人真是一个矛盾的结合体啊。

她想，要不要找个理由加他的QQ？

谢昭年又不在班级群里，她特地充黄钻隐身访问周斯泽的空间，也找不到谢昭年的蛛丝马迹，难不成向周斯泽要？

不太行。

一厢情愿不是双向暗恋，太主动容易变小丑，还被他人察觉，那叫公开处刑，汗流浃背了。

经历了如坐过山车一样的心路历程后，林留溪终究是将寒假作业塞进书包，老老实实地回家。

反正寒假也就放半个月。

只是她感觉这半个月特别难熬。

1月31日，除夕。

妈妈特地给林留溪买了爱吃的鲍鱼，在厨房里烧菜。客厅里，一大家子都坐在一起，只有林涛将坐在餐桌上的人当成一家人，吆喝着让林留溪摆碗筷。

上次的事他转眼就忘了，跟个没事人一样，仿佛全世界只有林留溪记得。

林留溪翻了个白眼，只拿了自己和妈妈的。

林涛说了一句"大年三十，爸爸不想生气"，让林留光去拿。

林留光很是无语地又拿了三副碗筷。

林涛却说："不够。"

为什么不够？

门铃响了，林留溪还以为是哪个亲戚或者送东西的，打开门，是林涛的红颜知己们来了，还是林涛叫来的。她们身边的孩子一进来就喊"爸爸"。林留溪看林涛的鱼尾纹都要笑出来了，站在原地沉默。

过年都不安生。

"我就说这孩子长得像林留溪，和她小时候一样爱闹腾，可惜长大了就不会说话了。"林涛边逗着红颜知己的女儿，边说。

红颜知己的女儿挣脱他，去找另一个红颜知己的儿子玩。两个孩子很闹腾，似乎并不理解这个复杂的世界。

林留溪从他们身上看见了自己小时候的影子。她就算潜意识里很讨厌林留光，但同在一个屋檐下，两人之间的交集避免不了。在八岁半那件事发生之前，他们也是这样要好，现在两人是一起骂林涛的关系。

总之，九个人强行凑成一桌，气氛就跟上坟一样。妈妈始终冷眼盯着林涛的红颜知己们，年夜饭才吃了两口，她就说："我不吃了。"

林涛问："为什么不吃？"

妈妈将筷子"啪"的一声，拍在桌面上："因为待在这个家，我要疯了。林涛，你把当年装修房子的钱给我！我跟我女儿搬出去住！"

林留光的妈妈插话："今天大年三十，一家人吃饭吧，吃饭。"

一位红颜知己冷笑道："什么一家人？林涛跟你们才是一家人，少在这儿给老娘装。"

另一位红颜知己也阴阳怪气："林涛，你就好幸福。"

林涛脸色难看，骂了一句，又嘲讽道："这个家素质就这样，一群没素质的人，今天大年三十，什么话该说、什么话不该说都分不清！"

　　林留溪背地里翻了个白眼。

　　桌上唇枪舌剑，林留溪与林留光置身事外，边吃饭边看电视。

　　电视里播着春节联欢晚会，正好播到一支叫《只此青绿》的古典舞。弦乐伴着古筝声亘古悠悠，青袖如飞鸟，黛色高髻粉饰在青绿之间，错落有致，层峦叠嶂，悲美的情绪传递给林留溪。

　　她想：下辈子还是重生到小说里好了，一帆风顺，就算人生再孤独，也会在结局之前有一个绚烂的高潮。

　　林涛发了好大一通火，冷着脸出去，说这里乌烟瘴气，带着红颜知己们的儿女出去吃烧鸡公。妈妈喝醉了，趴在桌上，红酒与她的头发粘在一起，一直喊着林留溪的名字。

　　小时候林留溪很心疼妈妈，觉得她很不容易。

　　可有一次妈妈在林涛那儿受完气，端了一碗馊掉的汤过来，引诱林留溪喝下去，说汤还没坏。

　　林留溪当然知道这东西不能喝，摇头，因此得了个不知好歹的名头。妈妈将汤匙怼在她唇上，她被吓哭了。妈妈捏着她的脸，面无表情地问："为什么不喝？妈妈这是在对你好！"

　　最后，还是林涛把林留溪带走。

　　两人又开始吵架，无休无止。

　　她才明白，这里的人都是神经病。

　　林留溪将视线从醉倒的妈妈身上收回，没有任何感情，不强求被治愈，能活着就好。

　　她穿上睡衣，准备上楼，林留光扯了扯她："涛涛日常发病了，好神经，我一点都不想待在这儿。我们去外边玩吧？外边有人放烟花。"

　　林留溪心动了："好。"

　　她穿着拖鞋出门，西柚色的夹棉睡衣抵挡住夜晚只有几度的低温。

　　林留光穿得也很随意，一条深蓝色的夹棉睡裤，上面还有很多黑色和黄色的字母。找不到睡衣，他就穿了一件北面羽绒服，接地气的睡裤配潮流羽绒服，产生极大的视觉反差。

　　林留溪上上下下地打量，问道："怎么穿睡裤出来？上面跟下面还挺不一样。"

　　林留光笑嘻嘻道："你懂什么？这是省服，你自己都穿着，还好意思说我。"

"我上面又没穿羽绒服。"

"呵呵。"

林留光不说话了，一直在手机上打字。

林留溪转头，问："你不走吗？应该是在广场上放烟花。"

林留光往相反的方向走，得意扬扬地笑道："哎，这你就不懂了。我朋友在等我，我出来就是为了找我朋友，我现在就去找她。林留溪，没人陪你吧？好孤独，好寂寞哦。我朋友还给我带了新年礼物呢。你嫉妒死了吧！"

好欠揍。

林留溪冷漠道："好的，祝你转角遇见爱你的涛涛。"

"林留溪，你给我去死！"

林留溪已经转身往广场的方向走了。

林留溪家附近的百绘广场是市里最大的广场，紧挨着市政府，里面有个月牙湖。旁边有很多商场、店铺，只不过大多店面现在都关着门，人们回去过年了，偶有零星的杂货店开着。

杂货店前站着一群抽烟的男人，摆在最显眼位置的不是年货而是鞭炮。

早在前几年市里为响应国家颁布的烟花爆竹禁放令，全市禁止燃放烟花爆竹，出来放鞭炮已成了难事，不只是放，连着卖鞭炮的也会一块儿罚。

但这并不影响有人明知山有虎，偏向虎山行。

林留溪停在卖鞭炮的店门口打量，老板娘热情地迎上来："小妹妹，抱歉啊！店里的烟花全被一位客人预订了。你想要的话，直接跟我说，我可以帮你订。店一直是开着的。"

说着，老板娘将烟花、鞭炮一股脑塞进两个大牛皮纸箱里：烟花棒、火树银花、孔雀开屏，还有大型的烟花筒。

林留溪难以置信："这么多都是他一个人买了？"

禁放令下烟花的价格水涨船高，现在又是特殊的时间节点，可想而知。这位富哥就不能微信转她 50 元，看看实力？

老板娘："对呀！我现在就要送去湖边。整整两大箱呢，感觉还要来回跑一趟。"

林留溪："姐姐，我帮你一起送吧？

"我只是想看看人家放，那位置看烟花也挺好。

"没事，真的没关系，我家里不管我，一个人在外面也无聊，找点事情干。"

老板娘最终答应。

林留溪抱起一箱烟花，闯入烟雾弥漫的广场，空气中的烟味萦绕在她的鼻尖。视野被烟花爆竹产生的白烟遮蔽，宛若进入《闪灵》里的绿植迷宫，能见度极低。

没想到这么多人在广场上放烟花，好热闹。

"小妹妹，不行的话，就还是我来搬。"

老板娘走入浓烟中，林留溪跟紧她："还好。"

有标识牌，两人很快就找到了月牙湖边。

白天出了点太阳，晚上又很冷，昼夜温差大。月牙湖边雾气很重，与烟花爆竹的烟雾缠绕在一起，宛若上了天庭，仙气飘飘。

林留溪一不留神被翘起的地砖绊倒，手中的箱子松动，人的重心向前。

"呼——"

耳边皆是风声。

正当她以为自己会摔倒时，手臂被人拉住，林留溪错愕地回头。

白雾中，树梢上的灯笼晃荡，如同水上的乌篷船顶悬挂着的油灯，驱散江上独钓者的孤寂。

少年拽着她的胳膊，人挨得很近。

她几乎可以听见他的呼吸声。

谢昭年倒没跟林留溪一样大半夜穿着省服乱跑，而是穿着一件驼色的针织外套，换了一条棕色的围巾，遮了大半下巴，依旧惹人注目。

他低头盯着她，仿佛只是出来散步碰到，神情非常松散，眼瞳中映出烟火的微光。

林留溪愣住了："谢昭年？"

树上的灯笼晃呀晃。

谢昭年松了力道，林留溪站稳脚跟，听少年漫不经心地问道："你怎么也在这儿？"

他随意扫了眼她怀中的烟花："放这么多烟花，不怕把头发点着？"

他半开玩笑一样的语调。

林留溪还是佯装羞恼："这不是我的烟花，是别人的。"

她转念一想，今天大年三十，出来放烟花和看烟花谢昭年总占一项，要不问问他一起去看？那富哥点的烟花够多，放起来一定很好看。

她嘴唇微张，却听谢昭年道："你别动。"

少年突然俯下身，按住她小臂接近手腕的位置，令她无法动弹。

林留溪愕然，无法控制地嗅到对方身上似有若无的冷香，她浑身僵硬。

不知道用的是什么洗衣粉，这么好闻，好似沉香木浸入水中，碾碎雪中的梅花。

他淡声说："自己低头看看。"

林留溪这才注意到，原本装在箱子里的摔炮随着惯性掉出来了，粘在她睡衣的袖子上。

林留溪最怕摔炮这玩意儿。

摔不出好看的烟花，还跟个地雷似的，一惊一乍，声音老响了。

而她现在只要稍微一动就能立马原地去世，神仙来了都无法救活。

救命！

"谢昭年，帮我一下。"

林留溪吓得浑身寒毛直竖，一动也不敢动，只好求助谢昭年。

谢昭年扬眉说："那可不行。"

林留溪：咦？

浓雾漫过谢昭年的肩，驼色的外衣有些失真。

他宛若横穿雨林的猎手，危险又野蛮，说话也是丝毫不见外："我妈不准我招惹女同学，要是被我妈看见了，我怎么解释？"

林留溪腹诽：神经。

她沉默了一会儿，说："那你就跟你妈说是我招惹你的，行了吧？"

谢昭年笑了一声，也不啰唆，将她胳膊上的摔炮放回盒子里。

林留溪整理好衣服，尴尬又不失礼貌道："感谢你啊。"

少年微微颔首。

老板娘终于找到林留溪，跑过来的同时也发现了谢昭年。她惊讶地看向林留溪："你自己找到了？"

林留溪不明所以。

很快她就反应过来，看向谢昭年，啊？啊？啊？怀中的烟花瞬间变得烫手了。

她眼底的震惊，谢昭年没有错过。少年上前一步，垂眸看了纸箱一眼，突然问："你在兼职？"

他的影子笼罩在林留溪身上，林留溪摇摇头："在助人为乐。"

老板娘左右打量："你俩认识？"

谢昭年随口回道："同学而已。"

林留溪同时出声："不熟。"

她下意识看向谢昭年，他也正好看过来，两人都把目光移开，说不出的别扭。

"还真够有缘的！"老板娘笑道，"小帅哥，票据和货都已经给你妈妈了。你看这箱是不是也送到你妈那儿？"

谢昭年"嗯"了一声。

林留溪问他："你妈在哪儿？"

少年伸出手："给我就行。"

他的手掌停在半空中，一些烟花爆开的火光映在他的手背上，如同一块美玉。

林留溪很自然地将箱子递给他。

虽然她很想跟谢昭年待久点，可这么敏感的节日，待久了就很容易被问这问那，那些不想回答的家事，还有她现在为什么会在这儿。

林留溪捏紧手："我走了。"

谢昭年停住道："就走了？不看看烟花？"

林留溪道："不了，我还要回去看春节联欢晚会。"

夜晚的城市万家灯火，街灯凄凉，谢昭年在灯下肆意又懒散。

他随口问："好看吗？"

林留溪思索了一会儿："还行，有个舞挺震撼的，还上热搜了。东西送到了，我走了哦。"

谢昭年"哦"了一声。

林留溪的身影已然在迷雾中缩成一个小球，活像一只行走的毛绒小熊，可爱又笨拙。

少年手中的箱子倾斜，里头的摔炮滑落在地，"噼里啪啦"，他却不以为意。

林留溪走到广场边缘，与老板娘告完别，身后传来响亮的烟花爆竹声。

她下意识回头，漆黑的夜空中流着火光，像是碎星从天空掉下来，绚丽又盛大。

这应该是谢昭年放的吧？

她失神地望了很久，直到手指冰凉，她将手凑在嘴边，哈着热气。

随后，她的手一顿。

林留溪察觉出鞭炮声变得很有规律，越来越大，好像有什么东西自远方而来，不仔细听，还真会被忽略。

她皱眉，什么声音？

转头就看见十字路口对面停着一辆城管的车，林留溪睁大眼。

不是吧，大年三十还上班？

这城管车是皮卡车的款式，整体蓝白相间，白色占大头，车门上还有警徽，一看就来者不善。现在是红灯，它在信号灯下蓄势待发，看似要大干一场。

车上还有广播："关于城区规范销售及禁止和限制燃放烟花爆竹的

100

通告：为加强城市管理，改善城市空气质量，降低噪声污染，消除燃放烟花爆竹的安全隐患，提高城市品质，保护人民群众的生命安全、财产安全。根据《中华人民共和国空气污染防治法》及《烟花爆竹管理条例》等法律法规……"

　　总结起来就一句话：不准放烟花爆竹。

　　想到还在里面浑然不觉的谢昭年，林留溪往回跑，回到月牙湖边。

　　浓雾弥漫，放鞭炮的很多都是小孩，天真且胆大，见城管的车驶来，还以为是玩具车，并没有退却，继续捂着耳朵点冲天炮。

　　谢昭年还站在那儿，手里把玩着打火机。"刺啦——"火光在他手中明明灭灭。

　　他的眉眼映着暖色的光，神情放松，侧着头好像在和身边的人说着什么，发丝翻飞。

　　戴墨镜的女人就站在他身边，外面是一件棕色的风衣，里面搭着一件白色的毛衣，黑色的长鬈发在风中飘扬。那是他妈妈吧？

　　林留溪不由得想到伏在饭桌上的母亲，有些愣神，还是别打扰了吧。

　　她给周斯泽发了一条消息：新年快乐。

　　周斯泽很快回了：才除夕呢。

　　林留溪回道：没事，能不能帮我告诉一下谢昭年，别放烟花了，城管来了。

　　周斯泽：？

　　周斯泽：啊？什么情况？你俩现在在一起？

　　林留溪：你别管。

　　手机屏幕又亮了，周斯泽说：算了，我先帮你转达了。要不要我把他的 QQ 推给你？

　　别吧。

　　可以。

　　还是不用了。

　　推给我吧。

　　林留溪很矛盾，城管车的鸣笛声越来越近。

　　她抬眼一看，大型烟花筒还放在湖边的石栏上，少年的身影却早已消失不见。

　　他看见了吗？

　　林留溪傻愣在原地，肩膀突然被人一拍，她惊得连退好几步，回头。

　　浓雾散开，热闹的天空归于平静。少了光，夜晚就更能模糊一个人的轮廓。

少年的黑眸璀璨，五官更立体，瞳仁中的反光也更醒目。

是这世界上最好看的眼睛。

谢昭年忍俊不禁，漫不经心地打量她受惊的模样："某个人不是说回去看春节联欢晚会了？在外面看，还是说——"

他俯身盯着她，懒懒地笑道："你口是心非？"

怎么给人一种坏坏的感觉啊？

林留溪不敢看他，心莫名跳得很快。

她稳定心绪，"呜呜"说道："谢昭年！你好吓人，差点被你吓死了。"

谢昭年好笑道："我又不是鬼，怎么吓人？"

"我说吓人就吓人！"

林留溪移开目光，指了指自己过来的方向："我走到一半，看见城管来了，一路看到他们无情地没收，想到你，就好心提醒一下。我要是和你一样买了这么多烟花，被收走的话，总归会心疼。"

"这样啊。"

谢昭年随手拍掉落在林留溪肩膀上的枯叶，若有所思道："我刚刚看到周斯泽的消息了。谢谢你啊。"

昏暗的光线是最好的掩饰，不仅让景色变得朦胧，眼前的人也变得更加令人心动。

林留溪低下头，掩饰不住嘴角的弧度。

谢昭年走到湖边，把最大的那个烟花筒放在空地上。

"林留溪。"

他突然喊了她的名字。

她歪头看向他。

谢昭年点燃引线，嚣张地笑了，看傻子一样看她："你说这大过年的不放烟花，什么时候放？也正好，你看着，不算白走这一趟。"

火花"吱吱"，如同夏日的汽水，到引线末端了。

谢昭年往后退，是这般意气风发。

这样真好啊。

在烟火划过夜空的一刹那，城管冲进来，瞪大双眼望向夜空。明月皎皎，碎星坠落，与高楼的灯火连绵成一条线。

是人间，也是新年。

林留溪嘴唇微动，看向他。

谢昭年，岁岁长相见。

这个寒假发生了很多事。冬奥会在北京举行，吉祥物冰墩墩在网上炒出了高价，QQ空间都在晒冰墩墩。就连冯楼雨跟林留溪吐槽极品亲戚时，也附带了冰墩墩的表情包：我创死你。

电视里，谷爱凌在自由式滑雪项目中夺得冠军。她在媒体前咬金牌的时候，林留溪正坐在亲戚家吃饭，相仿的年纪，却有着截然不同的人生。

过了初七，又要回去"坐牢"。

林涛对大年三十发生的事耿耿于怀，不知道抽什么风，把林留溪叫到跟前，问她想要什么礼物。

林留溪想了想学校里流行的卡西欧表，陈愿换了个最新款发在空间里，她就直说："手表。"

林涛从抽屉里拿出两块表。

很常见的大人款式，表盘很大，没有数字。表带是金属链带，一个是三排式，另一个是五珠链。

林涛说："这些手表都是别人送给爸爸的，你要哪个？"

林留溪看一眼就知道这两块表是男款，本就是适合林涛这样的成人戴的，送表的人也是根据林涛的尺寸送的。

她沉默一会儿："我不要这个，我要卡西欧。"

林涛："卡西欧是什么？"

"一款表的牌子，我们学校很多人都有。"

林涛："这两块表不好看吗？"

"这是送给你戴的表。"

"爸爸送你了，不就是给你戴的？卡西欧哪有爸爸送你的表有纪念意义？都是小孩子喜欢的东西。你要格局大一点，这两块都是名表，不比那个什么卡西欧好看多了？戴去学校里，多洋气。"

算了，她转身就走："你自己留着吧。"

像她这样的高中生只喜欢卡西欧，漂亮又百搭。

"你这毛孩子，别这么不知好歹！不要就算了。"

两人不欢而散。

好不容易开心一会儿，但有林涛在，有这个家在，仿佛再美好的事物也只是转瞬即逝。

她心情不好就会吃很多东西，炸鸡、薯片、巧克力，将这些当饭吃。倒不会长胖，也不会长痘，她的体质就是这样的。

但妈妈说："油腻的东西吃多了会上火。"

上火、火气，这东西和湿气、肝气之类的一样在老一辈口中神乎其神。

林留溪从不信。

于是在某一堂自习课上，林留溪流鼻血了。

感觉到一点苗头，她就直奔厕所，对着水龙头冲鼻子。水池里都是血水，喉咙里也是铁锈味。

最要命的是：无论用什么方式都止不住血。

她的脸上和脖子上现在一定全是血。

林留溪咬着牙，在口袋里摸纸巾，脑中当即一片空白。

好家伙。

没纸巾！平时口袋里的纸巾哪儿去了？

天塌了！

就这副狼狈的样子回去，免不得看到别人异样的目光。林留溪现在是最要面子的时候，此时不仅是她的脸上和手上沾着血，连胳膊上都是血，不知道的还以为她杀了人。

要是再这么流下去，校服上都得沾上血。

"林留溪？"

听见有人在下面喊，她小心翼翼地看过去。

好消息，是熟人。

坏消息，那个人是谢昭年。

教学楼的厕所是单独一栋小楼，第一层是男厕，第二层是女厕。厕所外面的洗手池到走廊整个都是开放的，没墙挡着，只有一圈生锈的护栏。

路过的人可以看见护栏边的光景。

之前上晚自习时有些学生翻越护栏，企图逃出教学楼，不幸摔断了腿，学校就在一楼松软的泥地里种满荆棘。

声音是从荆棘花坛边的大马路传来的，林留溪的身体下意识一僵，她背对着谢昭年，生怕这副狼狈的样子被他看见。

"我去小卖部买东西时，就看见你站在水池边洗手；现在我都回来了，你还没洗完？"

他语调微扬，传进林留溪的耳中就成了：就这么不想上自习课？嗯？

她纠结了一会儿。

"我流鼻血了，现在血还没止住。你别看，要是黄晓莉来查班，你就实话实说。"说到最后，林留溪的声音闷闷的，突然很小声道，"谢昭年……我没带纸巾。"

谢昭年一愣，少见地沉默。

"你等会儿。"

林留溪偷偷向后瞄，楼下已不见少年的身影。

过了冬季，春夏之交的时节，天气总有几天反常。日光照亮瓷砖，暑热充斥在狭长的走廊上，顺着打开的窗挤进教室，又闷又热。

流感多发的季节，教室必须开窗通风。周一的晨会上，领导就反复强调这件事，务必要注意防护，不要在最关键的时刻中招了。

谢昭年推开门，广播里正在通知学生到年级组领体温枪和体温表。

教室里有人感冒，已经被约谈多次，确定只是普通感冒才准来上学，教室里充斥着咳嗽声。

冯楼雨戴着口罩，专心致志地写题。

教室后门发出门锁回弹的声音，冯楼雨回头瞥了一眼，就见谢昭年走到林留溪的位置，对她说："你同桌流鼻血了，没带纸巾。"

冯楼雨放下笔："她现在还在厕所？"

谢昭年漫不经心地"嗯"了一声。

冯楼雨从抽屉拿出抽纸，起身时，才想起什么："不过，我现在没时间，黄晓莉让我去年级组领东西。我问问别人有没有时间去送。"

她说着，就要拍前面的女生。

谢昭年拿起林留溪桌上的百乐笔随意地转了转，看见冯楼雨要拍的女生是秦思语，直接将笔放回桌上："别问了，给我。"

秦思语是他们班管纪律的。作为违纪本上的常客，谢昭年也是后来才知道，之前得罪的学生会主席正是她姐姐。若秦思语去，给三人都添堵。

反正洗手池没封墙，从下面丢上去就是了。

冯楼雨不懂其中的弯弯绕绕，再次确认了一下："你……确定？"

声音引得前面的秦思语回头，她很不客气地拍拍桌子："谢昭年，我忍你很久了。自习课去小卖部、讲话，我都记上了。还有林留溪，整节自习课都不见人影。你现在又要去哪儿？找她？不学习能不能别来学校？"

这话拱火的意思明显，班上开始躁动不安。

谢昭年也不生气，他撑在林留溪桌上的手敲了两下，懒懒道："没说错。

"我不学也比我们亲爱的纪律委员考得好，为了防止你心理扭曲，所以就让让你好了。"

他讥诮地俯身，很有压迫感："秦思语，我奉劝你管好自己。"

秦思语当即脸都气绿了。

她瞪着谢昭年，打开违纪本："谢昭年，你敢走！你自习课上没理由乱跑就是违纪，信不信……"

谢昭年浑不在意地笑："不好意思，我还真就敢。"说完，他就拿起抽纸转身，头发被门外的风吹乱了。

明知故犯，不知悔改。别说是秦思语，就算是年级组的老师在这儿都拿他没办法。

林留溪现在对自己的鼻子也没办法，就算拿冷水冲，血也一直在流。

苦闷之余，她想起之前刷到过一个医生的科普号，反复强调流鼻血时不要仰头，而应该向前倾，捏住鼻翼。最后，血终于止住了。经过这么一遭，林留溪感觉血管里的血都快要流干了。

要不要这么狼狈。

谢昭年不是说等会儿，算他有良心，他们现在的关系算是朋友了吧？算是吧？但仔细想想，出于人道主义的关怀，好像也说得过去。

林留溪接了冷水，往自己脸上一泼，突如其来的凉意令她的睫毛颤动，水珠自然而然地顺着她的下巴滑落。

她也清醒了些。

"林留溪？"

背后突然有人在喊她。

她欣喜地回头，表情僵硬——没想到，喊她的人却是刘雅琪。

最近看见刘雅琪和陆轻悦的次数少了很多。过了一个寒假，刘雅琪越发高挑，听说她进了学校的礼仪队，周一升国旗的时候，帮领导发奖状和流动红旗。她的气质确实好，不仔细看，还以为化了淡妆。

林留溪与她的接触本来就少，若不是陆轻悦，两人根本就不知道对方的名字，也没讲过几句话。

她注意到刘雅琪带着抽纸，但并没有进来。

刘雅琪淡声说："擦擦吧。"

林留溪一愣："谢、谢谢……"

为什么最后会是她过来？怎么能是她？这样的刘雅琪，她根本就讨厌不起来。

刘雅琪还从口袋里摸出一面镜子，巴掌大小，圆圆的，顺手将其递给她。

刘雅琪啊刘雅琪，挺好的一个人，大概是这样，大家才都跟你玩得好吧。这个世界总有一种生来就是观摩他人人生的错觉。

林留溪又说了句"谢谢"，对着镜子擦干脸上和脖子上的血，有些走神。

刘雅琪看着林留溪，也在走神。

原本这节课是他们班的体育课，她回来拿东西时，遇上了谢昭年。

少年拿着抽纸，正巧站在楼梯间，眼皮一抬也看见了她。

刘雅琪从流言蜚语中，听过谢昭年的名字，早就很想认识他。谢昭年用篮球砸李一翔那次，她私心想会不会跟自己有关，可对外不会表露出来。

刘雅琪移开目光，手指转着发尾，以缓解紧张。

谢昭年却突然开口："你能帮我一个小忙吗？"

借这个机会认识一下为何不可？

她莞尔道："可以的。"

谢昭年漫不经心道："我们班有个女生流鼻血没带纸巾，她同桌让我送纸来着。你帮我带进去吧。"

刘雅琪愣住了："厕所里吗？"

"不用进去，就在外面的水池边。"

在看到林留溪的瞬间，刘雅琪才后知后觉，谢昭年那天拿球砸李一翔是为了谁。她暗自攥紧手，不理解。

林留溪已经将脸擦干净，对刘雅琪笑了笑，露出一排白齿。她的牙套不知道是什么时候摘下的，五官与上学期相比，长开了许多。

刘雅琪回过神："啊，没事，这是你同桌的抽纸，你回教室的时候，还给她就行了。"

刘雅琪说完，就匆匆离去，独留林留溪在原地站了许久。这抽纸她第一眼就认出的确是冯楼雨的。

难道冯楼雨也跟刘雅琪认识？

不安的感觉瞬间蔓延全身，她不想冯楼雨变成下一个陆轻悦。林留溪满怀心事地回班。

冯楼雨领完体温枪和体温表回来，注意到自己的同桌一脸心事重重的模样。她瞥了一眼，抽纸已被放回原来的位置。

"怎么了？黄晓莉没来查班？"

林留溪"噢"了一声，突然问："你认识刘雅琪？"

冯楼雨正在收拾桌面，闻言转过头来，眼中透出疑惑："听过，好耳熟的名字。"

"怎么了？"她试探地问。

林留溪看到她这种反应，顿住了："是刘雅琪给我送的纸巾。"

冯楼雨停下手中的动作："不是谢昭年吗？啊，我懂了，男生进不去，就让那刘什么琪的帮忙呗。"

谢、昭、年。

林留溪扭过头，少年独自坐在座位上，那句随口一说的话回荡在她耳边。

等会儿，他真的没叫她等很久。

越接近下课，教室里越吵闹，班上的人不知不觉间就凑在一起聊天："我跟你讲……""你别告诉别人……"从简单的八卦到学校的奇葩鉴赏大会。秦思语对此装聋作哑，耳塞一戴，自顾自地写作业。

谢昭年从口袋里拿出蓝牙耳机连上MP3，隔绝外界一切喧哗。他从书堆里随意抽出一张试卷写。秋季校服蹭着试卷上的墨水，袖口往里卷，露出手腕上的卡西欧，纯黑色，手背上凸起的骨节显得很清晰。

写了一会儿，他抓起桌子上的水杯，抬头看了一眼。

林留溪下意识收回目光，也拿起桌上的水杯，喝了一口水。

而其实，水杯里的水早被喝光了。

幸好没人看见……她心虚了半天。

回想一下最近发生的事，那次影院偶遇，谢昭年就问她去不去吃烧烤，怕她放不开，拿菠萝啤骗她是酒，大年三十那天再遇上，他让她看天上的烟花。

是好心，还是别的什么？是对所有人这样，还是仅此一人？男生的心思有时候比女生的还捉摸不透。

原谅林留溪。

她直接产生了人生最大的错觉。

网上有很多帖子，关于追Crush把自己追成小丑。

帖子一：加了Crush的微信，却找不到话题。打开朋友圈无数次，感觉他对我应该也有点感觉。有一次实在忍不住，我假装真心话大冒险输了，发了一长串很暧昧的话。他回了个问号。我都没来得及解释，就被删了。小丑本人就是我。

帖子二：你们还有微信，真正的小丑连Crush的微信都没有。

帖子三：为了在Crush面前表现自己，我说我能把他公主抱。结果抱不动，两人都从楼梯上摔下来，Crush直接去医院缝了针……你们都在玩梗，只有我是真正的小丑。

林留溪看了一会儿，就躺在床上望着天花板发呆，不知道自己为什么要看这些。

新年过后，周斯泽还是给林留溪推了谢昭年的QQ，说以后找谢昭年可以直接上QQ。

林留溪纠结很久，还是没敢加，怕太主动会被谢昭年发现自己那点小心思，但她每天都会点开资料卡看无数次。谢昭年的 QQ 头像是一只猫，看上去是在他家，因而照片拍得很随意，角度很死亡，整个头像都是一张不高兴的猫脸。

他家养猫。

林留溪注意到谢昭年的 QQ 名：XiXi。

溪字的拼音不加声调：Xi。

微妙的巧合，她好不容易建设起的理性决堤。

谢昭年一直都用这个 QQ 名吗？林留溪也不敢多问。

暗恋就是这么矛盾，明明什么都不敢做，巧合地对视一眼后，又觉得自己无所不能，生怕不为人知，又怕被对方知道后很难堪。

小心翼翼却又胆大妄为。

　　3 月 15 日 天气晴
　　我的生命本就是一场旷野，遇见你之后，突然就想种一片森林。
　我愿取春光成溪，再揽天上明月当灯塔，以此照亮我艰难又孤苦的人生。
　　这些动听的话，我想，我想啊，要有机会的话，我肯定亲口讲给你听。

第四章 · 奶糖

/

谢昭年，你说要我成为我想要成为的人。
谢昭年，我真的能成为我想成为的人吗？

6月7日，湖南高考。

按照惯例，提前三天全校清空桌子放假。

越接近放假，心越飘，特别6月1日还是六一儿童节。

十八岁之前最后一个儿童节。

早自习，黄晓莉拎着一袋糖进了教室，一人一根阿尔卑斯。冯楼雨拍拍林留溪的胳膊，她侧头，冯楼雨变戏法一样拿出一块泡泡糖："儿童节快乐！"

往年的6月1日，陆轻悦都会送她一根巧克力味的棒棒糖。高一那年的儿童节，陆轻悦也带着糖出现在他们班门口。这时候，林留溪就会拿出早就准备好的橘子味的棒棒糖。

这是她俩之间心知肚明的约定。

好奇怪。

说断的时候，明明那么轻松，之后又会在生活中的每个细节想起她。

和好吧？又拉不下脸。

陆轻悦和刘雅琪玩得这么好，自己再去打扰，太轻贱。

林留溪有些走神。

冯楼雨指着窗外道："林留溪，有人喊你。"

"啊？"林留溪站起身，"好。"

陈愿站在外面，手捧着棒棒糖做的"小花束"。"小花束"只有巴掌大小，包装纸还是《英语周报》。她笑道："林老板，儿童节快乐啊！"

"陈老板也是啊！"

这捧"小花束"放在桌上，一定程度满足了林留溪的虚荣心。她没提前准备糖，不免有些不好意思，本打算昨天晚自习下课去买，没想到林涛来接她，还是中午来学校的时候买吧。

林留溪想起谢昭年，不动声色地看了一眼。

110

他的位置是空的，他跟人打篮球去了。一会儿的工夫，他桌上就堆满了糖，与生日一样，受欢迎得叫人嫉妒。

想收到他给的糖，这应该不可能。

但又想给他偷偷塞一颗。

林留溪中午来学校的时候，买了很多紫皮糖，她想了想，又单独买了一颗大白兔奶糖。

她特地来得很早，想趁着中午在教室学习的同学都趴在桌上睡觉，悄悄进来。

初夏的风也从窗户闯入，深蓝色的窗帘飘啊飘，聒噪的蝉声年年复年年。

谢昭年的课桌上有一块很大的反光，十分刺眼。他桌上乱糟糟的，上午那些糖都已消失不见，只有试卷和草稿纸，几支笔压着防止风吹走。

林留溪抬手挡在眼前，特意将糖塞进少年的试卷里。

按动他的百乐笔，她在草稿纸上写：开卷有益，儿童节快乐。

她盯着自己的笔迹看了许久，脸颊被热风吹红。随后，她回到自己的位置上趴着，想看看谢昭年发现后会是什么反应。

没反应，就当白送了。

最后一个儿童节总要给他一颗糖才算圆满嘛。

趁还有时间，她趴在桌上睡了一会儿午觉，醒来的时候，刘海都爹了。

冯楼雨一来，评价道：“跟触电了一样。”

林留溪跑到洗拖把的水池那儿，稍稍打湿了下刘海，等热风一吹，就干了。这时，谢昭年已经走进教室。

他照常踩点来，书包挂在桌边，就在草稿纸上乱涂乱画。没一会儿，他拿笔的手一顿，掀开试卷：开卷有益，儿童节快乐。

九个字写得跟甲骨文一样，深得草圣传承。

压在草稿纸上的大白兔奶糖就显得正经多了。

谢昭年把玩着这颗大白兔奶糖，拍了下前边的男生，懒洋洋地问：“你给的？”

男生摇头。

林留溪顿时有些心虚，视线集中在自己的试卷上。

冯楼雨推推她：“你还没睡醒？笔都拿反啦。”

她一愣，简直是2022年社死大事件。

没想到，谢昭年见前面的男生否认，就隔着走道问左前方的同学：“那是你给的？”

左前方的男生道："不是我给的，我买的都是那种口哨糖，吹口哨'嘘嘘'那种，各种口味的。我说谢哥，你要不试着吹吹看？下午没有黄晓莉的课，我感觉她现在应该不会来。"

谢昭年双手环抱，脚放在桌下的搭脚处，好笑道："没事干啊？不吹。"

坐在林留溪前面的秦思语拍拍桌子："谢昭年，现在是自习时间，再讲小话影响别人，别怪我不客气！"

就是没猜自己，林留溪暗自叹气，那就这样吧。

谢昭年倒不在意秦思语的威胁，吊儿郎当道："来，让我看看你有多不客气。记名儿？告诉黄晓莉？"

秦思语臭着脸，去走廊背书了。

谢昭年也没了追究糖是谁给的兴致了。他背靠墙上，剥开奶糖的外包装。

要吃了！

虽然今天谢昭年收到了很多糖，但他只吃了黄晓莉给的阿尔卑斯，还是上谭钱松的课时，叼着吃的，导致那节课几乎都是他站起来回答问题。现在他竟当场吃她给的大白兔。

暗自窃喜的同时，林留溪贼紧张。

怕这颗糖不甜。

冯楼雨道："我感觉黄晓莉不会来了，要不你睡会儿？"

林留溪的注意力放在别处："嗯……"

等反应过来，"猫脑"过载，她下意识："嗯？"

冯楼雨当她采纳了建议："睡咯。"

林留溪深吸一口气："我其实不困，还好啦。"

冯楼雨见怪不怪，小鸡啄米似的点点头："我知道你困了，你有没有发现你这个人说话总是反着来的？"

林留溪愣住。

这时，谢昭年那边突然传出一声惊呼，他左边那个男生喊道："好多虫，好恶心！"

谢昭年也皱眉。

谁都没想到这颗大白兔奶糖是坏的，原本奶白色的糖成了苹果腐烂般的棕褐色。里面的糯米纸早被小虫子啃完了，只剩下外面的糖纸。金玉其外而败絮其中。

怎么会这样啊？

林留溪抿唇。毕竟这糖是自己送出去的，她精心挑选，根本就想不到糖是坏的。

这么小概率的事件出现了，幸亏谢昭年没有一口吃下去。

谢昭年拿纸包住坏掉的糖,丢到了外面的垃圾桶里,引发了不小的讨论。

讨论一:人际纠纷;讨论二:情感纠纷。

议论越来越离谱,好在秦思语在教室外面捂着耳朵背书。

少年逆着阳光,走回教室,一身夏季校服透光。因为穿的是短袖,他手腕上的黑色卡西欧十分醒目,与白皙的手臂形成鲜明的对比。

他神情散漫,根本看不出有没有因刚刚的事生气。

谢昭年坐回座位上,手抓着笔,突然抬起头,不耐烦道:"好吵啊。"

班上瞬间寂静无声,比一万个秦思语还管用。

冯楼雨不是个爱八卦的人,提不起兴趣。

倒是林留溪突然看向冯楼雨,欲哭无泪道:"看见我的红鼻子了吗?"

冯楼雨疑惑地问道:"啊?你鼻子怎么了?还好啊,哪里红了?"

林留溪将头埋在胳膊边,没有回答,难过到了极点。

这是小丑的鼻子啊。

她闷声道:"我睡了,晚安。"

冯楼雨边订正试卷,边拍拍她的脑袋说:"晚安,玛卡巴卡。"

教室里只有书卷翻页的"唰唰"声,笔掉落在地的声音都能听见。头顶的电风扇"咿呀咿呀"转,一年又一年,每年都像要掉下来一样。

少年的头发飘飞,手撑在桌上,不知在想什么。

他盯着草稿纸上潦草的字迹,连笔都没按。

预备铃响了,课代表上讲台去开多媒体设备,打开 PPT、点名器。老师夹着书本走进教室,走廊上还有巡视的年级组老师。

"都醒醒。"

班长走上讲台,原本趴在桌上睡觉的人醒了大半。

这一切拼凑成青春完整的样子。

晚自习下课,谢昭年与周斯泽在教室门口等另外两人。林留溪从他们身边路过,跟周斯泽打了个招呼。

周斯泽问谢昭年:"今天儿童节,你给人家买糖了没?我跟你说,小姑娘最喜欢吃甜的东西。"

谢昭年踹了他一脚,冷声道:"你有病啊?"

周斯泽吃痛,搭上谢昭年的肩:"开个玩笑,至于吗?真没给?"

谢昭年好笑道:"你去给?"

周斯泽见他的语气凉飕飕的,选择闭嘴,看来是真没给。

跟林留溪关系好的,除了陈愿,还有孟心念与袁紫涵。她们高一时在一个班,坐一趟公交车,招呼打多了就熟络了。

高二晚自习下课已是十点，磨一会儿洋工，末班车都没了。她们仨约着放学后一起打车，三个人拼车每个人就付几块钱。

方便联络，少不了手机，学校里手机查得严，林留溪就把手机放在校外的小卖部。

孟心念：家人们，你们在哪里？

袁紫涵：饿死了！在外面买卤串。

林留溪：好吃吗？

袁紫涵：好吃。

林留溪抬眼就看见校门口的小摊前的袁紫涵：我看见你了。

孟心念：好咯，不给我吃。你们什么时候过来？

林留溪：孟大美女，等一下咯。

两人买好后，与孟心念会合。等打到了车，三人不免闲聊。

袁紫涵先抛出话题："你们认识刘雅琪吗？"

孟心念："学校礼仪队的那个？"

孟心念也是礼仪队的，对刘雅琪有印象很正常，林留溪眼皮一抬。

袁紫涵道："我听我们班的人讲，刘雅琪之前好像对你们班那个大帅哥有想法，叫……"

林留溪："谢昭年？"

"对对对，就是他。是真的吗？"

林留溪："不知道。"

"你们不是一个班的吗？"

林留溪被问烦了："别问我，我什么都不知道。"

过斑马线时，出租车突然鸣笛，紧急刹车带来的巨大惯性让林留溪往一边倒，靠了袁紫涵身上。孟心念的手机脱手，也往林留溪那边倒。

三个人挤在一起，像一块夹心饼干。

袁紫涵扣着车窗，抽出被林留溪压着的那只手，"啊"了一声。

司机摇下车窗，痛骂："没看见红灯啊？闯什么闯，赶着投胎？"

闯红灯的大妈叉着腰，用林留溪听不懂的方言痛骂，司机也切换方言对骂。直到后面的车按喇叭，他们才休战，出租车驶过斑马线。

袁紫涵甩甩酸痛的手："我的手要被压废了。"

林留溪调整好姿势，好不容易坐回原位，就听袁紫涵道："林留溪，这是什么？刚刚从你书包里掉出来的？"

林留溪疑惑："我书包拉上的吧？"

她下意识地往身后摸，书包的拉链确实是拉上的，除非从放水杯的侧袋……

她猛然抬头。

袁紫涵手中捏着一颗糖，抬头仔细看着，昏暗的光自车窗而入，在糖纸上映出瑰丽的光。

袁紫涵惊叹："好好看啊！给我了。"

在林留溪的印象里，没收到过这么漂亮的糖，是不是冯楼雨的，然后掉在她的书包里了？

她说："不给。"

袁紫涵哼哼道："不就是一颗糖？"

林留溪道："给我一百万，我就给你。"

袁紫涵"喊"了一声。

不知为什么，林留溪拿到糖的瞬间，心里升起一种奇异的感觉。

她产生了一个荒谬的想法：这会不会是谢昭年给的？

可她今天没见过谢昭年发糖，这个脾气不是很好的帅哥也没这闲心。林留溪叹了口气。

明天问问是不是冯楼雨桌上掉下来的吧。

袁紫涵突然让她俩往车窗外看，昏暗的街上，有个男生走路回家，也是他们学校的。

林留溪不明所以，问："这是谁啊？不认识。"

孟心念道："袁紫涵，你对人家有想法？"

袁紫涵说了一声"滚"，当即就生气了："我跟你们说，就是这个男生，跟我住一个小区，天天晚上都弹钢琴。"

林留溪若有所思："扰民？"

袁紫涵："对对对。"

林留溪："你上门叫他别弹钢琴，吹唢呐啊！"

袁紫涵激动道："这还不是最绝的。我上次跟他们班上一个女生吐槽，隔了一段时间，那女生跟我说，他们班到处在传我暗恋他。谁会暗恋他？神经病吧！"

孟心念："为什么会传你？"

袁紫涵冷笑一声："因为这男生亲口跟人说我暗恋他！这种男生，我真受不了了！谁不知道他找人加上刘雅琪的 QQ，第一句话就问刘雅琪认不认得他？刘雅琪说不认得，他还难以置信，质问刘雅琪为什么不认识他？好自恋一男的。"

115

林留溪思考片刻，发言："你们住一个小区，他可能觉得你变态跟踪他。"

袁紫涵："滚咯，有本事他从我家对面搬走啊！"

袁紫涵越说越气，林留溪沉思："你找机会阴阳他两句不就得了？"

袁紫涵道："有道理。还是我林老板猛，直接上校园墙阴阳。你说，那'谁谁谁'到底怎么得罪你了？"

"死去"的李一翔突然攻击她，林留溪回避："不知道，就是有病。"

袁紫涵也没再追问，摇下车窗。热风刮进来，她的刘海被风吹得拍在脸上。

林留溪心说，这人要干吗？随后就听见袁紫涵真的大喊："'普信男'滚出二中——"

她笑得眼泪都要出来了。

孟心念也用手抵着唇笑："笑死我了，袁紫涵。"

经过拥堵的路段，出租车飞驰而去，路边的积水飞溅进花坛里。林留溪在无数个快乐的瞬间中拼凑出人生的真实性。

没想到这件事很快就有了后续。

翌日，晚自习下课，袁紫涵一上车就开始"嘚啵嘚啵"。

林留溪问了冯楼雨，那糖确实不是她的，她也没印象是谁扔在林留溪书包的侧口袋里。那这颗无名的糖……她可以当成是谢昭年给她的吗？

她愣了很久。

袁紫涵推推她："想什么呢？我跟你讲，那'谁谁谁'真的好蠢。昨晚我回家时，他居然在我家楼下喊！"

林留溪歪头："喊什么？"

袁紫涵："他要我有种下来……"

林留溪无情地嘲笑："哈哈哈哈哈。"

"笑什么笑！是他扰民在先！"

袁紫涵反复强调。

林留溪笑得更欢了。

孟心念也笑："哈哈哈哈哈，袁紫涵，怎么这么好笑？"

袁紫涵摸着下巴，说道："不行，我服了。你们说我要不要拿小号去他 QQ 那儿骂两句。"

笑着笑着，林留溪就不是真的在笑了。在她的个人世界里，袁紫涵的声音慢慢淡去。

她心不在焉地看向车窗外。

六月潮热，车里开了空调，外边的暑热还未曾消散。玻璃窗上起了水雾，公交车的车灯在光影中闪烁，越发朦胧。

橙绿交加的灯光里，她恍然看见少年模糊的面庞。

袁紫涵的复仇计划正说到兴头上，林留溪抬起手背去擦车窗。

她猛然意识到水雾起在窗户外侧，擦不到。

孟心念道："林留溪，你怎么了？你最近好像总是在走神。"

林留溪摇下点车窗："没怎么。"

冷热空气相交，窗上的水雾散去一点。

透过缝隙，林留溪也看清了那少年。他靠在窗边，手里拿着一本《高考英语3500词》，他在背单词。

谢昭年很少背书包回家，一般都是手上抓着一本书。车灯自他发丝间穿过，周身蒙上模糊的光影，宛若在另一个世界。

少年像是意识到什么，回头。

空荡荡的马路上汽车飞驰而过，只有零碎的灯光在黑暗中闪烁。

林留溪关上车窗，盯着挡风玻璃外那远去的公交车发呆："我只是感觉车里有点冷，透了下气。"

她补充道："没什么……"

6月2日

我看见他了。

6月3日

托高考的福，我"出狱"了。我跟孟心念她们说，我今天不跟她们一起打车回家了，其中一个比较隐晦的心思是我想坐公交车。

在21路和791路公交车的车窗与我擦肩而过的时候，我拼命地在另一边的车窗，寻找谢昭年的身影。

人太多了，有个人很像他，但不是他。

6月4日

我感觉自己跌入一个惶恐的季节。

雷雨交加，到处都是火灾，汹涌的河水决堤，淹没孩童的哭声。

我变得敏感，胆战心惊，没有安全感。

我很害怕这样的自己。

林留溪把那颗糖放在一个铁盒子里，和陈愿送的糖果花束一起。高考期间放假的那六天，林留溪抓着自己的头发，深刻反省了一番自己的反常举动，也将铁盒子里的东西清点了一下。

铁盒子里的东西很多，其中有一张字条，这还是她在三班时与陆轻悦的通信记录。上课讲话容易被抓，她们就喜欢写字条。

林留溪展开字条，想看一看，但是看不进去，总是会走神。

她有点讨厌这样的自己，不能控制自己的自己。而这一切都跟那个人有关，也只有他才会让自己这样。

她突然觉得很累，想要放弃的那种疲倦。

6月9日，高考结束。

晚上七点过后，学生到校上自习。

"看热搜了吗？全国一卷的数学巨难，能和2013年浙江高考那次一争高下。"

"啊啊啊，不要啊！我要进厂了！"

"这世界上有四种手：本手、俗手、妙手……"

"傻了吧唧的！是三种手。"

"听我说完！这第四种是我对数学的无从下手！"

"明明是我要当美团骑手！"

教室里爆发出巨大的哄笑声。班主任走进来，边拍手边说道："好了好了，铃打了两遍了，把桌子恢复原位就自习。我知道有些同学很激动，但你们先别激动。

"这届高三走了，你们就不再是高二，是准高三。暑假收假回来，你们就要搬去原来高三的教学楼。现在马上正式进入一轮总复习了！课代表快去领一轮复习资料。"

冯楼雨正拉着林留溪坐在后面自习，这儿离空调近，凉快。林留溪一看，离谢昭年的桌子也就几步的距离。

黄晓莉说了几句就走了。

冯楼雨放下书，对林留溪说："去拿资料吧，我等你回来。"

黄晓莉说一轮复习资料很重，最好多叫点男生帮忙搬。可语文课代表只有两个，除了林留溪，还有另一个男生，应该就够了吧？

她回头去找另一个语文课代表。

好家伙，他的座位是空的。

林留溪回忆了一下，今晚就没见他踏进教室。

林留溪小声嘀咕："那谁好像没来。"

冯楼雨也扭头去看，突然想到什么，说道："他好像去补课了，今天不来上晚自习。"

好像是这样。

冯楼雨笑道："我跟你一起去算了，但是我俩能搬得动吗？要爬好多楼！要不要再叫一个人？"

叫谁？这是个很棘手的问题。

林留溪在班上只跟冯楼雨熟，叫她帮忙，没有心理压力。但是其他同学……基本一学期没说上几句话。

林留溪都是能自己做的事就自己做，不喜欢麻烦别人，惹人不快。

她说："不用了吧？我感觉我俩去就够了，我可以多搬一点。"

冯楼雨打量了一圈她的细胳膊细腿："我不信。"

林留溪道："慢慢走嘛。"

今天的夕阳格外好看，金光自云层间透出来，洒满了整个教室。

广播里在催了："请……各班课代表，现在、快点、去……对面教学楼……一楼的空教室……拿你们班的……一轮复习资料。"

林留溪每次听到这声音都难受，像便秘一样，不知道广播员对断句有什么偏见。

班上一半的男生都去搬书了，谢昭年戴着耳机写试卷，格格不入。

秦思语跟化学课代表玩得好，看他这样就不爽："谢昭年，去搬书。"

她喊了三遍，少年才抬眼。

秦思语继续道："大家都去搬书你不去，有没有一点集体荣誉感？每次你都是这样，自私！"

谢昭年连耳机都没摘，吊儿郎当道："嗯。这都被你知道了？"

他轻慢地笑。

秦思语一拳打在棉花上，脸很臭。林留溪有种不好的预感，下一秒就听秦思语戏谑道："林留溪那边没男生帮忙，她叫你去。"

林留溪停住脚步，小声骂了一句。

神烦秦思语，一天到晚不是大义凛然，就是嘴多。上次谢昭年给她送纸巾，不知怎的被秦思语知道了，到处乱传。

林留溪看向秦思语，她下意识地后退，撞到了谢昭年的课桌，桌上的书"噼里啪啦"散落，书立"哐当"一声掉在地上。

冯楼雨："哦吼。"

林留溪一点情面都不给，冷冷地看向秦思语："我没说，是你说的。"

她再也不想被人代表了。

谢昭年摘下耳机，"嘲"地站起来。秦思语尴尬地去捡书。谢昭年用书拍开她的手，不耐烦道："滚！别碰。"

很多人都转过身来。

秦思语"喊"了一声，领书去了。

林留溪在原地愣了一会儿，望着地上的一片狼藉，小声说了句："抱歉，你别理她。"

说完，她挽着冯楼雨匆匆离去。少年弯下腰来捡书，夕阳照在他额前的碎发上，谢昭年看了眼她的背影，一点犹豫也没有。

他"啧"了一声道："没良心。"

穿过楼梯间，冯楼雨跟林留溪说她想上个厕所。林留溪本想等她，冯楼雨却让林留溪先过去，不早点去领，容易被其他班的学生拿走。

上次领月考答案就是这样，有的同学看自己班上的少了，就拿了她们班的，导致最后她们班的少了。

有道理。

林留溪进了空教室，里面的学生已经很少了。堆书的教室很大，窗户少，光线昏暗。用的还是那种老式的吊灯，灯罩发黄，看起来随时要掉下来一样。

值守的老师快要退休了，年纪很大。

"怎么现在才来？其他班的早就领走了。就你一个人？你班上其他人呢？"

"我朋友上厕所去了，马上会过来。"

"你们班的语文资料在最里面，你去数数对不对？"

林留溪走进去，架子的阴影如同蜘蛛网一样编织在一起，像是被遗弃很久。她的发旋与阴影杂糅在一起，总觉得自己回到了玩恐怖本的时候。

一轮资料的确在最里面，是《三维设计》。书很厚，两个人一次搬不了这么多本，可能还要跑一趟，好在数量没少。

空教室里飘着灰。

她下意识地想从口袋里拿出口罩，一抬眼，入目的是少年的手。

青色的血管清晰，骨节分明。

校服的袖子往上卷了两圈，从宽松变成了合适。他漫不经心地在那沓书上敲了两下，喉结一动。

他的衣角晃动，林留溪别开目光就看见了他衣服上的褶皱。

"黄晓莉叫我来帮你搬。"他懒懒地说道。

林留溪一愣。

她都决定放弃了，他怎么突然这么好？

他俯身搬起最高的那一沓书，见林留溪没动，拿起最上面一本《三维设计》敲了下她的头："你愣着干什么？回去还要上晚习。"

她头顶一震，刘海微微飞起。

林留溪反应过来，语速很快："还不是被你吓的，神出鬼没的。我刚刚在认真地点数，哪知道还有这么大一个人啊。"

她拍拍心口，蹲在书堆旁，好像真被吓到了。

谢昭年倒没计较，转而问："你同桌呢？"

林留溪回答："她去上厕所了，要我先来。但是过了这么久了……她不会迷路了吧？"

平时领书的地点是在他们那栋教学楼，这次换到了老教学楼的空教室。里面的灯光很暗，从外面看，都以为这间教室废弃了。

林留溪原本也没找到，还是问了路人。

她看向谢昭年。

谢昭年道："先回去吧，总不能耽搁整个晚自习。"

林留溪想想也是，说不定冯楼雨找不到就先回去了。

她抱起剩下的那一沓书，一路上两人都没说话。

夕阳洒在两栋教学楼之间的柏油马路上，两边的树像是火一样燃烧。体育生在操场上集训，嘹亮的口哨声与树叶摩擦声交织在一起。

不知谁踢了一个大脚，足球在天空中快速旋转，差点被踢出去了，足球队的骂骂咧咧。

林留溪忍俊不禁，突然叫道："谢昭年。"

谢昭年顿了下，侧过头，他眼睛很好看。

林留溪反复想了很久，才跟谢昭年说了一句合适的话："答案发了没？"

谢昭年："什么答案？"

"试卷啊。"

"哪张试卷？"

"三湘联考那张，我看冯楼雨有。"

谢昭年想了想："没发。"

这个问题其实林留溪早就有答案，聊天又聊死了，真不知道该说点什么。崩溃。

林留溪的大脑一直在飞速旋转，瞄见少年的神情依旧冷淡，不知道在想什么。

谢昭年放慢速度，仿佛刻意在等她，他平时走得很快，根本就不等人。

该不该问他爸爸的身体好点了没？

还是别了，太莫名其妙了。

不知道的还以为她跟他很熟一样。

林留溪暗自叹了口气，不是都决定不喜欢他了吗？为什么还会想着搭话？

谢昭年瞥见她心事重重的模样，也没催。热风拂过，最上面的那本书被吹开，"刺啦刺啦"。

少年淡声道："冯楼雨的那张答案可能是借了外班的，肖霖跟我说，他们班早就发了。"

"噢噢。"林留溪愣了一会儿，并不意外。

"肖霖把答案给我了，你要吗？"少年话语飞快。

林留溪一时没追上，看不见谢昭年的表情。

两人刚走到班门口，就吸引了全班同学的目光。班上没有值班老师，坐在讲台上的人是秦思语，冯楼雨果然早就在班上了。

秦思语转头看着他们两个，唯恐天下不乱道："谢昭年，我刚刚叫你帮林留溪搬书，你就拒绝，怎么还偷偷跑过去啦？好会啊。"

跟风的同学们齐刷刷地起哄，排山倒海。

林留溪都服了，刚想说是黄晓莉让他去的。

谢昭年按住她，懒声说："别理她。"

林留溪点点头。

两人状若无事地将资料放在讲台上，跟风的见当事人不理，也消停了。

回座位的时候，林留溪突然道："谢昭年。"

少年愣住，手插在兜里，回头"嗯"了一声。头发乱飘，看上去很肆意。

林留溪局促不安道："我要。"

谢昭年久久地盯了她一会儿，别过眼去："好。"

其实黄晓莉很早就离开了。

一轮复习资料发下来，黄晓莉要林留溪留出五份。

林留溪不解，黄晓莉说："班上那几个美术生陆续去集训了，现在有些人不在学校，他们父母单独来我办公室拿。"

林留溪问："他们什么时候回来？"

黄晓莉道："考前三个月吧，二轮复习就快结束了。"

林留溪突然想起她高一时的同桌范自鹏，也是美术生，他给她起了一个不好听的外号，整整叫了她一年。她恨他，讨厌他，但没有任何办法。

时间过得这么快，算算日子他也要去集训了。

这个世界真的好不公平，她不能做的事被最讨厌的人做了。凭什么？

这话又能对谁说？什么也改变不了。

林留溪回到家，正遇上林涛发脾气。

林涛大口大口地喘着气，像一个丑陋的怪物。他拍了下桌上的文件，就开始打电话骂人："怎么做事的？标书的合同能出错吗？不会写就给我滚蛋！招标的时候出问题，谁负责？老子给你发工资，让你坐在办公室，不是白养你这个饭桶的！"

林留溪放下书包。

林涛挂断电话，突然喊住她："乖女儿。"

林留溪被叫得毛骨悚然。

林涛穿上西装，走过来对她说："你妈回老家有事去了，晚上你想吃什么？"

林留溪是知道林涛不会让她单独一个人在外面吃的。

她说："随便。"

林涛道："随便怎么行呢？你想吃什么，爸爸都满足你，只要是健康的，不要吃那种垃圾食品。"

林留溪道："随便。"

林涛道："我请你去外面吃海鲜，叫上你弟一起吧。"

林留溪给林留光打了个语音电话，林留光说跟同学一起在外面吃。最后还是林涛和林留溪两个人，林涛嫌人少，又打电话喊了别人。

车停在一个小区门口，一个小男孩跑过来，对着林涛喊"爸爸"。

林留溪过年的时候见过他，不知是哪位红颜知己的私生子。

他坐上车，林涛让他叫林留溪姐姐。

小男孩喊了一声："姐姐。"

林涛说："等会儿让姐姐给你买糖吃，好不好？"

林留溪靠着窗，戴上耳机："我没钱。"

林涛又开始教育了："女儿，乖女儿，你知道'铁公鸡'的意思吗？"

林留溪觉得这人的脑回路天生就异于常人，直接说："我是文盲。"

林涛又开始哼气："林留溪，我跟你讲，你不能这么说自己是文盲什么的。等高考结束后，你就来帮爸爸写标书，帮公司做点事。"

林留溪："不要。"

"你这孩子怎么就这么不听话！爸爸那个秘书的小孩也在你们学校。虽然人家成绩不好是艺术生，但比你听话。"

林留溪眼皮一抬："谁啊？"

"你范盛叔叔啊。"

学校的单子有时候需要家长签字，老师发下来后，都是班上同学自己签上家长的名字。

而林留溪记得很清楚，范自鹏当时写的名字就是范盛。

世界真大。

她的眼皮又耷拉下来。

"忘了。"

林涛道："你范叔叔犯了错，刚刚爸爸骂了他一顿。你知道他错在哪儿吗？"

林留溪："不知道。"

林涛道："他做事不细心，差点酿成大错。你高考时不能不细心，做事要认真严谨。你想啊，范叔叔那个位置多少人想要。之前他就屡屡出错，爸爸要不是念着旧情，早就把他炒了……"

"那为什么不给新人多点机会呢？"

林涛一愣，将方向盘打死，把车停在路边。

他扭头，林留溪坐在阴影中，任由路边的街灯掠过她的脸颊。

林留溪继续道："我是说，时代变了，做企业的思想和能力都要跟得上时代。企业养活的不仅是个人，还是所有人。这只是我个人的一些意见。"

林涛道："不愧是我女儿，书没白读。"

小男孩说饿了，林涛说吃饭的地方就在这条古巷的尽头。

林留溪下来，打量这条古巷。谢昭年上次带她来过。古巷两头隔着一条河，中间有一座古时候就存在的石桥。只是他们现在要去的是另一头。

小男孩"咯咯"笑着说："爸爸，拉着我的手。"

林涛笑了笑，真的低头拉住他的小手，站在石桥中央，回过身来，望向林留溪："走快点。"

林留溪沉默。

走不快的。

她站在桥的另一端，在河水中看见了自己的倒影，背着光，黑暗而扭曲，像是人的阴暗面。

周五要大扫除，下午提前放学。

陈愿找林留溪去商场吃餐好的，林留溪收拾好东西就走了。

陈愿道："我们去顶楼看看吧，上面新开了一家奶茶店。"

林留溪在手机上刷到过，是开在大城市的奶茶品牌，他们这个十八线小城市居然也开了，真的是稀奇，她好奇是什么味道。

林留溪道："我们去买一杯吧。"

陈愿又说:"我看网上说又要新开一家网红奶茶店。"

林留溪道:"希望上大学之前能喝上。我之前去成都的时候,买过两杯,感觉比一般的贵,但是挺好喝的。"

陈愿道:"肯定能,这不还有一年。"

林留溪没想到会在商场里看见陆轻悦和刘雅琪,陆轻悦一般都是在家吃,之前她喊陆轻悦出去吃饭,陆轻悦都说妈妈不准。

她俩一边等着奶茶,一边聊着天。

刘雅琪主动打了招呼,陈愿回以挥手。

林留溪与陆轻悦擦肩而过,像是陌生人。

陈愿道:"我听说你闺密要去广州集训了。"

林留溪与陆轻悦闹掰的事,陈愿还不知道,陈愿依旧习惯性叫你闺密。林留溪愕然,陆轻悦什么时候转学美术了?她成绩不是挺好的?高考靠纯文化也能上个好大学。

她"啊"了一声。

"美术吗?"

陈愿明白了一切:"嗯,对。我朋友和我说的。"

林留溪和陆轻悦玩了这么久,从没听她提起过画画,这件事情对林留溪来说无异于天方夜谭。不知道她什么时候转的,她妈妈居然同意,而现在她也要离开湖南了。

这真的是她认识的那个陆轻悦吗?

晚自习下课,林留溪守在陆轻悦家附近。她初中的时候就来过陆轻悦家很多次,这里就一个入口,离学校很近。

陆轻悦与好友告别,向左转,拐了一个弯,看见林留溪的一刹那,笑容消失。

她假装两人不认识,要上楼。

林留溪说:"我听陈愿说你学美术了?"

陆轻悦停下脚步:"嗯。"

林留溪追上她,说道:"我从不知道你喜欢美术。"

陆轻悦冷声道:"林留溪,你不要以为自己很了解我,自以为是。"

她推开林留溪,路灯打在林留溪彷徨的脸上,林留溪差点撞上电线杆。

紧要关头,她肩膀上多出一股力。有人生生地拽住她,防止她摔倒。

林留溪扭头一看,是谢昭年。

他每次都出现得那么凑巧,像是在跟踪她一样。

少年的手还停留在林留溪的书包肩带上,神情稍冷。地砖上,两人的影子几乎挨在一起，像是少年从身后抱住她。

谢昭年眼含警告地看了陆轻悦一眼，对林留溪说："找你有事，我在外面等你。"

筒子楼楼下，又剩了林留溪和陆轻悦两人。

陆轻悦看了眼谢昭年离去的方向："你当时转班和他有关？"

林留溪摇摇头："其实你知道是为什么。"

她们都知道是为什么，彼此心照不宣，却又保持着缄默。身后楼道里的声控灯一闪一闪，在长久的寂静后，逐渐熄灭。陆轻悦笑了两声，怔怔地望着她。

林留溪道："你怎么突然要去集训了啊？"

陆轻悦回神，讥讽地笑道："去就去了，你突然找我说这么两句，有什么意义呢？我走文化还是美术，跟你无关，我也不是所有事都会告诉你。林留溪，我早就说了，你不要以为自己很了解我。"

她一脸无所谓。

林留溪盯着她的眼睛："你撒谎。"

陆轻悦突然就哭了。

"之前你明明跟我说的是长大后想当老师，是历史老师，而不是美术老师。你小时候被你妈逼着学拉丁，跟我说过你喜欢的书、喜欢的漫画、喜欢听的歌，唯独没有提过画画。我自认为不比你了解你自己，但其实比你以为的了解你。"

陆轻悦背过身去，灯光照不到她的脸。

她失笑道："可是这世界上很多东西不是想想就有的啊。我也想像你说的那样成为我想成为的，但是我卷不过人家，我累了，于是选了一条不那么累的路，就这么简单。此后，你走你的阳关道，我过我的独木桥，我们早就回不去了。"

陆轻悦背着书包，向前走，消失在楼道里。隐约间，陆轻悦仿佛被黑暗吞没，连带着声音中那点不易察觉的哭腔也一起被淹没了。

这就是林留溪得到的答案。

她久久地站在原地。

恍惚间，她听见陆轻悦在喊："林留溪。"

林留溪向前走了两步，已经看不见陆轻悦的身影了，但她的声音格外清晰。

"李一翔被劝退了，他妈妈上次来校长室求情，还下跪了。因为李一翔拿朋友的电话卡进行电信诈骗被警察抓了，学校知道后开除了他，他就转到了十五中。后来他退学不想读，去广州打工了。"

林留溪记得初中仰望光荣榜前十名的时候，看见过李一翔的名字。只能说，世事无常，人总在变。就像她和陆轻悦，初中时亲密无间，一上高中就产生了各种矛盾。

陆轻悦抹干眼泪，笑了一声："我的意思是说，不要回头看了，向前吧，向前吧。高三了，要高考了。当时的事情我也有不对的地方，感谢你曾经愿意了解这样的我。"

时隔近一年，林留溪终于等来了这句道歉。

她本以为会很爽，现实是，她捂着嘴巴，无声地痛哭。

声控灯彻底熄灭了。

林留溪调整了一会儿情绪，戴上口罩，慢慢往回走。

谢昭年还在外面等，他在路灯下背书。

少年的身影孤傲，指腹时不时敲打着封面。

"你还没走吗？"

林留溪声音沙哑。

谢昭年转过头来，少女垂着眼，任由刘海遮住眼睛。

她睫毛处还有泪光，只是戴上了口罩，又特意拿刘海遮了，不是很明显。

谢昭年明白，但没多问："背书。"

林留溪笑道："在家里也可以背书呀，你守在这里这么久，是找我有什么事吗？"

回到正题了。

谢昭年眼皮一撩，散漫道："你什么时候把答案还给我？"

上次借他的答案，事情一忙，林留溪都以为自己还了。

她一愣："你就是为了这个？"

少年低头，她眼尾通红，一直忍着。自认识起，他从未见过她哭，就算是心事重重，也没见过她在人前表露过半分脆弱。

谢昭年捏紧手，淡淡地说道："不然？不为这个，还能为了什么？"

林留溪抬起脸，端详他的表情。谢昭年下意识去看英语单词。

林留溪听到这个答案，有点失望。她在心里默默说道：为我啊。

她牵强地说："可答案放在我课桌里了，只能明天给你。对不起啊。今晚让你看笑话了，你别跟人说好不好？我不喜欢被人家传。"

林留溪乞求，看起来要哭了一样。

谢昭年道："没事，你继续用也可以，我就是问问，怕肖霖催。"

林留溪点头，背着书包往后走。几辆出租车自身边的柏油马路上驶过，她突然想到了什么，又跑回来。

谢昭年还站在原地，不知在等待什么。

林留溪抱歉地问："对了，现在几点了？我没手表。"

少年低头看了看手表："十一点了。"

十一点公交车都没了，她今天也没跟袁紫涵一起走，想着可以坐出租车，可是身上的钱都用来吃饭了。别说今天没带手机，就算带了，她也不会打电话给林涛。

好像只能借钱了……

林留溪明显有点难以启齿，她吸了吸鼻子，看向谢昭年。

她的眼睛一定哭肿了，巨难看。

两人对视了一瞬。

少年挑眉，抱着手臂道："刚刚我就想说了，林留溪，你这是什么表情？拿纸擦擦？这么梨花带雨地往我身边一站，被人撞见了，还以为我欺负你。"

林留溪瞪了他一眼："你这人好烦！"

谢昭年笑得放肆："说吧，什么事？"

被他看出来了。

林留溪道："公交车没了，我想打车，但是我的钱吃晚饭时用掉了。"

谢昭年若有所思："所以你这是狮子大开口要向我借钱？"

林留溪忍住将他打一顿的冲动："就借二十块，哪叫狮子大开口？明天还你。你不借，我就只能走回去了。"

"你家住哪儿？"

"新华安居。"

谢昭年道："是挺远的。"

林留溪道："是吧，我也觉得。"

就当林留溪以为谢昭年要借的时候，他却遗憾地说道："挺可惜，我没带现金。"

空气突然安静。

林留溪眼神幽怨，不知道的还以为她是要刀人的小兔子，颇有一种下一秒就做掉他的感觉。

谢昭年愣了一会儿，勾唇道："我家的司机很快就来接我，顺道送你回去就行了。新华安居，顺路。看你今晚不太高兴，就不收你钱了。"

林留溪正感动。谢昭年抬起手中的单词本拂过林留溪的头，好死不死

128

来了一句："真矮，一年了，也不长长个。"

耳尖的清凉驱散夏天的热意。

少年戴上耳机，衣角飞扬。

林留溪回神的第一个想法是：好坏！

学校的传言果然没错，谢昭年家的车牌还真是黑的，好高级。她还以为这种有钱人家都是开玛莎拉蒂或者兰博基尼呢。除了大众和宝马，林留溪不认识任何车标，不知道这是什么车，反正不是跑车，通体漆黑，非常低调。

低调得有点不像是谢昭年了。

谢昭年拉开车门，示意林留溪先进去。

车内开着空调，坐在驾驶室的是一个戴眼镜的中年男人，上身穿着短衬衫，系着深蓝色的领带。

他显然把林留溪当成谢昭年了，问道："车内这个温度要不要调高点？"

林留溪浑身不自在："叔叔好。"

听见少女的声音，司机怀疑自己的耳朵出问题了，他转过头来。谢昭年刚好关上车门，淡声道："先把她送回去，新华安居。"

"这位是……"

谢昭年脱下外套，扔在座位上，吊儿郎当道："同班同学，她错过了公交车就赖上我了，我没法。"

他里面穿的是夏季校服，胳膊搭在前边的座椅上，很细很直。

这话说得一脸无赖。

林留溪忙不迭解释："有办法，很简单，你借我二十块钱。"

司机笑着摇摇头。

谢昭年嗤笑一声，突然懒懒地唤道："西西——"

声音中带的那点懒劲儿，意外勾人。

"西西"太像"溪溪"了，林留溪一愣，是不是自己想错了。

她悄悄地侧过头，却看见谢昭年生生地从副驾驶座那儿拎过来一只猫。银色的毛发，粗短的腿，它在谢昭年手里也不挣扎，一脸不太聪明的样子打量林留溪。

司机道："下午刚带它去宠物医院打完疫苗，医生说它很乖，就是有点胖。"

谢昭年捏捏猫的脸，又喊了声"西西"。

西西不情不愿地"喵"了一声。

林留溪顿时心情复杂，还好这里没人能听见她的心声，不然怕是要闹乌龙。

她端详那只猫，好眼熟，这不是谢昭年 QQ 头像上的那只吗？西西……XiXi……

好的，破案了。

原来他 QQ 用户名的 XiXi 是这个意思。

西西挣脱谢昭年的束缚，扑进林留溪的怀里蹭，林留溪摸摸它毛茸茸的脑袋。

"喵——"

猫是这世界上最可爱的生物！

难过被抛之脑后，林留溪越看越喜欢："好可爱！它是什么猫啊？"

谢昭年："忘了。"

司机道："银渐层。"

谢昭年睨了眼西西，好笑道："它都胖成这样了，还可爱呢？"

"可爱。"林留溪拍拍猫头，打量了一会儿谢昭年，"猫好人坏。"

司机放声大笑，突然问："小姑娘，你们今年上高三了吧？"

林留溪动作一顿："嗯。"

她害怕被问成绩，被问考哪个大学。分班后，理科方向有九百人，她只排三百名，上一本都有点难，这还是参考 2021 届的高考情况。

黄晓莉说 2021 年湖南高考生 57 万人，2022 年 65 万人，到他们这届，估计会突破 80 万人，县里的高中近年来发展势头迅猛。

在最内卷的年代，不进则退。

他人对她的期待越大，她就越惶恐不安。

谢昭年不一样，自上次被年级组的老师骂了之后，他还真考了一次年级第一。虽然后面都是第二、第三名，但从来没掉出年级前五。

这个成绩上清北可以说是不出意外。

司机没问她将来要考哪里，只是语调微妙地说了一句："挺好的，最紧张的时候要加油啊。我们昭年以后要出国留学，你要是有喜欢的东西，可以叫他带，好歹同学一场。"

有钱人家的司机真会说话，林留溪聪明，不可能听不出言外之意。

这人三言两语就将他们的关系撇清。谢昭年以后是要出国留学的，别打不好的主意。

有病。

林留溪从不会因为自己的家庭经济状况自卑，只会因为家庭关系而自卑。

谢昭年声音很冷："废话挺多，开你的车。"

司机扶了扶后视镜，林留溪总感觉这人在观察她。

她面上滴水不漏："到我家了，在这儿靠边停下就好了。谢谢叔叔。"

林留溪背上书包，很快就消失在街灯下。

新华安居名字里虽有一个新字，但属于老楼盘，住在里面的很多都是当年从县里来市里做生意的。经久不翻修，外墙还掉砖，看上去就很破旧。

司机掩饰住轻蔑，而谢昭年手摆弄着猫，西西不舒服地"嗷呜"叫。

司机道："您之前管西西都是叫死猫的。"

谢昭年眼皮一撩。

司机叹气道："算了。你们都还太小了，什么都不懂。"

假期补课，听说暑假只放十天。

林留溪觉得自己要死在二中了。

她每天按部就班，三点一线，试卷堆积如山，永远都写不完，每天都有新的卷子发下来。孜孜不倦，看不到停止的一天。

听说暑假过后会搞一周两练，一练六科，一听就要练出人命。

林留溪惊叹于正常上课还能搞一周两练，班上的人也在吐槽不要命了，谁家好人一周考两次，还要正常上课？月考也是正常进行。

黄晓莉说这就是高三，除了学习没别的。

班上最后一个美术生去集训前，与班上同学聊天，一脸遗憾："脱离苦海。"

"爽。"

"去另一个苦海了！集训又不是去玩的。"

"你们去集训要花多少钱啊？"

"看地方吧。北京的画室就挺贵的，毕竟是大城市。"

她边吃饭边说："就我们画室里有一个男生，他爸爸本来在一家大企业工作，原先说送他去北京集训的，要交定金的时候，家里破产了。"

林留溪整理试卷，闻言眼皮一掀，又垂下。

她继续收拾东西。

"啊？破产？"

"对啊，他奶奶上周刚被查出癌症，晚期，到处借钱。原本他爸工资挺高的，但因为犯了错被调到分公司去了，工资降了很多。他妈妈没工作。唉，人生啊。"

"他文化成绩怎样？"

"很差，过不了本科线，但是他很喜欢画画。他甚至去他爸的工作单位求人家把他爸的职位调回去。"

"调回去了吗？"

"被撵走了，连人家老板的面都没见着。资本家就是这样，从不会体恤民情。听说还是省里有名的企业呢。"

"好好安慰他吧，还来得及。"

林留溪叹了口气。

晚自习下课铃刚打响，林留溪将试卷胡乱一塞，准备回去。

她推开门，背着书包的男生站在教室门口，明明十八岁的年纪，背却弯得像老牛一样。

教室外在下雨，范自鹏的表情难看得像是恐怖片里的鬼。

"就是他，我们画室的。"美术生小声说。

范自鹏看向林留溪，开口道："我爸爸要我来的。"

林留溪道："我不认识你爸爸。"

范自鹏道："他认识你，说让你和你爸说两句好话，那天我奶奶突然住院了，他才没注意。"

林留溪道："我听不懂，你自己去说。我给你电话。"

范自鹏突然激动道："我见不到你爸，你爸把我们一家的手机号码都拉黑了。"

林留溪道："那你这是什么意思？"

范自鹏道："你跟你爸说一下。"

林留溪重复："你自己说。"

范自鹏："说一下。"

一脸的理所当然。

林留溪差点骂人了："不说。"

范自鹏顿时骂得很难听，还叫她"钢牙妹"，这已经是高一时她的外号了。

林留溪一愣，张口想骂回去，瞥见谢昭年抬头看过来，崩溃了。

她不喜欢被人看到不好的一面，不喜欢被人知道自己不好的事。她害怕被议论，被人讨厌，被人不喜欢。

本来分班之后是新的开始，现在这一切全毁了。

周斯泽与肖霖过来等谢昭年，看见一个男生黑着脸跑出来。

两人正疑惑，谢昭年紧跟其后。

他走路带风，外衣轻扬。雨幕降临，雨丝胡乱飘飞。他的脸在雨雾中若隐若现，长得非常惊艳，嘴角微勾，惹人脸红。

肖霖抬手打了个招呼，就听少年淡声说："拦住。"

谢昭年这人平时看着不正经，说这两个字的时候，竟压迫感十足。

周斯泽反应过来，伸脚直接将范自鹏绊倒。

林留溪停下脚步，回头。

她一言不发，原本是打算往与范自鹏相反的方向下楼。

同学们的目光对她来说太恐怖，错过了最好的反击机会，余下的只有害怕。

可现在谢昭年呢，他要干吗？

林留溪突然有些不懂了。

范自鹏惨叫一声，随后手臂就被谢昭年攥紧，往地上一按。少年力道了得，他的手臂肉眼可见的红肿。

范自鹏道："你有病吧？我不认得你们。"

谢昭年蹲下身，漫不经心地打量他，俨然一副不良少年做派。

"来我们班还学狗叫，当我聋的？"

范自鹏笼罩在他的阴影下，恍然道："你和她关系很好？"

谢昭年好笑道："你眼瞎？"

他加了力道，范自鹏的腕骨都快被捏碎了，咬牙道："这是我跟她之间的事，不用你插手。"

谢昭年"哦"了一声，轻慢道："我就爱管，刚刚你骂谁呢？再说一遍。"

有一瞬间的寂静。

良久，范自鹏才颤声道："我骂自己。"

谢昭年这才松手，范自鹏从地上狼狈地爬起，撩起眼皮，看了一眼林留溪。林留溪直接翻了个白眼，擦过他向前走，流言蜚语被抛之脑后。

她并没有离开，而是在楼道拐角处等谢昭年。

晚自习下课后，学生们都走得飞快。楼道内空旷，走廊外的路灯在阶梯上分割出一条橙色的线。

谢昭年很快就下楼了，只有他一人。

林留溪收回目光，问："周斯泽他们呢？"

"往另一边走了，他们还有别的事。"

林留溪"噢噢"，谢昭年没有立即走，似无意间问："你在等谁？"

少女抬头："等你。"

少年眉梢轻扬，林留溪从书包里胡乱地翻出答案："答案还给你了。"

楼道的风吹起她的刘海，她声音很轻，低下头。

她的声音中有种不易察觉的哭腔。

"谢谢你……"

她顿了一会儿，解释道："谢谢你给我答案。"

还有，谢谢你帮我。

谢昭年接过答案，目光却未曾在上面停留过一刻："不用说谢谢。"

林留溪愣了愣，接着说道："朋友是这样。"

这个年纪的人真奇怪，很多心里话不敢往外说，仿佛用"朋友"这个词就能遮掩所有的小心思。

林留溪不敢多想，多想就容易自作多情。

但她又控制不住多想。

——"你和她关系很好？"

谢昭年的回答是："你眼瞎？"

什么意思？她也不敢问，选择性地装聋作哑。

谢昭年突然回过头来，问她："还有别人这么叫你吗？"

林留溪有点难堪："你别管了，这是我自己的事。"

少年笑了笑："回家吧。"

那就回家吧，回家也不高兴。

她的高中有太多的烦恼、太多的苦闷，原来有陆轻悦在，后来陆轻悦走了，她就再也不敢表露半点，怕把人家吓走。

谢昭年终究还是出手管了。

林留溪还是从袁紫涵那儿听说了这件事。

高二的倒数第二个晚自习，谢昭年没来。林留溪与冯楼雨告别后，就在校门口等袁紫涵和孟心念。袁紫涵一看见她，就两眼放光。

林留溪猜到，袁紫涵又要跟她们八卦了。

待孟心念一来，袁紫涵就迫不及待地说道："林留溪，你们班那个谢昭年明天要倒霉了。"

林留溪停下脚步："什么？"

"他跟人打架了，被打的那两人你们都认识，就是我们高一班上的唐越宏和欧阳豪呀。"

林留溪当即落井下石："活该。"

孟心念道："就是。"

林留溪捏紧手："他们为什么打起来？什么时候的事，我怎么不知道？我跟谢昭年一个班的。"

袁紫涵道："上晚自习前吧。"

林留溪回想了一下，那个时候她跟陈愿出校吃饭去了。

袁紫涵继续道："晚自习的时候，谢昭年没在你们班说吗？"

林留溪道："他没来，应该请假了。"

她有种不太好的预感。

袁紫涵道："晚自习前不是有很多男生喜欢在篮球场上打球吗？当时唐越宏和欧阳豪在打球，谢昭年那伙人也在。就因为那两人打篮球时，不小心将球砸到他们这边来了，谢昭年就跟人打起来了。"

林留溪问："骨折了没？"

袁紫涵："没。"

林留溪："吐血了没？"

袁紫涵："你当是武侠小说呢！"

林留溪问道："没吐血、没骨折，为什么说谢昭年要倒霉？难道唐越宏和欧阳豪去告状了？"

她不信，这两人这么大了还告状，又不是小学生。

袁紫涵摇摇头："那倒不是。只是一个跟欧阳豪走得很近的女生现在在我们班，她听说欧阳豪被打之后，一直在班上'嘀啵嘀啵'，说谢昭年有病、谢昭年金玉其外。她还说他完了，要上年级组举报。"

林留溪道："好幼稚。"

"就是说。"

三人并排走在一起，到了校门口的小卖部，孟心念与袁紫涵进去拿手机。林留溪今天一直将手机带在身上，没放在小卖部。

她在外头等两人，正好遇上从旁边书店出来的男生，男生看见她，十分惊讶。

林留溪认出来了，正是她高一的副班长高晨。

"林留溪？"高晨下意识喊道。

"高晨。"

她不想再看见高一班上的男生，余光看见袁紫涵她们已经出来了，赶紧转过身去。高晨在她身后喊："林留溪，谢昭年上午来找我了。

"他问我高一时谁还叫过你钢牙妹，我都告诉他了。

"他们在哪个班，我也说了。

"还有……对不起。"

林留溪失笑，为什么道歉的人是你啊？

她轻声道："'对不起'三个字，你高一就和我说过了。别说了，整得像我欺负你。"

135

谢昭年上午找过高晨，下午就揍了那两人。

——"还有别人这么叫你吗？"

"你别管了，这是我自己的事。"

——"回家吧。"

林留溪失神地盯着手机屏幕。袁紫涵出来后，喊她："林留溪，走啊。"

"不用了，我爸今天来接我。"她随口胡诌了个理由。

林留溪点开周斯泽的 QQ 头像，发了一句：管晚自习的同学今晚一直在问我们班上有没有人知道谢昭年去哪儿了，他没来上晚自习。

周斯泽秒回：他现在跟我们在一起，晚自习我们一起逃掉了。

林留溪回复：牛！

周斯泽：哈哈哈哈。

林留溪：我听说了。

周斯泽发了个疑问的黄豆表情包。

林留溪：他打架了。

周斯泽：你听谁说的？

林留溪继续道：朋友。她也是听人说的。

她犹豫一会儿：我可以过去吗？我找谢昭年有事，当面说好点。

周斯泽：来来来。你路过药房的时候，能帮忙买一瓶络合碘吗？我给你转钱。

林留溪发了个好的表情包：我请吧。上次白嫖了烤串，还白嫖了他一个冰激凌。

周斯泽发了一个感动的表情包：来肖霖家店里就行了。

她嘴角上扬。

林留溪准备打车过去，一抬头，看见一辆白色的小轿车开着近光灯。林涛站在那儿，一双眼睛如同幽暗的煤油灯，令人汗毛倒竖。

林留溪下意识地把手机塞进兜里。

林涛过了马路，眨眼就来到林留溪身边："你怎么上学带手机呢？"

林留溪退了一步："没带进去，放在校外的，方便联系。"

他想把手搭在林留溪的肩上，被林留溪不动声色地躲开。这人怎么偏偏今天来接自己？林留溪很烦，没想到跟袁紫涵随口胡诌的一句话成真了。

林涛没察觉："你不是快高考了吗？我给你买了你最爱吃的小龙虾，回去吃。"

林留溪道："我晚点自己打车回去。我有本书放在同学家了，明天要用。"

林涛皱眉："要她明天带给你啊。"

"她明天请假，不来。我只能晚自习下课去拿。"

"在哪儿？爸爸送你过去。"

"不用。"

"爸爸送你过去。"

"我自己过去就行了。"

"女儿长大了，开始嫌弃爸爸了，是不是？"

很多人都往这儿看。

林留溪往车里看了一眼，又看见了他的红颜知己，压根就不想看见他们。

"不用，我自己可以。"她转身就走。

林涛骂了一句"不知好歹"，回到车里。女人刚把小孩哄睡，扭头问他："林留溪呢？"

"她去同学家拿书，自己回去。这小孩，最近成绩又掉了，不知道成天都在干什么？马上要高三了还这样，上学还带手机，这样怎么能读得好书啊……"

"你不是说她成绩挺好的。"

"初中的事了，怎么一上高中就不行了？"

林涛握着方向盘。

女人突然道："是不是早恋了？

"你跟去看看。"

林留溪打摩的来到巷口，十点半正是夜市最热闹的时刻，有人在打牌，有人在八卦，谁谁勾引谁，谁谁悲惨。瓜子壳散落一地，扫地的骂骂咧咧。

整条巷子如同一条明亮的灯河。

她从药店出来，往巷子里走。

商业街对面就是居民楼，楼前种着很多树，石块凌乱地堆积在树前，树下坐着一群少年。

谢昭年坐在那儿，身边放着很多空易拉罐，一阵风吹过，"刺啦刺啦"响。

林留溪怔然停下脚步。

少年抬眼，夜空下，他的眼皮跳了一下。

她看清了他脸颊上那点轻微的擦伤，斜而长，还是第一次在他脸上看见这样的污点。而谢昭年呢，表情吊儿郎当，似不把这点伤放在心上。

陈家鑫在一旁添油加醋道："你是没看见当时谢哥动手有多狠。那两人刚开始很嚣张着呢，还不是……"

谢昭年冷声道："你们班的作业是不是挺少？"

陈家鑫乖乖闭嘴。

看着这样的少年，她突然想哭。

林留溪三步并作两步走上前："你晚自习没来，秦思语给黄晓莉打电话，黄晓莉给你家里打电话，你妈没接。"

她把装着络合碘的袋子递过去。

谢昭年笑了一下，接过。

他打开手机，在林留溪眼前晃了晃，他妈妈给他打了很多电话，都是未接，谢昭年也没有回拨。

他家开车的司机是他妈妈结婚时带来的，司机把那天的事告诉他妈妈也正常。她打了这么多电话来兴师问罪，他只接了一个。

他妈妈直接开门见山要他编个请假的理由，他说你来。他妈妈很不客气，问他："你跟那个女生在一起？"

谢昭年直接挂了电话。

他回过神，跟林留溪说："没事，就单纯不想上晚自习。"

林留溪问："你作业写完了？"

谢昭年随意道："下午周练前就写完了。"

他俩都没提及打架的事。

多年与人相处的经验教会林留溪不要说人家不好的事，所以她本就不打算说。

但她一想到袁紫涵的话，犹豫了半天，还是说："有个女生和被你打的那个男生关系好，她知道了你把他打了，说明天要告你。"

肖霖拿了一盒棉签下楼。谢昭年拿饭卡戳开覆在络合碘瓶口的纸膜，随后接过肖霖递来的棉签，蘸了点碘酒涂在手肘破皮的地方。

他没当回事，散漫道："上哪儿告？联合国？"

林留溪忍俊不禁："年级组。"

她听谢昭年嗤笑了一声，他将手中的棉签弯折，手指被压红了，也不介意。

他极其嚣张："去告。"

林留溪道："笑死了。"

能让年级组上心的永远只有联考成绩和全市排名，说别的，只会让你多写几套卷子。

谢昭年抬头看她："你不好奇我为什么打他们？"

林留溪思忖片刻："他们打球烂，又菜又爱玩。"

也许有另一个原因，但是她不敢想。或许谢昭年找高晨问那些只是出于好奇，而她最不想听到的答案就是好奇了。

谢昭年一愣，看了她很久："确实烂。"

别的就没再说了。

接近晚上十一点，灯光一盏接着一盏熄灭。电线杆下，电动车排在一起，像一只蜈蚣。打工人拔出车钥匙，上楼，与敞着肚子的大爷擦肩而过。风将衬衫吹起，两人双双回头，都愣了一下。

大爷拿了个电灯泡下楼，将插头插在排插上，挂在树上，继续下象棋。只是多出一个电灯泡的缘故，树下格外明亮。

周斯泽打破这诡异的气氛："人好不容易聚齐，我们玩真心话大冒险吧？林留溪，你急着回去吗？"

他转过头来，林留溪摇摇头。

树下，一群正值青春的高中生围坐在一起。灯光照亮校服的拉链，与隔壁的大爷大妈形成鲜明的对比。

周斯泽从书包里拿出一支笔，放在书上，率先转动。

转动的笔像是广场上的陀螺，林留溪还没反应过来的时候，笔的一端就已经指向了她。

她睫毛一动，这次看清了。

幸好指向她的不是笔尖，吓死了。

林留溪顺着笔尖所指的方向抬头，谢昭年在笔的另一端与她对望。

她不敢看他的眼睛，也不敢与之对望。

她的指尖轻轻一颤。

周斯泽玩味地问："真心话还是大冒险？"

谢昭年想都没想："真心话。"

林留溪揪紧衣服，终究忍不住问："为什么打他们啊？"

她咽了口唾沫："就……你刚刚不是问我为什么不好奇？其实我还是挺好奇的。"

桌边的男生们纷纷看向谢昭年，他眼皮一跳，没什么大的情绪起伏。

林留溪从他的反应就得知了答案，后半句话在心里就泄了气，语气又很认真："我想听真心话，谢昭年。"

晚风猛烈，吊灯摇晃。

她身后，有人将麻将往桌上一拍，大喊"和了"，或是打字牌的把牌按在桌上，喊了声"自摸"。

林留溪声音细如蚊蚋，融入人群的喧哗之中。但这次即便外界如此喧哗，少年还是将她的话听得清晰，一字一句。

肖霖率先反应过来："这算什么问题啊？你不都知道了为什么。哎，

139

难道你就不想问别的？好不容易有一次机会。"

他是一根筋，直接无视了陈家鑫诡异的眼神。

陈家鑫戳了一下肖霖的脑袋。

肖霖"嘤嘤嘤"委屈。

易拉罐被掐紧，发出细微的声响。

谢昭年嘴唇动了动，正要回答。

林留溪先放弃了："说得对，我还是换个问题问。你父母不是说要送你出国留学，你自己呢？高考完真的想去国外吗？"

谢昭年给了肖霖一记眼刀，很快又恢复了寻常的散漫："我只回答一个问题，你想好再问。"

"第二个。"

"再给你一次机会想。"

"就第二个。"

络合碘刺激伤口，痛感让他清醒了不少。

谢昭年久久盯着手中的易拉罐，不知道在想什么。林留溪其实不是不想问第一个问题，但是太明显了，她刚刚忍不住问出口的时候就已经后悔了。

打架还能是为什么？男生之间的口角，总不可能是为了自己吧？

没必要。

谢昭年的指节敲打着易拉罐的边缘："出国只是我父母的想法，我是不会去的。"

他这人我行我素惯了，从不被他人左右。

林留溪还没说话，周斯泽就皱眉："为什么？"

谢昭年懒懒地笑了一声，反问："因为不想，就这么简单。"

周斯泽噎住了。

眼见气氛不对，林留溪插话："下一局吧。"

"对对对，下一局吧，还有点时间。"

肖霖回头看了眼忙得热火朝天的店铺，这么说。

笔尖继续转动，下一局是肖霖和陈家鑫。

陈家鑫环抱着手，白了他一眼："真心话。"

肖霖道："哦，真心话呀。"

陈家鑫忍无可忍："说话正常点啊。"

"教务处主任和年级组主任必须选一个，你选择亲谁？"

陈家鑫："滚啊！你喜欢你去亲。"

"真心话啊！说说你的真心话，少扯别的。"

肖霖打开手机录音，陈家鑫气急败坏地去抢。

他冷笑道："还是教务处的吧，至于年级组那个留给你了。因为你喜欢，你昨天还说了。"

肖霖："陈家鑫，你喜欢就得了，别在这儿口是心非！"

两人打打闹闹，林留溪在一旁笑，笑着笑着，她又下意识看向谢昭年。

谢昭年倒没有笑，他不笑的时候比笑的时候还好看，或者说他怎样都好看。

林留溪心道：这一定是这世界上最甜的糖，一颗就能满足一脸苦相的她。

她脸红一下，心虚般地将在场所有的人都看了一遍，显得不那么刻意。

恍然间，笔尖突然指向了自己，她回神，果断选择了真心话。

问的人是陈家鑫，他难得正经一点："真心话是吧？"

周斯泽手指着他，笑道："我劝你善良啊！"

陈家鑫清清嗓子，问林留溪："你觉得谢哥是个怎样的人？"

谢昭年敲击易拉罐的动作停止，林留溪不敢看他。

她也没多想："贱、嚣张……脾气不好……"

林留溪求生欲很强："但他是个好人。"

谢昭年俯身，手肘搭在膝盖上，蓬松的头发也随之晃动了一下。少年直勾勾地盯着她，瞳仁宛若浓黑的夜色。

林留溪敢直视林涛愤怒的眼睛，却始终不敢直视他的，看一眼都觉得心虚。

谢昭年散漫地笑了一下，玩味道："为什么啊？"

林留溪低下头道："只能问一个问题。"

她也想不到理由。

谢昭年没再说什么。

周斯泽倒是插进来，继续转动笔，抬眼看向林留溪："其实有一点没说。"

林留溪一愣。

周斯泽盯着转动的笔，说道："他很骄傲。"

这时的林留溪还不太能理解这句话的含义，谢昭年成绩好、家世好、长得好，他有太多值得骄傲的地方了，不稀奇。

等到她真正理解了，已经是很多年以后了。

"最后一局。"周斯泽说。

林留溪回神，见笔尖又指向自己。

这一晚上自己的中奖率似乎超级高。

林留溪深吸一口气，按捺住把笔拍飞的冲动，视线顺着笔杆向前。

好家伙，竟然是谢昭年。

少年勾唇，坐得端正了些许。

林留溪突然很紧张："我选大冒险。"

几乎是下意识做出的选择，好像生怕谢昭年使坏。

林留溪望着谢昭年，抓紧了校服裤腿。

肖霖来兴趣了："今天第一个大冒险，谢哥你可要好好想。"

陈家鑫："你听听你说的什么屁话，就是心理变态想要为难别人。肖霖，你够了！"

肖霖："好想掐死你！"

这两人一对上就开始拌嘴，谢昭年已经习以为常，一人给了一脚。

"哎哟"声此起彼伏。

少年若有所思地对林留溪说："我一时想不到别的大冒险，你就先好好读书，然后成为你想成为的人。"

谁都没想到是这样。

林留溪一怔。

认真看着少年人的真挚神情，她有短暂的失神。

上高中之前，林留溪满怀憧憬，理想中的场景是在读书中长大，学累了就与两三个好友搬着凳子靠在一起聊八卦。

但现实就是：月考、周练、写不完的试卷、堆积如山的作业、糟糕的人际关系。好累哦，上课"钓鱼"，站起来，站在教室后面还想"钓鱼"。

初中时站在教室后面，会被人误以为犯错罚站；高中时站在教室后面，老师却会表扬。这就是理想与现实的差距。她苦着脸刷完一套又一套试卷，在题海中喘不过气。

但所幸，她在十七岁的时候遇见一名少年，他意气风发，告诉她向前，成为自己想成为的人。

这是她这一生做过的最特别的大冒险。

夏夜蚊虫多，刚结束了高考，理发店里人满为患。林留溪与几名少年从理发店旁的小院内走出来。她蹲下来系鞋带，少年在看她。

另一头路灯昏暗处。

跟了一路的女人举起手机对准这一幕，"咔嚓"——

远处的灯光熄了。

放假前一天，那个女生并没有像她本人所说的那样去告谢昭年，或许昨天只是头脑发热，到了今天又后悔了。

总之，这一天风平浪静，什么都没发生。

最后一天，大家都没学习的欲望，很多人带了手机，藏在桌下或拿书包挡着。就连秦思语也时不时低头看手机，老师睁一只眼闭一只眼。

"我知道快要放暑假了，有的同学心就飘了。你们现在已经是准高三生了，你们以为时间还长吗？我跟你们说啊，其实回来没几个月就要百日誓师了，别以为时间还长，还可以玩，高考是关乎你一生的事。"

她语重心长，林留溪身边的说话声只消停了一会儿，没多久又响起来了。

"看今天的热搜了没有？很多城市都延迟开学了，你说我们会不会？"

"啊啊啊！我不要读书啊！希望假期长一点吧！连续上了两周课，我都要疯了，求求了。"

林留溪不是不懂味的人，觉得旁边讨论的声音大了些，也没说。秦思语一直在和谁发消息，也没管。

都说他们这届挺倒霉的，中考时碰上疫情，临近高考了又碰上疫情。高二放寒假的时候，还上了一周的网课，听说现在疫情卷土重来了。

她私心是一上学就想死，读书太累了，但要是在家里上网课，她肯定不会好好学习……

懈怠一会儿就容易摆烂，还是别上网课了，再上网课就要进厂打工了。之前上网课她就是挂在那儿，然后用另一台手机和陆轻悦打游戏。

高中好苦，人生多艰。

林留溪低头写完这套卷子，冯楼雨转过头："你就写完了？"

林留溪道："写不完，要死了，啊啊啊。"

她正在看另一套卷子的第一题，鉴定为看不懂，捽笔道："好难写，我要疯了，啊啊啊啊。想摆烂。"

"就是说。"

下课铃一响，教学楼里到处都是猴叫声，很多人上课时就在收拾东西，老师前脚还没踏出教室，后脚就有人像火箭筒一般冲出去。

老师笑了笑没管，那人却被年级组逮到了，莫名其妙被训斥了一顿。

林留溪的书很多，收拾起来要好久。

冯楼雨与她相反，戴上口罩，就跟她说再见了。

教室里人很少，同学们都走得差不多了。

林留溪转过身，少年坐在空调下玩手机，也不遮掩，挂脖式耳机，只戴了一只。

她拍拍桌，试图吸引他的注意："好啊，谢昭年，练听力卷我们是吧？"

班上有人移桌子，书立不小心坍塌，书本"哗啦啦"砸下来，"塌方"了。

那人蹲下身捡，声音正好压过了林留溪的声音。

少年依旧在看手机，应该没听见，好尴尬，好尴尬！救命！

林留溪红着脸转过身去，书包拉链拉得很响。

嗯，假装什么也没说，赶紧跑出去就没事了。

谁想到这时候，少年的嗓音突然传来："在听歌。"

林留溪下意识又转过头。

谢昭年坐在窗边，一手扶着耳机，抬眼看过来，漫不经心道："法老的《花，太阳，彩虹，你》。"

林留溪疑惑道："你在说什么啊？"

她觉得这歌名很耳熟，好像从陆轻悦口中听说过，是一个Rapper，唱《百变酒精》的。

谢昭年懒懒道："一首歌。"

"噢噢。"她收拾完东西，走出教室。

出门撞见了一瘸一拐下楼的唐越宏和欧阳豪，她翻了个白眼，往另一边走，日光刺得人睁不开眼。

走过滚烫的柏油马路，操场上有很多人在踢球。突然有人一个大脚把球踢出围栏，差点绊倒林留溪。林留溪正专心拿着手机连蓝牙耳机，冷不防脚边多出一个球，两条腿像螃蟹一样乱跳。

她不善地瞪了眼跑过来捡球的男生。

踢大脚的统统滚出二中。

又菜又爱踢。

或许有时候小说都会说谎，没有什么被球砸中就会遇见的真命天子。

青春就是无数张试卷，日日夜夜的焦虑，放学去吃饭，体育课时去小卖部，一放学就冲去食堂，几个好友凑在一起吐槽讨厌这个讨厌那个，害怕流言蜚语，也害怕升旗的时候一个人孤零零地站在那儿没人聊天。

会蹲在走廊上背书。

也会在教室里啃面包。

林留溪在手机上搜出那首《花，太阳，彩虹，你》，等车的时候，她听了很多遍都没厌倦。

回到家，她发现林留光的房门是反锁的。林留光与林涛吵架的时候，他的房门就会反锁，林留溪路过他的房间，不以为然地说了一句："你们也放假了？"

林留光是擦线进的高中，再低几分就只能去高职。林涛最终给他挑了一所民办高中读，林留光本就没有读书的心思，去哪儿都一样。

说实话，林留溪本就不喜欢这个同父异母的弟弟。

林留光打开房门："你回来了。你的涛涛呢？"

"他是你的，别问我，"林留溪打量里面一地的狼藉，"你被他骂了？"

他们彼此都知道那个他指的是谁。

林留光说："他把我的打火机收走了。"

哦，林留溪顿时就知道他干了什么，抱着双手："笑死，他好爱你。"

"他最爱你，你可是他的乖女儿。"

"别恶心我。"

"你早恋了？"林留光问。

林留溪抬眼，疑惑地问："你听谁说的？"

"他的小情人。"

"你怎么回答的？"

"我说不知道。"

"不错。"

林留光犹豫："你真没谈恋爱？你别连我都瞒。"

林留溪闻言："哦。"

其余的什么都没说，林留光无奈道："涛涛写给你的家书，你看了没？"

林留溪疑惑："这是什么东西？"

"放在你的桌子上。"

林留溪还未来得及回房，就跟林留光聊上了。听他这么一说，她回到自己的房间，桌上果然铺着一张打印纸：致我亲爱的儿子、女儿的一封家书。

虽然离谱，但像是林涛会干出来的事。

信是这么写的：

　　林留光、林留溪，你们正处于人生最重要的阶段，人生只有一次高考。我知道你们这个年纪是叛逆的年纪，爸爸理解你们，但是有些叛逆还是要适可而止，都要高考了，就不要玩电子产品了。

　　你们这个年龄段充满许多诱惑，比如爱情。爱情是人类最美好的一种感情，但是你们还太小了，不理解真正的爱情。等你们真正成长了，才会领悟爸爸妈妈之间的那种爱情，那时候爸爸会很支持你们……

林留溪直接把这信撕了，撕成两半仍不解气，还要拿剪刀去戳，丢进垃圾桶里踩。

林留光听见动静，跑过来，看见她不解气的模样，问："涛涛的家书呢？"

林留溪一指垃圾桶，林留光打趣道："这可是涛涛亲手写给你的家书，你怎么能丢进垃圾桶？"

"你好吵！出去。"

林留溪听到"家书"两个字就生理性反胃。爱情这种东西林涛最不配提，自我感动的中年男人永远活在自己的世界里。

林留溪平息愤怒之后是不安。

她看向镜子中的自己。

这样易怒的自己是不是根本不讨人喜欢？就连她自己都不喜欢与那种情绪不稳定的人交往。真的太累了。

有时候她会可怜自己将来的爱人，他好可怜啊，别人都喜欢那种温暖人心的小太阳，他却要和她这么一个破碎的人待在一起。

是个人都会跑掉吧？

她好害怕，以至于根本就不敢表露真正的自己，怕别人被自己吓走。

7 月 31 日
谢昭年，你说要我成为我想要成为的人。
谢昭年，我真的能成为我想成为的人吗？

QQ 群和朋友圈最近都在说一件事——疫情变严重了。林留溪还记得初中那次封城，正值中考，她在家里摆烂了一个多月。

袁紫涵说市医院查出一个确诊病例，医院已经拉起黄线了。现在校领导在开会，他们很有可能延迟开学。

快要开学的前几天，延迟开学的通知就下来了，延迟一周开学。

冯楼雨说，她买了一辆电动车，带林留溪兜兜风。两人住得很近，就在隔壁小区。这天晚上，冯楼雨骑着电动车到了林留溪家楼下。

林留溪收到了冯楼雨的消息：**速来，带你遛遛。**

她只穿了一件睡衣，嫌换衣服麻烦，套上一件外套就准备出门。

妈妈刚煮好饭，侧头问："这么晚了，你去哪儿啊？吃完饭再走啊。"

林留溪低头系鞋带："我朋友买了电动车，她说载着我在小区里遛一圈。"

她正打算开门，妈妈突然喊住她。她拿纸巾擦擦手，好似下定了很大的决心："小溪。"

　　林留溪根本不想停留，也不想再听那点破事。

　　妈妈跑上前拉住她，又喊了一声："小溪。"

　　林涛把怀疑自己谈恋爱的事告诉她了？

　　林留溪皱眉，听妈妈继续说："明年我们就可以搬走了，林涛答应我了，给我一套房，在 B 市。等交完款，装修完，我们就可以一起住进去了。"

　　"搬走"这两个字，她初中时就已经听过很多次了。最开始，林留溪非常期待搬出这里的那天，但妈妈每年都说明年，明年一定会搬，明年肯定会搬，因为林涛答应过她的，林涛消耗了她这么多年的青春，这是必需的补偿。

　　说到最后，她早就已经无所谓了。

　　林留溪只是淡淡地"哦"了一声。妈妈见她毫无兴趣的样子，不免急了。她一急，声音就会变高，以至于谁都听得见。

　　"你难道不想离开这里吗？你难道不想跟妈妈一起住吗？你难道还想跟这些女人住在一起？她们根本就不会管你，你再差，别人也只会看你笑话。"

　　林留溪在楼梯的墙砖上看见了林留光的倒影。

　　其实她早就不在意这些了……

　　她说："这里大，住着舒服。"

　　妈妈道："随便你。"

　　林留溪下楼，冯楼雨对她挥挥手，电动车的车灯一闪一闪的。

　　"你好慢哦。"

　　"我妈妈要我吃完饭再出门，我说不吃。"

　　林留溪坐在电动车的后座，看冯楼雨将车开得七扭八歪。

　　"你行不行啊？"

　　"你好重。"

　　"我八十斤。"

　　"你滚。"

　　冯楼雨终于把握好节奏，拧动车子把手，电动车不再七扭八歪。她们开出小区，往下有一个很陡的坡，夜间无车少人，飞驰在路上，非常放松。

　　她看见戴口罩的行人、红绿灯闪烁的光影，洒水车"嘀嘟嘀嘟"与她们擦肩而过。

　　轻洒过来的水雾与暑热并行，这是一个让人很放松的夜晚。林留溪与冯楼雨肆无忌惮地笑，发丝飘扬。

要回家了，林留溪还有些意犹未尽，冯楼雨说："要不你也买一辆？多方便啊。"

林留溪道："我们一块儿上学放学？"

冯楼雨道："应该不行，我爸要我高三时在学校附近租房，有电动车只是方便一些。"

林留溪非常心动。

回到家她就与妈妈说，说自己也想要一辆电动车，以后就可以自己上学放学。

妈妈说："我早就想给你买一辆，是你说不用。"

那是因为她懒……早上起不来，父母开车送，还能多睡一会儿。

"我同学买了，我现在反悔了，开电动车好爽的。"

"那就给你买一辆吧。"

林留溪的电动车是在网上买的，算算日子，开学的时候应该能骑上。她看见延迟开学的通知就舒心。

她还有很多作业没写完，等着最后几天"生死时速"，现在多了一周假期，就不用这么赶了。

就在林留溪准备睡觉的时候，冯楼雨给她发了一堆愤怒的表情包。林留溪发了一个问号过去。冯楼雨说，你看微信家长群的通知。

冯楼雨直接甩过来一张截图：

班主任黄晓莉：@全体成员 请各班班主任转发给各班家长，后天正常上课。高三是学生最关键的时刻，全体师生以及家长需共同渡过这个难关。高考只有这么一次，需要我们共同克服困难。现学校已经向教育局申请学生自愿到校自习，请各班班主任组织学生写自愿申请书上交给学校。

班主任黄晓莉：请各位家长让孩子准备一份自愿到校自习申请书，后天按时来学校报到。

这个自愿就非常灵性。

林留溪加的学校千人大群已经炸了：

飞天大蟑螂：暑假就放了十天，又上课了，疯了吧？年级组、学校，你们今晚睡得着吗？

000：高二不用吧？

飞天大蟑螂：也要。

000：有疫情也要上课！当我有复活甲是吧！

飞天大蟑螂：我的寒假作业还有三本没动，要死了。这通知看得我心如死灰！

为兵长献出心脏：我知道是谁干的。

飞天大蟑螂：［？］

为兵长献出心脏：一班家长反对延迟开学，闹到校长室去了，说孩子不会在家好好学习，拒绝放假，必须要开学，一直在闹。

飞天大蟑螂：怎么不反对疫情呢？直接说我不同意疫情多好呢。

000：［？］以一己之力干翻全校，这里有谁阻止他们的孩子学习了？

讨厌金太阳：我真服了。

讨厌金太阳：你们知道吗？我本来躺在床上，准备美美地睡觉，现在因为这个，我得爬起来，读书！

之后，讨厌金太阳用表情包刷屏。

［表情包：无名鬼火］

［表情包：你们这些冷漠无情的人！］

妈妈路过林留溪房门口："你们学校出通知说后天返校，你怎么还没睡觉？马上要上课了。"

问得真好！

林留溪现在不情不愿地从床上坐起来，补作业！

她差不多熬了一个通宵补作业，后天坐在教室里的座位上时，觉得自己是一抹飘荡在学校里的游魂。

她瞄向谢昭年的座位，他没来上晚自习。真聪明，正好躲过了晚自习查作业。

下晚自习时，她觉得自己要被榨干了，跟冯楼雨一起出校，然后各自回家。袁紫涵她们已经在校门口等。

一见面袁紫涵就开始抱怨："那几个家长神经病吧？搞得我补了一晚上作业，写得手都要酸死了。"

孟心念："就是说……我服了。"

袁紫涵拿出手机："打车还是坐公交车？"

"打车吧，快！"林留溪道，"还有我妈给我买了电动车，以后放学我都骑车回家。"

袁紫涵"哟"了一声："林老板暴富了呀！林老板包养我！我要吃林老板的软饭！"

林留溪："一边去，先把你的作业写完吧。你们班晚自习查作业了？"

袁紫涵："明天查。"

林留溪道："我们班晚自习查了，但是我们班有个男生很鸡贼，请假躲过了一劫。我不仅被记了两个名字发家长群，晚上回去还要补作业。"

袁紫涵纠正道："抄。"

她低头接了个电话，抬起头问："车来了，你们找找，这附近是不是有一辆挂着新能源车牌的黑色小轿车？"

林留溪踮着脚找，孟心念却说找到了。

袁紫涵突然问了林留溪这么一句话："你跟你们班的谢昭年关系怎么样？"

林留溪猜测她应该又是从哪儿听到了一些鬼话。

她矢口否认："一般，不熟。"

袁紫涵说："我听我们班一个人说的,学校不是要补课吗？谢昭年要去——"

她话说到一半，突然不说了："嗯，懂的都懂。"

林留溪："嗯？"

"她的闺密跟谢昭年的好兄弟是一个班的，听他说的。你要是能跟谢昭年说得上话，就帮忙打听一下呗。"袁紫涵道。

林留溪莫名其妙："我为什么要帮你打听？"

她不是那种喜欢问这个问那个的人。

袁紫涵失望道："你好没意思啊。"

林留溪很无语。

当天晚上回去，林留溪犹豫了半天，还是发消息问周斯泽这是不是乱传的。

周斯泽却反问：上次我给了他的QQ，你没加？

林留溪回：加了，但不知道说什么，又没什么事。

周斯泽道：我因为说漏嘴，差点被他拉黑了。你还是自己去问他吧。

随后，他发了个表情包，裂开的黄豆。

林留溪叹了口气。

"自愿开学"后，防疫措施更严了。

进教室前，不仅要自觉地填晨检表，中午来校后，还要再用体温枪测一次。

拿体温枪的人是轮流的，不但要自己测，还要帮班上每一个同学都测一次，若有异常就向老师汇报。

林留溪正愁找不到机会找谢昭年说话，机会却自己找上门。今天本来要帮班上的人测体温的同学突然被任课老师叫走，走之前跟林留溪交换了一下顺序。

等下该怎么开这个口？林留溪握紧体温枪。

她半神游状态测完前面的人，数着步子走到谢昭年桌前，还是没想出来。

少年将袖口拉了拉，手臂瘦而冷白。

林留溪深吸一口气，努力维持平静道："外面都在传你要举报学校。"

她看向他柔软的头发，按下体温枪上的按钮。

谢昭年抬眼，神情颇为散漫。

这时，体温枪发出"嘀"的一声，屏幕变红。

如果体温正常，体温枪是没有反应的。林留溪大脑一片空白，啊？谢昭年发烧了？

少年盯着她傻乎乎的样子，笑了，撑着下巴道："要你测体温，没让你测热水多少度。"

刚刚林留溪的注意力都在谢昭年的头顶，闻言就盯着那对准人家保温杯的体温枪，屏幕飘红。她的脸颊也跟着变红，现在离开地球，还来不来得及？

谢昭年握住体温枪，将其移到手腕处。

无名指触碰他食指的触感，像中暑。

谢昭年懒懒地说道："是这么用的。"

林留溪维持着表面的平静，她试探地看少年的鼻梁、眼睛、抿成一条线的嘴唇，又很快收回，以她平生最快的速度。

林留溪平静地说道："我会的，但刚刚我不是跟你说话，然后有点走神就傻了。"

"哦。"谢昭年漫不经心道，"你的消息落伍了，不是要举报，是已经。"

林留溪差点没笑出声，还得是他。

小插曲过后，又是一天的学习，补课期间自习课多，都用来刷卷子。

林留溪上次买的按动笔写着写着，又断墨了，她甩了一下，凑合着用，又得买了。

她习惯用斑马的按动笔，但谢昭年用百乐的，于是她就一口气买了很多支百乐的按动笔。

晚自习写题写累了，林留溪就会把按动笔拆开玩弹簧。看到巡逻老师，她又迅速组装起来，笔芯安进去，却忘了把弹簧放进去。手不小心压了一下，弹簧就掉在地上，她低头去捡，听到教室外巡逻老师的脚步声由近到远。

捡到笔，她抬起头去看一边的窗户，从玻璃窗上看见了少年的倒影。

他戴着一只耳机，低头认真地写题，桌上投下淡淡的阴影。

林留溪突然心血来潮，从试卷边缘撕下一张细长的纸条，用另一支笔

151

在纸条上写: 花、太阳、雨……

随后，她用笔芯卷起字条有字的一面，装回按动笔里，从外面看，与寻常的笔没两样。靠近笔头的位置有个黑色透明的橡胶圈，正好挡在字条的位置，也将她隐晦的心思好好地藏起。

花、太阳、雨和你。

我对你的思念写进了纸和笔。

两句歌词她只写了上半句，也只敢写上半句。

而这下半句，其实是大课间跟朋友去打球的少年，我会安静地望着你，直到青春轰轰烈烈地落幕，永远无法将其准确地书写。

林留溪感觉自己像个伟大的发明家。

谢昭年举报学校的事很快就不是秘密，全校传得沸沸扬扬。

最开始的源头是朱雷军教的班，朱雷军是教语文的，又是年级组的老师，他在他教的班上难免会说一些年级组里的事。

"你们中有些人啊，就是坏。学校让你们提前来校自习，是让你们好好备战高考，又不是为了害你们。难道不是你们签了字自愿来的吗? "

台下的同学笑得阴阳怪气。

"笑什么笑? 你们以为老师们想开学吗? 其实老师们比你们还期待放假，现在还不是在这儿给你们上课? 有的人倒好，一点感恩都不懂，居然向防疫办说一些乱七八糟的话。"

他跺了跺脚，半开玩笑: "让你们放假，你们还怎么高考? 都玩疯了算了。这种人不蠢就坏! "

他随后一拍桌子: "下课! "

随后，他压着一肚子火往年级组走。

八月中旬是天气最热的时候，树叶泛黄，飘到走廊上，被从教室后门溜出的那点冷气吹到空中。

七班正在上自习。

林留溪戴着口罩，把数学卷子上的前八道选择题写完就犯困了。她本想趴一会儿，听见走廊上传来的脚步声，赶紧掐了把自己的胳膊。

教室门被推开。

外面的热风与冷空调形成一个对流。

黄晓莉来查班了?

林留溪闻声，抬头看了一眼。

不是黄晓莉，而是朱雷军。

虽然有时候自习课上年级组会来查班，但看朱雷军皱在一起的眉，应该是有别的事。

她很快联想到谢昭年上次跟她说的，余光往后排看。

少年趴在桌上睡觉，校服盖着头，仿佛年级组的突袭与他半点关系都没有。

林留溪莫名紧张。

谢昭年是单人座，没有同桌，她向他前面的男生使眼色。

男生一脸蒙地左右张望。

也是，谢昭年桌上的书堆得高，站在讲台上都看不见人。黄晓莉说了很多遍不准他堆这么高的书。

他没听进去。

林留溪捏紧课桌的边缘，突然站起来。冯楼雨皱眉望向她。

林留溪从笔筒里抽出一支笔，走到谢昭年的课桌边，很多人都觉得她在作死。

谢昭年的耐心一直不好，最讨厌别人在他睡觉时吵他。就算他俩平时关系好点，人也是有起床气的。林留溪这么打扰，怕是谢昭年会直接往她脸上扔书。

大家都是这么想的。

可林留溪把谢昭年推醒后，谢昭年抬头一看是她，不耐烦的神情收敛了许多。他刚醒，睡眼惺忪，语调中透着懒劲："什么事？"

林留溪恰好挡着朱雷军的视线，给谢昭年使了个眼色："还你。"

她把笔放在谢昭年的桌上，可谢昭年明明没借过她笔。

真聪明，寻了这么个由头。

谢昭年勾唇道："好啊。"

这一下，就避免了朱雷军借题发挥。

朱雷军显然就是冲着谢昭年来的，指着他道："谢昭年，跟我来办公室，你知道我叫你是为什么！"

谢昭年随口道："我不知道。"

随着谢昭年跟朱雷军离开教室，班上的人蠢蠢欲动，个个都伸长了脖子，或者直接跑到走廊上听墙根，反正也没老师守着。

林留溪拉着冯楼雨溜出教室，还特意拿了包抽纸遮掩。要是年级组里的人发现，还能光明正大地说是去上厕所。

这已经不知道是谢昭年多少次进年级组了。

他神情散漫，进年级组就跟进自己家一样，没什么大不了的。

朱雷军也不含糊："是你举报的学校？"

谢昭年甚至还认真地思考了一下，回答："不是我。"

语气笃定，说得就跟真的一样。

确实不是他，只是他跟外校学生串通好的。

朱雷军的怒火又压不住了："谢昭年！少在这儿揣着明白装糊涂，我告诉你，你要是下次考试不考个年级第一，要你好看！翅膀硬了啊！"

他发起怒来，脸是红的，像是卤蛋进红泥里滚了一圈，很是滑稽。围在年级组门口的吃瓜群众对视时都在憋笑。

朱雷军对外面喊道："外面的都在干吗呢？没事做？"

林留溪也不遮掩道："怎么了？上厕所啊。"

冯楼雨则说道："路过。"

另一个同学接话道："无意冒犯，我也是上厕所的。"

在长久的沉默中，可以感受到朱雷军的无语。朱雷军喊道："要去就快点去，别等到上课了再去被我抓到，我就会好好跟你们唠唠。"

一句话下来，大家也不敢再围在年级组外面听墙根，上课铃一响，就都回去上课了。

这节是数学课，同学们很容易犯困，太容易犯困，就会站起来听课。林留溪个子矮，就算不站在教室后面，也不会挡住别人。

这题讲完了，谢昭年没回来。

十分钟过去了，谢昭年还是没回来。

这节课都过半了，他怎么还没回来？

林留溪偷偷地踮起脚，余光看向窗外走廊的墙砖。

谢昭年这节课都不回来了吗？不至于吧。

就在她快要放弃的时候，走廊上突然传来朱雷军的怒吼："还嘴硬！你给我滚出去，明天别来读书了。"

不知道说了什么，谢昭年直接被轰出年级组，依旧一副气死人不偿命的架势："好好好，不来了。"

"你最好真的别来！"

年级组办公室的门"砰"地关上。

夕阳的余晖照在少年的肩膀上，他清透的眼眸仿佛也随之染上榴火，这么的耀眼。

因为有了朱雷军的那句话，林留溪得以光明正大地随全班同学一起探头张望。

谢昭年在路过她时，不经意地朝她这儿看了一眼。

两人隔着生满铁锈的防盗网，窗边的墙砖布满蜘蛛网。

少年好像有意，又好像无意。反正容不得她多想，他就消失在林留溪的视线中。

林留溪用试卷掩住不经意间上翘的嘴角。

他好棒啊，干了她一直想干却又不敢干的事。

学生们因放假而开心，同时也变得更加遵守防疫政策。在这段时间里，全国上下齐心抗疫，疫情得到有效控制，共同创造了一段难忘的岁月。

返校前一天，林留溪网购的电动车到了，师傅拖着零件在她家楼下组装。

有妈妈守着，林留溪就先上楼写作业。

她拉开笔袋，很有仪式感地把笔平铺成排。卷子刷着刷着，她又开始拆笔了。

一支、两支……

拆着拆着，她就感觉到不对。

塞着字条的那支笔呢？

她惶恐地翻找，突然又停下来。

林留溪抬头看向窗外漆黑的夜空，后知后觉地想起：那支笔极大可能被她"还"给谢昭年了。

谢昭年并没有还回来。

SOS（救命）……

高三要搬教学楼，教室宽敞了不少。

黄晓莉说了，搬去新教室要换座位，就按这次联考进步的幅度来排。全校三十名之后，谁进步的名次最多，谁先选座位。

课间聊天的时候，林留溪问冯楼雨："你想坐哪儿？"

冯楼雨道："前面。你呢？"

林留溪道："靠窗，反正不要坐前面，前排'钓鱼'太明显，我喜欢坐后排一点。"

冯楼雨道："哈哈哈哈，等成绩进步了再说吧。"

林留溪趴在座位上，"咔嚓咔嚓"按着笔："哈哈，我家里给我报一对一辅导了，不进步，钱不是白花了？"

冯楼雨竖起大拇指："不愧是有钱人家。"

林留溪哭丧着脸："穷。"

冯楼雨问："话说你什么时候上一对一辅导课啊？"

林留溪："周一、周四和周五晚上。"

冯楼雨："哎，真爽，一周只要上三节晚自习。"

林留溪："这有什么爽的？是去补课，又不是去玩。一对一，想'钓鱼'都钓不起。"

有了电动车，林留溪上学放学包括去补课都是骑车。她骑的新国标电动车，限速 25km/h，时速超过 15km 就会"嘀嘀嘀"响，每次开在大马路上，就跟个人形报警器一样。

林留溪听多了很烦，试着将时速调到 15km/h 以下。然后看人行道上的初中生都走得比她快，她就摆烂重新变回人形报警器了。

下午放学，距离一对一补课还有时间。

她骑车进了个三岔路口，车篮子里还放着学校门口买的面包。碎石子路硌着轮胎，一路颠簸。

感觉驱动力好像不够，电动车走得很艰难。保持不了平衡，她险些摔下去。

她将车把拧到底了，依旧不是很顺畅，仔细看表盘，才发现没电了，一点电都没有了。

林留溪把车停到路边，实在是没想到这么倒霉的事有一天会发生在自己身上。电动车没电，还怎么去补课，走过去吗？总不能把车留在这儿吧……

不知道这种新型电动车是不是都是那种智能锁——锁和轮胎一体化，无须用钥匙，直接用遥控来开关锁。但是现在车没电了，怎么按都没有动静。

只能推着走。

林留溪抓着车把手，看着面前这个陡坡，很是心烦。好烦好烦，不知道要推着走多久，这破车就不能自己走吗？

更别说天气炎热，这电动车也重。

她一个没注意，小腿被侧面的踏板打中，连退几步，最后滑倒摔在了人行道的台阶上，电动车也因为失去支撑点，压在她身上。

嘶，好痛，林留溪歪头看了一眼手臂，已经磨出血了。

这破课就不能不补吗？这世界一定是一开始就不欢迎自己，肯定是这样，不然自己为什么总是这么倒霉？为什么总是一团糟？

林留溪脾气上来了，直接将压自己身上的电动车用力地推开。

"林留溪？"

她突然听见身后有人在喊自己。

林留溪转过头去。

夕阳下的树木像是一排排燃烧着的火柴，宛若榴火，在风中尤为多姿。

谢昭年几步上前，阴影笼罩下来，散去些许暑热。林留溪下意识想要逃避，又发现无处可逃。刚刚电动车压到她的脚踝了，好痛，根本就站不起，她的焦虑值直线上升。

少年手中拎着一袋冰糖橙，一看就是要去医院，他偏偏挑了她这样一个狼狈的时候出现。

谢昭年察觉到林留溪的不安，蹲下身，视线在她压红的脚踝那儿停留一瞬。

林留溪假意把卷起的裤腿往下拉了拉。

"脾气这么大啊？后视镜都摔碎了。"

电动车两侧的后视镜禁不住两连摔，出现了蛛网一样狰狞的裂痕。

谢昭年懒懒地看着林留溪笑，替她捡起从书包上掉下来的兔子挂件，若有所思："这车是新买的吧？它怎么惹你生气了？说给我听听。"

林留溪满眼泪水快要溢出来了："我要去补课，但是车没电了。我觉得自己好倒霉，真的好倒霉，整天没一件好事。我就是想去补个课而已。"

说着说着，她喉咙有些哽咽，看上去可怜兮兮的。

谢昭年将挂件挂回她的书包上，伸手将她从地上拽起："你的脚还能走吗？"

少年的手臂十分有力，她很贪恋这种感觉。

林留溪小声说："还能走。"

她试着走了两步，虽然有点一瘸一拐，但勉强能走。

刚刚摔在地上衣服沾了很多灰，她自己其实不是很在意，但还是拍了拍。谢昭年确认了她没事就松开她的手。林留溪抬头望着少年的背影，心道：他才说了两句就要走，果然不喜欢自己。

但她转念想想有什么好要求别人的呢，这又不是谢昭年的义务。

她还是不死心地问了一句："你要去医院吗？"

谢昭年却停住脚步，淡声道："不去医院。"

少年的身影与夕阳融为一体，他身形很高大，突然转过头来。林留溪别过目光，显得有些拘谨。

与她相比谢昭年就游刃有余多了，他散漫道："去药店。上次不是欠你一瓶络合碘？我这人最不喜欢欠人人情了。"

他让她好好坐着。

林留溪坐在石凳上等谢昭年，她都快要忘记那回事了，谢昭年却还记得。

药店离这里不远，谢昭年很快就回来了，手中多了一袋云南白药。

没错，是一袋子。

林留溪当即就蒙了："你怎么买这么多？"

谢昭年没有接这个话题，而是从袋子里拿出一片云南白药的膏药："你拿着，先贴一片。"

林留溪也没有啰唆，挽起自己的裤腿："谢谢你。"

即便有裤子保护，她脚踝下端的部分还是磨破了皮。少年移开目光，又从袋子里拿出一个橙子放在林留溪旁边。

林留溪专心贴膏药，很快冰凉的膏药就驱散了伤口的热辣。她也发现了那个橙子。

"谢谢你。"

谢昭年从容道："你好像就只会说这三个字。"

林留溪一愣。

谢昭年也不继续逗弄她，问："你补课的地方在哪儿？"

夜幕开始降临，她侧着头看不清少年脸上的神情，还是闷声道："上完这道坡。"

谢昭年向前看，这道坡很陡，道路两边都是落叶，承载着逐渐亮起的路灯灯光。

少年问道："你的车怎么办？"

"充电器在我的车篮子里，我补习的地方有插座。"

谢昭年没有再说什么，将她的电动车扶起："走吧。其实你不倒霉的，至少遇见我，你就不算倒霉。"

他要帮她推车，林留溪再次愣住。

两人一车就以这样缓慢的速度往山坡上走。这个身高差，一抬头就很明显，林留溪只能按捺住侧头的欲望逼迫自己向前看。

谢昭年的手指搭在车把手上，有一搭没一搭地轻敲。

车把边缘的浮光跃动。

林留溪心底浮起异样的情绪。

"谢昭年？"

林留溪的步伐突然放慢了。

敲车把的手指停下，谢昭年微微侧头，漫不经心道："嗯？"

林留溪道："我的笔……你还没还我。"

少年一扬眉，想都没想："我不小心弄丢了，赔你一支？"

林留溪不免在心底松了口气："没事。不用了，功过相抵。我只是随便问问。"

幸好幸好，她有点失望，又暗自窃喜，随后又后悔拒绝得这么快。善变的少女的心思藏在盛夏的暑热之中，她每句话都暗藏玄机，却始终不敢越界。谢昭年人很好，但只是朋友之间。做朋友其实也挺好的。

林留溪剥开谢昭年给的橙子，咬了一口，好甜。她很久没吃过这么甜的东西了，甜得叫人想哭。

她突然就觉得自己好像没这么倒霉了。

8月22日，西南某地区发生山火。

热搜挂了很多天，朋友圈热度登顶，这事很快就成了冬奥会之后最热的时政。

补习班的老师说这次联考语文作文考这个的可能性极大。林留溪开始研究范文，却研究不明白，生僻字、高级词汇太多，论点更是找不出来。补习班的老师说不能按她原来的叙述文作文的写法，议论文有议论文的格式、框架。

她的作文再次被补习班的老师打回来。

补习班的老师道："你不是说你们这次要换座位，按成绩进步的名次排。我们几个老师分析了你的成绩，你上次语文作文偏题拉了很多总分。如果你想跟某位男生坐一起，那就按我的话来做。"

林留溪很蒙："什么男生？"

补习班的老师道："上次帮你推车的那个，我都在楼上看见了。我能理解你们关系好，但既然你家里出了这么多钱让我们来提高你的成绩，总要有成效是不是？"

林留溪犹豫了一会儿："嗯……"

"那就听我的。我们来分析一下这篇高分范文的结构，第一段提出中心论点，后面每段的开头都用整齐的句式点出文章的分论点……"

教室里开着空调，驱散令人躁动不安的暑热。林留溪从密密麻麻的文字中抬头，看向窗外猛烈的夏雨，一树玉兰在其中抖落乳白色的花瓣。

希望自己这次能进步。

这次联考的题目虽怪，好歹比平常简单。

林留溪坐在考场上写试卷，语文作文果然就是有关山火的时事议论文。先是一段阅读材料，后面说：在这次山火中涌现了很多英雄，他们平时也许默默无闻，但是在关键的时候会为社会贡献出自己的一份力。读完以上材料，你有什么想法？（800字以上，题材不限，但不准写诗歌）。

林涛重金请来的一对一辅导老师果然有两把刷子。

她看了眼在同一考场上的谢昭年，将重写了几遍的作文又写了一遍。

不出意料，作文得了 58 分，贴在教室后面，成了优秀作文示范。

她的联考成绩也一跃而上，成了进步最大的那个，理科全年级排名第一百零一。

座位预选表传到林留溪这里的时候，她果断地在谢昭年名字旁边写了自己的名字。下次换座位两人就是同桌了。

冯楼雨道："你的作文分怎么这么高？好牛啊！"

林留溪笑笑："我补习班的老师押中了题啊，我的作文还重写了呢。"

说着，她拿出作文本给冯楼雨看。冯楼雨看完后，说道："其实我觉得你原来的版本写得也挺好的，好有灵气。"

林留溪愣了许久，冯楼雨感觉到她脸色的变化："但是后来的作文分高。你们补习班的老师好牛，搞得我也想去补课了，我爸肯定不会让我去。"

"为什么？"

冯楼雨道："要钱啊。最近不是实施双减政策嘛，不准开那种课外辅导班，我妈妈就失业了。"

林留溪："你妈妈是老师？"

冯楼雨道："那是以前的事了。我妈妈本来是小学老师，但是为了生我弟弟就辞职在家开辅导班。但现在说是不准开，我们家的主要经济来源就断了，全靠我爸维系。现在开课外辅导班需要办证了，我们家没有，我爸就到处在找关系，看看还能不能办证，已经花了很多钱了……但证还没下来，也不知道最后结果怎么样。"

林留溪叹气道："希望能成吧。"

冯楼雨点点头："我也希望。我认识一个女生更倒霉，她的家人都是搞补习机构的。都在指望那个证，但不是人人都能拿到。"

待在老教学楼的最后一天，黄晓莉买了很多高考梦想卡片，她叫秦思语发给全班同学填。填完后，就塞进梦想箱里，等高考结束后，再打开。林留溪接过两人的卡片，递给冯楼雨一张："别说这个了，要填目标了。"

冯楼雨道："你要去哪个城市读书？"

林留溪道："不知道。"

也许远离这里吧，远离那个破碎的家。

高考梦想卡片上要填理想的分数和学校。

分数她随便写了一个 666，学校写了 C 大。

下面是人生理想，她还没有傻到把谢昭年的名字写上去。

林留溪想到什么，冷不防地笑了一下，一笑就停不下来。冯楼雨好奇地抬起头来，就看见林留溪提笔"唰唰"地写，不带停的，边写边笑。

冯楼雨不禁更好奇了："你笑什么？说出来，让我也笑笑。"

林留溪用手遮住理想分数和学校，冯楼雨看见最后面一行那狗爬一样的字迹，也忍俊不禁："哈哈哈，人才。"

> 我的人生理想：
> 成为一个自由多金的小女孩，然后收购考试命题机构。
> 消灭调休，消灭跑操，造福全国高中生。

冯楼雨说："你就不能写个正经点的吗？说不定黄晓莉会偷看。"

林留溪一想有道理，把收购之后的那些话全部用改正带涂掉。

冯楼雨问："那你长大要干什么？"

林留溪抚平改正带翘起的部分："赚钱，赚很多钱。"

冯楼雨道："我说的是职业。"

林留溪道："有钱的职业。"

冯楼雨道："我妈妈说医生、公务员、老师稳定。我以后可能要考公。"

林留溪恍然，提笔在卡片上写："那我就写医生吧。"

> 我的人生理想：
> 成为一个自由多金的小女孩，当一个医生。

"你好随便啊。"

"不随便又能干吗？计划永远赶不上变化。"

最后，她还是在高考梦想卡片的最角落留下了小心思。

> 17XiXbN1
> （17 岁的林留溪想变成谢昭年的唯一。）

这是只有林留溪自己才能解出的福尔摩斯密码。

第五章 · 青春

我有一个羞涩、伟大、热烈的计划。

林留溪跟冯楼雨手挽手地把梦想卡片塞进梦想箱里。谢昭年正在塞卡片，他的梦想卡片背后也有一行数字和英文随意搭配的乱码，笔迹很淡，外人看来，只像是乱写的或者随手写的试下笔有没有墨。

18Lo……

林留溪只看清了前面四个字符，就再也不敢看了。

上次电动车的后视镜被林留溪捽烂，她妈妈送去修，说是要换一个后视镜。原来的后视镜是黄色的，修完送回来的时候，却是黑色的，看上去很突兀。林留溪当即就不干了，耍赖就要黄色的。

妈妈说："黑色和黄色不是一样吗？给你换了就行了，还不都是后视镜，能用就可以。"

林留溪欲言又止："我就要黄色的。"

妈妈提高音量："你这小孩怎么这么固执？这还不是你弄烂的，给你修了，你还嫌这嫌那。"

其实她不是在意黑色和黄色，只是想感受到妈妈对这件事的上心程度。

林留溪这人确实很固执："那我自己出钱换。"

"行了，再给你换一次行了吧？黑色的难道不一样吗？你还是学生，能用就行了。烦死了。"

林留溪已经无意争辩，算了，就这样吧。

"哦。"

9月26日。

学校响应国家安全帽工程，周一的晨会上，教导主任反复强调骑电动车和自行车都要戴头盔。教务处的老师还特地在学校外巡逻。

林留溪只好戴上她那顶都快要积灰的 3C 认证头盔。

10 月 16 日。

市里查骑电动车不戴头盔也查得严。

某天中午，林留溪快要迟到了，存了侥幸心理不戴头盔，半路上被交警抓到了。

交警看了眼她的校服："你是二中的学生吧？"

林留溪吞吞吐吐："是。"

能不能饶她一命？

交警扶了扶帽子："你先把车停到路边吧。"

事已至此，林留溪只好乖乖地把车停在路边。听说不戴头盔会被罚款50 块，陈愿好像还说过他们初中那些鬼火少年就是因为飙车不戴头盔，而且还超载，被交警抓到，没收了车，还通报给了家长和学校。

林留溪就怕车刚修好就被没收，命运多舛……

她绞着手，小心地观察着交警的表情。

交警笑道："看什么？就算你是二中的学生，也要长点教训。不过罚款就免了，你穿上马甲，陪叔叔站十分钟岗吧。"

前面那个没戴头盔的大妈脱下马甲，交给林留溪，林留溪穿上。这个十字路口人流密集，有很多去上学的二中学生路过。林留溪站在十字路口的台子上，二中校服本就已经够显眼了，这马甲一披就跟个人形的小灯泡一样。

许多二中的学生望过来，她笑容僵硬。

好"社死"，下次她再也不敢不戴头盔了！

林留溪从没觉得十分钟这么漫长过。

往来的车辆密集，交警一直在吹口哨，指挥着车辆前行。

她望着像长龙一样的车，一眼看见了其中那辆黑色牌子的高级车。车子打着转向灯，刚好路过林留溪现在站着的台子。

车子后座的窗户降下来一点，但很快又升上去。

林留溪还是看见了谢昭年那双玩味的眼睛。

少年靠在后座，秋季校服披在肩膀上，闲散又随意。

谢昭年打量她，随后笑了一下："你今天变成热心好市民了？"

林留溪突然觉得他罪大恶极，哼哼道："我现在不想跟你说话。"

谢昭年怎么能嘲笑她？就算她对他有好感也不行。林留溪这人非常爱面子，打定了主意不再理谢昭年就真的不会搭理。

罚完站岗后，她骑着电动车飞速到了校门口。

因为铃声已经打了一道，这一路上都没有学生。一路跑过来，年级组的老师也没有为难林留溪，因为是高三生了，只叫她快点进教室。

　　黄晓莉已经在班上了，看见教室门口气喘吁吁的林留溪就道："早干吗去了？偏要迟到一两分钟，快进教室吧。"

　　这时，秦思语笑道："老师，林留溪骑车没戴头盔被交警抓到了。哈哈哈，太好笑了，我在上学的路上，看见她在站岗呢。"

　　好讨厌。林留溪翻了个白眼，坐到了谢昭年旁边。

　　谢昭年瞥了她一眼："你压到我的试卷了。"

　　林留溪抬了抬胳膊，只象征性地缩回一点，还是压着。

　　谢昭年就知道她这是生气了。

　　林留溪生气的时候，下唇会抿着，腮帮子就更明显了，圆滚滚的，像一只仓鼠。

　　谢昭年失笑一声，干脆就让她压着。但要是林留溪继续压着的话，谢昭年就写不了前面那八道选择题。林留溪也发现了，因为他的试卷本来就越界了，现在被自己的胳膊压着，也抽不回。

　　要不算了？她犹豫。

　　少年突然将凳子往她这边移了些，提笔在试卷上打草稿。

　　他懒懒地说道："别瞪我，我只能这么写。"

　　因为两人的距离有点近，林留溪可以闻到谢昭年校服上的味道，是那种衣物被太阳暴晒后残留的洗衣粉味道。很好闻啊。

　　她差点就破功，好在上课铃响了。

　　这节是体育课，很多同学立马从座位上站起来，林留溪也跟着站起。从始至终她除了一个"哦"字，就没有跟谢昭年说过别的。

　　谢昭年望着她跟冯楼雨离去的背影，摇摇头："就这么记仇？"

　　因为快要体测了，林留溪原本是要跟冯楼雨去练羽毛球，但恰好她们今天都没带拍子，于是这节课又成了她们的小卖部课。

　　她俩一进小卖部就发现新进的零食。

　　摆在台子上的散装零食，一块钱一包。

　　林留溪在零食柜上寻找："她们不是说小卖部有个很辣的东西叫什么？我想试试到底有多辣。"

　　冯楼雨道："缺牙齿？"

　　林留溪道："好像就是叫这个名。我朋友上次买了一包，和我说牙齿都要辣掉了。有这么辣吗？"

冯楼雨道："我也听她们说过，搞得我也想试试。"

两人翻找了一会儿，终于翻到了这个叫"缺牙齿"的零食。原来是素毛肚，包装上还写着"湖南特产"。笑死了，那就浅尝一下。

两人结账离开。

冯楼雨先替林留溪尝试了，结果被辣得直接跑回教学楼，喝了两大杯水。她眯着眼睛，一个劲地喊辣。林留溪记得冯楼雨不是很能吃辣，对此持怀疑态度。

下一节是数学课，她困得不行就开始吃东西。撕开"缺牙齿"的包装，林留溪才吃了一口，整个人就被辣椒精辣得清醒了。

好辣好辣好辣。辣得要癫了，怎么这么辣？好辣好辣，要被"缺牙齿""谋杀"了，好辣，辣死了。

林留溪拧开水杯的盖子，发现里面一滴水都没有，她整个人被辣得快崩溃了。

她整张脸都是红的，数学老师很快就盯上她，盯着她眼睛就移不开了。林留溪知道自己的嘴唇现在肯定已经辣肿了。

数学老师出声问："林留溪，你怎么哭了？"

冯楼雨回头，看到她水杯边上吃了一半的"缺牙齿"，瞬间明了，捂着嘴偷笑。

别说解释，林留溪辣得根本说不出话。

谢昭年漫不经心的声音，自她耳边传来，替她解围："她刚刚犯困，掐了一下自己的大腿，不小心用力过猛了。"

她愕然地看向他。谢昭年的胳膊搭在桌上，依旧是不怎么正经的模样。

少年的手指轻轻地贴着放在桌角的牛奶，她眼前闪过一道白影，那瓶牛奶已经出现在了自己的桌上。

谢昭年压低声音："你欠我一个人情。"

很欠的语气。

他摸着下巴，思考了一会儿："不对，两个。"

牛奶解辣，林留溪都快被辣晕了，根本顾不得这么多。她本想与谢昭年冷战到天荒地老，手还是更诚实一些，连忙将吸管插进去。

那就原谅你了。

她拿起笔，在草稿纸上写：牛奶多少钱？我买你的。

谢昭年也按动笔，在纸上写了两个字：不卖。

他若有所思，继续写：你想买也行，就一百万吧。微信还是支付宝？

林留溪换了一支红笔，圈出那个一百万，打了个感叹号：你这人真会

165

讹诈。

谢昭年嗤笑一声，回复：没诚意勿扰。

书立挡住了两人的小动作，淡蓝的窗帘飘在两人的头顶，光线更亮了。

全班同学都在笑，数学老师反应过来："好啊，大家都要向林留溪学习，上课想睡觉就掐一掐自己，或者站在后面，都是高三的人了。"

是啊，都上高三了。

林留溪一顿，盯着谢昭年走了一会儿神。那个早晨在医院的初见，原来已经是几年前的事情了。那么……以后呢？

林留溪的日记断断续续，有时上课写，笔迹会比较凌乱。

12 月末，马上就 2023 年了，2022 年发生了很多大大小小的事。我想以一个高中生的角度来记录我身处的时代：

10 月 18 日

省里的督导来我们学校视察，我想和陈愿去食堂二楼吃饭都不行，食堂二楼被用来专门接待那些大领导。

11 月 2 日

国外发生了踩踏事件，我看到视频了，好痛心。不知道为什么，我也跟着难过。上天什么时候能够慈悲一点，不要再给人世间这么多苦难。

11 月 29 日

陈愿和我说她不能来上学，因为他们小区有人疑似阳了。

林留溪停下笔，周练正好要收卷了。

她抬头看了一眼时钟，正好是下午五点三十五分，教室里响起年级广播。

是朱雷军的声音，非常严肃："周练结束后，大家先不要离开教室，请各班班主任回教室守着，时刻关注年级群里的消息，等通知。

"切记不许学生待在走廊上，年级组会派人巡逻，抓到会扣分，一定不许学生出教室。"

周练结束本该是吃晚饭的时间，现在全班都被关在教室里，顿时炸开了锅。

"啊？不能出去吃饭吗？"

"那能不能去上厕所？"

"发生什么了？为什么只能待在教室里？晚自习怎么办？没吃饭啊。"

"到底怎么了？黄晓莉呢？"

"好像在开会。"

林留溪扭头看向窗外，平时热闹的走廊此刻空无一人，只有年级组的老师在那儿走来走去。正常的饭点时间，却只许学生待在教室里……搞得跟"规则怪谈"一样。

直觉告诉她一定是发生了什么大事。

林留溪写了一会儿作业就没心思写了，她侧头看旁边的谢昭年在玩手机，放下笔，敲桌："别玩了，黄晓莉就在窗外。"

谢昭年头都没抬，嗤笑："你骗人倒是语调装像点。"

林留溪这么气定神闲，丝毫不像黄晓莉来了的样子。见谢昭年没上当，她笑了下，状似不经意地问："你知道外面发生什么了吗？"

谢昭年欠欠的："你猜？"

"不猜。"

谢昭年收了手机，塞进口袋里，存心要戏弄她一样："好没诚意。"

林留溪沉默了一会儿，就是不顺着他："你不说就算了。"

她装作在写作业，题又看不进去，只能拿出补习班老师总结的高考英语纲要来背。

才背了三个，林留溪就听谢昭年说："一班有个人好像阳了。"

林留溪没有任何背书的心思了："你听谁说的？"

谢昭年盯着她纲要上狗爬一样的字，懒声说："肖霖也带了手机。"

林留溪"啊"了一声："好咯，就我没带手机，你也不怕被缴。"

怕这个词对谢昭年来说是不存在的。

黄晓莉走进教室，带了几盒 N95 口罩。她叫秦思语上讲台来给班上同学发口罩，每人两个。

林留溪拆开包装，戴上口罩，一旁的谢昭年已经戴上了。

少年的下颌线流畅又利落，戴着口罩像个低调的男明星。他的头发又长长了，有点遮眼，皮肤冷白，宛若大理石雕像。

黄晓莉让他们先在教室自习，等年级通知，晚点可能要去体育馆测核酸。那测完核酸之后呢？黄晓莉说等通知。二中现在只许进不许出，学生们现在都在教室里，晚饭都没吃。

夜幕降临，深蓝的天空慢慢变黑。

林留溪会偷看两眼谢昭年，少年侧脸散漫，线条还是那么完美，不像是真的。但要是不小心碰到谢昭年的胳膊肘，手背上是少年真切的体温。

随着时间推移，有人这么提议："老师放电影吧！"

反正大家也无心学习。

黄晓莉之前拒绝了大家多次，都让他们以学习为重，这一次却答应了。

黄晓莉："你们要看什么？"

班长过来挨个问了："快说，快说！《寻梦环游记》《毒液》还是《美丽人生》？"

秦思语："《忠犬八公》。"

冯楼雨："《霸王别姬》。"

"谢昭年，你要看什么？"班长走到林留溪的桌边。

谢昭年道："随便。"

"那你嘞？"

林留溪道："我看什么都行，不挑。"

最终放了《阿甘正传》，这时候看电影，大家都很随意，拉着凳子和好友坐一起，靠窗的直接坐在桌子上看。把窗帘一拉，年级组的老师路过，也是睁一只眼闭一只眼。

大家都没吃饭，黄晓莉就找了班上的体育生给全班同学带饭。二中的特长生不强制待在特长班，只要成绩够，还是能待在纯文化班，平时正常参加学校训练。

七班的体育生，下午第三节课下课就去训练了。他们一般不用参加下午的周练，有时候会来上晚自习。但因为有时候下训晚，可以迟点来。现在他们还在校外。

黄晓莉一边陪着他们看电影，一边问："大家想吃什么？老师请你们吃，肠粉还是卤粉，班长统计一下。"

林留溪看谢昭年写了肠粉，也在自己的名字后面写了肠粉。

电影放到最精彩的部分，全班同学都在笑，班长甚至跟黄晓莉并排坐在教室最后面，气氛尤为放松。

很开心的时候，林留溪就会看一看谢昭年，心道：你看我啊，你看我啊。

他们都说人开心的时候会下意识看向自己最喜欢的人。谢昭年好像并不是如此，他专注地看着电影。林留溪有点失望地收回目光。

太早失望她就没有感觉到，在她转回去的瞬间，少年扭头看向她，散漫收敛，前所未有的认真。

广播通知终于下来了，大家去体育馆做核酸，做完后就可以放学回家。

林留溪算是最早一批做完的，出来的时候，她还领了两个包子。包子是年级统一买的，一个肉包、一个盐菜包。虽然她吃了晚饭，还是把包子也吃了。

或许大部分人现在都在体育馆，晚上的校园前所未有的空旷。

小卖部的灯亮着，像是孤山上唯一的灯火。它靠着一座矮山，矮山上树木茂密。深蓝的天空莫名多出了一大片黑色的剪影。

月亮从教学楼后面升起来。

林留溪背着书包驻足，突然觉得书包被谁拉了一下。

少年的阴影落在她身上，她突然很想长高，至少这样抬头看他的脸，动作可以不那么明显。

谢昭年问："包子好吃吗？"

林留溪道："还可以，搞得我明天晚饭都想吃包子了。"

明天会不会上课都是个问题，学校说根据今晚全校的核酸测验结果来决定。毕竟马上就要八省联考了，学校巴不得学生每天都到校上课，多放一天假跟要人命一样。

谢昭年开玩笑："吃这么多，还长不高。"

林留溪道："你信不信我不理你？"

"绝交？这么幼稚，"谢昭年难得正色了几分，很快又恢复了吊儿郎当的模样，"林留溪，你还是去隔壁小学读书算了。"

林留溪道："你替我高考，我去读小学，谢大学霸这么厉害，一定能考清北。"

正巧在出校门的关口，保安催促他们快点回家。谢昭年先林留溪一步推开铁门，懒散地垂眸看身后的林留溪："怎么了？罚站没站够，开始揪掇我违法了？"

林留溪气急败坏："你……"

被交警抓到那天发生的一切还历历在目，林留溪当即就脸红了，还好戴着口罩。真是哪壶不开提哪壶。

谢昭年，讨厌你，讨厌你，讨厌你。

再也不想理你了。

两人一起出校，影子一长一短，树叶的黑影在风中摇曳。

林留溪走到停放电动车的地方，见谢昭年没走，随意问："你等你家的司机？"

岂料谢昭年意味深长道："我也买车了。"

"看看。"

林留溪瞬间来了兴致。

她走到谢昭年身旁，果然看见了一辆通体漆黑的车，长得就跟陈愿口中的社会车一模一样，学校的体育生人手一辆。它的前座与后座连在一起，比起一般的电动车酷炫许多，比自己那辆破车肯定快不少。

林留溪发挥她插刀的本领："哎，不错，你还买'鬼火'了。"

谢昭年难得被噎到，扫了她一眼："这不是，就是普通的电动车。"

林留溪点点头，谢昭年看上去很开心，男生好像都喜欢这样酷炫的车，是挺拉风的。

她莫名其妙也很开心。

"你急着回家？"谢昭年突然问她。

林留溪从口袋里拿出电动车的钥匙："不急。"

"那我带你兜兜风？"

少年挑眉，他的身形一半在灯光之下，一半藏匿在黑暗之中，像是电影里的反派角色，痞而坏，偏又长了一张人神共愤的脸。

车后座的边缘反射着危险的金属光泽。

林留溪鬼使神差道："好啊。"

他这话让人忍不住多想，林留溪害怕失去理智，所以告诉自己，这只是谢昭年在炫耀。他这么张扬一个人，兴头上来就是这样。但是这样，对林留溪而言也够了。

她从自己的车篮那儿拿了头盔。

低马尾有点硌，林留溪就将电话线圈取下来戴在自己手上。头发散在肩膀上，被风轻轻吹起。她这才戴上头盔。

谢昭年也戴好头盔坐上去，感受到后座一沉，他勾唇道："抓稳了。"

学校附近有一条河，这个点河边的道路无人。路灯的光影之下，一道黑影掠过，宛若一阵黑色的旋风，眨眼就消失不见。

这个夜晚，林留溪其实有无数次想要抱住谢昭年的冲动。但是她怕越界，界线的另一端是不好的结果，所以她不敢，很有分寸感地抓着他的书包。这已是十七岁那年她做过的最大胆的事了。

林留溪问："你真想好了？"

少年一愣："什么想好了？"

沉默了许久，林留溪才道："出国留学啊。"

不知道为什么，谢昭年的声音有些冷冽："你也想我去？"

林留溪意识到自己可能说错话了，补救道："我是说如果我有这个机会，肯定就会去，去看看外面的世界。你居然还不想去。"

谢昭年道："这么远，你不会想家？"

"还好吧……"

林留溪随后又沉默了。

家又是什么呢？好像是一个难言之隐罢了。

全校核酸大检测的结果出来得很快，除了一班那个已经阳了的，别的都是阴性。

也就是说，第二天照常上课。

再过几天就是八省联考，不仅学校特别重视，林留溪的补习班老师也很重视，猜了很多题型。

林留溪之前还觉得补习班的老师有两把刷子，但现在改观了，不是两把刷子，而是很多把刷子。这些题型基本上都是历届八省联考的变式，虽然数据和提问的方式都改了，但是考点不变，都是补习班老师亲手改的题。

她不禁好奇林涛究竟给她请了哪个名校的高才生。

某次补习中途休息两人聊天的时候，林留溪还是没忍住问出来。

补习班老师失神，差点打翻桌上的茶水。

林留溪想自己是不是不太礼貌，毕竟这个问题有点私人，就像过年时亲戚总是喜欢打听别人的隐私。

补习班老师抽出一张纸巾，擦去桌子上的水，语气平静："我没上过大学。"

林留溪一愣。

补习班老师毫不在意地笑了笑："听上去是不是很匪夷所思？但你要相信我，我比你们老师还了解高考。我已经参加了十多次高考了，今年也会跟你一起参加高考。休息完了，就好好把我布置的题做完吧。这都是我根据历年高考趋势改的，你要知道八省联考的命题很喜欢往高考上靠，摸透考点其实也不难。你这次 T8 要是考得好，我请你吃海底捞啊。"

林留溪觉得林涛一定是花重金给她请了个外挂。

八省联考之前，学校都没有放过假。

陆陆续续听说有学生和老师被送去隔离了，年级组不准学生把口罩摘下来，至少得撑过八省联考再说。

林留溪中午在学校自习，趴在桌上睡觉。她醒来时，教室里一股消毒水味，学校甚至还请人每天中午在教室消毒。秦思语一进来，就尖叫了一声："这是什么味道？谁喷的消毒水？"

林留溪一脸火大地被吵醒。

还有三天八省联考，林留溪放学后碰见袁紫涵。

袁紫涵一看见林留溪，又开始找她吃瓜了。

袁紫涵："你们班那个秦思语最近和外校一个男生走得很近。"

林留溪习以为常："正常，走得近就近。"

袁紫涵道："你猜那男生叫什么名字？"

"叫什么名字都好，我不认识，没见过。"

"叫'楚庭寒'。"

林留溪当即就蒙了："名字好特别。"

"我也觉得，像霸总的名字。"

林留溪笑了："这世界上还真有人叫这个名字啊……"

"可不是嘛。那男生比较高，长得还可以。我放学路上还见到过。"

林留溪道："没兴趣。"

随着班上回去的人越来越多，林留溪也跟着惴惴不安，谁也不想在最关键的时候出问题。为了这次 T8，林留溪准备了很久，她现在看见咳嗽的人就害怕。袁紫涵说这病毒的确传染性极强，她班上有个男生不知道自己感染了，还对着整个寝室的人乱吹气，结果第二天整个寝室都中招了。

林留溪听闻后，更是严防死守。好在她的同桌谢昭年身体并没有什么异样，每天活蹦乱跳，跐天跐地，没人能治得了他。林留溪买了一瓶医用酒精，每天一进教室就喷，冯楼雨也买了一瓶，两人走在一起，没说两句话就举起医用酒精互喷。

冯楼雨笑道："林留溪，你发宝气吧！"

林留溪正经道："给你消毒。"

八省联考当天，林留溪坐在考场上，发现一大半的座位都是空的，考场上只剩他们几个人面面相觑。要大家都正常也就算了，实际上来的考生一半都在咳，更有甚者带病参加考试，坚持不住了，才写请假条中途回家。

林留溪压根就不敢将口罩拉下来一点。

考完最后一门，她松了一口气。

收卷的哨声消散之后，教室里响起了广播："疫情原因，大家考完之后赶紧回去，明天不用来校。返校时间根据今晚的年级统计表来决定。"

有太多学生阳了，学校终于放假。

林留溪回教室拿书，听到了一个女生的哭声。

按理来说，联考时要把桌子里面的书清空，但很多来上晚自习的学生为了方便会把书放在自己的桌子里。林留溪记得，自己昨晚把数学便捷公式的小册子放在书桌里了。

她一推门就看见秦思语坐在自己的座位上，拉下口罩，一直在哭。林留溪的耳膜都快被她这撕心裂肺的哭声刺破。

她的胳膊碰了碰早就过来拿书的冯楼雨，小声问："这人怎么了？"

冯楼雨拉着她出去，低声说："秦思语最近不是和外校一个男生走得很近嘛，我听她们说，两人闹掰了。"

林留溪沉默了一会儿："就这样？"

冯楼雨道："但其实还是比较炸裂的……嗯，主要是那个男生满口谎话，什么事都是假的。"

林留溪："什么假的？把话说得清楚点。"

"就是，那个男生不是实验中学的吗？叫楚庭寒。但其实这个名字是假的，学校也是假的，全是那男的编的，他就是想找个女生玩玩，不上心。因为那男的实际上去年就高考完了，家不在湖南，刚刚要回家了，就跟那谁坦白一切，坐高铁回去了。走之前，他什么都删了，说再也不见，这么云淡风轻。但秦思语从始至终都是认真的……"

林留溪的大脑甚至死机了一会儿："这是畜生吧？"

冯楼雨道："你是没看见，那男的删她之前，还给她发了一张自己哭红了眼的照片……太炸裂了……"

"我们明年就要高考了啊……"

虽然林留溪平时非常讨厌秦思语，讨厌到看见秦思语就会甩脸色的程度。但现在，她还是走进去，在口袋里摸了半天，才摸出一张皱巴巴的纸巾来，嫌弃地说："行了，别坐在我位置上哭了。你就当那男的死了。"

秦思语仰脸，满脸都是眼泪。

林留溪犹豫一下，把餐巾纸折成了白玫瑰，捏在手中，递到秦思语面前："送你一束花，向前看，你别哭了。"

秦思语愣住，忽而"哇"的一声，扑进她的怀中，"呜呜"大哭："林……留……溪……"

不知她哪来这么大的力气。

林留溪的手臂被秦思语死死地抓住，想死的心都有了。她心道：你要戴口罩啊，一定要戴口罩啊！

千防万防，林留溪还是中招了。

这天早上起来，她感觉腰酸背痛的。家里除了林留光没别人，妈妈前几天回老家遇上封路，一时半会儿回不来，林涛去外地出差了。其实林留溪早上是被吵醒的，她躺在床上，听见外边"咚咚"响，直接就骂骂咧咧地坐起。

她最讨厌睡觉的时候被人吵醒，拉开门，看见不知道哪个女人的儿子在楼梯上蹦蹦跳跳，就是上次林涛带去吃饭的那个小男孩。她想死的心都有了。

林留溪躺回床上，给林留光发消息：去叫他滚。

两人都知道那个"他"是谁。

林留光很快就回：我被同学搞阳了，你去咯，好姐姐。

林留溪：废物，要你何用。

随后，林留溪打开房门，大喊："吵什么？有多远滚多远，还真把这儿当成自己家了？"

小男孩哭了，那女人就跑过来把他抱走，阴阳怪气的指责，加上小孩的哭声，听得林留溪心烦。

她躺在床上，感觉自己呼的每一口气都是热的，偏偏妈妈不在家。冯楼雨给她发信息，说秦思语昨天一回家就阳了。林留溪服了，给冯楼雨发消息说：我好像也阳了……

冯楼雨：要不你去量下体温？

林留溪爬下床，拿体温计一测，哦，38℃。

晕。

她给林留光发消息：你那儿有布洛芬吗？

林留光：没有，但我们班有个女同学说要给我送。

林留光：嘻嘻。

林留溪：……

她给妈妈打电话，妈妈说家里的布洛芬用完了。

她窝在被窝里，声音闷闷的："妈，你什么时候回来？"

"还不知道，现在进市里的路都被封了，正在筛查核酸。"

林留溪道："我想你现在立刻回来。"

我很需要你。

妈妈不耐烦道："你要我怎么回去？飞回去？我生病的时候，难道你照顾我了！"

林留溪迅速挂断电话，又跟林涛说自己阳了。林涛说他在外地出差，让她撑着。可林留溪已经难受到极点，最重要的还不是病毒带来的苦楚，而是内心的缺氧，不被在意。她知道世界上不可能会有人围着她转，但还是想被人放在心上。

她知道自己在无理取闹，妈妈没有翅膀，不可能飞回来，却还是要执着地问那么一句，不知道在期待些什么。

明明一直都是这样过来的啊。

她擦干净眼泪，给体温计拍了个照，配文：小阳人，但没布洛芬，我要阴暗爬行。

若是自己拉下脸向林留光要，林留光肯定贱贱地让自己求他。先用冷毛巾敷一下吧……

第一个点赞的是周斯泽，他直接找她私聊：你也阳了？

林留溪回：你也？

实际上，周斯泽现在在谢昭年家。他原本只是到谢昭年家玩，结果他自己家都阳了，不让他回去，周斯泽就这么暂住在谢昭年家。他们两家早就认识，当年谢父回湖南创业，找的第一个合作伙伴就是周家，彼此知根知底，也算是放心。

周斯泽坐在沙发上，良久才编道：嗯呢。

他戳了戳正在喂猫的谢昭年："那谁，你同桌生病了，家里没有布洛芬。"

谢昭年懒得搭理他，一直拍着猫头，懒洋洋道："西西，多吃点。"

西西明显不高兴，少年倒十分耐心地把猫碗移到它的嘴边。要在以前他都是那种爱吃不吃的态度，饿死了都懒得管。

周斯泽看不下去了："谢昭年，我怎么记得你之前都是喊它'蠢猫'的……"

谢昭年一本正经道："叫腻了，换个称呼。"

周斯泽一脸"你就装吧"的表情，添油加醋道："你亲爱的同桌发高烧了，家里没有药。她病得那叫一个厉害，很虚弱。所以啊，谢昭年，别乱跑，最近这疫情够厉害的。"

周斯泽话还没说完，少年的眉眼一凛。

谢昭年随意套上一件黑色的冲锋衣，从校服口袋里拿出车钥匙，用手指勾着头盔，竟转眼就要出门。

"你去哪儿？"周斯泽问。

少年扔下一句："别管。你把她的 QQ 推给我。"

他关门的声音惊得西西的毛一下子炸起来，周斯泽摇摇头，蹲下身去，安抚西西。

林留溪在额头上敷了一条湿毛巾后，就一直躺在床上看电视剧。身体太烫了，她脑袋晕晕乎乎，想再睡一会儿，就看见自己的 QQ 联系人那一栏多出了一个红点。

XiXi 请求加为好友，附赠一条信息：有事。

林留溪差点以为自己在做梦，立即同意。她正盯着聊天框在思考下一句应该说什么，谢昭年就直接给她发消息了。

XiXi：我在你家楼下。

林留溪当即就愣住了，扶着墙从床上下来，爬上她房间的窗台上，抓着防盗网，往下看。

她家楼下基本没什么人，要么是巡逻的保安，要么是穿着睡衣出来搓麻将的大爷大妈。

一排排树木在风中招摇，遮掩不住少年的肆意。

谢昭年站在她家楼下，黑色的冲锋衣很扎眼。他背靠着车，戴着白色的口罩，低下头正在给什么人发消息。

他居然还记得她家住哪儿。

林留溪隔壁房间的林留光不知什么时候走到她的房门前，得意扬扬道："你猜我要出去干吗？我们班那个女同学来给我送药了。啧，这就是实力。你没有吧，林留溪？别羡慕。"

听着林留光下楼的声音，林留溪没什么反应，失神地看向窗外。

她的手机屏幕又亮了。

林留溪慌忙解锁，生怕错过什么。

XiXi：听说你生病了，还听说你没药，想想朋友之间应该互帮互助，所以我给你送药了。说下门牌号，我放在你家门口。

林留溪当即就捂着嘴哭了。

她这人从小就懂分寸，总是多想，又总不让自己多想。但或许是在病中，她的感性占了上风，会想他们是不是可以不只是朋友。给异性送药这种事，听上去就让人脸红。

她回道：你这人好好哦。

XiXi：……

XiXi：我这人什么时候不好？

林留溪缩在被子里，勾唇。

她回：你把药放在石凳子上就行，我弟下去了，让他顺便一起拿。

她看见输入法上有个"爱你哦"的表情包，迟疑了一会儿，点发送的手在半空中停下。

怪怪的，但想想自己跟冯楼雨、陈愿聊天的时候，也会说"爱你哦"，语气助词，应该没什么吧？林留溪盯了一会儿，盯得越久越觉得自己要是真点了发送，意图非常明显。

她最终放弃，改成一行字：感恩你哦，谢大好人。

XiXi：别感恩，叫你弟下来取药。

林留溪把聊天框转为林留光的，她让他顺带把她朋友放在石凳上的药拿回来。林留光当然不肯，林留溪说不肯就枪毙你。林留光嘴上说着不帮，但上楼的时候，还是把谢昭年送来的药放在林留溪的房门口。

他还顺口道："转我一万元跑腿费。"

林留溪道："滚。"

听见林留光回房的声音，林留溪才打开门。地上放着的那一大袋药还没碰，就已经让她好受不少。

林留溪才服完药，微信里弹出林留光的一大串语音。不用想，又是在分享他刚才的所见所闻。

"我跟你讲，我刚才不是下去取药，看见一个男的，我承认他有几分姿色，长得跟花花公子一样，不对，他应该就是那种人。我一下去就看见我那个女同学找他要 QQ，他的手机屏幕还亮着 QQ 通知，却跟我那个女同学说自己的号被盗了。牛，太牛了！我没话讲。"

林留溪回复：……

林留光：我真的，头一回看见她被人拒绝，太牛了。你是不知道，我这个女同学出手从没被拒绝过。

林留溪心里生出异样的感觉。

另一边谢昭年问她拿到药了没。林留溪回道：嗯。

爬回窗台往下看，谢昭年依旧站在她家楼下，站了很久才离开。林留溪不自觉扬起唇来。

12 月 18 日

就是高考结束之后，我想跟谢昭年说件事。无论结果如何，就当作是给我这三年一个交代吧。

12 月 19 日，卡塔尔世界杯落下帷幕，阿根廷夺得总冠军。全校放假三天后，学校统一组织学生返校拿书，分批，错峰，然后再在家休息五天。

都说得了这玩意会有后遗症。

林留溪觉得自己阳了以后，脑子都不灵光了，动不动就流鼻血，很困很累，还没感觉到困意就已经失去意识了。医学上是说脑雾。谢昭年算是很少没阳的几个漏网之鱼，他单手摸着下巴，看林留溪睡觉。

这时疫情快要结束了。

T8 成绩出来，林留溪又进步了，年级第五十二名。谢昭年更厉害，直接冲上了年级第一，往后好几次联考，他都是第一名。

若真要说什么有记忆点的大事，莫过于球王贝利去世。班上的同学下课后，不是在睡觉，就是在议论这件事。晚自习上课之前，男生们就用教室里的多媒体看世界杯。年级组的老师来了，手指着问是谁组织的，没一个人站出来。他指指点点了半天，找不到一只出头鸟，训斥了两句，说没有下次。

寒假只放一周，多地的烟花禁令有所放松。

正月里回校补课的时候，高三年级组织放鞭炮。黄晓莉说有人大年三十都来学校自习。一听就是一班的卷王，全班"噫"了一声。高三下学期，连上九天课是常态，元宵节只放一天，林留溪都觉得学校疯了。

教学楼那个通告栏天天滚动播放一些励志的话语。高中生本应都在读书，没时间搞别的，可年级内的各种八卦永远无休无止，有学生之间的、有老师之间的，炸裂的、爆笑的应有尽有，算是闲暇之余的一种放松。身负绯闻的学霸在光荣榜前排，学校的风云人物闪闪发光。该玩玩，该卷卷，反正一周七天都在学习。教学楼的灯光从早亮到晚。

2023 年开年就很冷，昨夜下了一场冻雨，校外人行道的地砖上结了一层冰。林留溪上学时，只能小心翼翼地走，以免滑倒。围巾从早戴到晚，睡觉前才拿下。

某天中午，她趴在桌子上睡觉，被外面的欢呼声吵醒。

林留溪侧头往窗户的方向看，谢昭年已经来了。

少年穿着宽大的冬季校服，脖子上系着围巾。在他身侧的玻璃窗外，白雪纷纷扬扬地落下。南方的冬天很少下雪，林留溪望着窗外的雪花，兴奋之余，脸颊有些红润。

她说："哎，下雪了！"

少女呼出一口热气，玻璃窗上顿时起了雾。

谢昭年转过头来，眉梢一扬："你等会儿又听不进课了。"

林留溪不服气："你想多了。"

谢昭年"啧"了一声。

从窗外看，他们像是被关在水晶球中的小人。黄晓莉笑着走进教室，拍着手道："行了，好好上课，等会儿早点下课，让你们下去打雪仗。好不容易下一次雪，怕你们都没心思上课了。"

下课前五分钟，黄晓莉就让全班同学轻点下去，以免惊动年级组。

林留溪围上围巾，耽搁了一些时间，一推门，下课铃就响了。

学生们都拿出下课后冲去食堂干饭的架势往操场冲，整栋教学楼顿时如同地震了一样。年级组的老师推开门，扯着嗓子喊"慢点慢点"。

林留溪整顿好就撑伞下楼。

本来她是跟冯楼雨一起下去打雪仗，冯楼雨中途又说要去找外班的朋友玩。

林留溪无奈，只好自己一个人下去。

她在楼下看见了袁紫涵。

袁紫涵一看见林留溪，就跑过来挽住她的胳膊说："老实交代，你跟你们班那个谢昭年什么关系？"

林留溪道："朋友关系啊。"

袁紫涵不信："朋友关系，他还冒着被感染的风险给你送药？林留溪，你别装了，我们都知道了，他兄弟说的，很多人都知道了。"

林留溪沉默道："朋友怎么就不行了……算了，你觉得是什么就是什么吧。"

她挣脱袁紫涵的手，撑开伞。

袁紫涵锲而不舍地追上来："那你对他是什么想法？"

林留溪一愣，慌忙说："没想法。"

袁紫涵失望地离开。看那模样，还以为自己能打听到一手八卦。

骗你的。

望着袁紫涵的背影，林留溪小声说："我发誓，我刚刚说的都是假话。"

她闭上眼，双手合十。

听说在雪地里许愿最灵了，那就希望一切顺利，真的好希望能和他有以后啊。

操场上全是学生，偌大一块草地成了玩雪场地。林留溪并没有着急捏雪球，往自己班上的同学身上扔，而是站在操场的正中央，寻找少年的影子。

突然她后背一湿，冰冰凉凉的触感顺着她的脖子往下蔓延。

林留溪拍掉帽子上的碎雪，气愤地回过头来。谢昭年吊儿郎当地站在她身后，手中还掂着一个雪球。林留溪将伞一丢，随便往地上抓了一把雪，就往谢昭年那边扔。

冰雪在空中形成一道白色的弧线，随后洋洋洒洒地落下。

少年侧身躲过，扬眉道："又菜又爱玩。"

"死谢昭年！"

林留溪则好胜心上来了，追着他扔。

这次谢昭年没有躲，以至于雪球砸在他身上就散开来。少年的发丝间乃至睫毛都沾上了雪，唇线紧抿，眉眼越发冷厉。

林留溪一时愣住了，一个没站稳就向前倒。

谢昭年抓住她的手臂，将她扶稳。

林留溪的额头贴着他的围巾，睁大眼。这人是不是……也对自己有点好感呀？

她慌忙与谢昭年拉开距离，低下头假装去找伞，似随意地问："你为什么不躲啊？"

少年抱着双手，低头端详她的表情，懒懒地说道："让你啊——"

林留溪动作一顿，又听谢昭年欠欠道："我比你高这么一大截，总不能仗着身高优势欺负你吧？"

说着，少年就痞里痞气地抬起一只手，抵过林留溪的头顶，又抵了抵自己胸口的位置，笑了。

阴影盖住少女的头顶。

林留溪眼神幽怨，报复性地往他身上丢了一把雪。

2月24日，离高考还有一百天。

这天早上不上课，要去百日誓师。年级组的意思是百日誓师要和成人礼一起办了。

一大早黄晓莉就让秦思语去办公室拿礼物，她给班上每个同学都准备了一份成人礼。秦思语自上次受情伤后，一头长发成了短发。她叫了几个关系好的一起去拿。

林留溪好奇地张望。黄晓莉朝她挥挥手："林留溪，你跟你同桌一起过来帮个忙。"

黄晓莉从红色的塑料袋中拿出几捆粽子，让他们挂在门上。

林留溪本想要搬凳子，打量了一会儿谢昭年的身高，若有所思道："靠你了。"

她将从黄晓莉手中接过的粽子交给谢昭年，回座位去拿胶带。她回来的时候，看黄晓莉回办公室了，拉了拉谢昭年的衣袖："你说黄晓莉为什么要我们挂粽子啊？"

谢昭年看她跟看傻子一样："高粽啊。"

粽与中发音相似。

林留溪仰头，一下子就明白了。

秦思语回来了，拿回来的每一个礼品袋上都写着班上同学的名字。看样子，每个人都有属于自己的一份。

林留溪拆开礼品袋，除了一罐旺仔、两个粽子、一个红包，还有一个写着她名字的钥匙扣。这是独一无二的。

去操场的时候，每个人还要拿一株向日葵。系在花柄上的丝带男女生的颜色不一样，女生是粉红色的，男生是浅蓝色的。

冯楼雨在教室外喊林留溪了，林留溪戴上博士帽，另一只手中还拿着学校发下来的红旗。

她瞥了眼一旁拎着向日葵甩来甩去的少年，暗自偷笑。成人礼这天，学校发的向日葵上的丝带，算是这三年来除了校服，与他最般配的一件物品了。

成人礼之前是高考百日誓师，高三学生边跑操边喊誓师口号：

> 高考大关，已到眼前；
> 修我戈矛，立我誓言；
> 从现在开始——
> 心无旁骛，为学是先；
> 步步为营，稳打稳干；
> 刻刻苦练，敢为人先；
> 悬梁刺股，水滴石穿；
> 我心不变，我行撼天；
> 意气风发，披荆斩棘；
> 十载寒窗，百日苦练；
> 敢叫日月换明天，直挂云帆济沧海；
> 宝剑今朝试锋芒，我辈步步登金榜；
> 高考必胜！我必成功！我必成功！

林留溪喊完，领导就开始献词。广播里播放催泪歌曲，大家都抱在一起。很多人都哭了，秦思语是哭得最大声的那个。黄晓莉隐忍克制，最后还是摘下了眼镜。虽然大家只相处了一年，但感情这东西哪是时间能衡量得清的。

领导献完词，各科老师也开始献高考祝福，然后是年级主任。林留溪抬起头，无人机飞在蔚蓝的天空上，她想起自己初入校园的时候，也是天空这么蓝的一个夏天。

百日誓师结束，他们就要离开操场去体育馆举行成人礼。

操场的最边缘摆放着一排鼓，校领导和年级组的老师在那儿敲。离开的时候，老师反复强调的纪律早就没有了，鼓声"咚咚"，自然吸引了很多学生冲上去抢棒槌。秦思语接过朱雷军递过来的棒槌敲起鼓来。学生和老师乱成一团。

林留溪在敲鼓的人群中看见一个女领导，当即愣在原地。女领导戴着金属的方框眼镜，扎着利落的高马尾，望着学生笑得很和蔼可亲。

这……这不是自己初中的历史老师吗？

林留溪反复确认那人的确是她没错。

初中的时候，历史老师一直对自己很上心。谁能想到再次见面，她已经是二中的副校长了。

林留溪想也没想就笑着跑过去。

历史老师看见她跑过来，先是愣了一下，然后对她说："同学，你怎么了？你也想敲鼓吗？"

这样啊，不记得我了啊。

林留溪笑得牵强，轻轻地"嗯"了一声。

成人礼的流程倒是简单许多。

舞蹈生跳了开场舞之后，学生代表、老师代表、家长代表、校长纷纷走上大舞台。

最值得一说的是这个家长代表，一走上台就霸气道："我今天送你们三句话！"

三句话！

正当大家都以为这位家长会是今天废话最少的那个，就听她"巴拉巴拉"开始了长篇大论。林留溪这辈子就没见过这么爱讲话的人。

她听得不耐烦了，就说道："不是说只说三句话吗？这都说第几句话了？"

谢昭年听罢就笑了："是三句话啊，只不过中间都是逗号罢了。"

林留溪："哈哈哈。"

真会说话。

这天很多家长都来了，她看见了谢昭年的爸爸妈妈。他爸爸出院了，虽然坐在轮椅上，和谢昭年很像，老了都是一张深受中老妇女喜爱的脸，很儒雅，和谢昭年倒是两个极端。

她突然就不想看见自己的父母，感觉这个场面很尴尬，她讨厌林涛假惺惺的模样，讨厌妈妈时不时表露的让她无所适从的过度热情。

但妈妈还是来了，独自一人来的。

"溪溪？"

林留溪淡淡地应了一声。

妈妈问："你那个朋友呢？"

"哪个朋友？"

"陆轻悦啊，之前你一直挂在嘴边的。你们不是玩得很好吗？快叫她过来，我跟你们合个影。"

林留溪一怔。

为什么两人闹掰了这么久，还是能从别人口中听见陆轻悦的名字？

她沉默了很久才说："不用了，她有事去了。"

话还没说完，林留溪的脖子被妈妈揽住，妈妈的胳膊搭在她的肩膀上，将手机镜头对准她的脸。林留溪这才发现妈妈原来一直在跟人视频。

"我女儿马上要高考了。你看看，她是不是长得很好看啊？"

对面那个像她大姨一样的人笑弯了眼："好看的，女大十八变。溪溪今年一定考个好大学！"

林留溪勉强又不失礼貌地笑了笑。

回到教室了，她都还在思考那人是谁。

要拍毕业照了，班上的女生都开始化妆。林留溪取下头发上的电话线发圈，从书包里拿出刚买没多久的鲨鱼夹。

头发散在身后，她的发尾已经在肩膀以下。

林留溪将一面镜子立在桌上，两手一直在脑后拨弄头发，感觉夹歪了。林留溪看不见后面。

她抬眼望向窗外，想找冯楼雨帮她夹一下。

但余光看见了谢昭年。

林留溪勾唇道："谢昭年，我的鲨鱼夹是不是夹歪了？"

少年撂下笔，打量了她半天，撑着下巴道："你猜？"

"那就是歪了，"林留溪垂眸，"你帮我夹一下吧？"

谢昭年想了想："我不会。"

林留溪有点失望："这个比做数学题简单。你不帮就算了，我自己再试试。"

她摘下鲨鱼夹放在桌上，把头发重新卷起，正要去拿的时候，谢昭年的手指却压在鲨鱼夹上，冷白的皮肤与鲨鱼夹上的木纹形成鲜明的对比。

林留溪一愣，镜子中映出少年散漫的眉眼。

谢昭年捏了捏夹子，踟蹰道："我好心帮你一次。"

少年瞥了眼镜子，镜中的少女出落了许多，脸颊奶白泛红，下巴比起高一时尖瘦了许多。她低下头的时候，刘海过长会有点遮眼，所以她平时写作业的时候都是拿卷发筒把刘海卷起来写的。

比猫可爱。谢昭年走神。

就在夹子要触碰到林留溪的头发时，走廊上的谢昭年妈妈突然回过头，眼睛微眯，喊了谢昭年的名字。

少年忽而放下鲨鱼夹，别过头去："我妈喊我，还是你自己来吧。"

林留溪道："好哦，你去吧。"

就差一点点。

谢昭年走得像是一阵风，很快座位上就空了。她喜欢他衣服上洗衣粉的味道、被阳光暴晒过的味道，很可惜，也就剩一百天了。

她最终还是自己把鲨鱼夹夹上。

紧张而又争分夺秒的学习持续到高考前。高考前三天放假，林留溪把书搬回家，走之前，谢昭年让她多复习一下数学。

这是他们高考前说的最后一句话。

高考时，林留溪跟谢昭年不在一个考场，她在本校，谢昭年到郊区的一所高中。

放假的那三天，她本来不怎么想看书，想起谢昭年的话，又拿出那本数学公式小册子看了看。嗯，还有数学书。

林留溪从书包里拿出书来，想要翻开。

妈妈在门外喊她早点睡觉，那就明早起来看吧。

可翌日早上她还在睡梦中，就被楼道内的"咚咚"声吵醒，她烦躁地打开手机，才六点……有病吧。

她立刻火大地打开门。

不知道哪个小情人的儿子又在楼道那儿跳来跳去。林留溪家的楼梯是木制的，人在上面跳来跳去，声音很大，更别说林留溪的房间本就靠近楼道。

她起床气一直很大，跑上去教训了几句。

小男孩无所谓地抬起头，眼睛很黑："你是谁？"

小孩健忘，或许他早就不记得了。

男孩对着楼下喊："妈妈，这个阿姨是谁啊？为什么会在我家？"

林留溪的怒火立即就蹿上来，几步上前，推了他一把："你给我搞清楚点，这是我家啊！我从一岁长到十七岁的家！你一个私生子，给我滚啊！"

哪想到男孩没站稳，失重从楼梯上摔了下去。他的脑袋像橙子一样旋转，在楼梯的拐角处停了下来，放声大哭。

她家楼梯铺了垫子的，按理来说，应该没事吧。没事吧？

连林留溪自己都不确定。

男孩的妈妈闻声从楼下跑上来，拨打120，然后恶狠狠地瞪向林留溪。

"林留溪，我儿子要是有事，你就给我去坐牢！你才这么小，手段就这么狠辣了！我儿子今年才六岁！你这是谋杀知不知道？还高考？我要把你送去坐牢！凭什么你这么好过啊？

"你们一家把我害成这样，你爸爸林涛就是个畜生！说好给我安排工作、给我买房，我才退学，生下他的种，现在呢？我一分钱都没看见。他这个大女儿就要把我儿子杀了！我儿子究竟怎么你了？你居然要把他从楼上推下去，你看我不爽就直说啊！对小孩下手，真是恶毒！"

听到"坐牢"两个字，林留溪也害怕。

他不会有什么事吧？她真的不是有意的，刚刚太生气了。

为什么倒霉的总是我？这明明是我的家，我本应该快快乐乐地参加高考，向喜欢的人表白的。

但现在……好害怕。

未知的恐惧化为一个深不见底的囚笼，林留溪神情慌张。救护车来了，男孩的妈妈抱着他下楼。

林留溪把自己锁在房间里，越来越没有安全感。

林涛和妈妈都不在家，林留溪打开好友列表，一个能说这些的人都找不到。

外面有人在敲门。

她颤声问："谁啊？"

"是我。他们已经去医院了。"

是林留光的声音。

林留溪说："滚。"

林留光没有走，而是贴着她的房门，第一次叫了她一声"姐姐"。

声音很轻，但林留溪还是听见了。

林留溪忍着哭腔："你来干吗？"

"姐，我昨晚想到我们小时候的事了。"林留光说。

林留溪贴着门，没有回应他。

"你还记得我们去广西的那次吗？我们两个一起玩，你跑上车关门的时候，不小心夹到了我的手，林涛就不分青红皂白地打你。"

林留溪依旧沉默。

林留光继续说："我不知道我的那句'我在和你玩'会给你造成这么大困扰……我后面也在后悔，但那时我也害怕生气的林涛。"

林留溪擦擦自己的眼泪，失笑道："你说这些是想干什么？向我赎罪吗？你多大了啊。"

有时候陆轻悦说得真对，自己就是一个冷心冷肺的人，伤害了就是伤害了，迟来的道歉没有任何意义。

林留光显然也猜到了她会这么说，轻声道："我其实是来说，假如他们问起刚刚的事情，你就说那小畜生是我推的。你只是看他不爽，骂了一句。你好好高考，考个好大学。"

他故意将一切说得很轻松："我这人也就这样了，不是读书的料。但你的人生才刚刚开始，不能毁在他们手上。"

林留溪不禁被他逗笑了："我说你这人好天真，现在都2023年了，电视剧看多了吧，连顶包都出来了。她看见我了，他们都看见我了，现在说什么都迟了。"

也就只能等林涛来处理。

6月5日

距高考开始的倒数第二天，我把林涛的私生子从楼梯上推下去了。他被送去医院了，谁都不知道结果怎么样。我好害怕。为什么我总是这么倒霉？总是把自己的生活搞得一地鸡毛。

上学破事一堆，在家破事也一堆，现在我明白了，这世界肯定是不欢迎我的，总是给我带来这么多不幸。这样负能量满满的我，谁会接受？谁又舍得抱抱我？我感觉自己要碎掉了。

想要有个人穿越到我身上，这样的林留溪一定不会像我一样不讨人喜欢，一定早就和谢昭年在一起了，人生也不会留下这么多遗憾。

还记得高二那个我和林涛吵完架的晚上，我曾做了这么一个梦：

我梦见回到我还没出生的时候，妈妈挺着个大肚子，坐在沙发上翻字典，林涛和她一样期待着我来到这个世界。他们说"留蹊"挺好。毕竟"桃李不言，下自成蹊"嘛。但是妈妈不同意，她说足字旁不太好，要走很多路，万一是个女孩子，一定会苦了她。林涛就说改成三点水的"溪"吧，三点水挺好的。妈妈看起来也很高兴。

而我轻声对妈妈说："快回头，快回头吧，不要再生下我了。"

这样我们也不会这么不幸。

都说人在伤心的时候就喜欢写日记。林留溪往前翻，前面的日记中很多次提到谢昭年的名字。

日记中有太多他的名字，她翻着翻着，又不敢往下翻，怕日记的最后一页是首烂尾诗，也怕他的名字彻底消失。

林涛应该是收到消息，很快就回来了，但他并没有责骂林留溪，而是让她回房休息准备高考。

男孩的妈妈又冲进他们家闹了，她指着楼上的林留溪喊道："林涛，你儿子现在还在医院！凭什么她还好端端的？你女儿应该去坐牢！"

小区内很多住户都开了窗。

林涛扇了她一巴掌："你给我滚！"

男孩的妈妈大吼："只会打女人，你算什么东西？你就是一个孬种！我这么多年的青春都浪费在你身上！到头来我儿子都要被你女儿害死了！"

林涛又开始动手："你滚出我的房子，给我滚！你就是一个泼妇！白吃白喝我的，还想在这儿撒泼。你儿子难道就不是我儿子吗？他的事不用你管，我自己会处理。"

男孩的妈妈哭哭笑笑，想要冲上楼找林留溪，却被林涛拽住。

她声音嘶哑："林涛、林留溪，你们给我等着，我不会让你们好过，我不会让你们一家好过！"

最终她被丢出门外，在外面哭。楼下又传来林涛跟妈妈的争吵声，林留溪不敢迈出房门。

高考前一天的早上他们又吵架了，林留溪被他们的争吵声吵醒。

妈妈说："正好，我的房子装修好了，等高考结束，我就带我女儿搬去 B 市住，不再和你们这些癫子住一起了。真是一群疯子。"

林涛道："不行。"

妈妈激动道："她是我女儿！"

林涛道："你一个没文化的妈妈怎么能教好她？知不知道我给她补课花了多少钱！我培养她花了多少钱！这件事情你能解决吗？还不是要靠我帮你们擦屁股！你女儿怎么就跟一个孩子过不去呢？要不是看在她快要高考了，我就直接收拾她。"

是啊，林涛是看在她要高考的份上，才站在她这边，而不是她的爸爸，可以依赖的爸爸。他从未给过她爱，却又想通过培养一个"成功"的孩子来证明他这个爸爸的成功，自私又冷漠。

林留溪推开房门，面无表情道："小时候你们总问，要是爸爸妈妈分开，我跟谁？现在我想明白了，我跟我妈，就这样。"

林涛不可思议："爸爸对你不好吗？什么都给你最好的，你的补习班老师，还是爸爸花几十万请来的，你的房间里也是安的中央空调。你妈没文化、没钱，跟着她，你只会吃苦。"

林留溪凶狠道："你不配说她！"

她边哭边说："我本来都准备好了，好好高考，高考结束后，做我一

187

直想做的事，这三年一直想做的事。现在全被你毁了，明明让我受苦的根源一直都是你，你却始终不想承认。

"我的要求不高，只想快快乐乐地活着、长大，像寻常人家的孩子那样。就算家庭贫穷、母亲严厉，我也不介意。

"你告诉我，你做到了吗？"

林涛道："你……"

林留溪扶着椅子，泪流满面："我阳了的那天很绝望，叫天天不应，叫地地不灵。你说你在出差，要我自己撑着。我一直都是自己一个人，也没觉得什么。

"但你为什么要让私生子进家门？一进来就好有'素质'地在那儿吵吵闹闹，我早就忍他很久了。你要是没有私生子，我们只是寻常家庭，这一切就都不会发生。事到如今，罪魁祸首就是你，你还不想认吗？"

妈妈搂着她的脖子哭。

林涛道："林留溪，你现在是什么意思？"

"我说我要跟我妈走，永远离开这个鬼地方。就算这次你的私生子没事，你那小情人也已经恨透了我了。你知道为什么吗？因为她最恨的人是你，但是她也怕你，所以她理所应当地把对你的恨转嫁在我头上！

"记事后的我从没有奢求过从你身上感受到爱，所以你能不能别让我承受我本不该承受的恨。"

林留溪说得痛快，抬手砸烂桌上的水杯。原本她只是想告诉林涛自己真的很生气，可杯子碎在地上，水飞溅一地，在场的人皆在一地狼藉中看见一块锋利的刀片。

要知道这是林留溪放在客厅里的杯子。她昨天才用这杯子喝了水，不知道什么时候，杯子里被放了刀片。

刀刃锋利，直接把地板戳出了一道划痕。

林留溪当即后退几步，脸色苍白，连带着所有人也都脸色大变。

他们家的门一直安的是密码锁，昨天那件事情发生后，没想着改密码，男孩的妈妈今天早上应该是来过。

幸好林留溪睡觉的时候，房门是反锁的。

幸好。

林涛气得摇摇头："行，行，好。我就当养了个白眼狼。高考期间，你就去宾馆住。我迟点就请人把你和你妈妈的东西都搬到 B 市的新房。你们走了，就别回来了。这里不再是你的家，也不再欢迎你。"

林留溪在他的身上，连一滴鳄鱼的眼泪都看不见。

这年高考是补习班老师把林留溪送去考场的。她在考场附近看见男孩的妈妈四处徘徊。但那天林留溪戴了口罩，没被男孩的妈妈发现。

她想过报警，但害怕报警后最后是自己去坐牢。

补习班老师看出她忐忑不安，笑着问："想什么呢？高考紧张是正常的，你就当这是一场严肃点的周练。结束后就可以放飞自我了。你不是有喜欢的男生吗？想到怎么说了吗？不知道怎么说的话，我帮你参谋参谋，我可是有经验的。"

林留溪轻声道："我已经不喜欢他了。"

补习班老师一愣："你难道不知道你说谎的时候，声音会很轻？"

林留溪笑道："高考后，我就跟我妈搬去 B 市住了，到时候会切断和这里的所有联系。我和我妈说好了，我想要一个新的开始，然后变成想要成为的人。而谢昭年会出国，和我不会再有交集。你是不知道他有多优秀、多骄傲。我和他之间没有结果就是最好的结果了。"

她听见对方叹了口气："进考场吧。"

林留溪道："你不是说和我一起参加今年的高考吗？不一起进去？"

补习班老师说："我的考场不在这儿，但是离这儿很近。"

林留溪点点头，检查完考试袋，准备过去排队。补习班老师望着她的侧脸，失神道："说起来，这已经是我第十三次参加高考了。"

林留溪问："为什么参加这么多次啊？不去上大学吗？"

补习班老师故作轻松道："有奖金，来钱快。上大学还要花钱，我爸爸得了癌症需要很多钱治病。"

林留溪不知道说什么了："你爸爸一定会好起来的。"我也会好起来的。

"但愿如此吧。"

林留溪看向他，三十多岁的男人额头上有了皱纹。他笑着望着她，她却总觉得对方透过自己在看另一个人。那个人，是十三年前的他。

2023 年新高考，湖南四十多万人参加。林留溪还记得高考第二天，下了很大的雨。最后一门考完，但不能出考点的时候，考生们都聚在校门那儿等待。林留溪刚到那里，就看见了冯楼雨。

冯楼雨跑上来，问她："他们说今晚要去聚餐，你去不去？你是不知道，谢昭年这次居然也去，好稀奇。"

"有什么好稀奇的？毕竟是最后一次见面了。"林留溪淡淡道。

冯楼雨问："所以你也会去的吧？我听他们说，吃完饭还要去唱 K、喝酒，不醉不归。反正高考结束了，想干什么都可以。"

林留溪笑道："挺好的。但是我今晚还有事，不用在意我，你去就行了。"

考点的大门开了，考生们冲出校园，各种媒体挤过来采访他们高考结束后的喜悦心情。林留溪顺着马路往下走，很多卖花的。都说高考结束那天应该收到一束花。

她回头看了眼不远处的同学，他们手里都捧着自己父母买的花束。

林留溪沉默了很久，继续往下走。

突然，有人从后面拍了拍她的肩。林留溪还以为是妈妈来接她，回头一看，是一个卖花的小姐姐。小姐姐穿着淡绿色的连衣裙，头戴三角巾，手里捧着一束淡蓝的玫瑰，正要开口。

林留溪下一句就是："不用，我不买花。"

对方一愣："不是，你误会了，这花是有人买来送给你的。"

林留溪接过花，大脑依旧转不过弯："是谁啊？会不会是送错人了……"

小姐姐说："没送错，客户还给我看了你的照片。但至于是谁……很抱歉，我们这边是不能泄露客户隐私的。"

"谢谢啊。"

应该是补习班老师送的吧？他们都说，踏出高考考场收到一束花，就会变成大人了。

林留溪回到家的时候，妈妈已经把她的东西都收拾好了。

妈妈给了她一台新手机，对她说："小溪，高考结束了，妈妈给你买了台新手机，还给你办了一张电话卡，以后你就用这台手机吧。原来的手机不用了，丢到这个箱子里面。我们去 B 市，她不会找到你。"

听说那个男孩去医院检查，只是脑袋磕破了点皮。男孩的妈妈却抓住这件事，始终不肯放过她。这些天林留溪已经接到她很多个辱骂电话，拉黑了，也依旧持续不断，连她的 QQ 和微信也开始被对方骚扰。

林留溪厌倦了这里，厌倦了这一切。

她从抽屉里把手机拿出来，正准备丢到箱子里，可最后又想了想："妈，让我最后和我朋友说几句话。"

冯楼雨给她发了很多张聚餐时的照片，林留溪一眼就在合照里找到谢昭年那张淡漠的脸，他好像不太开心。她突然就哭了。之前放学回家，她也期待着能在这么多人里找到他。

她给冯楼雨发了一句：感觉你们很开心。

冯楼雨秒回：是啊。你要不要来玩啊？

林留溪道：不用了。我先下线了。

她最终还是没能和冯楼雨说声告别，可能觉得这样矫情吧。冯楼雨之后也会有很多朋友，就像陆轻悦会有刘雅琪，林留溪都不重要。何必道别，就这样吧。或许冯楼雨发现她消失，就会慢慢忘记她。

然后林留溪看见谢昭年的聊天框里有一条未读消息，是刚刚发的。

XiXi：林留溪，你现在去看你的数学书。

她没多想，直接就回：我看了。

而其实她的所有书早就被林涛叫人收进一个纸箱子里，运到B市去了。

犹豫了一会儿，林留溪继续打字道：谢昭年，其实你可以考虑一下出国。

在漫长的"对方正在输入"之后，林留溪看见谢昭年给她发了一个：好。

文字冰冷得快要溢出屏幕。林留溪脸色苍白地把手机关机，放进纸箱子里，妈妈用胶带封死。

这时已经是晚上了，她走到楼下，回头望了一眼自己生活了十七年的小楼。

老旧的砖墙从墙体脱落了，浓浓的夜色中，亮着明灯的窗修饰了一切。林留光站在窗边目送她，很多飞蛾扑在玻璃窗上。林留溪在其中一扇玻璃窗那儿看见了一个和自己差不多大的高中生，他戴着耳机，在灯下写作业。

她恍然间想起高三上晚自习的时候，自己总是通过窗上的倒影偷看谢昭年。有时候谢昭年抬头，她就很心虚地去看玻璃窗上的飞蛾。

那时候是春夜吧，飞蛾扑扇着翅膀，林留溪都不明白它们为什么执意要进来。

或许它们也跟自己一样觉得春夜太漫长吧。

林留溪坐上妈妈的车，有着太多眼泪和遗憾的青春期到这儿就停止了。

第六章 · 情书

你总是问我，人究竟要怎么样，才会有被爱的资格，
美貌、家财万贯，还是说拥有完整的人格？
每次问的时候，你都会惶恐不安地看着我。
但是我没有回答。

几年后。

C 大。

这天是周五，很多专业要么半天没课，要么课表被排了很多"水课"。下课前几分钟，老师开始点名，大学生们一刻都不肯多待，点完名就从教室后门溜走。

"过完期末考试周就放暑假了，一起去川西玩吗？"

"我暑假还要在上海多待一会儿，有兼职，去剧组当群演，感觉好好玩。"

"我也是，找到实习了，暂时不能回家。"

秦思语抱着书与室友们商谈，回宿舍的路上，看见篮球场周边围满了人。要知道现在室外炎热，多待一会儿就汗流浃背，这鬼天气不在宿舍里好好待着，居然都往人堆里挤。

秦思语停下脚步，戳了戳一旁的室友："这里怎么这么多人？"

不仅有很多男生，也有很多女生，时不时传来呐喊助威声。按理来说，C 大也没有那么好看的男生，不至于吧。

室友神秘地笑了笑："吃瓜，看热闹。"

秦思语兴致来了："说说呗，我最近都在准备期末考试，没逛论坛了。"

室友把她拉近："其实也没那么复杂，就是两个男的和一个女的呗。"

秦思语一听："感情，肯定是情感纠纷。你就说是不是？"

"算是吧，其实也不是。"

她指向篮球场："那个穿红色球服的男生是计算机系的，另一个黑衣服的是医学院的。这两个男的约好在这儿比篮球是为了争一个女生。"

秦思语问："前任和现任？"

"不是。就是这两个男的都想追那个女生，情敌关系。然后那女生到现在都不认识这两人。"

秦思语不禁多看了两眼："女生长得很好看？"

室友掐了把她的胳膊："医学院院花呢。你小点声，那女生过来了，穿黄裙子的那个。"

秦思语手中的书本脱手落在地上。室友帮秦思语捡起，却见她愣在原地，自言自语道："她……她好像是我的高中同学。"

林留溪从图书馆回宿舍，感觉一路上都被人盯着。最开始她以为是自己多想，低头假装玩手机。高中时期，她有一半的时间都戴着牙套，穿着再臃肿不过的校服，平凡又普通。谁能料到，这人一到大学就彻底长开了。

"林留溪！"

林留溪回头，看见一个有点眼熟的人。

秦思语还是留着高中时期的短发，只是比起那时像鸡窝一样乱的头发，现在整体更利落，还夹着很多彩色的夹子。

"真的是你啊！高考填志愿返校的那天你没来，黄晓莉还给你家里打了好几个电话，都没人接。后来看光荣榜，才发现你也考上 C 大了。你现在有空一起去吃饭吗？"

林留溪好似想了想："我还要回宿舍洗衣服。"

"那先加个微信？也算是老乡了。我之前通过班群，还给你发了好几次 QQ 好友申请来着。"

"可能我换号了吧。"

这人太自来熟了，林留溪一时寻不到理由拒绝，加了秦思语，就立马设置了不让她看朋友圈。

林留溪一回宿舍，就躺在床上。

秦思语给她发消息：你现在有男朋友吗？

林留溪回：没有。

秦思语：哦哦。我之前还以为你会和谢昭年在一起，毕竟你们高中时关系好像挺好的。

林留溪：……

林留溪：你难道和你同桌关系不好？

秦思语：……

秦思语：确实也挺好。

秦思语：对不起，我可能不太会说话，我知道你高中时很讨厌我，觉得我情商低，但我没有恶意。

林留溪不想回了。

秦思语还在发：我只是想告诉你一件事，谢昭年现在有女朋友了。我经常看他空间说"大小姐大小姐什么的"。其实，我之前还以为他不会通过我的好友申请。毕竟当年他总说号被封了，可能人总会变吧。

林留溪其实都快忘记那个人的模样了，只依稀记得谢昭年这人张扬又骄傲，长着一副渣男脸，却不早恋、不乱搞。她那时候很喜欢他。

这样一个人有女朋友了，好像也是情理之中的事。几年了，他总会遇见喜欢的人。

但林留溪还是直接把秦思语拉黑。

莫名其妙的，他有没有女朋友关她什么事？

忙着期末考试周，这件事很快就被林留溪抛到脑后。她考完期末最后一门，回到宿舍，室友们都在商量几号离开上海。

见林留溪回宿舍了，某个室友就问："林留溪，你几号回家啊？"

林留溪随口答了一句："明天。"

"这么早。"

林留溪"嗯"了一声，已经躺在床上补觉了。

她们寝室是六人寝，基本上都有对象。刚刚问林留溪什么时候回家的女生就睡在她隔壁床，说话声音很大，经常与男朋友打视频电话到凌晨。林留溪有时候在睡梦中，都被室友和她男朋友两人肉麻的声音吵醒，起了一身鸡皮疙瘩。因此住寝室的这段时间，林留溪的睡眠质量很差。

她说是明天回家，其实早在外面订了酒店，在上海玩几天再回湖南。

顺便还能睡两天好觉。

可在搬出寝室的前一天晚上，室友和男友还在视频通话，这时已经是凌晨一点。林留溪无比烦躁地被他们"宝宝宝宝"的声音吵醒，与好友说了这件事。好友提议：你直接说你要爱上她男朋友的声音了。

林留溪觉得有道理，拉开隔在两人之间的帘子说："其实……天天听见你男朋友的声音，我快要喜欢上你男朋友了。"

刹那间，寝室里寂静无声。

这一晚林留溪再也没听见过两人的声音。

上海的日常花销要比湖南高许多，林留溪在学校省吃俭用，也从不出去玩。林涛有时候给她打钱，她领了就不说话，省下来的钱还是可观的。只是她不舍得花，特意挑了一家比较实惠的酒店，虽然离热闹的地方远，但价格低廉。

办理完酒店的入住手续，林留溪接到了妈妈的电话。

"小溪，你高考的时候，妈妈不是有个朋友给你发了一个 666 块的红包？"

林留溪想起了这回事，妈妈的这个朋友在她高考结束的那几天突然加上她的微信，发了一个红包。她那时候很缺钱，没多想，领了就说"谢谢"。但其实妈妈的这个朋友，她也不知道是谁。

她回道："我记起来了。"

妈妈说："妈妈给你转了几百块钱，你在上海随便买点东西带回来，最好要特色一点的。妈妈给那个朋友送过去，还人家的人情。"

林留溪逛了很多个商场，挑了些自己喜欢的东西，想起还要帮妈妈买，就找了个卖特产的店子。

店里的导购一见她出手大方，整个人都很热情。

林留溪挑了几盒点心，问有没有礼品袋，妈妈说一定要有礼品袋。

导购一愣："肯定是有的。"

可林留溪付了钱之后，她又说没有。

"没有装点心的礼品袋了，用别的产品的，行不行？"

林留溪说："还是算了吧。这个是我家里人要拿去送礼的，一定要有礼品袋。"

"可我们没有礼品袋了啊。"

"那能不能退掉？主要这东西不是买回去自己吃，是要送给别人，一定要有礼品袋。"

导购开始含糊其词："别的产品的礼品袋也一样，你买了就不能退了，这怎么能退啊？"

林留溪还想说什么，对方随意找了个不搭调的袋子丢给她，然后就不再搭理她，笑着去迎接新的客人了。

她人生中还是第一次遇见这种事，手足无措，感觉自己很笨，不知道怎么处理，只能硬生生地吃下这个哑巴亏。

妈妈问她买了没，她说买了，拍照片发给妈妈，但是袋子和礼品一点都不搭调。而且压根就装不下，看起来很滑稽。

妈妈：袋子不一样？

林留溪：导购说配套的袋子已经没有了。

妈妈：既然没有，就要她退吧。

林留溪：她不给退。

妈妈：……

妈妈：可能她看你是小孩，没有社会经验吧。

林留溪在对话框里打出一行字：妈，我知道，我知道我不能把很多事做得完美，但我需要鼓励来把不完美的事情做得完美。

今天本来想快快乐乐地玩一天，没想到遇到这种事，她都不知道怎么办才好。这个礼还送不送？不送不是就白花这个钱了？她越大越心疼钱。

195

她删掉那句话。妈妈却说：**不送了，算了。**

林留溪坐在石墩上，突然就哭了。为什么自己总是把事情搞砸？究竟要怎样才能将日子过得快乐？

夜幕降临，远处大厦的灯光一点点亮起，长街边上有很多三轮车司机停在这里拉客。汹涌的人群从少女的身边走过，投以同情的探究目光。

"妈妈，感觉这个姐姐要碎掉了。"

"别乱说话，快走快走，赶紧回家。"

小姑娘孤零零地坐在那儿哭，提着很多东西，身边也没个人。

林留溪感觉今天过得格外累。

她淡黄的裙摆上不知什么时候沾上石墩上的灰，像是被雨水打湿的花朵，很狼狈。

一辆黑色的保姆车沿着街道缓慢行驶，晚上的车很多，喇叭声此起彼伏，坐久了就让人想睡觉。

周斯泽打了个哈欠，问旁边的少年："好不容易能回国，说吧，晚上想去哪儿潇洒？这次我请客。"

"随便吧。"少年坐在靠窗的位置，大半身躯都被阴影笼罩。

从窗户缝隙中溜进来的风，把他的头发吹乱了，少年浑然不觉，语气很淡漠。他低头看了眼手机上的时间，摇上了窗。

"谢哥哥，怎么能随便呢？我们好不容易回国了，你就陪我好好玩玩。"

蒋依岳撒着娇，无意中看见了谢昭年的手机壁纸。在国外的时候，有很多女生追谢昭年，他都不把她们放在眼里，问就是连手机号都被盗了。蒋依岳问周斯泽，谢昭年是不是有喜欢的人了。周斯泽一会儿说没有，一会儿说不好说。

可她分明看见谢昭年的手机壁纸里有一个很瘦小的女生，校服罩着脑袋，趴在桌上睡觉。

"你想玩就下去玩，"谢昭年让司机靠边停车，懒洋洋地说道，"请吧，大小姐。"

看样子又想把她丢下去，毕竟谢昭年已经不是第一次干这种事。

蒋依岳："信不信我告诉姑妈！"

少年跩跩道："去告。"

"别吵了。"周斯泽突然扭头看过来，望向谢昭年，"你猜我看见谁了？"

车里突然安静下来，谢昭年顺着他的目光看去。

本是漫不经心地一瞥，他的眼神却突然一凝。蒋依岳看着拥堵的人群，不明所以。

少年却能一眼在人群中发现那抹黄色的身影。

她长高了，也更好看了。

林留溪知道，今天就算是哭死在这儿，也没人理她，索性擦干净眼泪，准备打车回宾馆。

一辆黑色的车缓缓地停在她面前，她愣了一会儿，好奇地打量。

车身通体漆黑，车门更是自动后推的，一看就是有钱人家的车。

她头顶的灯光照下来，与车内的阴影形成一条很明显的分界线。坐在后座的是两男一女，好像和她差不多大。她也没多想，看了一圈就打算移开目光。

可当林留溪看清中间那名少年的脸时，几乎是下意识想要逃避。

谢昭年倚在后座上，抱着双手，神情冷淡地看向她。

他穿着一件黑色短袖，依旧是一副什么都不在意的模样。自分开后，林留溪在脑海中描摹了很久他的脸，明知道不可能，却不想忘记他。

到最后就连林留溪都不知道自己在坚持什么，只记得这人长了一张一看就像是渣男的脸，喜欢他漫不经心地笑，喜欢他肆意妄为，喜欢这个名字。但她越来越记不清他长什么样了。

长街车水马龙，到处都是晃眼的灯光。

眼前的少年与记忆中的人重叠。

林留溪慌乱地低下头，不让谢昭年看见她脸上的泪痕，拎起东西就要走。

本以为谢昭年是来看她笑话的。

谁想到少年下车后，端详了她片刻，懒懒道："你买这么多东西，也不需要帮忙？"

他总是这副模棱两可的语调，让她猜是反问句，还是陈述句。

林留溪停下脚步。

周斯泽从另一边下车，看见林留溪就若有所思："巧啊，又遇见了，我记得你是在上海念大学吧？"

林留溪点头，本只是想说是在上海，但好像又间接答应了谢昭年需要帮忙。

她还未来得及补救，手中这一大袋点心就被蒋依岳拿了过去。

蒋依岳："嘶，好重。小姐姐，我也真是佩服你，光这一大袋点心就够重了，居然还有几袋子别的。"

周斯泽打趣道："她是我的高中同学，又不是你的高中同学。大小姐怎么突然就这么热情了？"

林留溪打量起这位和他们一起下车的姑娘，穿着黑白色的裙子，头上扎着一个红色的大蝴蝶结。这件裙子好像有个网红也穿过，她记得很贵。

听见周斯泽叫她大小姐，林留溪恍然。

原来这是谢昭年的女朋友啊。

她心里猛然升起警惕，这人有对象了，还问自己要不要帮忙，好像有点不太好吧……

蒋依岳用胳膊撞了一下周斯泽，笑着对林留溪道："我叫蒋依岳，小姐姐，你呢？"

"林留溪。"林留溪咽了口唾沫，望着那几袋点心，"其实——你可以把我的东西给我，我自己能提动。"

蒋依岳看向谢昭年。

谢昭年的情绪没太大起伏："她都这么说了，给她吧。"

林留溪垂下眼。

蒋依岳却摇摇头："不行，我还有很重要的事要问。礼尚往来，把她送回宿舍吧。"

林留溪："我……住酒店。"

蒋依岳摆摆手："那就送回酒店。"

林留溪觉得这几人之间的气氛怪怪的。明明她是第一次见谢昭年这个女朋友，却有事要问她。除非……林留溪懂了，问他高中有没有早恋。谢昭年这人就特招姑娘喜欢。

果然，她刚一上车，就听见蒋依岳问："他……高中时谈过几个啊？"

周斯泽一直在假咳。林留溪瞄了眼神情淡漠的谢昭年："没谈过。"

蒋依岳不信："怎么可能？我听他家之前那个司机说，他高中时曾带过一个女生上车回家。"

林留溪一愣，久远的记忆突然涌上来。

——"谢昭年，十一点了，公交车没了，我想打车，但是我的钱吃晚饭时用掉了。"

少年若有所思："所以你这是狮子大开口要向我借钱？"

——"就借二十块，哪叫狮子大开口。"

"我家的司机很快就来接我，顺道送你回去就行了。看你今晚不太高兴，就不收你钱了。"

那天晚上她也不太高兴。谢昭年吊儿郎当地对他家的司机说："同班同学，她错过了公交车就赖上我了，我没法。"

她观察谢昭年的神情，未见他有什么反应。或许多年过去，他早就忘记了。喜欢一个人的时候，最能欺骗自己，骗自己谢昭年对自己应该有点好感，显得自己不像是自作多情。

毕竟十七岁的林留溪还想能和谢昭年有以后。

现在又要回归陌生人了吧？

林留溪盯着蒋依岳看了许久，突然就释然了："或许可能是那女生打不到车，他好心帮了一把吧？"

蒋依岳侧头问谢昭年："是这样吗？"

谢昭年"嗯"了一声，漫不经心道："或许吧。"

小车穿过繁华的街区，林留溪看见远处高楼的灯光黯淡下来。酒店在另一个区，路上时间长。林留溪先前拎着一大堆东西走了很长一段路，坐在车上不知不觉地睡着了。

她隐约感觉到自己的状态很不正常，迷迷糊糊地记起搬出寝室的前一天晚上，室友一直在咳。

不会吧？

林留溪困得眼皮都抬不起来了。

蒋依岳尝试喊她，手贴在林留溪的额头上："谢哥哥，你这个同学好像发烧了。"

坐在副驾驶座的周斯泽笑道："这你还能忍住？"

谢昭年瞅见他从兜里拿出一根烟，立即语气不善："要抽，滚下去抽。"

周斯泽也不生气："我就等你这句话。"

他转头对蒋依岳说："大小姐，走吧，别在这儿当电灯泡了。"

蒋依岳好像明白了什么，看看谢昭年，又看看林留溪，嘴巴微张。

谢昭年淡声道："你今天很闲？"

周斯泽一直点头："行了。我知道你不在意她，你只是一个热心的好市民。"

谢昭年不置可否地笑了。

车里只剩下三人，新来的司机不知道两人之间的关系，听少爷朋友的语气好像是之前有过什么。把车开到酒店，他也不敢怠慢。

谢昭年将座椅上的少女拦腰抱起，司机就在后面拎东西。这么多东西，他一个成年人都觉得重，那小姑娘却提了一路。

房卡在林留溪的包里。

谢昭年犹豫了一会儿，少见地、很有耐心地解开林留溪溅了一身泥的小皮鞋。司机买完药，撞见这一幕，默默地关上门。

房内淡淡的茉莉香味令人安心。外面下雨了，雨水混杂了花香，夏夜湿漉漉的味道弥漫进来。

林留溪口中不断重复一句话。谢昭年低下头，听清了，她一直在说："我好倒霉。"

少女声音哽咽，双颊通红，刘海粘着额头，看上去睡得很不安稳。

谢昭年将她的头发撩上去，将体温枪对准她的额头。

"嘀——"显示屏红了。

"39℃啊，是挺倒霉的。"

谢昭年拿了一块湿毛巾敷在她的额头，林留溪隐约感觉没有那么难受了。谢昭年慢悠悠道："但遇见我，你就不算倒霉。"

雨继续下着。

林留溪醒来时，发现自己躺在酒店的床上，房间里只有她一个人。林留溪也不是傻子，昏昏沉沉的这段时间发生过什么，她虽记不太清，但按常理一推，应该是有人将自己送回来了。

她一坐起，额头上的湿毛巾就掉下来了。

冰凉的毛巾驱散了她手臂的热意，林留溪看见床头柜上放着的水杯和药。

水杯里的水也不知是谁倒的，手指触碰杯壁，水还是温的。

一张字条被压在杯底，手写的字体，她一眼就认出是谢昭年的字迹：

> 我家热心肠的司机叔叔不仅把你送回酒店，还顺手替你买了药，一共二十块。不过看你好像不太高兴，就给你打个折，给两块就行。

最下面是一串乱码：18LovX18888always。

很像是谢昭年随手写的。

林留溪服了药，后知后觉，什么乱码，这应该是微信号。

这个微信号的用户名是X，头像是猫，林留溪还认识，这是西西，心事重重的西西。谢昭年家的司机拿西西当头像，好像也说得过去。

她一直不喜欢亏欠别人，直接转了二十块，后面补充了一句：谢谢叔叔。

林留溪顺手点开他的朋友圈，全是国外的风景。

X：……

X：叔叔？林留溪，我就比你大一岁。

怎么是谢昭年？

林留溪当即大脑死机。谁能想到谢昭年写的是他自己的微信号啊！

她当即补救：我叔叔给我打钱，我同时还跟你聊着，就……不小心发错聊天窗了。

你别在意。

X：嗯。

但是他没有收钱。

莫名其妙就加上了谢昭年的微信，她到现在还是有点蒙。他其实可以直接给他家司机的微信号，这样他的女朋友真的不介意吗？

先不管了。

林留溪还有一件更重要的事要做。

她直接打了消费者投诉热线，举报那家店强买强卖，很快就有了反馈。在市场监督管理局的介入下，她的钱成功退回，对方不仅没要回东西，还送了很多东西。

这是林留溪在上海玩的第三天了。

林留溪这人喜欢独来独往。高一那年，她跟陆轻悦两个人去旅游，路上因为订酒店的事情吵架。陆轻悦想要住青旅省钱，林留溪只想住环境好一点的酒店，两人一起住比单人住省钱，陆轻悦又不肯，最后两人不欢而散。虽然那次吵架最后并没有影响她和陆轻悦的友谊，但林留溪从此不会和关系好的朋友一起旅行。

要考虑另一个人的想法，要不断迁就另一个人，两个人都想着对方来迁就自己，也只有感情好才会迁就。这样子出来玩到最后很累，地球又不是围着其中一个转。

此后，林留溪出来旅游都是提前在网上发帖找好搭子。

陌生人之间反而不会考虑太多。

网友小陌和林留溪一样是女生，今天来上海中转一天，她俩约好在酒吧见面。林留溪长这么大，还没去过酒吧，成年后第一次去，有点好奇。发烧并没有阻拦她去玩的脚步，退烧没几天，她又活蹦乱跳了。

城市被朦胧的细雨笼罩，街角的绣球花朵朵飘香，偶有几只蝴蝶沉醉于此，翅膀上淌着细小的水珠。

林留溪抬头，看见牌子上闪烁着一个英文单词：Dionysus。

酒神。

好像在哪儿见过。

"怎么了，要我帮你拍张照吗？"小陌见她愣神，侧头问。

林留溪摇摇头，突然想起什么："我家那边好像也有一家 Dionysus。"

小陌道："它是全国连锁的啦。听说 Dionysus 的老板很有钱，儿子在国外读书，很帅很帅的大帅哥。网上还有人拍了他一个很火的视频，你要

201

不要看？"

林留溪没什么兴趣："算了吧。我们还是先看看等会儿吃什么。"

Dionysus 里光线比较暗，不断有移动着的金色和银色光束，从林留溪身上擦过。台上的乐队正演唱着 Stay，舞池里的人被煽动起来，尖叫声与电音在她耳边交织。酒杯碰撞、冰块摇晃，纸牌落地的声音此起彼伏。酒吧里一地都是亮片。

一进门林留溪就很不适应。

不是因为这场所不好，而是因为她是 i 人，在这么多 e 人之中，她感觉自己要碎掉了。

小陌比较轻车熟路了，点了一个果盘，开始跟隔壁卡座的人聊天。林留溪低头玩手机，来掩盖快要碎掉的自己。

"小妹妹，加个微信？"

不知从哪儿跑来一个花臂青年，身上带着浓重的酒气。他自来熟地坐在林留溪旁边，伸手就想揽她的肩，林留溪不动声色地躲过。

"我没微信，"她脑海中莫名浮现一个人的身影，"我的微信号被封了。"

花臂青年显然不肯放过她："被封了就现场创建一个吧。小妹妹，别不给哥面子。"

难闻的气味从他的唇齿间溢出，显然是经常抽烟，身上有股很重的烟味。

小陌注意到这边，呵斥："哎哎哎，从哪儿来回哪儿去，人家有男朋友了啊！"

进门前，小陌问林留溪谈过恋爱没有，林留溪说没谈过，但有喜欢的人。小陌问她，那现在还喜欢吗？林留溪沉默很久才说，或许不喜欢。

林留溪知道小陌是在帮自己解围，淡声说："我男朋友脾气不好，请自重。"

花臂青年有恃无恐，甚至轻佻地吹了声口哨，与他同行的几个人看起来就不像什么好人。

"小妹妹长得真纯，怎么不见你那个男朋友呢？跟哥哥们玩一会儿，又不会把你怎么样。你放心，现在可是法治社会。"

"对啊，法治社会，我们能把你怎么样？"

小陌深吸一口气道："不好意思，我们是卡颜局。"

花臂青年的朋友笑道："卡颜？我们杨大少爷不帅吗？你也不去打听打听，那些个女网红，我们少爷都谈过多少个了！杨少爷又帅又有钱，总比她那个不敢露面的孬种男友强吧？"

另一个朋友道："还脾气不好？啧啧啧，快让我们看看脾气有多不好。"

杨大少显然很受用这些吹捧，拍拍手："把你们这儿最贵的那什么'红桃皇后'，给我来一杯。请妹子喝酒！"

林留溪心下一紧："我不喝酒。"

她抓起包就想离开，杨大少拽住她的包："一杯酒而已，赏个脸嘛。"

"再不放手，我会报警。"

杨大少："报什么警啊？现在可是法治社会，我们是黑社会吗？我们干什么了吗？小李，你说我干了什么违法的事吗？就是想请妹子喝一杯酒。"

"红桃皇后"被端过来，花臂青年把酒推到林留溪面前。

林留溪看他这副扬扬得意的模样，就想起了林涛，拿起酒杯泼了杨大少一脸。

花臂青年怒了："都看看，是她先动手的。"

他抬手就要去抓林留溪的头发，手腕却突然吃痛，胳膊往外拐出一个弧度，皮肤充血。

林留溪望着花臂青年痛苦的表情，下意识地抬眸。

"废物东西。"那人语调很冷。

少年像丢垃圾袋一样把花臂青年推到地上，酒杯"噼里啪啦"碎裂。花臂青年倒在一地的玻璃碴里，还不忘嚣张地喊："你是谁？你就是她那个孬种男友？她倒掉的这杯'红桃皇后'可是5211块一杯，你要是付不起，就等着这家店报警，把你女朋友抓进去吧！"

谢昭年的虎口处被碎玻璃划出一个细小的口子，血从口子渗出，他却不在意。他黑色的上衣残留着像水晶粉末一样的玻璃碴，脖颈线条清晰又利落，神情漫不经心，眉眼却锐利如刀。

闻言，他轻慢地勾唇："那就再来十杯吧。"

林留溪听见"抓进去"三个字时，脸色就不受控制地苍白。

谢昭年转而看向她，语气冷淡地说道："你头发上有亮片。"

林留溪僵硬道："没关系的。"

她没想到在这里也会遇见他，更没想到自己刚刚泼出去的酒有这么贵。她做家教攒了一万多，付了这酒钱，又要攒……最大的问题还不是这个——谢昭年不是有对象，现在却在这儿为她出头。难道是知道她高中时暗恋他，想钓？

渣男啊……

她拉开与谢昭年之间的距离："这里的事我自己处理，你别管。"

谢昭年好笑地问她："为什么？"

林留溪捏紧裙摆，说："我们不熟。"

"林留溪，"谢昭年见她刻意拉开距离，也没相逼，手插进兜里，散漫道，"Dionysus 是我家的产业，你在这儿出了事，我得负责。"

少年与林留溪对望，她当即就愣住了。

她耳边传来小陌的惊呼："这不是……Dionysus 老板的儿子吗……真人比视频里还帅啊！"

十杯"红桃皇后"被端来了，不明真相的花臂青年还在嘲笑："行了，穷鬼就别装了，等下不要连账都结不——"

谢昭年嗤笑一声，抓起酒杯就往人头上倒。林留溪皱眉："谢昭年。"

其实可以不用这样的。

谢昭年拿起剩下的酒，从花臂青年的头顶往下浇，花臂青年已经被浇傻了。见店长循声而来，花臂青年仿佛看见了救星，嚷嚷道："喂，有人耍酒疯，你们也不管管？"

谁能料到店长站在谢昭年身后，恭敬地说："谢哥再来十杯？"

花臂青年恍然明白了什么，瘫坐在狼藉之中。

谢昭年"啧"了一声，很是不屑道："还不滚？"

酒吧里有监控，保安将闹事的那伙人拖出去。花臂青年怕事情闹大，临走前还把林留溪泼出去的那杯"红桃皇后"给结了账。很多双眼睛盯着林留溪，她再也没有留下来的心思，抓起包就要走。

服务员端来一个果盘："不好意思，这位小姐，今晚给你留下这么糟糕的体验。我们少爷说了，你这桌免单。这个果盘免费送给你，算是赔罪。"

林留溪道："抱歉，我有事得先走一步。"

她回头看了眼呆坐在卡座上的小陌："这个果盘……就给她吧。"

谢昭年挡在林留溪面前，眼瞳中映出想要逃避的她。

林留溪按捺住自己，不去看他。谢昭年将她落在卡座上的兔子挂件递过去，林留溪伸手去接。他的目光落在她白皙的手背上，淡声说："不叙叙旧？"

林留溪道："我们之间没什么旧可叙。"

抓过挂件，她逃也似的离开。

酒吧一角，蒋依岳不住地张望。谢昭年回过头来，蒋依岳就迅速低下头，撞撞周斯泽的胳膊："我上次就想问了，他们高中时发生过什么吗？"

见谢昭年走过来，周斯泽求生欲很强："别问我，我什么都不知道，你自己去问他。"

他继续道："不过……你还是别问了，因为他多半会说没有。"

回湖南的飞机订在早上十点。

林留溪提前退了房，拖着行李去机场。大概两个小时之后，林留溪下了飞机，妈妈在出口等待。

"今晚你想吃什么？在你们学校吃得习惯吗？"

林留溪道："随便吧。还好，我已经习惯了。"

她把自己的行李塞进车子的后备厢里，妈妈的手放在她的行李箱上，没有拿开。林留溪看向妈妈，妈妈说："你爸爸说想见你一面，一起吃餐饭。"

林留溪想都没想拒绝："有事，我挺忙。"

"你刚回来，忙什么啊？"

"忙什么都好。"

母女俩都没说话了。

放假在家，林留溪闲来无事整理东西，翻到了高中的那个铁盒子。铁盒子里大部分都是陆轻悦高中时给她写的信件，还有高二那年陈愿用棒棒糖给她做的花束。

她想要看看那些信件。

一颗糖突然从铁盒子里滚出来，掉在地上。

她蹲下身去捡，却碰倒了桌上的书。地板上全是散落的课本。

妈妈闻声而来："怎么这么不小心？"

林留溪从一堆书中冒出头来，希冀地望着她："妈，你帮我收拾一下吧。我还约了朋友在外面吃饭。"

妈妈无奈道："下次自己收拾。"

她每次都是这么说。

林留溪在 B 市有个一起摆过摊的好朋友，听说她回 B 市了，当天晚上就约她出来一起吃饭。林留溪不是个喜欢喝酒的人，但偶尔会破例。

她喝得脑袋有点晕，妈妈给她打了很多个电话，她都没听到。

对方问她："你刚刚说，你遇见你高中时期的暗恋对象了？"

林留溪道："嗯。"

朋友问："他高中时喜欢你吗？"

林留溪迷茫道："我不知道，应该不喜欢吧。那时我怕从他身上感受到的一点好，都是我自己臆想出来的，所以不敢多想。因为我喜欢他，所有的一切都是站在我的视角，有些对于他来说，只是很简单的一个举动，在我眼里足以让我幻想出有他的下半生。"

朋友叹气："是这样，暗恋好苦。不过，高考后呢？你就没有争取一

205

下吗？"

林留溪愣住了。高考前一天，男孩妈妈那凶狠的话语，至今她都无法忘记。她摇摇头："算了吧。"

他要是了解了真正的我，是不会喜欢我的。

林留溪喝了口水，望着晴朗的夏夜天空："都过去了。"

谢昭年也有对象了。

桌上的手机继续响着铃声，妈妈见林留溪的电话打不通，就打了微信电话。林留溪接通："我迟点回去。"

妈妈却说："不是这件事，你看微信视频。"

林留溪一愣，将贴在耳边的手机，拿到眼前。手机屏幕里是她的房间，镜头比较摇晃，窗外夜色浓郁，妈妈开了台灯。

她的桌子已经被收拾好，书本摆放整齐，但有一本数学书是摊开的。

泛黄的纸张一直被夹在数学书里，折角处历久弥新，时至今日都没被损坏。

张扬的字迹映入林留溪的眼瞳中，她睁大眼，酒意醒了一大半。

"妈……这是什么啊？"

林留溪看清了上面的字迹，那是一封——迟到了多年的情书。

　　　林留溪，这封信存在的意义就是为了告诉你，我一直都很喜欢你。

时间回到高中的最后一个晚自习。

班上不仅开着电风扇，还有空调，多媒体上还是智学网的页面。林留溪在桌上写日记，用胳膊挡着，像防贼一样在防谢昭年。

谢昭年明知故问："你又在日记里编派谁？"

林留溪没有抬头："你。"

少年放下笔，靠着椅子，好笑道："编派什么？也让我听听？说你矮？说你笨？林留溪，你天天骂我神经，我比你大气多了。"

林留溪歪头："你真想听？"

谢昭年不置可否。林留溪把日记本立起来，有模有样地念道："我的同学谢昭年，不是'朝阳'的朝，而是'司马昭之心，路人皆知'的昭。他是年级迟到大户，谭钱松对他又爱又恨，一节课不喊三遍他的名字，物理课就索然无味……"

谢昭年无语："什么乱七八糟的？"

林留溪问："你还想听？"

"不想了。"

林留溪兴致起来就停不下来："他长得还行，看起来像那种见一个爱一个的渣男，但是别问他的联系方式，问就是被封了。"

　　他道："你怎么天天骂人？"

　　"谁骂人了？"林留溪认真道，"你往后听。"

　　她笑着念："都说人不可貌相。他最帅的时候，还是疫情期间举报学校补课，整个年级组都被他气得够呛。虽然也就多放几天，但能多睡几天懒觉，对于高中生而言，已经是奢侈品了。现在我们要毕业了，我很感谢他。"

　　林留溪偷偷观察谢昭年的反应："听听，是不是满分作文？"

　　谢昭年的手搭在后桌的书堆上，懒懒地笑道："后面那段没听清，你再念一遍。"

　　看到他这副吊儿郎当的样子，林留溪哼哼道："神经。"

　　那时她年纪尚小，只敢把爱慕压在心底。

　　时至今日，林留溪才知道，原来谢昭年也曾喜欢过她。

　　夏夜的风从她手指间溜过，这感觉如此熟悉，好像十七岁那年她也感受过一回。只不过那时，从窗户缝隙吹进来的夜风，差点将她搭在书立上的试卷吹飞，谢昭年看她手忙脚乱地去抓试卷，差点笑出了声。

　　她又开始生闷气，叫谢昭年猜，却不知那少年竟会恶劣地在情书中留下痕迹：

　　　　你生气总要人猜，一进教室就开始烦，一写试卷就说不读书了，每天的心事比我家的西西还多。别人或许不喜欢这样的你，但这是我喜欢你的千万个理由之一。你或许不是完美的你，却永远是我喜欢的你。

　　那天林留溪在日记本里其实没有编派任何人。

　　她只是将"花，太阳，彩虹，雨"写了四十四遍。

　　林留溪还特意在下面解释：

　　写四十四遍是因为在《小王子》里面，小王子说："你知道吗？人在难过的时候总喜欢看日落。"

　　有一次小王子看了四十四遍日落。那时他独自坐在没有玫瑰的星球，很想念它。

　　我的思念早就溢出纸笔，不奢求能够成为谁的玫瑰，但我可以是自己的小王子。每写一遍歌词，我都好希望你在另一个星球也很思念我。

林留溪合上日记本，有些欲言又止地看向一旁的少年。

谢昭年发觉后，转过头，她就低下头，随便起了个话题掩饰慌乱："有什么好看的电影推荐一下，我高考后大看特看。"

谢昭年闲散道："我不怎么看电影，不好推荐。你有什么推荐的？"

"《爱丽丝梦游仙境》。"林留溪下意识道。

谢昭年道："看过了。"

林留溪问："你喜欢里面的谁？白皇后、疯帽子，还是爱丽丝？"

谢昭年一愣："都还好。"

"我喜欢红桃皇后。"林留溪接着道，"小时候我挺喜欢爱丽丝，勇敢又善良，很真善美的一个角色。但是长大后我喜欢——"

谢昭年随口猜了一下："红桃皇后？"

林留溪怔然道："对，她本来可以很顺利地戴上王冠，假如小时候白皇后没有把偷吃的果塔皮踢到她床底下的话，她就不会被冤枉，不会撞上那口钟，不会那么极端易怒，她只是需要爱和一句道歉而已。"

谢昭年道："那这么说来，我也挺喜欢红桃皇后的。"

林留溪疑惑："为什么？"

谢昭年却说："不知道。"

他继续复习《英语周报》，手撑着下巴，手指搭在唇边。

班上的空调开得温度有点低，他里面只穿了一件夏季校服，校服外套搭在肩膀上挡风。要是黄晓莉在，估计又要夹枪带棒地说"不好好穿校服的都是二流子"。

林留溪忍不住笑了一下。

谢昭年莫名其妙地看了她一眼："你笑什么？"

林留溪一本正经道："不知道。"

倒是很懂得原句奉还。

也就是谢昭年不跟她计较，要是换了秦思语，肯定要软磨硬泡地让她说出笑的理由，才会罢休。

林留溪继续往下看，突然就明白了，那晚谢昭年明明可以胡诌出千万个理由敷衍她，他却只欲言又止地说了一句："不知道。"

然而他又在信中写：

那时你问我最喜欢电影里的谁，我回答都还好，年少时看过的电影，我也记不太清。你说你喜欢红桃皇后，于是我就说我也喜欢，不是因为真的喜欢，而是因为喜欢会滔滔不绝和我说这个角色的你。换句话说，就算你喜欢的不是红桃皇后，我也只会附和。

　　谢昭年在喜欢林留溪的时候，容易爱屋及乌。
　　只是那时候的林留溪不知道谢昭年的想法，并没有把这些放在心上。
　　晚自习中途的下课铃一响，她就从书包里拿出藏好的智能手机，对着黑板拍照。
　　黑板上用粉笔写着今天的作业，晚自习写不完的话要带回家写，她怕漏掉便拍了照片，下面是秦思语写的：离高考还有四天。
　　确认照片拍好，林留溪把手机又塞回书包里。窗外人声鼎沸，走廊上特别热闹，不知道发生了什么，但感觉应该挺有趣。
　　以林留溪的性子，这个热闹肯定是要看的。
　　她把手机揣进兜里，叫上冯楼雨出去看热闹。
　　走廊上的人真的很多。连他们教室门前都围了很多外班人，林留溪抬头往上看，楼上有人扔试卷。
　　白花花的卷子飘扬在夜空中，像是夏夜里的一场毫无预兆的雪，带来的不是冰冷的温度，而是整栋楼的欢呼声。学生们被压抑得太久，都在讨论是哪个班的"勇哥"。年级组的老师察觉到不对劲，纷纷出面。
　　"都给我回班上去，不要聚众，不要聚众！"
　　"还有一天上学呢，心就野了，不想学怎么高考？全部回班里！"
　　"是哪个班的在楼上扔试卷？又蠢又坏，等会儿一个都逃不掉！谁丢的谁就给我下去捡！"
　　年级组的那几个老师一直在骂骂咧咧，声音却如同大海中的一片叶子，早就被学生们喊楼的声音掩盖。
　　压根就没人搭理。
　　"一班的王邵说——他高考要干赢谢昭年！"
　　"滚！是一班的秦乐天说的！他还要谢昭年给他等着！"
　　"滚啊！"
　　"高考大捷！"
　　"高考顺利！"
　　"最后四天，我要上 C 大！"

　　林留溪跟冯楼雨手挽手挤在人群里，相视一笑。
　　月亮从教学楼后面升起，林留溪转过头来。
　　往楼下丢试卷这种事真的像是谢昭年会做出的事。
　　但是谢昭年没有，他难得乖乖地坐在教室里，右耳挂着耳机，在写试卷。

他的校服外套倒没有罩在肩上，而是直接穿上。黑白相间的校服显得他很有少年的朝气，侧脸轮廓线条更是完美流畅，比起高一的时候，利落了许多。

他听着窗外张狂的话语，偶尔会停下手中的笔，嗤笑。

啧啧啧，这么安分，一点都不像谢昭年。

林留溪不自觉地扬起嘴角。

冯楼雨踮起脚："哎呀，太多人了，看不见，我们去隔壁班的走廊吧？林留溪？"

她的校服衣袖被冯楼雨扯了一下，莞尔道："好呀。"

可其实，谢昭年那天哪是在写试卷，就在林留溪回头的瞬间，他望着少女离去的背影，在情书上落下最后一个句号。

月亮照亮她的衣角，窗外试卷漫天飞扬。教学楼的风吹了一年又一年。

这封情书被夹在林留溪的数学课本里，她其实只要一翻开就能看见，可惜当年她失手将男孩推下楼，后面一直被男孩的妈妈纠缠不休。去了 B 市，高中的课本，她再也没有翻开过，也因此错过了少年最真挚的感情。

你总是问我，人究竟要怎么样，才会有被爱的资格，美貌、家财万贯，还是说拥有完整的人格？每次问的时候，你都会惶恐不安地看着我。但是我没有回答。不是因为我故意回避，而是我也找不到这个问题的答案。因为在察觉到对林留溪有感觉的前一秒，我考虑的从来不是美貌，还是什么鬼财富。

只是看见了你书包上的那个兔子挂件，我就开始想——你这个挂件还挺可爱。

好遗憾啊，要是当年她能再勇敢一点就好了。

林留溪失神地盯着手机屏幕。

朋友问她："你怎么了？你妈要你现在马上回去？"

这么突然地出声，林留溪的手机失手掉在地上，钢化膜破碎，裂开一个白色的蜘蛛网，视频电话不知道什么时候被挂断了。

她还记得在学校的最后一天，谢昭年漫不经心地跟她说的那句"多看看数学书"。他说得这么不经意，林留溪根本就没把这话放在心上。后面高考结束的那天晚上，谢昭年又说了一遍。

她想也没想直接回：我看了。

还有一句是：谢昭年，其实你可以考虑一下出国。

原来在她自己都不知道的时候，就已经把谢昭年拒绝了一遍。等她明白过来，为时已晚，谢昭年如她所愿出国深造，也有了女朋友。

过了好久，林留溪才从地上捡起手机。手机已经黑屏了。

她再也没有胃口，灌下杯子里最后一半酒，试图用辛辣的酒精来驱散心中的苦涩。半杯酒下肚，她很不舒服，眼睛已然泛红。她轻声说："你知道吗？我现在才知道，原来我喜欢的人那时也喜欢我。但是最后我们没在一起，不是因为他太胆小，而是我——"

她哽咽了两声："是我太倒霉。"

以前错过一次，重逢后又错过一次，她似乎永远都不是人群中最幸运的那个。

就算是中奖，也是中了过期的奖。

林留溪喝醉后，是朋友送回家的。

第二天快中午十二点的时候，她才睁开眼，手机里多了好几个未接来电。

林留溪拨过去，妈妈说她回老家了，昨天掉下来的书，她都收拾好了，一日三餐自己解决。林留溪从床上爬起来洗漱，胃很不舒服，没有任何想吃东西的欲望。

她又看了遍那封信，心中酸涩难耐。

十七岁那年，那颗不知道是谁送的糖，她好像也找到了答案。

可惜太晚了，糖也过期了。

算算过去几年，早就该释然。

林留溪回完手机里的未读消息，肚子实在是不舒服，想着等会儿还是去医院检查一下吧，随后就看见谢昭年昨晚给自己发的微信消息。

X：回湖南了？

林留溪心中五味杂陈：嗯。

X：我下午回 A 市，见面聊聊？

林留溪还是坚守底线：不聊。

有女朋友还单独约，钓鱼啊？明明高中时，谢昭年不是这样的。

林留溪很严肃地给谢昭年发消息道：谢昭年，有对象还单独约别的女生，不太好。

她继续：我们之间也没什么好聊的。

对方正在输入……

谢昭年的语气中暮然有股火药味。

X：谁嘴这么欠告诉你我有对象？

这在林留溪眼中就成了被戳破之后的气急败坏。

林留溪道：不管是谁，我们都应该保持距离。

X：林留溪。

X：我没对象。别传谣。

感觉对方都快要被她气笑了。

林留溪打字的手顿了顿，冷静下来一想，的确，谢昭年有对象这件事是她从秦思语那儿听来的。而秦思语高中的时候最喜欢夸大其词，想当然了也有可能。

她试探地问：那你的那个大小姐呢？

X：……

X：什么我的？

X：她是我妈弟弟的女儿，简称表妹。

X：林留溪，你把我当什么人了？

林留溪愣了许久，忍不住偷笑了下。

亚热带季风气候夏日多雨，很快，玻璃窗外下起了大雨。

原来是这样。

两人约好在 A 市见面，林留溪还得去一趟医院。

她撑起高中时就用的透明伞，赶往公交车站。雨打栀子花的清甜弥漫在空气中，肚子的疼痛感也减轻了不少。

医生说，没什么大问题，但最近要注意饮食。

林留溪回家收拾好东西，就跟妈妈说她要去 A 市，住处不用担心，妈妈的那个朋友也在 A 市。那个朋友与前妻离婚后一直独居，这次是跟妈妈一起回的老家，房子正好空了下来。林留溪住进去，床头还摆放着他女儿的照片。

谢昭年约她在河边的老街见面。

就是他们高中时一起吃烤串的地方，林留溪有几年没回过 A 市，她发现这里变化好大，首先是公交车涨价，老街也被重新规划成商业街。

她还记得之前老街商业化的事因为住在这儿的老人组团去闹就不了了之，谁能想到到底还是被开发商得逞了。

商业化之后，这条街很漂亮，不再是本地人口中的老街，而是有了新名字，叫塔康街。

林留溪看了介绍，才知道原来老街附近有个岭，岭上面有座孤塔，在本市历经百年风霜，时至今日才被开发商看中，变成一种旅游文化。

原来的石桥修缮了，上面挂了很多漂亮的灯笼，随着天色渐晚而亮，像是江上渔民手中摇晃的油灯。

谢昭年比林留溪早到。

他的影子快要与夜色融为一体。少年高瘦的身形，加上那张令人惊艳的脸，还是那么招摇。

林留溪深吸一口气，走过去。

谢昭年一眼就看见了她，手插进兜里，散漫道："你来了？"

林留溪点点头："我好久没回 A 市了，差点迷路了，变化好大。"

谢昭年走近她。

林留溪垂眸，眼前出现一只骨节分明的手，手的主人抓着一个钥匙扣。

这是……

林留溪不明所以，好一会儿才想起来，这是他们高考那年班主任发的，每人都有一个。钥匙扣正面刻着"高考顺利"，背面刻着每个人的名字。

她仔细看才发现，谢昭年手中这个钥匙扣背面刻的名字——不是谢昭年，而是林留溪。

她的名字。

自己的钥匙扣怎么会跑到谢昭年手上？林留溪不明所以。谢昭年手臂的阴影还落在她头顶上。

他淡声道："布置高考考场那天，你的钥匙扣落在我这儿了，后面我想还给你，但你失联了。填志愿返校那天，你也没来。"

是很寻常的语气。

林留溪一时不知道从何说起："我……"

谢昭年道："我没怪你。"

林留溪接过他手中的钥匙扣，手指屈起："那谢谢你啊。"

谢昭年嗤笑一声："我倒不是为这个钥匙扣找你。"

还有别的事？

林留溪一脸疑惑。

谢昭年悠悠地说："你过去就知道了。"

林留溪跟着谢昭年止步于一家烧烤店门前，最开始她还没反应过来，直到看见人群中笑得跟朵花似的店老板，顿时恍然大悟。

这是肖霖的父亲。当年这儿还只是一个烧烤小摊，现在已经开了很多家连锁店了。

肖霖的父亲很快就发现了他们，用抹布擦干净手，跑过来，笑着道："来了？"

谢昭年早就预订好了位置。林留溪侧头，心里越来越紧张。

肖霖的父亲说："你身边的这位小姑娘，我还记得，当时跟你一起来我店里吃烧烤。小姑娘越大越漂亮了啊，长开了，早知道我就生个女儿了。"

他问林留溪："你还记得叔叔吗？"

林留溪点头："肖霖呢？"

肖霖的父亲一愣："还没回来呢。"

林留溪"噢噢"两声，细细地打量一番。店里也宽敞了很多，露天桌椅不再是那种老式塑料的，而是露营风的月亮椅。

周围的一切都在改变。

两人点好单，林留溪才想起忘记备注辣度。

谢昭年去冰箱那儿拿了几瓶菠萝啤。易拉罐暴露在空气中，冒出了很多水珠，林留溪接过，罐身还残留着少年手中的温度。

林留溪说："我刚刚把单子交上去了，但是忘记备注辣度了。你介意的话，可以去说不放辣。"

谢昭年说："没事。"

林留溪脱口而出："你不是不吃辣吗？"

她后知后觉，都过去多少年了，自己竟还记得谢昭年的忌口。

"不经常吃辣，"谢昭年好心情地笑，"但偶尔可以试试。"

羊肉串上桌。

谢昭年环抱双手，看向她："你就不拍照吗？蒋依岳每次吃饭前都要拍照。"

林留溪确实有吃饭前发朋友圈的习惯，但现在是谢昭年请客，不太好。

"不用了吧。"林留溪说。

人群熙熙攘攘，不知怎么听在谢昭年的耳中就成了"可以"。

少年伸出一只手，懒懒道："把你的手机给我，我帮你拍？"

行吧，都这样了，林留溪也不好意思拒绝。

谢昭年这次主动得过分，很容易让她多想。

她把手机递给谢昭年。

谢昭年接过手机，对准林留溪，没有开闪光灯。

林留溪今天没有披散头发，而是用鲨鱼夹把头发固定在后脑勺。高中时风靡校园的法式刘海从没有变过，碎发钩在耳畔，像天上弯弯的月亮。她只化了点淡妆。

少年没有盯着手机，而是盯着她。

镜头对焦。

林留溪不自在地问："好了没？"

谢昭年睫毛一动，良久才说："嗯。"

竟是玩味的语调。

林留溪很奇怪，还以为是照片没拍好，下意识地看向手机屏幕。天色暗沉，谢昭年把她拍得很漂亮，皮肤白得像是白天鹅的羽毛。

但照片中不止有林留溪一人，还突然出现了很多人——她熟悉的人。

像是早就准备好的惊喜般，那些人都站在她身后，周斯泽、肖霖、陈家鑫……

都是年少熟知的面庞。

刹那间，她还以为出现了幻觉，巷角的自行车的铃声在风中格外清晰。

"叮叮——"

林留溪猛然回头，不是幻觉，他们真的都在。

周斯泽笑得得意，肖霖的一只手还掐在陈家鑫的腰上，陈家鑫一副"你想死啊"的表情。

"被吓到了吗？惊喜吧！还是我想出来的法子。"周斯泽说。

让谢昭年约她出来，给了这么一个惊喜。

他们仨旁边还有一个人——林留溪最想不到的人。

冯楼雨，为什么她也来了？

林留溪一时失语。

当时她想跟冯楼雨说声告别，毕竟两人是很好的朋友。但又仔细想了想，或许在冯楼雨眼中，自己也只是这一个阶段的朋友，会被忘记，就不说再见了。

冯楼雨安静地盯着林留溪，嘴唇动了动："林留溪，好久不见。"

这肯定跟谢昭年脱不开关系。

林留溪看向靠在椅背上的谢昭年，眼中皆是局促不安。

少年靠近了她，影子落在她身上，像是在拥抱。

他认真道："她那时以为你出事了，一直在找你，后面光荣榜贴出来，才发现你去了 C 大。就……问我能不能想办法让她见你一面。"

所以谢昭年特意安排了这样的方式让她们重逢。

林留溪哑声说："为什么要见我啊？"我又不是一个很好的人。

冯楼雨笑道："因为你那时说，跟我天下第一好。那我肯定要确认和我天下第一好的人过得好不好？现在看你好好地坐在我面前，我感觉嘛，我感觉你过得挺好。就算没有我，你也如此优秀啊，林留溪。"

林留溪呆愣地望着她。

冯楼雨手足无措："哎，别哭，信不信我跟你一起哭？"

一起笑，一起哭。

一起吃饭。

一起放学。

一起上厕所。

高中就是这样，和某个人天下第一好，就会出现奇奇怪怪的占有欲，执着于自己成为对方唯一的朋友。但她跟陆轻悦闹掰之后，就不敢想了。

时至今日才发现，她其实有被一直在意。

冯楼雨一直没有忘记她。

没人问她当年为什么不辞而别，只是又聚在一起吃饭。那种在梦里的不真实感又出来了。

酒足饭饱后，周斯泽提议玩真心话大冒险。

林留溪不幸成为首局那个被笔尖指中的人，果断选择了真心话。

像是命运安排那般，问她的人是谢昭年。

林留溪本以为要被谢昭年刁难一番，他却问了一个很简单的问题："你有对象吗？"

林留溪道："没有。"

谢昭年晃了晃手中的酒杯，漫不经心道："那我追你。"

追——我？

这么直白的话。

林留溪的大脑连接不上。

少年看向她，肆意道："给个机会，林留溪。

"那时你说我可以考虑去国外，我就去了。"

为了尽快回国去见她，他提前完成学业。林留溪的期末考试周过后，他本就是打算去 C 大找她，谁能想到会提前在街上碰见。

换句话说，就算是没有那晚的狼狈碰面，他们还是会重逢。

因为分开的这些年，谢昭年一直很爱她。

周斯泽是这么悄悄地告诉林留溪的。

原来月亮，真的会奔她而来。

再见冯楼雨，两人私下里都有很多话要说。

林留溪好奇为什么冯楼雨会觉得谢昭年有办法，冯楼雨欲言又止。

她没多想。

天气炎热，林留溪在 A 市无所事事。

以前放假的时候，她还会和朋友去摆摊。倒不是为了赚钱，主要还是好玩，通过这种共同记忆来促进朋友之间的感情。

于是，她给冯楼雨发消息：晚上去摆摊吗？

冯楼雨：我也好无聊。我们卖什么啊？

两人商量许久，决定卖杨梅冰汤圆。

夏夜潮湿多雨，林留溪还特意看了天气预报，选了一个晴朗的夜晚。公园的人流量多，因为正值放暑假，许多大人带小孩来公园散步。跳广场舞的大妈的音响边上，许多溜冰的孩童滑过。天上风筝密集，大家玩累了出了一身汗，不免需要解暑。

她们的生意很好。

只不过，不是一直都那么一帆风顺。

就在她们卖光要收摊的时候，天上开始打雷，蜻蜓在潮湿的空气中飞来飞去。天气预报有时候不太准，这一看马上要下雨。

冯楼雨家住在公园附近，林留溪就跟去了她家。

果然，没多久就下起了瓢泼大雨。

林留溪一直待在冯楼雨家，边看恐怖视频解说边画画。电脑里的恐怖解说到了最恐怖的片段，UP主忘记打码，虽然有高能预警，林留溪还是被吓得不轻。

手里的iPad Pencil掉进沙发的缝隙里，她伸手去捡，心有余悸道："吓死我了，放点喜庆的吧，我等会儿还要回家，家里就我一个人。"

冯楼雨也被吓得不轻："好好好。"

窗外的雨小了，林留溪一看时间，不知不觉快要凌晨了。冯楼雨爸妈下午就出门和亲戚们一起喝酒看电影，要很晚才回来。但他们也快回来了，冯楼雨特意打了电话过去确认，大约在一两个小时后。

林留溪不是喜欢麻烦别人的人，有住的地方就不会借宿。外面雨势不小，不打伞很容易感冒。

偏偏今天，冯楼雨爸妈出门的时候，把冯楼雨的晴雨伞也给顺走了。他们本是怕亲戚一家老小，人一多遮阳伞不够用，没承想到头来变成了遮雨，事情就是这么巧。

冯楼雨道："要不……你今晚就住在我家？"

林留溪有见长辈尴尬症，即便是朋友的父母。她们这个年纪大抵都这样，冯楼雨也明白。

她犹豫一会儿，试探道："要不，你让谢昭年来接你？"

林留溪下意识地否决："别。"

谢昭年上次明确了要追林留溪，每天都上门给她送东西，有时候是花，有时候是奶茶、饼干或者小蛋糕。

林留溪克制着自己不回应，却又特意买了个花瓶，将谢昭年送来的花插在里面。他似乎很懂什么是浪漫，送了很多漂亮的满天星、绣球、洋桔梗，有时候还会有风铃草。花摆在房间，很香、很漂亮。

人就是这样矛盾。

谢昭年越是对她好，林留溪就越不敢表露对他的爱慕，怕谢昭年目的达到就不会对她那么好。人总是会珍惜难得的事物。

因而她对谢昭年的态度总是佯装出很寻常。

窗外的雨已经彻底与夜色融合在一起了。

林留溪收回目光："不用那么麻烦，雨不大，还可以回家，也就淋一点雨，回家洗澡就好了。"

冯楼雨叹了口气："行吧。你回到家记得给我发条短信报平安啊。"

林留溪："好。"

她出门太急就没注意到冯楼雨意味深长的目光。

冯楼雨家住在老房区那边，灰色的水泥楼内贴着很多小广告。林留溪扶着栏杆，楼道的电灯泡忽明忽暗。

当她走下楼，正对着的是一条极黑的路。路灯失修，时不时传来野狗的声音。

此时，夏雨异常猛烈。林留溪站在屋檐下，突然就打起了退堂鼓。人对黑暗总是有着原始的恐惧。

她踌躇了好一会儿，才决定跑出去。闯入雨里，浓浓的夜色中，林留溪整个视野都黑如野兽的瞳孔般，让人害怕。

她暂时失去了对周围的感知能力，只能打着手电筒往前。雨淅淅沥沥地落在她的睫毛上，她不禁打了个寒战。

突然，有人在黑暗中抓住了她的手臂。

林留溪条件反射地想要挣脱开，抬眼却看见一把黑色的伞出现在头顶。

雨滴降落，她的手电筒打在眼前人的胳膊上。

少年的黑衣如夜，发尾染光。他漫不经心地将林留溪手机的手电筒转到地上，勾着唇肆意喊着林留溪的名字，淡声道："就算你不找我，我也会找你。"

她能感受到少年手心的热意。

林留溪："你怎么知道我在这儿？"

谢昭年盯着她冻得发白的唇："冯楼雨告诉我的。"

他还把冯楼雨收买了。林留溪无奈。

谢昭年理所应当地把外套罩在她身上，吊儿郎当地端详："你这是什么表情？就这么不爱护自己的身体？"

林留溪轻声说："我没这么娇贵。"

可她的衣服早被雨水打湿，浑身冰冷，如同漂浮在冰洋中央。少年的外衣阻断了晚风，让她感觉到暖意。她喜欢他衣服上洗衣粉的味道。

谢昭年看到她冻红的小手，嗤笑："那你的手为什么会抖？"

林留溪下意识地把手缩进他的外套下，嘟囔："你看错了，没有。"

谢昭年欠欠道："骗你的，我压根就没看。"

少年别过眼，躲过她如刀一样的目光。

林留溪一脸幽怨。

谢昭年笑了几声，肩膀微微颤动，手中的伞也跟着微晃。

林留溪不解地望过去，他笑什么？

少年闲散道："林留溪。"

林留溪："嗯？"

谢昭年："下次骂我，你别抬头了。"

林留溪一愣，听谢昭年耐心道："我低头挨骂。"

语气中没有嘲弄的意味，只有认真。

林留溪心慌意乱。

谢昭年将送她到小区楼下。她故作镇定："我自己上去就行。"

少年很久都没回应，她以为他没听见。

谢昭年却突然说："你搬家了？"

林留溪捏紧手："嗯。"

她仰头看这栋居民楼："但这只是我妈妈朋友的家，我高考后就搬去B市了。"

谢昭年没有多问，而是随意地看了眼时间，盯着林留溪道："就上去了啊？"

林留溪的手扶着楼道围栏："已经很晚了。"

说完，她强装淡定地上楼。

夜雨一直在下。

谢昭年在雨中撑伞，盯着消失在楼道中的背影，失笑："没良心。"

只是淋了些雨，林留溪洗了个热水澡就上床睡觉。不知道为什么，她最近睡觉安稳了许多，至少不会总梦见林涛。

谢昭年追林留溪从不遮掩，几乎整个圈子都知道。很多人都好奇林留溪长什么样，周斯泽的微信消息更是多得吓人。

蒋依岳打电话过来："啊啊啊啊，谢哥哥究竟在哪儿啊？姑妈一直问我，他在哪儿，我快要被烦死了。她打谢哥哥电话，也不接。"

周斯泽看了一旁的谢昭年一眼："我们在A市。"

蒋依岳惊讶："追人追到A市去了！"

那边谢昭年的手机铃声又响了，周斯泽扫了眼来电显示上备注的妈，笑道："你总不能一直不接吧？"

谢昭年放下酒杯，接通后，"妈"还没喊出来，对面就气哼哼道："天天跟别的小姑娘说微信被盗、被封，现在手机号也注销了？还想起接家里的电话了。我问你，你现在在哪里？干吗去了？"

在漫长的沉默中，谢昭年懒懒道："追你……未来的儿媳。"

他妈妈震惊："死小子，你给我好好把话说清！之前给你找了这么多家庭条件好的姑娘，你都看不上，这会儿又看上谁了？是我们本地的吗？住在哪个小区？"

谢昭年盯着手机壁纸出神，良久才悠悠地说："她是我高中同学。"

"高三坐你旁边的那个小姑娘？"

谢昭年道："对。"

少年打开手机相册，里面有一个单独的相册叫"XiXi"，仅个人可见。

第一张关于林留溪的照片是高二那年五人在河边的合影，往后都是她趴在桌上睡觉的照片。

他那时中午来校，看林留溪睡得正香，不太想打扰，进位置都是从窗户边绕着走。这小姑娘睡觉也是厉害，有时候拿校服罩住脸侧着睡，手还扯着校服的两个衣角，从外面看，像是校服上长了一张人脸。

谢昭年好几次都没忍住笑。

林留溪醒来，一脸疑惑地问他为什么笑，是不是黄晓莉来了？

谢昭年没有说话，手撑着下巴，目光暗示了下窗边，这是黄晓莉正在窗外看他们的意思。

林留溪表情一僵，正襟危坐，目光偷偷移向窗边，除了嘲笑的谢昭年，一无所有。

她顿时无语："谢昭年，我恨你。"

谢昭年"啧"声："怎么恨我？讲给我听听？"

他盯着她像小猫一样的脸，抬手拉上窗帘。林留溪趁这个机会抽他的凳子，可惜没抽走。谢昭年一脸无赖地站起来，任她抽。这时全班都在自习，突然站起这么高一个人，大家都回过头来，看这对闹别扭的同桌。

林留溪红着脸："谢昭年，你、给我、坐下。"

听她说得咬牙切齿，谢昭年笑了笑，难得安分了这么一次。

妈，你知道吗？在我走出高考考场的第一个想法就是——和她在一起。

第七章 · 告白

/

一千多条未读消息的最后一句话是：我和你在一起了。

妈妈回了 B 市，问林留溪什么时候回来。

林留溪说想在 A 市多待一会儿。

妈妈说："不急，反正这套房子那个叔叔暂时不住。他说你想住就给你住。"

他们现在都在 B 市。

林留溪"嗯"了一声。

妈妈犹豫道："小溪，你想要爸爸吗？"

林留溪早就料到有这么一天："恭喜。"

妈妈在电话那头哭出了声。林留溪听见电话另一头有个陌生的男人在安慰她，默默地挂断了电话。

人的一生难免会遇见一些错误的人，有的让人火冒三丈，有的让人浑身长满冻疮。但在及时止损之后，迈出自己心里的这一步，峰回路转之际遇见第二春，一切都只是刚刚开始。

妈，要是有婚礼的话，我就不参加了。

这句话林留溪没说出来。

A 市的房子只有林留溪一个人住。

放暑假时间充足，她跟冯楼雨摆摊赚了些钱，两人就约着出去吃海底捞。

出来时，天色晚了，她俩看见一家新开的甜品店前挤满了人。过去看看，原来是最近网上很火的甜品连锁品牌 Cotton Cloud（棉花云）。店里有一款巴斯克芝士蛋糕跟电影《洛可可小姐》联名，买蛋糕送钥匙扣。

《洛可可小姐》这部电影是林留溪大学时看的，讲的是两个互相喜欢却又没在一起的人。女主角是葡萄园庄园主的女儿，男主角是一个临时工，两人相见了上千次，搭话不过一两句，就在葡萄树下相约私奔。

就在私奔的前一天，同样喜欢女主角的男主角的朋友把一切都告诉了庄园主。庄园主很生气，辞退男主角，把女主角送到遥远的地方去读书，

221

和当地一个富翁的儿子结婚生子。

林留溪当时看得很入迷。

特别是女主角临终前呼唤男主角的名字，电影里有一段很经典的旁白：

"这些年洛可可其实有很多机会去寻找他，但是她没有。洛可可一直沉迷于皮特爵士带给她的名利场。

"她临终时想起年少时喜欢的一个临时工，只是因为在这之前她和皮特就牙刷该不该插进杯子里的事大吵了一架。"

洛可可去世前，一直攥在手心里的国际象棋是男主角送她的定情信物。Cotton Cloud 与电影联名的钥匙扣就是这个特殊的国际象棋。

林留溪想要那个钥匙扣，让冯楼雨先回家，自己慢慢排队。

谢昭年给她发消息，问她回家没。

林留溪说自己在 Cotton Cloud 排队。

X：《洛可可小姐》？

林留溪：你也看过？

X：嗯。

林留溪：我觉得这部电影最悲的地方不在于男女主角没在一起，而在于洛可可的自白中，她对自己这个门当户对的丈夫其实是动过心的。但爱情到最后还是败给了生活中的柴米油盐，不是因对方打呼噜而吵架，就是嫌弃他不刮胡子。

X：那你以后也会这么嫌弃你男朋友吗？

林留溪：我没男朋友。

X：我说假如。

林留溪：会。因为我不长胡子。

X：……

过了一会儿，他又给她发信息。

X：其实我没感觉到皮特有多么喜欢洛可可。

X：要是我的话，在女朋友嫌弃我之前就会改。

X：但很可惜，我这人没什么不良癖好。

他倒是很会自夸。

林留溪不自觉地上扬嘴角。

队伍很快排到她了，但可惜的是店员小姐姐说钥匙扣没了。不仅是这家店，整个 A 市所有分店的钥匙扣也都发完了，而且还不会补货。

这款联名的巴斯克蛋糕也下架了。

林留溪遗憾地给谢昭年发：卖完了，白跑一趟。

X：你就这么想要？

林留溪：对呀。我去闲鱼收算了。

但她只是随口说说。

这天，林留溪回到家已经很晚了，门口照旧摆着几瓶牛奶和一束花。她从冰箱里把昨天的牛奶拿出来喝，又将今天的塞进去。

吃完晚饭后，窗外又开始下雨，她拉开窗帘一看，雨下得还挺大的。

还好及时回家了。

南方的夏天就是这样，潮湿闷热。她打开空调，净化空气，躺在床上，看电视剧。

更晚的时候，有人敲她家的门。

"咚咚咚——"

林留溪顿时警觉，这么晚上门，肯定不是认识的。

她手机没收到他们的短信，更没有点外卖。

于是林留溪靠在门边，不知道为什么给谢昭年发了一条短信：有人在敲我家的门。

外面传来手机收到消息振动的声音。

隔着门板，她忽而听见一声嗤笑。

少年的嗓音十分好听："是我。"

林留溪打开房门。

谢昭年站在门外，张扬又肆意地盯着她。他的衣服和头发上都是水，像是被人从水里打捞出来一样。

他怎么把自己弄成这样？

林留溪一脸疑惑。

直到她看见谢昭年手中的保温袋，里三层外三层地包着。即便他的手背上都是雨滴，谢昭年将保温袋打开，里面没有丝毫损坏。

一点都没有。

她认出这是 Cotton Cloud 的袋子，只有与洛可可联名款才会有的、独一无二的袋子。

谢昭年擦了擦头发上的水，闲散地倚在门边，丝毫不在意自己此刻有多狼狈。

少年随意道："你说你想要，我就给你买来了。A 市没有，我就跑了一趟 B 市、C 市、D 市。那边那家 Cotton Cloud 快打烊了。"

林留溪愣住了。谢昭年看向她呆愣的神情，笑得毫不在意："但我为你买到了。"

横跨六百四十三千米，去了很多地方。

谢昭年从高速上下来，天空下雨了。

少年脱下外套，小心翼翼地包住保温袋，直奔她家。

夜幕降临。

林留溪从未想过自己随口说的一句话会成真。她脑中瞬间一片空白，抱住他。

谢昭年抬手揉了揉她的头发，懒懒道："你再哭，天上的雨就停不下来了。"

林留溪手一僵："你少发点誓就不会下雨。"

谢昭年觉得怪好笑，身上的衣服是湿的。

林留溪松手，回头给他拿了双一次性拖鞋，轻声道："去洗个澡吧。"

她内心反复地告诫自己，还没答应跟他在一起呢。

谢昭年："对了。"

林留溪回头，手中端着一杯热牛奶。

谢昭年变戏法似的从身后拿出一束花，蓝白相间，像是午夜的幽灵。

少年漫不经心道："我在路上看见了一簇野花，觉得很好看，就摘下来送给你。"

花瓣上还残留着水珠。

林留溪问他："你为什么总是送我花？"

谢昭年："你知道答案。"

牛奶热过头了，玻璃杯烫手。林留溪愣了一会儿："我要考虑一下。"

外面的雨没有要停的趋势。谢昭年还在浴室里洗澡。

林留溪加了那个叔叔的微信好友，把情况大概说了一下，对方说他的衣柜底下还有一件新衣服。林留溪拿出来给谢昭年穿。

"咔嚓"一声，浴室的门把手转动。

谢昭年在浴室里待了很久才出来，浴巾被他系在腰上。雾气从浴室中弥漫开来。林留溪正坐在沙发上看电视剧，听到他出来的动静，忍不住好奇，多看了两眼。

谢昭年不仅人高，身材也很好，腹肌突起，线条硬朗又锐利。肌肉间还有像大理石雕塑一样的阴影，看起来很立体。

林留溪的喉结动了动，立刻低头装作在看电视剧。

谢昭年拿着挂在肩上的毛巾擦了擦头发，斜眼瞥见沙发上的林留溪，

"啧"了一声。

他状若不经意间问："看什么剧？这么好看？"

林留溪还是没抬头："只是随便看看。"

他进了卧室换衣服，等他出来时，林留溪才抬头看了他一眼。

少年套了一件花衬衫，扣子只扣了三颗，花哨的衣服配上这副吊儿郎当的模样，不知道的还以为是哪里来的街头混混。

林留溪忍不住道："你……不如穿我的裙子吧？"

谢昭年沉默了："然后被当成变态？"

林留溪难得被噎住。

夏雨越下越大，雷声轰鸣，窗户都被震得"嗡嗡"的。

下这么大的雨，估计市里又要发生内涝。

林留溪放下手中的牛奶，准备去阳台把盆栽搬进室内。

就在这时，一道闪电撕破天幕。

随之而来的巨响惊得林留溪的杯子没放稳，她伸手去抓，身体失重向前倒。

她以为自己要摔了，但是最后没有。

谢昭年拽住林留溪的胳膊，她在惯性作用下，撞上他的胸膛。少年身上全是她沐浴露的番石榴味。

头顶的灯光突然熄灭，刹那间，停电了。

一时整栋楼都被黑暗笼罩，无比寂静。

林留溪抬头，去看少年的眼睛。雷声在耳畔轰响，要是心跳声能溢出胸腔，估计也是这么盛大。

"好像……停电了。"她慌乱道。

"嗯。"

谢昭年身形僵硬。

他抱着林留溪，并不是没有感觉。他的手轻轻扣在少女的胳膊上，很想恶劣地往下按压一下，看看她的皮肤究竟有多柔软。

但最终他克制住了。

窗外暴雨未歇，沉默的气氛中又插入一道突兀的雷声。

谢昭年感觉到林留溪下意识一缩，现在她彻底倒在他怀里了。

他另一只垂下来的手无处安放。

谢昭年若有所思道："你怕雷声？"

林留溪："不怕。"

谢昭年习惯将她的话反着听，随口道："那我今晚不走了，睡沙发。"

林留溪强调："我不怕。"

谢昭年："我明白。"

林留溪思考了片刻："所以你一开始就打算赖在我家？"

谢昭年一本正经："你猜对了。"

他多大的人了，还这么会耍赖。林留溪很无奈。

不过，有他在的夜晚，还挺安心。

这么多天过去，周斯泽也不是傻的。

他看得出两人在暧昧，但是中间这层窗户纸始终没人捅破。

于是他问谢昭年，什么时候跟林留溪在一起。朋友圈几乎都知道，谢昭年追着一个女生跑到了 A 市。

谢昭年若有所思："再陪她去看几次电影、看几次日出，然后带她去迪士尼。"

少年勾唇："我会跟她表白。"

周斯泽打趣道："我们谢小少爷还挺浪漫的哈。"

谢昭年给了他一记眼刀，闲散地靠在沙发上："没办法，这种事总不能让人家小姑娘主动吧？"

他已经开始订机票了。

林留溪虽然在上海读书，但是没去过迪士尼：一是没时间，二是一个人去也太无聊。谢昭年会带她去迪士尼，也是她没想到的。

放暑假，大家都出来玩，这天地铁站的人很多。

林留溪和谢昭年因为上车早，有座位，往后几站，又上来了很多人，人挤人。

林留溪正坐在座位上看攻略。

有人突然穿过人群挤到她面前，拍拍她的肩："让我坐一下，我大着肚子不太方便。"

林留溪没想到，时隔这么久，居然能在这里，偏偏又是这个时间点碰见她。

男孩的妈妈穿着宽松的孕妇装，手里牵着男孩，眼睛直勾勾地盯着林留溪，很明显认出她来了。

林留溪装作不认识，也没听见。

男孩的妈妈一只手放在肚子上，恳求道："我是真的不舒服。"

林留溪永远无法忘记男孩妈妈那天的咄咄逼人。

——"林涛，你儿子现在还在医院！凭什么她还好端端的？你女儿应

226

该去坐牢！"

——"林涛、林留溪，你们给我等着，我不会让你们好过，我不会让你们一家好过！"

她为什么总是纠缠自己？

林留溪不为所动，冷冷地盯着她说："你去找别人，我也不舒服。"

谢昭年突然看向她。

林留溪浑身一僵。

这一幕吸引了地铁上很多人的目光。

有个老奶奶看不下去："你们年轻人身体好就让她坐一会儿吧。人家大着个肚子出来一趟挺不方便，手里还牵着一个小孩呢。"

"是啊，现在地铁上人这么多，万一出了什么乱子。哎呀，造孽啊！"

"你也是，怀孕了还跟着挤地铁，出门打个车，贵点就贵点，要爱护自己的身体。"

林留溪能听到很多议论声、劝诫声，谢昭年自然也听见了。

他不想让他的小姑娘卷入人言之中，正欲起身，却被林留溪按住腿。

林留溪垂眸，自己都不知道自己为什么这么倔。

她避开谢昭年的目光，压在他腿上的手被他抓住，出乎林留溪的意料。

男孩的妈妈也因此确认谢昭年跟林留溪同行，转而对谢昭年说："那你呢？你可以让阿姨坐坐吗？"

谢昭年压根就没瞧她一眼："不可以。"

老奶奶瞪大眼："哎呀，你这么大个小伙子，让人家坐一会儿怎么了？现在的年轻人怎么都这样？白瞎了这张脸，心肠这么狠。"

谢昭年眼皮一掀，冷笑道："听您老指责这么久了，怎么不见您给她钱，让她下去打车？"

老奶奶顿时噤若寒蝉。

谢昭年吊儿郎当地坐在那儿，外面套着冲锋衣，眉眼冷戾，人也很高，一看就是不好惹的类型。一时也没人敢去惹他这个刺头。

他始终握着林留溪的手，能够感受到她体温变得冰凉。他看男孩妈妈的眼神，也冷了不少。

最后还是一对情侣给男孩的妈妈和男孩让了座，男孩的妈妈坐在林留溪对面，看着她勾唇笑。

林留溪厌恶地与之对视。

一直到下地铁的时候，林留溪还能听见很多小声的议论。谢昭年独自抗下了大部分指责，没让她受到一点伤害。

林留溪问他："我今天是不是很扫兴？"

本来应该高高兴兴的，如果没有发生地铁上的事情的话。

谢昭年却说："不扫兴，是我的错，真应该开车去的。"

少年望着林留溪局促不安的神情，始终没有松开她的手，低声说："你不想说就不说，我不逼你。"

林留溪一愣，问他："谢昭年，你不觉得我很无理取闹吗？自私、冷漠、没有同情心。"

谢昭年低头，无所谓地笑了："无理取闹、自私、冷漠，朱雷军之前把我叫到办公室，也是这么骂我的。"

他继续道："所以照你这么说，我俩倒挺配。"

林留溪掐了他一下，小声道："谁跟你配了……"

迪士尼世界商店的门口，卖气球的叔叔脸上挂着笑容。

谢昭年买了很多气球，林留溪问他贵不贵，他说不贵，把气球系在林留溪的手腕上。

她今天穿了一件奶黄色的公主裙，发尾特意用卷发棒烫过，别着白色珠光的大蝴蝶结，腿又直又白，膝盖上还绑着白色丝带，真的像个公主一样。

谢昭年不免走神。

林留溪低头，看系在手腕上的气球，不自觉地勾唇。

男孩的妈妈也来了迪士尼，林留溪刚刚下地铁就看见过他们。只不过他们买的是普通票，而谢昭年买的尊享导览，很多项目免排队，还有专门的工作人员陪着他们玩。节假日排队的人很多，林留溪跟谢昭年玩了飞跃地平线、极速光轮……很多项目还都二刷了。

甚至她二刷的时候，还看见了男孩的妈妈在排队，队伍并没有移动多少。对方盯着她，那眼神像是在说：凭什么你过得这么好？

林留溪翻了个白眼。

她手中的爪爪冰棍，也是谢昭年给她买的。

谢昭年对她好得有点过分了，给她一种不真实的感觉。

林留溪自认为自己不是会被几束花、几餐饭就可以收买的人，但少年好像从不在意付出有没有回应，一直很用心地把全世界最好的东西都给她。

她不禁想，要是有一天谢昭年的新鲜感退去了，他是不是就会开始对她冷淡？

好奇怪，两人都没有在一起，她又开始多想。

她总会在事情还没开始前就想到最坏的结果，然后又开始逃避。

在与谢昭年分开的这些年，她曾经看过一部电影，讲的是一个缺爱的女生最后依靠自毁来换取爱。林留溪从未想过自毁，只会从一开始就拒绝。

既然知道自己承受不了美好逝去的痛苦，不如从一开始就不让一切发生，成为陆轻悦口中那个——冷漠而又自私的人。

假如林留溪没有再遇见谢昭年的话。

但所幸，两人重逢了。

让她开始试着相信童话是存在的。

晚上八点，城堡烟花秀。

来看烟花的人很多，很早就开始排队了。

导览早就为他们预留好位置，不需要等待。

林留溪头上戴着谢昭年给她买的达菲熊耳朵，她看向城堡的方向。

在少女的眼中，城堡的灯光慢慢亮起，美轮美奂，面容也越发生动。

"谢昭年。"

"嗯？"

"好漂亮。"

随着烟火升空，夜晚由黑变灰。

谢昭年盯着她喜悦的表情，喉结上下动了动："你也是。"

林留溪错愕地转过头来。

少年的目光好像阳光下的内陆湖，静谧又深邃。

她感觉心脏快要跳出胸腔，一切都兵荒马乱。

他……

谢昭年早有预谋地从背后拿出一束花来。

林留溪看过去，手腕上的气球迎着夜风飘荡。

谢昭年散漫道："有件事我十八岁那年用书信告诉过你，但我仔细想了想，纸笔不太真诚，就当面对你说——"

烟花上升，不断上升。

少年走近几步，低声说："我喜欢你，林留溪。这次你就别拒绝我了。"

谢昭年与她对视的目光柔和些许，另一只手插进兜里，被吹起的衣角触碰上林留溪的发尾。林留溪睁大眼。他额前的头发在眼窝处留下阴影，五官出众又立体，勾唇的时候，很不正经。

却永远那么肆意。

林留溪哭着说："好。"

烟花绽放开来，很亮很亮。

她觉得整个世界也明亮了很多。

快开学的时候，妈妈跟那个叔叔领了证，说是要在 B 市举办婚礼。

外公外婆要从 A 市老家来 B 市参加婚礼，找不着路。

林留溪去接他们，谢昭年自然也跟着一起去。

两人在车站等了有一会儿。接近午饭时间，大巴缓缓驶来。

从车上下来很多老人，大多手里都扛着一个大麻袋。来城里务工的年轻人看见，有时候会顺手帮一把。林留溪终于在下车的一众老人中，找到了自己的外公外婆。外婆岁数大了，腿脚不便，有时候还认不得人，可能有点失智倾向。外公的普通话不好，扶着外婆下来问路，"叽哇"了半天，工作人员也听不懂。

林留溪跑上去，接过外公手中的东西。

外公一脸欣喜，但很快又以审视的目光打量林留溪身旁的谢昭年。

长相出众的谢昭年往这儿一站，很扎眼。他感受到两位老人的打量，也不在意，只是伸出一只手，想要搀扶住外婆："我来吧。"

林留溪解释道："他是我男朋友。"

外公恍然，开口想要说什么。外婆却很不客气地拍开谢昭年的手，林留溪愣住了。谢昭年眉梢一挑。

外婆自看见他俩的那一刻起，灰黑色的眼睛就开始打量谢昭年，不知怎的，眼神充满敌意。

她冷哼道："我不同意你和美惠在一起。"

陈美惠是林留溪妈妈的名字。

外公耐心地解释道："老陈啊，这不是美惠，是小溪。你不记得了吗？"

外婆自顾自地说道："我家美惠从小就漂亮，有这么多男同学喜欢，为什么要陪你去奋斗？没上过大学又怎样？人这一生又不一定要出人头地。我只希望我家美惠好好的。她吃不了苦的，我不同意……我是她的妈妈，我女儿吃不了苦。你不准带走她。"

或许是林留溪长得像妈妈，外婆对她说话的时候，总是苦口婆心："美惠啊，不要结婚，不要跟他走。跟妈妈回家好不好？妈妈再也不骂你了。妈妈哪里不好，你说出来，妈妈就改好不好？"

老人的记忆还停留在陈美惠要跟林涛结婚那一年，所以看着林留溪的目光，总是带着恳求。

外公总是说，外婆年轻的时候脾气不好，对妈妈很苛刻，所以妈妈长大后，很轻易就被林涛的甜言蜜语骗了去。

只不过那时候的外婆心气还很高，以为狠狠骂一顿女儿，她就又会像小时候离家出走那样灰溜溜地回来。人生总不会是那么如意的。陈美惠在生下林留溪之后，才重新跟家里人联系。

林留溪想，幸好不是妈妈来接外婆，不然她一定会哭。

她说："一定会幸福的。"

林留溪把外公外婆接到妈妈家后，没有继续留在 B 市。妈妈问她去不去参加婚礼，她说不去了，收拾好东西，就跟谢昭年回上海。

B 市的马路边停着一辆黑色的跑车。

谢昭年半降下车窗，手搭在方向盘上，等了林留溪有一会儿了，顺道吸引了很多人的目光。他见林留溪提着行李箱下楼，立刻拉开车门，帮她把行李箱放进后备厢里。

林留溪看向他的侧脸："你没生气吧？"

外婆很少有脑子清醒的时候，一路都没给他好脸色。

谢昭年搭在后备厢门上的手一顿，痞里痞气地笑道："生气了。"

天上下着小雨，少年套着一件宽松的黑色卫衣。他一只手把她的行李放好，另一只手把玩着卫衣的绳子，这闲散自如的模样很难让林留溪把他的话当真。

果然，他下一句话就是："怎么办啊？我女朋友亲我一口，好不？"

总是这副无赖样，高中的他可比现在高冷多了。

林留溪脸颊一红："你想亲就去亲西西。"

谢昭年把后备厢的门关上，食指擦过车身时，还会沾上水。

他转而打开后座的车门，西西正懵懂地趴在后座上，闻声还吓了一跳。

少年无比嫌弃："太监猫有什么好亲的？亲一下一嘴的猫毛，没我女朋友香。"

他把林留溪的包扔进去。西西哈了他一声，随后扑进林留溪的怀中。林留溪怀中突然多出柔软的一团，她拍拍猫头，表示安抚："你这么喜欢耍流氓，连你家的猫都看不下去了。"

西西警惕地盯着谢昭年，"喵"了一声。

谢昭年盯着自家没什么骨气的猫，嗤笑道："没办法，第一次谈恋爱没什么出息，只想天天抱着我女朋友。"

林留溪哼哼道："第二次呢？天天亲你女朋友？"

谢昭年无奈道："哪有第二次？一生就这么一次。亲你胜过几千场热恋。"

林留溪假装捋刘海，用手背遮住通红的耳根。这么会的人，真搞不懂他是怎么无师自通的。

两人下了飞机，司机已经在机场附近等待。

林留溪早就不想住校了，看见室友就烦，她跟辅导员申请在校外住。

谢昭年早就请人把房子收拾好，他家大业大房子多，这间房自装修完就闲置了，很久没人住。虽然只是简简单单的大平层，但也不是普通人能买得起的。他住在这儿，林留溪也会住在这儿。

屋里的东西少得可怜，林留溪去超市买了很多饮料塞满冰箱，回来见谢昭年在摆弄煲汤的那个电器。

林留溪问："你在干吗？"

谢昭年道："给你热牛奶。"

这小少爷像是跟这机子扛上了，一直在研究模式怎么调。

眼见这机子都快要被他按坏了，林留溪看不下去了："你得先把牛奶的外包装剪开，然后倒进内胆，普通模式几分钟就行了。"

谢昭年皱眉道："我知道。"

林留溪不禁笑："你又知道了。"

谢昭年一本正经道："这世界上就没有你男朋友不知道的。"

哼！嘴硬。

难得休息，林留溪打开投影仪，看恐怖电影。谢昭年递给她一包薯片。放在林留溪的牛奶杯边上。

林留溪看了眼说："有黄瓜味的吗？"

谢昭年说："黄瓜味的被你吃完了，我下去买。"

林留溪道："算了，番茄味的也行。"

谢昭年套上衣服："等我一会儿，我去给你买黄瓜味的。"

哎哎哎，他这人。

林留溪想要阻止谢昭年，谢昭年在她伸手拦住他之前就出门了。她只是随口说说，也不是一定要。

谢昭年还是给她买来了。

见她发愣，少年勾唇："怎么？一包薯片就让你感动成这样了？"

林留溪道："信不信我不理你？"

谢昭年叹气："还是这么爱闹脾气。"

林留溪怀中的西西，好奇地打量着薯片。谢昭年冷不防看了它一眼："你就这么喜欢西西吗？抱了一天了。那正好了，我也喜欢溪溪，不是西边的西，而是小溪的溪。"

他又跟一只猫杠上了。

林留溪忍不住道："你够了啊。我现在怀疑西西跟着你是怎么平安活到现在的。"

谢昭年散漫地捏捏西西的脸："它现在应该改名了，叫'东东'。别叫'西西'了，不然每次我对你说情话，都觉得这猫在占我便宜。"

林留溪：要不要这么直接？

她一走神，看恐怖电影投影的时候，就没有任何心理准备，突如其来，视野里多了这么一张血淋淋的鬼脸，简称"贴脸"。她条件反射地往后躲，后背撞上沙发前的桌子。

"哐当——"

牛奶杯直接被打翻，谢昭年眼神一变。

杯中的牛奶飞溅到林留溪身上，脸上有种黏糊糊的感觉，她猝不及防，受到第二次惊吓。

"烫吗？"

少年俯身，林留溪睁眼就看见他凑近的脸庞。他眉眼分明，鼻梁高挺，眸中带着笑意的时候，有些过分好看了。

林留溪紧张道："还好。"

谢昭年凑得更近了。

林留溪的睫毛一颤，脸颊快要触碰到少年的鼻尖。

他他他……不会是……

她抓紧身下的地毯，背脊抵在桌边。自己该不该推开他？

少女低头，唇边还沾着牛奶，头顶蝴蝶结的丝带垂落在刘海上，十分可爱。

两人的呼吸纠缠在一起，很暧昧。

上次从迪士尼带回来的气球，还飘荡在天花板上，好像身临其境在一个梦幻的世界。

谢昭年能感受到林留溪呼吸的温度，他的喉结动了动，有一瞬间的冲动——

想要狠狠地咬她的嘴唇。

想要看她眼中的慌乱。

想要贴近听她震耳欲聋的心跳。

但他看见少女眼中一闪而过的害怕，还是克制住了，手松开了林留溪的胳膊。

他应该是想的。

林留溪一愣，她其实能感觉得到。

她曾在网上刷到过一个帖子，说和缺爱的女生谈恋爱很累，总是逃避，没有安全感，害怕所有的亲密接触。

果然是这样，就算被人爱着，也依然无法把自己拼凑成完整的模样被爱。她总是害怕谢昭年会有厌倦的一天。

林留溪垂眼，掩饰住情绪："你不继续？"

谢昭年道："看你还没准备好，就算了，往后还有很多机会。至少别像是我在欺负你。"

林留溪不知如何回答。

"你没欺负我，你想亲就亲吧。"她一副视死如归的模样，"反正我们都是男女朋友关系了。"

可谢昭年想要碰她的脸时，她还是下意识地缩起身子。

不用牺牲自己来满足别人。

他会心疼的。

谢昭年用纸巾擦干净洒在桌上的牛奶，嗤笑道："看不出来啊，你就这么想占我便宜。"

林留溪："无聊。"

她从地毯上站起，腿都是麻的。

谢昭年将投影仪暂停，剧情已经放到刚刚那个贴脸的鬼被道士降服，整个屏幕都是法器的金光。

少年盯着鬼，没有丝毫害怕。

他懒洋洋地说道："你……吓到我女朋友了。要是你能爬得出投影，我早就找你算账了。"

要是林留溪没走，肯定又要说他幼稚。

两人在一起的消息，也就只有各自的好友知道，没有在朋友圈官宣。

林留溪回校上课，某节大课上，她找了一个角落的位置，想要独自坐。

谁想到，她才刚坐下，旁边位置就来了一个男的。

这么多空位置不坐，就挑着她这排坐，她这排很多空位置不坐，就坐在她旁边。

林留溪给冯楼雨发消息：我旁边坐了一个男的。

冯楼雨：？？？谢昭年跑你们学校旁听了？

林留溪：不是啊。

林留溪：……

林留溪：主要是这人我不认识，我要碎掉了，我只想一个人安安静静地上完这节水课。

冯楼雨：或许是不是没位置了？

林留溪：我这一排都是空的。我服了。

冯楼雨：别告诉谢昭年，小心他吃醋。

林留溪察觉到旁边这男的有想看她手机屏幕的意思，直接把手机黑屏了。

旁边那男生说："我们可以加个微信吗？认识一下。"

林留溪道："我有男朋友。"

男生执着地说道："我知道你可能听说过我的事，有点不好意思，但没必要编造出一个男朋友。"

林留溪在学校独来独往，交友欲望为零，别说有相熟的男生，就连普通朋友都很少。

她沉默了片刻，本想说你是谁。

出于礼貌，林留溪还是改口："我没必要骗你。"

老师点完名，她也没有纠缠的欲望，直接从后面溜走。一路上她都在思考这人到底是谁，怎么说话莫名其妙的，什么自己听说过他的事。

最后一节课上完，谢昭年来接林留溪。

今天是他家的司机开车，两人都坐在后座上。

林留溪的微信好友那里莫名其妙地多了一个申请，说是辅导员有事让他来找她。林留溪想也没想就通过了申请。

对方：你好。我是李博远，也是医学院的。

林留溪习惯性地点进对方的朋友圈，有照片，巧了，就是那节课上坐她旁边的那个男的。

叫李博远。

这个名字……她记起来了，就是上次那两个比赛打篮球来争夺她主动权的其中之一。

她压根不认识这两个人，就说要争，难道谁篮球打赢了，自己就会和他在一起吗？

莫名其妙。

最绝的还是，另一个男的在比赛前，还特意发校园墙宣战，邀请林留溪去看他怎么打赢这个李博远。总觉得这两个人活在自己的世界里，太容易自我感动。

林留溪道：你找我什么事？

李博远：真是你。我没有恶意，就……只是想要追你。

李博远：上次篮球赛，我赢了。你看见了吗？

林留溪：不感兴趣，我说过我有对象。

李博远：有对象可以分手。第一次在食堂看见你，我就觉得我和你是最合适的，你长得好像我的初恋，不过你比她漂亮很多。

这人真有神经病吧。

林留溪发了一个"你没事吧"的表情，直接删除，但是这人好友申请的理由填的是辅导员叫他来的。

　　她有些犹豫。

　　谢昭年注意到林留溪一直在和什么人聊天，头像好像是个男生，他眯了眯眼："和冯楼雨聊天？"

　　林留溪本打算把李博远删了就完事了，说出来反而叫谢昭年误会，顺着他的话道："嗯。"

　　话音刚落，李博远就开始作妖，直接给她打语音电话。聊天头像明晃晃地亮在手机屏幕上，想瞒也瞒不住。

　　林留溪咽了口唾沫，观察谢昭年的表情。

　　少年轻蔑地看了眼她的手机屏幕，冷笑一声。

　　天气转凉，他在卫衣外面穿着一件冲锋衣，拉链只拉了一半，有黑色做对比，整个人耀眼许多。轮廓利落分明，眼神很快又肆意地盯着她。

　　林留溪心虚。

　　谢昭年是不是吃醋了？

　　她说："这人就是一个神经病。我要删了他的，只是怕你误会。"

　　她把学校里的事简单地说了一遍。

　　谢昭年道："误会什么？这男的难道长得比我帅？"

　　他抱着双手，手臂交叠着，闲散地靠在座椅上，也是真对自己很有自信。的确，李博远根本不能跟谢昭年比。谢昭年这长相在 C 大，也是妥妥的校草。

　　林留溪还是哼哼道："自恋。"

　　谢昭年伸出一只手，林留溪把手机给他："你怎么跟他说？"

　　谢昭年打开免提。李博远见电话接通，喜出望外："你想通了？我家经济条件很好，肯定比你那什么男朋友有钱。我会给你买名牌包包、买奶茶，你跟着我肯定不吃亏。"

　　谢昭年都快要气笑了，讥讽地问："你是谁？"

　　李博远一愣，也冷笑道："你又是谁？"

　　林留溪感觉到谢昭年周身的气温在下降，突然被他这么一揽，脑袋靠进他的怀里，有种电流划过全身的酥酥麻麻感觉。

　　少年恶劣道："我是谁不重要，重要的是，你打扰到我和我女朋友接吻了。"

　　电话另一头传来衣料摩擦的声音，李博远怒道："你——"

　　林留溪抢过手机，挂断电话。

　　谢昭年似笑非笑道："怎么？舍不得？"

林留溪恼怒道："谁和你接吻……不知道的以为他是我们 Play（游戏）的一环。"

谢昭年的脸皮倒比她厚多了，手插进兜里，心安理得道："他自己爱打电话，当这 Play 的一环。"

林留溪十分无语。

这件事显然没有结束。

李博远上次为了追林留溪跟别人比赛篮球的事，在 C 大闹得声势浩大，谁承想，到头来林留溪有对象。要是现在放弃，他肯定是下不来台。很不巧，他俩联系的是同一个论文导师，导师推荐去实习的医院，也都是同一家。工作上和学校那边的事有时候两人需要互相通知，林留溪一时不好删人了。

尽管如此，林留溪还是对李博远不冷不热，压根就懒得搭理他。

这天，林留溪下班已经很晚了。

科室内就他们两人值班。

天气转凉，她收拾好东西就准备离开医院。李博远追上来："你男朋友没来接你？"

林留溪没有搭理他，戴上耳机，加快脚步。

李博远的表情变了变，面上依旧和颜悦色道："你说你，就算是不喜欢我，也没必要找个朋友来伪装你男朋友。我承认我是心急了点，可能吓到你了，但我们可以慢慢认识。你一个小姑娘这么晚回家也不好，我还是送你吧。"

他还拦住她的路，林留溪忍无可忍："要送也轮不着你。你从哪里看出我找朋友伪装了？"

谢昭年说他在楼下等她，林留溪也不想在这儿跟李博远耗太久，冷声道："我男朋友脾气不好，请自重。"

晚上的街道上已经很少人了，林留溪在对街的路灯下，看见了谢昭年。他胳膊下夹着一小束郁金香，手里拎着几盒打包好的椰奶，靠在绿化带旁等她。他说来接她的路上，看见一个老奶奶卖椰奶，还剩下几份没卖出去，他就顺手全买了。

以前谢昭年都是开车来接她，今天却没有。

林留溪问他为什么不开车，他说想陪她散会儿步，陪她聊聊天，反正医院离他们家不远。他总是这么有情调，两人都在一起了，他还不忘每天都给她送花。

看见谢昭年，林留溪心情总会好很多，快步跑上前去。

而李博远热脸贴冷屁股这么久，终于控制不住爆发了："你装什么清高啊？别给脸不要脸，我看得上你，是你的荣幸。我就问你一句，到底跟不跟你男朋友分手？"

没完没了是吧？不多去照照镜子，在这儿破什么防啊。

林留溪差点就开骂了。但是谢昭年在，她忍住了。

她望向谢昭年。

谢昭年大步上前，将她拉至身后，讥讽道："和谁分手啊？"

少年悠悠地走到李博远面前，光身高就压了李博远一个头，很有压迫感。

李博远面上虽没过多示弱，但还是不自觉往后退了几步，不小心踩中谁扔在地上的易拉罐，"咯吱"一声。谢昭年嗤笑。

他直勾勾地盯着李博远，冷笑道："你再说一句？"

听得出谢昭年这次是真的生气了，语调冷冰冰的，眼神如同毒蛇牙尖上的冷光，危险冷戾。

李博远的面子快要挂不住了，还是自尊心强撑着："你说什么？你是谁啊？少管闲事啊。"

谢昭年听笑了，缓声对林留溪说："去前面的便利店等我。"

林留溪欲言又止："你——"

要干什么？

谢昭年懒散道："放心，我不会出事。"

她当然不会觉得谢昭年会出事，而是怕李博远出事。

但事情总要有个了结。

林留溪给了谢昭年一个悠着点的眼神。她往前快走到便利店门口，一路上店铺接连关门，只有路灯的微光指引着晚归的人回家。

她手里还抱着谢昭年送的郁金香。

她再往前走一步，回头就看不见谢昭年了。

谢昭年似乎很喜欢送她花，两人没在一起的时候就是这样。

林留溪人生的第一束花还是高二六一儿童节那天，陈愿用棒棒糖和《英语周报》扎成的小花束。往后就是高考出考场那天，补习班老师托人给她送的、真正意义上的花束。不过给她送花送得最多的人还是谢昭年。

她想想，这一生从朋友从老师那儿收到过花，从爱人手中也收到过花，但是唯独没有家人送的。

她走进便利店，买了两份炒面，坐在门口的椅子上，等谢昭年。

大概等了有一会儿吧，谢昭年没来。

便利店要关门了，谢昭年还是没来。

林留溪这会儿连炒面里放了几片火腿都数清了。

她起身准备去找，谢昭年却突然出现在路灯下，他的手插在口袋里，路灯一闪一闪，像电影里的男主角第一次出场。

林留溪一愣。

谢昭年走到她面前，看了桌上的两份炒面一眼，懒懒地笑道："真贴心。"

林留溪垂下脸，"喂"了一声："你到底吃不吃？"

谢昭年："吃。"

面放凉了就结成一团，林留溪皱眉，但少年丝毫不在意，吃得很干净。

她坐在谢昭年旁边，犹豫了一会儿，侧头问他："你们刚刚……干吗了？"

路灯的影子与树影交织在一起，林留溪不太能看清少年的表情，低头喝了口椰奶。

谢昭年漫不经心道："没干吗，就是让他不要再来烦你。"

"就这样？"

谢昭年淡声道："就这样。"

林留溪眸光暗含探究。

他下颌角那里有道很浅的划痕，若不是光线太暗，需要仔细看，林留溪刚才第一眼就能看出来。

你说谎，大骗子。

林留溪从包里拿出随身携带的创可贴，谢昭年就知道她发觉了，哂笑道："一点小伤而已，贴个创可贴多难看啊。"

他说是这么说，头还是低了些，林留溪就能更好地给他贴创可贴。

望着这张放大的帅脸，林留溪一时无言："那你说说这个小伤怎么来的？"

她还是给他贴上去了。

谢昭年盯着她，低笑道："亲我一口就告诉你。"

林留溪忽而凑近，在他脸上蜻蜓点水般落下一吻，触感像羽毛拂过一样。

谢昭年愣了一下："真亲？"

林留溪笑着看向谢昭年。

他散漫道："也不是什么很大的事，只是威胁了几句，让他长点教训。"

他浑不在意地与林留溪对视："谁让他这么嘴贱？让我好不容易追来的姑娘和我分手。该。"

真拿他没办法。

林留溪的拇指划过手中的郁金香，笑了。

被谢昭年打了，李博远怕是一时半会儿都不敢再来骚扰她。

只不过还是被这人耽搁不少时间，他们比平常回家的时候更晚了，幸好明天不用上课，也不用上班。

夜色越发暗沉，街边只剩下汽车与灯光。

行人也就他俩，在夜晚的城市中漫步，晚些时候下起了蒙蒙细雨。

最近似乎总是爱下雨，但是林留溪很享受这种感觉——

和最喜欢的人在静谧的街道上走，天上下着小雨。

谢昭年想把外套脱下来给她披上，但是林留溪拒绝了。

她只是伸出手让谢昭年牵着，然后抬眸看他，少年脸上的创可贴很显眼。

谢昭年道："溪溪。"

林留溪："嗯？"

"你是什么时候喜欢我的？"

林留溪没料到谢昭年会这么问，想了想，特意把话说得很小声："酒吧那次吧。"

直到说出这个答案，她才意识到，自己其实对谢昭年一直是有所保留的，就算喜欢他，也不太敢把完整的自己交给他。

因为这样赌输的代价会很大，她承受不起。

所以每一次两人快要亲密接触的时候，她都会下意识感到害怕，没有安全感。

林留溪试探道："为什么突然问这个？

谢昭年懒洋洋地回道："想问。"

他闲散地笑道："还想知道几年前的我和现在究竟有什么不一样，怎么现在才跟你在一起。"

林留溪问："那现在你知道了吗？"

谢昭年道："或许吧。"

可惜你不知道。

林留溪欲言又止。

因为几年前的谢昭年和现在根本就没什么不一样。

从始至终，胆小鬼一直都是她自己。

接近放假，林留溪的事情比较多，不是在上课就是在实习，回家也很晚了。

谢昭年刚接手家族产业，有时候外出办事，就会让司机去接林留溪回家。一时间 C 大和医院人人都好奇林留溪这个没怎么露过面的男朋友。

这天晚上她回来，谢昭年难得在家。

林留溪换完拖鞋，就随口问他，最近忙什么。

谢昭年处理完一大堆事，还懒懒地靠在沙发上，给林留溪剥虾。

他说："忙着给你一个未来。"

林留溪坐在他旁边，认真地告诉他："那……我可不会陪你奋斗，我有自己的事业。"

谢昭年将剥好的虾蘸了料汁，塞到林留溪口中："知道了，林大医生。"

少年嗤笑道，"给你未来哪还要你陪着才能给？我又不是废物。"

林留溪愣住。

谢昭年若有所思地问："有没有很咸？"

"还好。"

挺好吃的。

林留溪忍不住歪了话题："你怎么还会做饭？"

毕竟谢昭年看上去就像那种从小养尊处优十指不沾阳春水的小少爷。

谢昭年解释道："在国外吃不惯白人饭，太甜了，平时要么下馆子，要么自己做，毕竟阿姨也不是每天都在。"

他顿了顿，看着林留溪的脸道："不过蒋依岳都没吃过我做的东西，我只做给你吃。"

林留溪双手环抱，坐在沙发上，露出心满意足的笑容。

她一笑脸颊看起来就很好捏。

谢昭年抬起手，被林留溪无情地打断："去洗手。"

真不知道这些年他在国外怎么过的。

谢昭年笑着摇摇头，起身。快走到厨房时，少年又侧过身来，对林留溪说："你生日那天不是有场《洛可可小姐》的话剧巡演。"

林留溪"嗯"了一声。

谢昭年漫不经心道："我拿到票了，你生日那天我陪你去看。"

李博远消停没多久，又找上林留溪。林留溪才下专业课，就看见他堵在门口，她视若无睹，打算绕着走。

李博远突然朝着她喊："林留溪，你可能都不了解你那个男朋友。"

林留溪看都不看他："至少比你了解他。"

李博远追着她道："但是你不了解他家。"

见林留溪停下脚步，李博远继续道："他家祖上就是跨国企业，一直都是商业联姻。你觉得他爸妈会同意你们在一起吗？

"而且，以他的条件，要什么样的女的没有？等他的新鲜劲过去了，最后受到伤害的还是你。"

林留溪面无表情道："你这话说得和电视剧里似的。但我喜欢的是谢昭年这个人，不是他家。现在是自由恋爱，不是包办婚姻，谢谢。上次就跟你说了，以后别再来骚扰我了。我男朋友这个人脾气不好。"

说完，她就离开。

快到林留溪的生日，谢昭年也还是很少回家。有时候凌晨林留溪听见开门的声音，揉了揉眼，坐起身。

谢昭年脱下外套，眉骨上有一点瘀青，坐在客厅里喝水，喉结上下滚动。

他还没踏进卧室，林留溪就闻到了他身上的酒味。

林留溪不太喜欢喝得烂醉的人身上的酒味，最讨厌抽烟，所以谢昭年从不喝酒，也不抽烟。但是涉及商业，又免不了酒局。

她明白这一切合理，但又害怕改变。

谢昭年察觉到卧室里的动静，起身，但走到门口时，又停住脚步。

林留溪躺回去，假装翻了个身。

他问："你睡了吗？"

林留溪没有回答，莫名其妙地想起李博远那天说的那些话。

不能这么想。

听见少年远去的脚步声，林留溪才再度爬起来，透过门缝看见谢昭年站在阳台上，从冰箱里拿出一瓶汽水。

她下床穿上拖鞋，走到少年身后："没睡。"

谢昭年的手肘靠在栏杆上，回头看到她，有些意外。

林留溪道："你有段时间没有抱着我睡觉了。"

谢昭年把汽水放在栏杆上，漫不经心道："我在外面喝了点酒，怕你嫌弃。"

林留溪抬头看着他道："我讨厌的是酒鬼，喝了点酒，脾气就开始暴躁，踢天跶地。你又不是。"

谢昭年沉默了半晌："以后不会了，我想办法推掉。"

你不需要为我做这么多。林留溪欲言又止。

夜晚无风，天上的星星闪呀闪。林留溪走到冰箱前，从里面拿出买了很久的低度数荔枝酒。

少女穿着淡黄色的睡裙，回到阳台把窗帘后的折叠桌椅拖出来。她拉开易拉罐的拉环，将自己的杯子倒满荔枝酒，对谢昭年轻松地笑："没事，我陪你小酌一杯。这下，我们就可以抱在一起睡啦。"

谢昭年很少盯着她发愣，今晚是个例外。

他嗤笑："现在还喝？明天不用上课了？"

林留溪提醒："明天周六。"

两人皆有些无言。

"我太忙了就没看时间，不过你的生日，我还是记得的——"少年顿了顿，"和我是同一天。"

他看不清林留溪的表情，犹豫道："所以高二那年……"

林留溪接话："你是唯一给我吃生日蛋糕的——"

她说话的声音更小了："我那时候把它当成自己的吃了。"

谢昭年无言。

林留溪故作轻松，坐在谢昭年对面，灌了点荔枝酒："你知道小时候，我过生日想吃生日蛋糕，我爸不准买，说蛋糕有很多添加剂对身体不好，所以我就从没吃过生日蛋糕。当然，朋友的我还是吃过。我记得高一那年，陈愿过生日吧，买了一个很大的蛋糕，邀请了很多人，当然我也在。我才知道完整的一个生日蛋糕原来和切块卖的小蛋糕味道是不一样的。"

谢昭年将手放在她的后脑勺上，揉了揉："别想别了，生日那天我给你订个特大的。既然他们不会疼你，我来疼。"

林留溪道："浪费。"

谢昭年："那剩下的我来吃。

"把你的生日蛋糕也当成自己的。"

林留溪忽而抱紧他，凑近后可以听见少年有力的心跳声。

衣服被牵住，她暴露在外的白皙手肘被冻红。

谢昭年握着，在她的额头上，落下一吻。

少女的胳膊上随即出现几条淡淡的红痕。

谢昭年低笑着说："我把和你的事情告诉了我家里人，我爸妈不同意，要我去见那个什么 F 企老总的女儿，说是对谈合作有利。"

林留溪眯眼道："所以你打算出卖色相，然后知会我一声？"

她的语气何其危险。

"我拒绝了。"

谢昭年嗤笑，懒洋洋地摆弄着林留溪的刘海："我爸妈之所以这么看重，是因为我们家和 F 企的合作从老一辈就在谈，一直没成功，掌权人更迭到现在，好不容易有了松口的迹象，就让我去试试。不过——"

他勾唇："我是要以自己的能力谈下长期合作。"

然后向父母证明，他这一生只可能是她。

谢昭年说这话时意气风发，林留溪靠在他的怀里，扣紧了他的手臂："谢昭年，我也会变成一个很优秀的人。"

从泥沼中挣扎着发光。

熬过期末考试周，C大放假，林留溪没有回B市的打算，一直和谢昭年一起。

生日那天，她特意起得很早化妆。早上七八点，天气晴朗，谢昭年临时有事不能送她去剧院。让她直接在剧院门口等，他忙完会过去。

但是这次他好像忙了很久，一直没来。

她给他发短信，也没回。

林留溪乘坐地铁过去的，穿着奶黄色的新裙子，坐在剧场前的椅子上等他。

等了几个小时，上午场已经结束了。

一家人有说有笑地走出剧院。

孩子笑着对妈妈说："妈妈，那个演员姐姐好漂亮啊！"

孩子显然没看懂这个故事，只关注到演员的脸。

林留溪目送他们远去。

谢昭年还没来。

她给谢昭年打电话，终于接通了。

他说在谈事，F企的合作，老总突然有了交涉的想法。

没有提前通知，而是提出马上交涉。

信号不好，他给她发消息都发不出去，全是红色的感叹号。

很抱歉。

林留溪一如既往地表示理解："没事，也不是一定要看，合作重要。"

但是挂断电话，她又莫名失落。

好像许多年前，也遇见过差不多的情况，她和陆轻悦约着去看电影，但是被陆轻悦放鸽子。满心的欢喜落空，就开始习惯性地对亲密关系不抱有太大的期待。

因为世上绝大多数的失望都源于期待，现实又并不会满足所有的期待。

很小的时候，林留溪喜欢在老年机上看小说。多金的总裁总会因为女主角的一点小打小闹，推掉重要的会议，看起来羞耻又很癫，她却爱看。

因为现实中不可能出现这种情节，但小说可以。

在小说中，她可以幻想谢昭年想办法推掉合作来找她，并且不用承担任何无理取闹的代价。

林留溪恶劣地想。

她也知道自己这样想很恶劣。

离场的人群稀稀拉拉。她的手机快没电了，不太敢玩，只能靠在椅子上，想谢昭年什么时候会过来。

或是，今天不看了。

林留溪努力抑制住心里的负面情绪，起身准备打车回家。

突然手机振动，提示有陌生号码的来电。

不是外卖，也不是电诈，只是一个普普通通的陌生号码。

谁打来的？

林留溪正要接，就看到一个小姑娘气喘吁吁地跑过来，手机页面拨的号码正是林留溪的。

是蒋依岳。

林留溪很意外。

蒋依岳缓了缓呼吸，说："林姐姐，是谢哥哥要我来陪你的。他要我马上赶过来，一定不要让你难过。万一他来不了……"

蒋依岳欲言又止。

林留溪笑道："我知道他有事不能来，没关系的。"

蒋依岳摇摇头，犹豫片刻说："林姐姐，你真的别怪他。其实有些事我一直想告诉你，周斯泽告诉我了，却一直不让我说。但是我想了想，还是一定要告诉你——

"谢哥哥其实比你想象中的爱你，你真的可以相信他。"

林留溪一愣。

蒋依岳认真地望着她："他在国外的那几年其实过得并不好。"

时间回到高考当天。

谢昭年用很短的时间把最后一门考试的试卷写完，剩下很多时间，又没到提前交卷的时间，他就开始在草稿纸上写字。

空调的冷风一直在安安静静地吹着。

周斯泽跟他在一个高考考场。

瞧着他这副悠闲的样子，就知道这场考试对他来说轻而易举。

走出考场，周斯泽问他，在草稿纸上写了什么。考场很多人都提前交卷走了，偏偏这个最喜欢提前交卷的人，却在最后一门考试耐住了性子。

少年随口说："未来计划。"

周斯泽很贴心地补充："有林留溪的未来计划，是吧？"

说完，他受了谢昭年一记眼刀。

周斯泽"啧"了一声："我早就看出你对她有意思了。我们谢小少爷可不是一个爱管闲事的人。"

谢昭年："你这么爱说话就去报个相声专业。"

周斯泽道："多谢夸奖，即便我想报，也没这个专业啊。不是我说，写在草稿纸上有什么用？考完还不是和答题卡一起被收走。白白浪费你写这么多字了，也不嫌手累。"

谢昭年转过头，哂笑道："那正好啊，上交给国家。"

周斯泽道："怪会说的，你不当渣男，真的是屈才了啊。"

走出考场。

周斯泽与谢昭年分开时，隐约听到他接过这样一个电话。

电话那头是个小姑娘，喜悦地说道："同学你好，你订的花送到她手上了。她看起来很开心，问我是谁送的，但是我没说。"

谢昭年淡声回："好，麻烦了。"

他的班级群里发通知说：高考结束，今晚一起聚餐。

谢昭年破天荒地参加了，因此今晚他不和周斯泽他们厮混在一起了。

周斯泽无奈地摇头。

考点前的那条马路禁车。谢昭年往下走，很快背影就消失不见。

周斯泽这才转过头，做了个口型：祝你成功。

只可惜那天晚上聚餐，林留溪没有来。

谢昭年回到 Dionysus 时，已经很晚了。周斯泽跟肖霖几个人坐在一起打游戏。少年开灯，神情有些淡漠，但不是无感情的淡漠，而是那种生人勿近的、不太想理人的。

他们相处这么久，还是第一次看见谢昭年脸上是这种表情。

肖霖脑子一根筋，还想问他发生了什么。

周斯泽抢先道："玩游戏吗？"

谢昭年躺在沙发上，用毯子盖住头："不玩。"

空调的冷风吹在毯子上，上面的绒毛刚蹭着少年的手臂，他也只是懒洋洋地扯走。

随后，他一脸不耐烦地坐起。

肖霖看谢昭年这样，好死不死地拍拍周斯泽："快把林留溪叫来玩玩啊。"

谢昭年道："别叫。"

肖霖道："你俩闹别扭了啊？"

周斯泽拦都拦不住。

"闹别扭？"谢昭年冷笑，语气更是呛人，"我俩好过吗？"

肖霖此时才察觉到不对劲，小声说了句"对不起"。

谢昭年放在桌上的手机响了。

以往都是他家里人轮番上阵劝他考虑出国的事，谢昭年就将手机拿开，不搭理。

但是今天不一样。

少年撩了下头发，盯着手机屏幕，失笑一声。

"喂——"

电话另一头又是他妈妈的连环轰炸。

谢昭年把空酒杯反扣，漫不经心道："少啰唆，再吵我就不去了。"

了解他的人都知道，他认定一件事后最讨厌改主意了。

三人你看看我，我看看你，眼底震惊。

他妈妈一时也是噤若寒蝉。

肖霖不可思议道："谢哥，你为什么突然就走了？不告诉她吗？"

谢昭年拿起空调遥控器关了空调，"嘀"的一声后，房间里不再有风声。

少年沉默了很久，才淡声说："她是谁？"

仿佛只是寻常的疑问。

众人皆哑然。

这些都是周斯泽告诉蒋依岳的。

蒋依岳从小到大都在上海，很少见到谢昭年这个表哥。她只从长辈口中听说过这个名字，他很优秀，就是冥顽不灵，倔得和她姑妈当年一样。

出国那天，她才在机场看见她这个表哥，戴着耳机，坐在箱子上，神色寡淡。

听他朋友说，谢昭年本不打算出国，这次出国是因为一个女生。蒋依岳和她的小姐妹脑补了很多浪漫小说的情节，但是在国外，她从未见过他身边出现过异性。

她这个表哥很奇怪。

去玩的时候，跟他们正常说说笑笑，但大家都开心地笑起来时，他总是收敛住笑容，看起来很不开心。

有人问他："怎么了？"

他说："没什么。"

但是他的手会下意识地攥紧一个钥匙扣。

钥匙扣的正面是"高考顺利"，很普通，符合大人的审美。大家说说笑笑不在意。

却殊不知，那刻在钥匙扣背后的名字。

——林留溪。

月亮的秘密永远藏在阴暗面。

爱你是一件孤单的心事。

想分享悲欢，却无能为力。

谢昭年很少喝酒，平时出来玩，基本上是滴酒不沾，但这一次他喝了很多。

都说酒精可以抑制思念，但是入口后变成了催化剂。不知道从哪一步起，化学方程式开始变得不对劲。

少年突然声音低哑地喊："溪溪。"

很多人都听见了。

喝酒的某位少爷一愣，打趣道："哎，我们谢哥是想猫了？快！快来个人唱一首《学猫叫》！"

"你滚一边去！"喜欢谢昭年的林茜问他，"要不要叫阿姨把猫托运过来，也不知道这里能不能养？"

那少爷乐呵呵地说道："什么叫我滚一边去，谢哥这是想猫了，懂不？"

谢昭年低低地笑了笑，一脸的耐人寻味，道："不想。"

他捏紧酒杯边缘。

他一点都不想。

真的。

可那少爷笑着递烟过来，谢昭年却又拒绝。若要强求，谢昭年会直接把烟丢进垃圾桶里，他曾经这么干过。

之后，就再也没有不会看人脸色的了。

对方见谢昭年拒绝，也是意料之中，问他："很讨厌吗？那我们以后要抽就去外面抽好了。"

林茜道："你们早就应该去外面抽，呛死了，丢人，等下触发烟雾报警器就都给我滚出去。"

聚在一起就是这样。

谢昭年漫不经心地摇了摇杯子里剩下的冰块，兴致全无，拿起外套就要离开。

林茜发现他要走，立刻追上去："谢哥，我送你。"

谢昭年没有搭理。

屋内光线昏暗，她隐约感觉自己好像踩中了什么东西。

林茜低头一看，是一支百乐的按动笔。

很普通，像是国内的高中生喜欢用的。

笔是从谢昭年的口袋里掉出来的。

她伸手想要捡起来，有人比她还快，动作迅速又鲁莽，碰倒了桌上的酒杯。

"啪嗒——"

酒杯碎在地上，玻璃碴四溅。林茜吓白了脸，往后退，那少年却用手掌护住笔。

影子笼罩在碎玻璃上，少年脸色一变。

碎玻璃尖锐，他的手背瞬间被划出了一道口子。青白分明的皮肤还在往外冒血珠，看着就痛。

可他仍然从一地的碎玻璃中，捡起那支笔。

小心翼翼的，像是捧起蝴蝶的翅膀。

他何曾这么有耐心过。

林茜反应过来："要不要去包扎一下？怎么这么不小心？就一支笔而——"

谢昭年打断道："重要的不是这支笔，而是这支笔原来的主人。她这么爱护自己的东西，我还没还给她，就骗她说丢了。"

"不过——"谢昭年低笑道，"下次见面，还是不骗她了。"

众人哑然，满目都是碎玻璃的反光。

少年随意扯了几张纸巾，压住伤口，很快止血。等服务员来清理狼藉，他还多给了几张小费。

面上什么事都没有，情绪稳定，毫无波澜。

但蒋依岳没错过——

少年神情里的那点眷恋。

谢昭年学习成绩一直很好，家里舍得出钱请最好的老师，他自己也很有天赋。在国外的这几年，繁重的学业，陌生的环境，谢昭年其实过得并不像表面上那么光鲜亮丽。

但情绪最低落的时候，谢昭年也从未接过别人手中的烟，因为他喜欢的姑娘不喜欢抽烟的人，所以他不想变成她讨厌的人。

周斯泽后面问他："你，放下了没？"

谢昭年每次都说："我早就没感觉了。"

但是那个钥匙扣和笔，他从来都随身携带。

"他知道你在 C 大，每次回国都会去你们学校，看你一眼。有一次你在演讲，下面很多人。正是因为有很多人，他才能在人群中看着你。

"在街上看见你的那次，你发烧了，谢哥哥把你送回去，但是自己没回去，而是在你隔壁开了间房。要是你晚上出什么乱子，他能第一时间赶到。

"他为了你喜欢的东西跑了六百四十三千米，为你想要谈下与 F 企的合作，每晚他都在看资料，因为要是谈下了几代人都搞不定的合作，他就能向家里人证明，他不需要借助任何外力就能挑起担子，扬眉吐气地和你在一起。"蒋依岳顿了顿，认真地对林留溪道，"因为谢哥哥真的很喜欢你，林姐姐，你能不能原谅他这次缺席？"

微风吹飞了挂在剧场门口的粉红色气球。

林留溪恍惚间记起，好像是有这么一件事。

那时谢昭年联合别人举报疫情期间学校补课，年级组的老师上门拎人，而谢昭年趴在书堆后睡觉。林留溪看不下去，假装"还"谢昭年的笔，把他弄醒。

后面她问谢昭年要那支笔。

谢昭年说："不小心弄丢了。"

原来没有，他一直有好好收着。年少时不能和喜欢的人在一起，就总会想要拥有一件她的东西。

他的这点小心思，几年后才水落石出。

也因此，她想起与谢昭年相处的很多细节。

林留溪其实不太喜欢谢昭年忙，因为他忙起来，她就会很少看见他。她没有安全感的时候就是这样，对生活里的每一个改变，都会特别敏感。

所以有时候她自己都觉得，谢昭年跟她谈恋爱应该会很累。

但爱和忙其实并不冲突。

谢昭年即便每天都很晚回家，却会提前在桌子上摆一束花。这样林留溪回来，沙发上的洋娃娃摆得整整齐齐的，牛奶还在微波炉里热着。

她周末贪睡，谢昭年早起会很小心。每次林留溪去洗澡，他还会点上香薰。即使谢昭年不在家，也会在很多地方贴上便利贴，提醒林留溪饭已经做好了，热几分钟就行了。很多事情明明可以叫阿姨做，但是谢昭年总是亲力亲为。

这都是从日常细节中体现出来的爱。

她那时只顾着猜疑而忽略了这些。

但是谢昭年很耐心，耐心地等她放下防备。

她多幸运，能遇见这样一名少年，不顾她浑身的刺，而这么爱她。

林留溪攥紧手，颤声说："我就没怪过他。"

她垂眸，对蒋依岳笑道："你先走吧，我在这儿等他，我等他过来。他说好陪我一起过生日就一定会来。我等他，他一定会来的。"

蒋依岳走了。

林留溪还在原地等。

她买了一个粉棕格子的气球，坐回椅子上。剧场里的人都快要走光了。

她的人生中有很多等待：等待联考成绩出来；躺在椅子上，等待医生贴上牙套；等待绣球花从绿色变成蓝色。

其中的惊喜或是惊吓，让等待成了意义。

日头偏转，剧场外的灯一盏盏熄灭，工作人员跑过来告诉林留溪，下午场结束了。

工作人员是个年轻的小姑娘，穿着粉黑色的洛可可风格洋裙，脸上是精致的妆容。

她看林留溪坐在这儿快一整天了，忍不住道："小妹妹，你这是在等谁？"

林留溪道："男朋友。"

工作人员说道："他应该不会来了吧？你都等了快一天了。要我说，这种会放鸽子的男的，还是早踹了好。你长这么好看，要什么样的男人没有？何必吊死在一棵树上呢？"

林留溪笑了笑，轻声说："他不会放我鸽子的。"

对方轻声叹息："你为什么这么相信他啊？"

林留溪不语。

为什么相信他啊？

因为谢昭年是不会让她难过的。

落日逐渐西沉，秋风卷起落叶吹到天上。

想起高中时，有一天下午，她骑车去补课，电动车没电，还压在了身上，她心烦地坐在地上生闷气，看夕阳下的树木像是榴火一样在烧。

谢昭年就是这时过来的，懒懒地看着她笑，把她从地上拉起，推着车送她去补课。

他就是这样，很没耐心的一个人，唯独对她有耐心。

林留溪腿都坐麻了，站起身，想要走动一下。

她突然听见有人喊："林留溪——"

林留溪回头。

落日熔金，从天上流到街道上，写字楼的玻璃映出街道上的车水马龙。

少年拿着一束花，悠悠地走到她面前。

他穿着一件黑色夹克，里面是白色衬衫，扣子端端正正地扣上，低下头望着她。黑发梳得整齐利落，被风一吹却有点松散。

林留溪一愣，少年黑棕色的眼睛含笑。

谢昭年声音低哑："很抱歉，让你久等了。"

林留溪摇摇头，问："谈成了吗？"

要是没谈成也没事，他还这么年轻，情有可原，他们家这么多代人都没拿下。

谢昭年似笑非笑道："你对你男朋友的实力就这么不自信？"

林留溪睁大眼，即刻被他拥入怀中。少年按着她的后脑勺，手指陷进她的发间。

她的额头抵在他胸前。

她大概明白了什么，不愧是他。

一小时前，某大厦内。

双方已经交谈许久，对方一直没有表态。

F企老总低头看了看手腕上的表，对谢昭年说："你刚刚出去，是和你女朋友打电话？"

谢昭年闲散道："今天是我女朋友的生日。"

F企老总笑道："那我今天找你，不是很不合时宜？"

和谢昭年同行的几位，眼皮一跳。

谢昭年道："是挺不合适。"

在场的人脸色一变。

少年继续道："但我猜，你来之前肯定提前调查过今天是我的生日，却还是把谈判日子选在了今天。"

F企老总眯眼说："我以为你不会来。毕竟我还听说谢家这个最年轻的掌权人虽有手段，但貌似脾气不太好。年轻人做事最忌浮躁。"

谢昭年两只手腕交叉，搭在下巴上，淡笑道："在遇见我女朋友前，我的脾气确实不太好。"

F企老总沉默片刻，继续说道："我之前倒是听说你们家有意撮合你和我女儿。"

谢昭年笑了："但我想你们需要的是有能力的合作方，而不是找个上门女婿。若单纯为利嫁娶，对令爱挺不尊重的。现在是新时代了，流行自由恋爱。我们之所以努力，是为了过上想要的生活，而并非——自缚。"

F企老总望向落地窗外的高楼大厦，喃喃道："是啊……现在是新时代了，不再是我们那个年代了。我记得我们那个时候，还没有这么高的楼。"

旁人送来茶水，他瞥了眼茶包，是曾经最喜欢、现在却很难买到的。

随着时代变化，大家谈公务都喜欢选用当下时髦的牌子，很少见这种已经接近停产的老牌茶叶。由此可见对方的诚意。

F企老总突然从沙发上站起，伸出一只手："今天聊得很愉快，年轻人，祝我们合作顺利。"

谢昭年勾唇，伸手与他相握。

不知道有没有让她等太久。

从大厦出来，谢昭年几乎是马不停蹄地赶往剧场。蒋依岳说林留溪没有让她留下来陪着，而是独自留下来等他。

他在途中看见一家花店，没有犹豫，多耽搁了几分钟，进去买了一束蓝玫瑰。

林留溪接过谢昭年手中的花，想起走出高考考场那天，也收到过一束蓝玫瑰，不过那时她还不知道那是谢昭年送的。

她好奇地问："谢昭年，你为什么总是送我花啊？"

追她的时候是，在一起之后也是。

少年低下头，说出了酝酿很久的答案："你之前说，再美好的事物都有凋谢的一天。但我不认同，所以我送你很多花来证明——花有花期，但我喜欢你没有期限。"

她的心跳声剧烈，伸出手反抱住谢昭年："你知道吗？其实——"

少年挑眉。

林留溪的手收紧。

其实我很早就喜欢你了，真的很喜欢。

她的嘴唇动了动，心中涌起无数个冲动，最终却咽了口唾沫说："其实……其实我特别喜欢你，也喜欢你的花。"

"你真有眼光！"谢昭年笑了，牵着她的手，温声说道，"进剧院吧。"

林留溪提醒他："下午场早就结束了。"

少年意味深长道："我这不是花钱加了一场吗？观众只有我们两人，算补偿你的。生日蛋糕我早就准备好了，是最大的。因为我们溪溪值得最大的。"

他突然凑到林留溪的耳边，低声说："生日快乐，林留溪。"

男朋友的声音真好听，人也长得好看。

林留溪不自觉地扬起唇："你也是。"

"生日快乐。"她轻声说。

自从和他在一起后，她感觉自己在逐渐放下防备。

过年前，林留溪和谢昭年回了A市。林涛生病住院了，想见林留溪一面。林留溪起初是不愿意见他的，但她想借这个机会见见林留光，还是回去了。

几年不见，林留光变了很多。

林留溪与林留光在病房门口遇上，还是他先认出来的。

"姐？"

林留溪回头，看见一个儒雅的青年。

他身后还跟着一大堆人，像是领导出来视察。

她盯了很久，才认出来："林留光？"

林留光笑道："是我。"

他不像高中的时候，喜欢留锡纸烫、戴各种金属链子、穿一身名牌，跟个精神小伙一样。他现在梳着温文尔雅的发型，头发三七分，鼻梁上架着眼镜，身上是西装衬衫加蓝色的领结。

林留溪当即夸道："厉害了。"

林留光道："还有更厉害的，我混上 CEO 了。"

他指了指挂在脖子上的牌子。

林留溪问："林涛让你管公司？"

林留光点头。

不过想想，以林涛对林留光的喜欢，这好像也是意料之中的事。

林留溪道："挺好的。我还有事，先走了。"

大家现在都挺好的。

林留光却拉住她："你不去看那老头了？"

两人都知道那老头指的谁。

但是他这么明目张胆地说出口。

还好说话声音不大，后面的董事们没听见。

林留溪道："知道你有孝心了，很爱你的涛涛。我男朋友在楼下等着，我只是过来打个转。"

来这儿本来就只是想见林留光，现在看到人了，她也就没待下去的欲望。

林留光纠正："爱他的 Money，总要做做样子。"

他一愣："你有男朋友了？"

林留溪反问："你谈了几个女朋友了？"

林留光："被前女友伤透了心放不下，早就不谈了。你真有男朋友了？是不是高考之后来找你的那个？"

林留溪皱眉，高考之后有人找过她？明明高考结束那天，她就搬到 B市去了。

她道："你把话说清，谁来找过我？"

如果他说的是和谢昭年重逢的话，她压根没把这件事告诉过林留光。除非——他说的是高考后的那个暑假。

有人来找过她！

林留光奇怪道："你没看见我给你发的微信吗？哦，你可能换微信号了，难怪这么多年都没回我，不知道也正常。

"就是……就是我下去拿外卖的时候，发现有个男生一直站在我们家楼下，疫情的时候我跟你说过，有点姿色的那个男的。我同学还去问过他的QQ。好啊，原来你们认识！那时候送药的就是他！我就说你那时的表情怎么这么奇怪！"

林留溪："少废话，他来干吗？"

林留光道："他说他要出国了，想要见你最后一面。我说，你要出国关我姐屁事，讹机票啊。反正你那时也不在A市，我就直接告诉他你不在，以后也不会在，别打扰你了。"

谢昭年来过……

他来过……

来过……

他曾经找过自己。

还是被拒绝之后。

他还是来了。

林留溪呼吸一滞，抓着林留光，迫切地问："他怎么说？"

林留光道："他没说什么，就是笑得比较可怕，顺便说了句——再找你，他就是狗。然后没了，他直接走掉了。

"我感觉他这人也够怪的，那天下着大雨，他有伞也不撑，就这么走了。"

他这么骄傲一个人，连续两次碰壁，总会有点脾气。他说不再找她，但最终还是来找她了。

他身上的骄傲就这么败在她手中了。

林留溪手指颤抖。

看林留溪这么在意，林留光不禁试探道："我……不会……把我……姐夫得罪了吧！"

林留溪点头道："他这个人还挺记仇的。"

她转而道："我真要走了。"

还没等林留光说话，她转身就跑，一定要赶快跑到那少年身边。

她所能达到的极限。

有些事不能拖了，真的不能再拖了，一定要和谢昭年说。

医院外禁止停车，谢昭年把车停到地下停车场。摇下车窗，阴凉的风微微吹动他头顶的发丝。

他特意把车停在了很显眼的地方，这样林留溪一过来就能看见。然后拿了一罐汽水下车。揭开拉环，汽水冒泡的声音在停车场内格外清晰。

旁边的车位并不是全空着，还有很多人坐在车里，等待家属。谢昭年一下车，还没关门，旁边车里的小孩就指着他手中的汽水道："妈妈，我要喝那个。"

少年一瞥眼，是一个骨瘦如柴的小女孩，看样子是患病了。

她妈妈说："等我们把病治好，妈妈给你买，行不行？"

小女孩撇撇嘴，她妈妈抱歉地对谢昭年说："抱歉，小孩子不懂事。"

谢昭年走近，随口一问："她爸爸呢？"

女孩的妈妈沉默道："单亲。我大哥在医院里办手续。"

谢昭年的目光不经意地划过她洗得泛白的衣服，从衣服口袋里拿出一张名片："汽水不能给你女儿，但有需要的话，可以打这个电话。"

女孩的妈妈震惊地扫了眼名片，很难想到有这么多闪耀头衔的主人竟会是这样一个年轻人。她攥紧名片，道谢。女孩的舅舅来了。他缓缓地启动车子，黑色小轿车打着闪光灯向后退。

车子后退之后，原先被遮挡住的白色墙柱露出。

谢昭年下意识地抬头，手中动作一顿。

林留溪站在墙柱旁，不知道什么时候来的。

她小脸苍白，眼眶通红，扑进他的怀中。

谢昭年把手中的汽水放在车顶，手放在她头顶。

他话语微顿："谁欺负你了？"

谢昭年眯了眯眼。

林留溪带着哭腔说："你高考之后，来找过我？为什么要来找我？"

她的手揪紧谢昭年的外套，她的脸颊贴着他胸口，能感受到少年身形一僵。谢昭年低头看着她的脸，低声笑了笑。

林留溪抬起脸。

光线昏暗的时候，他的轮廓会变得模糊，但眼中的光是很清晰的。

沉默很久，谢昭年的指骨刮蹭着林留溪的脸颊，无奈道："原来你都知道了啊。"

他一点都没有秘密被发现的窘迫。

林留溪道："我不仅知道，还了解了你这些年发生的事。谢昭年，你听我说，那时，我不是故意要走，也不是故意要失联。我——"

她顿住了。

人的保护机制的确会让人下意识回避痛苦的事。

谢昭年眼皮一掀："你不想说就不说，什么都不会影响。饿了没？我带你去吃饭。"

他要去拉她的手。

林留溪踮起脚，吻住他的唇，轻声道："可我想让你听我说。"

她的嘴唇很凉，谢昭年猝不及防，还未来得及品味唇上的清甜，林留溪就移开了。

嘴唇相碰的时间很短。

这是一种——世间所有甜品都在嘴里融化的感觉。

少女脸颊微红："你不想听，想去吃饭，就算了。"

谢昭年轻笑，手插进兜里："你不也知道，我在你面前一直是没有主见的。"

地下停车场，车辆来来往往，少年靠在墙边，听林留溪讲。曾经发生的一桩桩事，林留溪一一细数。

唯一隐瞒的只有这些年仍旧暗恋谢昭年的事。

林留溪还是比较害羞，不似谢昭年那样喜欢把话讲得直白。

她身上确实发生了很多事：高中的某天，和林涛吵架报警……发烧的时候被突然闯入她家的不速之客吵醒……

在她讲到情绪有些不太对劲时，谢昭年递过来一瓶汽水。冰凉的汽水稳定住了她的情绪。说到最后，她说话的语气仍是淡淡的，淡淡地讲述一件件发生在她身上的事。

谢昭年认真地听。偶尔插入汽车的喇叭声。

林留溪望向他，说："那时我太小了，她说要报警抓我，我很害怕。后面我想，要是换作你，你肯定比我勇敢。"

谢昭年否认。

停车场的气温比外面低。谢昭年见她的手指被冻得通红，脱下外套，披在她身上，林留溪身子变暖。

他突然道："我一直觉得你比我更加勇敢。"

林留溪望着他，眼眶湿润。

谢昭年帮她擦干眼泪，温声道："这么多年，辛苦你了。以后我陪你。"

气氛都到这儿了，谢昭年的手托着她的后脑勺，吻住她的唇，他的指间缠绕着她的发丝，两人在停车场边缘的阴影中拥吻。

努力走出自己的沼泽，将来总会变成自己想要成为的人。

总会的。

不过，情绪起伏太大了人容易困。

257

坐上了车后座，林留溪有些昏昏欲睡。谢昭年正在开车，车里放着《花，太阳，彩虹，你》，空调开着，外面在下雨。

车停在红灯前，雨刷器刮着车窗。

谢昭年瞥了眼脑袋一点一点的林留溪，"啧"了一声："困了？要不你睡会儿，不着急吃饭。"

林留溪拢紧他的外套："不困，只是空调温度有点低……我不困……"

谢昭年将空调调高了点："这样呢？"

林留溪没有回应。

良久，谢昭年才听见一声口齿不清的"嗯哼"。

他从反光镜中，看见"昏倒"在后座上的林留溪，手垫着头，小脸精致可爱。谢昭年摇摇头，自觉地把车载音乐的音量也调低了。

林留溪是半夜醒来的，不知道睡了多久，她还记得本来是要去吃饭的。

然后……

然后就没有然后了。

她醒来的第一件事是打量自己所处的环境，床头柜上摆着从迪士尼买来的玩偶，还有很多书和照片。她坐在一张很大很软的床上。

当然，床上不止她，还有谢昭年。

她的头原本是埋在他怀里的，这一起身，谢昭年自然也醒了。他的手枕在脑后，睡眼惺忪地盯着她。

卧室里没开灯，只有窗外的自然光。

林留溪饿了，小声说："抱歉，你继续睡，我去觅食。"

毕竟她很早就睡着了，晚饭都还没吃，最近的作息好奇怪。

她正要下床，去穿拖鞋，腰上突然多出来一只手。

少年从背后揽住她的腰，往后按，林留溪又躺回床上。

"干什么啊？"她问。

黑暗中，看不见谢昭年的表情，只感觉到他起身，摸索着穿了一件衬衫。

谢昭年懒洋洋地道："你多睡一会儿。想吃什么？我给你做。"

林留溪道："我才睡饱。"

她掰开谢昭年环在她腰上的手，坐起，脚触碰到了拖鞋："我也要去。"

打开客厅的灯，林留溪眯了眯眼，还有些不适应。谢昭年家的客厅很大，装修请的是全球都很有名气的设计师，用林留溪的话来形容，就是高级。

她随口问："你爸妈平常不住在这儿？"

谢昭年散漫道："嗯。可能在另外几间房子，也有可能在上海给我外公赔罪。我外公现在还记恨我爸当初拐走我妈的事，一直对我爸没有好脸色。"

林留溪道："那我现在把他最得意的外孙拐走了，他会不会记恨我？"

谢昭年笑道："我可不会像我爸那样没骨气，大不了不回去，这辈子就赖在你这儿。"

这话说说就得了啊，林留溪红着脸，打鸡蛋。

谢昭年从冰箱里拿出西红柿，拿刀切碎。林留溪则用筷子搅匀敲碎的蛋液。她格外喜欢吃谢昭年做的西红柿炒蛋，比起她妈妈做的，盐会多一点点，很符合她的口味。

林留溪妈妈觉得摄入太多调料对身体不好，饮食比较清淡，所以总是执着地让喜欢重口味的林留溪跟着一起吃清淡的。

但两人现在分开了，没人管她了。

她又总觉得缺了点什么："这次少放点盐吧。"

谢昭年动作一顿："好。正好我晚饭也没吃。"

林留溪侧头："你为什么不吃？"

谢昭年道："不饿。天冷了是这样，一点胃口都没有。"

他随意道："但是你若是要吃，我便陪你。对我来说，吃饭的意义不在于吃饭本身，而在于和谁吃。"

林留溪放下筷子，抱着手道："你说话真像个文化人，不愧是名牌大学毕业的。"

谢昭年面不改色道："确实，不过没有你藏得深。每次周练结束，你都说自己要进厂，最后考上C大的，也是你。放在我们那个时候，这叫什么？虚伪。想让别人放松警惕，然后卷死所有人。"

他看向林留溪，语气欠欠的。

林留溪掐了他一把："你才是最虚伪的那个，天天上课睡觉，这堂课写那一科的作业，考试照样考年级前五名。我那时候是真觉得前途一片黑暗，每天又冷又困，又饿又烦，还要刷那几套答案云里雾里的破题，帮出题人自圆——"

林留溪话还没说完，就听见"吧嗒"一声。

谢昭年关了灯。

她眼前一片黑暗，只剩灶台上的蓝色火焰。

谢昭年靠近她。

少年脸上映着火光，光线越暗，越有一种朦胧的美。谢昭年长得很耐看，是那种一脸惊艳型的帅哥。

即便天天看，还是看不够。

林留溪的腰抵上桌子。

谢昭年按住她的手，压在桌子上。

突然就这样……

林留溪的喉结动了动："你生气了？"

黑暗中，少年"嗯"了一声，吊儿郎当道："所以让我亲你一口，消消气。刚才太短了。"

这么直白……

林留溪的耳根红了，没好气道："你就不能拐弯抹角一下吗？"

谢昭年真诚道："不太能。"

他太懂情调了，接吻前还特地关灯。他捏紧林留溪的手腕，搭在自己的脖子上。林留溪的感官被无限放大，听得见他低闷的呼吸声，还能感受到炙热的气息。

桌上摆着一个花瓶，林留溪身子向后仰时，不小心碰倒了，动静惊动了睡在客厅里的猫。

西西"喵"了几声，走过来，看样子是又想过来蹭。谢昭年不怀好意地瞥了它一眼，懒洋洋道："看什么看？小心长针眼。"

西西瞬间机警地坐在地上，扭头跑回猫窝。

林留溪扭过头躲他："别亲了，吵醒它了。"

"借口，"谢昭年捏捏她的脸，好心地提醒，"猫是夜行动物。"

桌上的玫瑰依旧如昨夜那般香甜。

过完年，林留溪跟谢昭年商量后，最终决定毕业以后长期定居上海：

一是谢昭年家的大本营在那儿；二是这边有医院向林留溪抛出橄榄枝。

长期不回家，林留溪决定把自己的东西搬到上海，为此专门请了搬家公司。

她在楼上清点东西，把装着重要物件的铁盒子交给工作人员打包，里面都是陆轻悦写的信、陈愿和冯楼雨送过的小礼物。当然，还有谢昭年给的糖。

林留溪在递交之前，特意打开检查了一遍。

她发现里面有一个钥匙扣。

她自己都不记得是什么时候把谢昭年还给她的那个钥匙扣放进去的，明明在包里啊。

不对。

林留溪将手伸进包里，继而一僵，钥匙扣就在包里。

那铁盒子里的钥匙扣又是谁的？

她喘息一会儿，捏住钥匙扣的两端，翻到背面。

窗帘半拉着，阳光从窗帘的间隙中潜入，让牌子的背面镀上鎏金。

刻在背后的名字也如他的人一样温暖。

——谢昭年。

林留溪瞬间好像懂了，原来根本就不是自己的钥匙扣落在谢昭年的桌上，而是谢昭年早就将两人的钥匙扣调换。高考前，要搬的东西太多，她根本就不会注意到，只是将钥匙扣往盒子里一丢，就忘了有钥匙扣这个东西。

他这是……

林留溪紧紧攥着钥匙扣。

她想起林留光说谢昭年曾给她发过微信。她从桌上找出刻刀，划开那个装着手机的盒子。她的旧手机还是中考结束时买的，当时最新款的华为，现在过了六年，已经是老古董了，但连上充电器开机，手机依旧流畅。

QQ 消息和微信消息都是 99+。

林留溪给加的所有群都设置了消息免打扰，这些应该是忘记拉黑的营销号吧。

她点开，看见的却是朋友们发的消息——

冯楼雨发的语音消息："我出来了，里面好热，我们今晚玩得很开心，就是你没有来。我记得下周，好像有个电影，你要不要去看？"

过了一天。

冯楼雨又发的语音消息："你不去就算了，我看了再告诉你好不好看。"

再过一天。

冯楼雨：我昨天看完了，我感觉……我感觉还可以。你在哪儿？我好无聊，我们去玩吧。

再过一天。

冯楼雨：你不想去就算了，我自己去玩吧。我玩回来再告诉你好不好玩。

再过一天。

冯楼雨：你不理我就算了，我理你。你要是哪天想说话了，我就会理理你。

…………

很多条消息，都是这些年来冯楼雨发过的。

陈愿也给她发过很多条消息，问她要不要一起出去玩，但是林留溪都没有回。

最令她意外的是，和谢昭年的聊天框。

她还记得高考结束，谢昭年给她发的最后一条消息是：好。

但是她现在看见的日期不是之前，而是前不久，显示的是"照片"，旁边还有 99+ 的红点。

林留溪几乎是颤抖着手点开，然后按住了一键上滑键。

是高考结束那天的日期。

林留溪：谢昭年，其实你可以考虑一下出国。

XiXi：好。

过了一天。

XiXi：我反悔了。不好。

但是林留溪没有回。

2023 年 8 月 20 日，上午。

XiXi：我要出国了，机票是明天的。我去你家找你。

下午。

XiXi：你现在后悔还来得及。

晚上。

XiXi：没见到你，但我遇见你弟了，我和他说再找你是狗。

2023 年 8 月 21 日。

XiXi：我明白了。

2023 年 8 月 22 日。

XiXi：我昨天在飞机上遇见去国外旅游的家庭，孩子他爸在给一对双胞胎讲《一千零一夜》，你肯定听过这个故事。

我在想，我完成学业大概需要几年，凑合一下也能拼出个一千零一夜，要是每天给你讲一句话，第一千零一夜，你是否回心转意。

XiXi：你不说话，我就当你同意了。

2023 年 8 月 23 日。

XiXi：今天是第一夜，也是我在美国的第一夜，我家里给我租了个房子。房子很大，很多东西，但是没有你。

2023 年 8 月 24 日。

XiXi：旧金山的日落很漂亮。你若是想来玩，我请你。

2023 年 8 月 25 日。

XiXi：试了下白人饭，下辈子我都不会吃了，但我还是找厨师问了问，

262

要是你哪天好奇，我可以做给你试试。

…………

2024年1月1日。
XiXi：国内好像要过春节了，我表妹找了几个朋友去喝酒。兴致高一点的时候，我喝了一口，突然就好想你。

2024年1月2日。
XiXi：我表妹这个人有点神经，和男朋友吵架了就买醉倒在路边，拉着个路人，一直要打我电话。我挂电话，她还说我心狠。还不是上次我劝她分，她说她男朋友对她其实挺好的；我劝她不分，她又说她男朋友总是冷暴力。我无语了，懒得管她。
XiXi：如果是你就不一样了，我亲自去把那个男的打一顿，所以你不准喜欢别人。要真喜欢，那个男的不准比我矮，不准比我丑，不准比我条件差，对你一定要好。
XiXi：啧，突然就想看见你了。

…………

往后几年。
6月20日。
XiXi：我回国了，去找你。你好可爱，想捏你的脸。

2025年的最后一句话。
XiXi：我和你在一起了。

最末尾的消息是一张照片，是那天在迪士尼拍的。天蓝得像海水，彩色云朵中藏着碎光。少女站在镜头边缘，眼神可爱又懵懂。头上的白色大蝴蝶结和淡黄色的公主裙与美景高度相融。
日日夜夜，整整1632条消息。
林留溪越到后面越不敢看下去。

这天谢昭年从Dionysus回来，在楼下买了包薯片，回来后发现林留溪从浴室里出来，发尾滴水，她擦头发的手又直又白。

感受到谢昭年的目光，林留溪看过来。

谢昭年问："怎么这个点洗澡？你一般不是晚上洗吗？"

林留溪凑过去："香不香？"

谢昭年不敢多待，扭头给她热牛奶去了，还是低声道："香。"

特别是她只穿了一件吊带睡衣，手揽起肩后的乌发，用吹风机吹干。不经意间露出的雪白脖颈，那上边的红痕令谢昭年心情大好。

林留溪抬起眼："谢昭年，你过来，帮我吹头发。"

谢昭年随手关掉燃气灶，走过来。说实在的，他还没给林留溪吹过头发，因为林留溪不喜欢吹头发，她不喜欢吹风机"轰轰"的声音，也不喜欢热风不小心吹到脸上的燥热。所以有时候她宁愿一个人深夜坐在沙发上，看纪录片等头发干，也不想吹头发。

她又是洗澡又是吹头发的。

当一个女生反常的时候，势必要发生点什么。

林留溪把吹风机递给谢昭年，什么话都没说，垂眸看见他把他自己的手机丢给她。

他闲散道："密码是你的生日。你放心，我跟我妈都说我的微信号被盗了，她之前找的那些相亲对象想加我，门都没有。"

林留溪"扑哧"一笑："你在想什么啊？我只是叫你吹头发而已。"

谢昭年道："我不信。"

他把吹风机开到最小，动作很轻。林留溪的头发又细又软，像洗干净的小羊羔一样，柔顺地从谢昭年的手指间滑落。他嗅到她发间的苍兰香，还换洗发水了。

林留溪道："不信？那你低下头，我告诉你好了。"

谢昭年失笑："又想朝我的耳朵吹气？"

林留溪红了脸："谁想朝你的耳朵吹气？没意思。你不低头就算了，我大声说。"

她酝酿了很久，几次张嘴，却欲言又止地合上，良久才做好心理建设道："你抱我进卧室，好吗？"

吹风机瞬间被关上。

谢昭年很久都没有说话，林留溪尴尬，本想说开玩笑的。

谢昭年从身后抱紧她，手指攥紧她的胳膊，声音低哑道："你想好了？"

林留溪："嗯。"

他说："行。"

林留溪本以为谢昭年要下楼，谁承想，他只是过去把溜进卧室里的西西抱出来，塞进猫窝里，然后继续给林留溪吹头。林留溪的头发很快干了。

　　谢昭年打横抱起她，走进卧室，然后，从不起眼的柜子里拿出一整盒东西，林留溪都看傻眼了，啊？

　　她说："给我一个解释。"

　　谢昭年漫不经心道："我们在一起的第一天，我就买好了，总会用上。"

　　林留溪腹诽：诡计多端。

　　谢昭年始终没有下一步动作："要不要再等等？"

　　林留溪连香薰都点好了，回过头来，给了他一个很奇怪的眼神："你是不是不行？"

　　目光撞进少年汹涌的眼眸，她隐隐有些后悔，但是面子还是要挂住，撇嘴道："行吧，那我体谅你。"

　　话没说完，她的手腕就被谢昭年按住，力道有些大。

　　她身体向后仰，倒在了床上，整个人陷入柔软的被子里。谢昭年压住她的唇，手指勾着她的头发，盒子的包装已然被拆开，他一脸散漫的表情。

　　林留溪还是头一回，不免有些紧张。

　　但对方是谢昭年，她还是相信他不会弄得她太疼。

　　卧室的门不知道什么时候关上的，旖旎的空气里混杂着淡淡的栀子香，让人莫名躁动不安。

　　林留溪只觉唇上一痛，紧抓着少年的后背，不敢看他。

　　谢昭年勾唇道："等会儿你别求着让我体谅你。"

　　他笑得有点坏。

　　林留溪有种不祥的预感。

　　她这人脸皮薄，就算痛也不会说，由着他摆弄。最后还是因为把谢昭年的手臂抓得太紧了，他才感受到。

　　轻点。

　　他"啧"了一声。

　　之后他的动作真的轻了许多，才没有挨林留溪的打。

　　这个夜晚，林留溪睡得格外沉，接近第二天下午的时候，她才醒。谢昭年已经打包好猫托运，等林留溪起来吃完饭就回上海。

　　林留溪醒来，洗漱了一番，坐到椅子上。今天的牛奶都是满杯，她看了一眼，闷声说："别以为这样，我就消气了。"

　　说着，少女抬起胳膊，指着某一处。

　　胳膊下有一块很小的瘀青。

　　谢昭年懊恼，从医药箱里拿出一小瓶云南白药来："乖，上药。"

林留溪歪着脑袋看他，头上的呆毛翘起来，谢昭年嘴唇紧抿。

他补充道："下次不会这样了。"

林留溪说："就撞了一下，没必要上药。倒是你，我要罚你。"

少年懒洋洋地笑道："罚什么？"

林留溪指着那盘虾道："给我剥虾。"

谢昭年无奈地捏捏她的脸："好。这辈子我都给你剥。"

林留溪的眉毛又弯了起来。

少年洗干净手，坐在餐桌边，给她剥虾。这人长得好看，连手也是艺术品，骨节修长分明，如大理石一样瓷白。

谢昭年在叫她的名字。

林留溪看向他。

"你占了我便宜，这辈子就别离开我了。"谢昭年把剥好的虾都统一放在一个盘子里，认真道，"谢昭年这人的社交账号对外持续被盗很多年。和他在一起，你不会吃亏，真的。"

从没听过这么厚脸皮的自夸。

他总是这样无师自通。

林留溪沉默了一会儿，问他："你爸妈同意了？"

她这边还好，林涛活着，对她而言就和死了一样，妈妈也有了新家庭。从小生活的环境导致她把亲情看得很淡，主要还是谢昭年那边麻烦。

谢昭年闲散道："不同意也得同意，F企那边合同都签了。这是我和他们谈好的条件。"

林留溪突然想到一个严重的问题："那我们这次回去不会是去见家长吧？"

虽然她在脑海中设想过很多次，但真到了这一步，还是有点紧张。

谢昭年看她捏紧的手，笑道："放心，有什么事都会冲我来。"

少年声音低哑："我好不容易才追到的媳妇，怎么能被他们欺负？"

早春气温还未回暖，室外风很大，站在外面，脸就像被针扎一样。

林留溪下了飞机，把脸埋在领子里，谢昭年挡在她前面："冷吗？"

林留溪冷不防握着他温热的手。少年"嘶"了一声，道："冷。"

她的手现在很冰。

谢昭年从口袋里拿出一个暖宝宝，林留溪双手捧着。看谢昭年在一旁接了个电话，手在冷风中很快变得通红。

待谢昭年挂断电话，她上前一步抓着他的手："热吗？"

谢昭年笑道："挺热的。会心疼你男朋友了？"

林留溪瞬间松手："你少说点话。"

谢昭年一挑眉，手插进口袋。

林留溪问他："刚刚给你打电话的是司机，还是你父母？"

谢昭年没有回答，闲散地低头看她，抬起手在嘴边做了一个拉拉链的动作。

少年瞳仁中荡漾着笑意，额前的碎发轻晃。

林留溪作势要走，谢昭年一把拉住她，也不卖关子了："是我父母，他们亲自来接。"

林留溪深吸一口气。

上次见到谢昭年的父母，还是高三成人礼那天，时间太久远了，记忆都已经远去。他们这次是亲自开车来的，谢昭年拉开车门，要林留溪先坐进去，林留溪还没坐上去就开始紧张。

特别是，车里现在鸦雀无声。

她感受到两位长辈的打量，要碎掉了。

别看林留溪现在表面很平静，其实心里快要叫出声了。

她勉强笑了笑："叔叔阿姨好。"

谢昭年妈妈"嗯"了一声，"嗯"一声就没了，林留溪双唇紧绷到极点。

谢昭年爸爸问："小溪是学医的吧？"

林留溪道："对，C大医学系。"

谢昭年爸爸状似无意间问："要不要叔叔找人去医院给你推荐一下？"

都是明眼人，自然能听出他爸爸想试探她。毕竟谢家家大业大，就这么一个儿子。

谢昭年皱眉道："爸。"

林留溪按住他的手，笑道："我已经确定去哪儿了。"

她刚把医院的名字说出口，车内的两位老人皆是一惊。谢昭年妈妈道："儿媳，不错啊，能进这家医院。"

她突然就改了称谓，林留溪有些不适应。

谢昭年妈妈继续道："你知道吗？我妈也是学医的，她当年就想进这家医院，但最后没有考上，反倒是抛弃她劈腿的渣男考上了，我妈一气之下就去了另一家医院。她离开人世的时候，和我说，这家医院什么时候倒闭就什么时候去她坟前，给她倒一瓶香槟。虽然只是玩笑话，但是……谁能想到未来我家的儿媳要在这儿工作呢。"

林留溪听说过，谢昭年的奶奶是在抢救患者时，不幸被感染而离世的。

她说："那我得跟奶奶道歉了。"

谢昭年妈妈说："都说是开玩笑的。渣男见我妈没考上，还嘲笑我妈，说我们家的人只能走后门进。那时候他多得意，最后还不是得绝症死掉了，也就三十岁出头，虽然人品不行吧，但也怪可惜的。反正这是老一辈的事情了，过去了就翻篇了。"

林留溪见谢昭年父母的第一天就听见这样的八卦，不由得也没这么紧张了。

他父母要在他们家吃饭。

林留溪做饭其实不是很熟练，她在家大部分时间不是点外卖就是妈妈做，只有半夜刷美食博主刷得心血来潮，才会自己尝试。当然，大部分时候是半途而废。

还好有谢昭年。

谢昭年爸爸在沙发上坐了半天，不见阿姨，倒是这小两口进进出出，就问林留溪："今天阿姨有事吗？"

林留溪笑道："我们平时都是这样的。"

谢昭年妈妈惊讶道："这死小子，什么时候还会做饭了？我在家时怎么不见你做饭，就做给你媳妇吃是吧？"

谢昭年边淘米，边懒懒地抬起眼皮，道："虽然，但是……你有阿姨，勿扰。"

他妈妈用手拍了拍沙发，气得不轻，惊得西西上蹿下跳，东西"哐当"一声，从柜子上滚下来，碎了一地，听得人起了一身鸡皮疙瘩。

谢昭年差点放下手中的事去收拾猫，还是林留溪先一步把西西拖回猫窝。西西也知道自己闯祸了，乖得跟个鹌鹑一样。

林留溪为了方便做饭，头发一直是扎起来的，露出脖子。她把西西拖过去，还没注意到，回来时，注意到谢昭年的父母一直在盯着她的脖子。

林留溪的脖子细长好看，因为瘦的缘故，锁骨很明显，皮肤也白。

只是现在，她雪白的肌肤上布满密集的红色吻痕，能想象到谢昭年一点都不节制。

明晃晃地展现在他父母面前，令人尴尬。

不知是谁先"咳"了一声。

林留溪脸一红，还是把头发放下，不然还是会感到尴尬。

这餐饭虽然前面鸡飞狗跳，好在后面没有出什么幺蛾子。

谢昭年爸爸悄悄问他妈："你觉得小溪怎么样？"

他很不解："你说那臭小子不是才回国，两人这么快就在一起，不会是玩玩吧？"

他妈妈说："挺好的一个孩子。不会是玩玩，她高中的时候，我就见过她，与我们家这个是同桌。要不是我那时候喊住他，我们家这个不省心的真要帮人家小姑娘扎头发了。难怪他当时不肯出国，难怪他就算出了国也十分消沉。可真是——和他爹一个性子。"

都是情种。

谁都知道 Dionysus 是某个富二代为追妻开的，创立最初一副随时都要倒闭的样子，日后分店却开遍大江南北。

他爸一脸得意地说道："挺好。"

把谢父谢母送走后，林留溪总算可以休息了。

原来家里来客人这么累，下次还是下馆子好了。林留溪躺在沙发上，都想直接睡一觉。谢昭年请的保洁阿姨已经收拾好了西西弄出来的狼藉。

谢昭年走过来，捏住她的鼻子。

林留溪不能喘气，张开嘴巴，差点坐起来："我看出来了，你要谋杀我。"

谢昭年抱着手："乖，洗个澡，去床上睡。"

林留溪怕这人又想折腾，张开手，开始咸鱼躺尸了："不要。你去我房间拿一条毯子来，我今晚就要睡沙发，软软的，很安心。我就……不和你睡啦。"

谢昭年没有想象中的气急败坏，而是意味深长道："嗯。那明晚你等着。"

林留溪面上不甘示弱："该等着的是你才对！"

也不知道是谁在他后背上留下几条抓痕？谢昭年勾唇，似懂非懂地点头："你说得有道理。"

然后进卧室拿毯子去了。

她耳根微红，不想再搭理谢昭年。

林留溪有间单独的卧室，装修很精致。房里都是她的东西，衣服、鞋子、化妆品之类的，还有她从 B 市带回来的东西。

日记本一直摆在铁盒子上，林留溪最近很少写日记了。就在谢昭年拿了毯子准备走人的时候，毯子挂到了桌角。

日记本掉在地上，翻开到某一页。

原本少年只是漫不经心地捡起，扫了一眼上面的内容后，他的眼神一变。

2020 年 10 月 12 日　天气阴

分享一件事，我一直找不到人说。嘿嘿。

今天我遇见一个人很多次，我感觉这像是上天注定的缘分。他很帅，一眼就惊艳住我了。

　　他们班老师叫他：谢，昭，年。

笔迹凌乱，像是林留溪匆匆写的。
"昭"字是错别字，但是悸动不是。

第八章·秘密

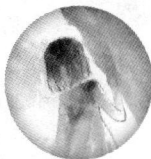

/

为什么乌鸦像写字台？
因为我喜欢你没有理由。

林留溪写日记很有规律，要么中间断了很久不写，要么就一连写好
几天。

10 月 12 日
读书如上坟，我现在已经是"死尸"一具。

10 月 13 日
好困、好饿、好冷，不想写作业。为什么人要上学？（阴暗爬行。）

10 月 14 日
好消息，发答案了；坏消息，哈，看不懂。联考的出题人，你知
道这答案在胡言乱语什么吗？

10 月 15 日
我们班第一名物理也才 56 分，年级平均分 30 分，哈哈哈哈哈哈哈。
一言难尽啊。

中间有段时间断了很多天。
再写是她生日那天。

1 月 18 日
....
为什么乌鸦像写字台？
因为我喜欢你没有理由。

6月2日

我看见他了。

6月3日

…………

在21路和791路公交车的车窗与我擦肩而过的时候，我拼命地在另一边的车窗，寻找谢昭年的身影。

人太多了，有个人很像他，但不是他。

8月1日

花，太阳，彩虹，雨。

8月2日

花，太阳，彩虹，雨。

8月3日

花，太阳，彩虹，雨。

…………

这个暑假，林留溪几乎每天都会写几遍：花，太阳，彩虹，雨。

12月7日

在这个夜晚，谢昭年载着我兜风，我有无数个想要拥抱他的冲动，但是我没有。《破碎故事之心》里说，爱是想要触碰又收回的手。

"谢昭年"这个名字贯穿了她高中三年。谢昭年自己都不知道，林留溪在日记中说决定喜欢他的那一天，可能只是因为高中太苦，总要给自己找点惊喜。

可是在写下这些文字之前，他只是随意给了林留溪一块生日蛋糕而已，只是一块蛋糕。

谢昭年想起上次问林留溪，她是什么时候喜欢他的。

她垂眸，低声说："去酒吧那次吧。"

这么大的人了，她还这么爱骗人。

谢昭年失笑一声，把日记本放回铁盒子上，拿了毯子过去。

他家的沙发很大，可以当床的那种。软绵绵的，睡在上面跟躺在云朵里一样。林留溪躺在上面，微微合眼，看上去昏昏欲睡。她睡着的时候很安静，蜷成一团，喜欢侧着睡。

谢昭年把毯子盖在她身上，眼神柔和了许多。

林留溪犯困的时候，说话就含糊不清："你终于来了……花都谢了。"

谢昭年坐在她旁边，低头看着她笑："花谢了就再买。买得多，总不会凋谢。"

林留溪道："哦……"

快要变成气音了。

谢昭年漫不经心："你就这么冷漠？"

林留溪道："我只是想睡觉。"

谢昭年懒懒道："陪我说一会儿梦话呗。"

林留溪道："我睡觉不说梦话。"

谢昭年："那你听我说。"

林留溪："你说。"

她裹紧了毯子，翻了个身。

谢昭年的手指划过林留溪的头发，不经意间触碰上她的后颈，她感觉痒痒的。

林留溪伸手按住他不安分的手，说："你说不说？不说，我就睡觉了。"

谢昭年"啧"声，换了个姿势靠在沙发上，望向窗外的落日："你还记得我的微信号吗？"

林留溪"嗯"了一声："那一串乱码是吧？"

少年的目光忽而落在她的胳膊上。

林留溪是背对着他睡的，只穿了一件吊带睡裙。她的胳膊搭在枕头上，那一小块瘀青已经消了。

谢昭年低声道："那其实不是乱码。"

背对着他的林留溪突然睁开眼，疑惑道："那是什么啊？"

少年俯身，低笑着凑近她的耳朵，把答案告诉她。

他很久之前就想说的答案。

林留溪听得脸红了，没有说话，只是亲了口他的脸颊。

18LovX18888always——

18 岁喜欢溪，18888 岁也如此。

人这一生活不到 18888 岁，那就把爱留到下辈子、下下辈子。

谢昭年是这么说的。

少年回吻："晚安。"

她喜欢他亲吻她额头的触感，喜欢他嘴唇上的热意，以及手指搭在她脸上的温度。

林留溪哼哼道："还没到晚上呢。"

她把头埋在毯子里，低声道："你先回答我，怎么突然告诉我这个？你是不是有事瞒着我？"

林留溪转过头来，满眼探究。

谢昭年把她散在眼前的头发撩到耳后，轻声笑道："想让你相信，我一直很爱你，比你想象的更爱你。"

他原以为是自己先动的心，林留溪始终扮演的是一个被爱的角色。

可时至今日他才发现：她原来很早就喜欢他了，先他一步喜欢他。

他竟一直都没有察觉。

林留溪听着他的话，"咯咯"笑："哎，就喜欢听你说情话，真好听……"

她的声音越来越弱，不知不觉就睡着了。谢昭年盯着她的睡颜许久，起身过去，拉上窗帘。

客厅里变暗了。

他又说了一遍："晚安。"

他又笑道："好听就跟你说一辈子。"

林涛也不知道是不是中年遭了报应的缘故，病一直好不了。

这不是最近家里在搞一个项目，工地要开工，以林涛的性子肯定是要看看的。他为了证明自己还很强，不顾医嘱，直接就办理出院手续，带着几个人前往工地。可春夏更迭之际多雨地滑，他一个没注意从山坡上摔下来，直接进了 ICU。

林留溪是从林留光那里知道这件事的。

他还说，林涛想要见她，但林留溪拒绝了。

快毕业了，虽然医院那边的事已经确定了，但学校这边还要忙着写论文和准备答辩。

林留溪最近都泡在图书馆里，这天出来时，天上下起了大雨。

等谢昭年来接她的时候，她再次接到家里的电话，林留溪本以为又是来劝她回去看林涛的，正不耐烦。

电话另一头妈妈的声音好像浸泡在雨里："你爸爸去世了。"

天空中响起一道惊雷。

听闻林涛去世的消息，林留溪比自己想象中的要冷静。

"嗯。我忙着写论文，没空回去。"

妈妈道："你跟你们辅导员请假啊，他到底是你爸爸，你到底要看一眼，你不去，他们会说你。"

林涛的亲戚们吗？

林留溪淡淡道："他们是谁？我一个都不认识。"

但林留溪终究还是请假回去了。

不是为了出席林涛的葬礼，而是遗产分配的事。林涛在世的时候，留下很多私生子，林留光一个人处理不过来，特别是那个男孩的妈妈，多半要借这件事来讹钱。

谢昭年是跟林留溪一起回去的。他听林留溪说完当年的事后，明白了去迪士尼那天，林留溪在地铁上为什么反应这么大。

他对林留溪说："你要是不放心，我给你请最好的律师。"

林留溪很是头疼："改变不了什么的，私生子有继承权，只能看看怎样处理损失会最少。"

林涛当年是从农村里走出来的，死后自然要葬在村里。老话常说，落叶归根，林涛成了大老板后，对村里的人都不薄，村民们自然唯林涛马首是瞻。

林留溪作为他明面上唯一的女儿，在葬礼第二天准备下葬的时候才来，自然是吸引了村民们不少奇怪的目光。

林留溪的亲缘关系比较淡，一点也不介意。

倒是男孩的妈妈开始阴阳怪气："不愧是名牌大学读出来的，好有孝心哦。"

林留溪在人堆中发现了她，心情都差了不少，说道："就酸呗，反正你考不上。"

男孩的妈妈脸色一变："你——"

和之前相比，林留溪变得不太一样了，或许有谢昭年在，她做什么都有底气。

林留溪穿过窃窃私语的人群，问林留光的秘书："林留光呢？"

"在墓地那边。"

林留溪要过去，被人拦住。

那年轻小伙人高马大的，看见林留溪的第一眼就双眼放光。他自以为好心地提醒："你还是好好待在这儿，等他们回来吧。女人是不能去墓地的，阴气太重，会冲撞。"

这都什么年代了，林留溪无语。黄金矿工都挖不出这么纯的神经。她

275

懒得搭理。

见她还是要走，年轻小伙拦住她，顺便想摸一把她的手。

可他的胳膊在半空中被人截住。

拦住他的这个人长得很帅，惹人注目，有一张祸国殃民的脸就算了，偏偏还很高，穿着黑色的冲锋衣，眼神凌厉。

谢昭年轻慢地打量他："怎么，想对我女朋友动手动脚啊？"

年轻小伙边想甩开他，还边义正词严道："女人就是不能跟去下葬！规矩就是规矩！这是老祖宗定下的规矩！她阴气过重，对死者不好！"

少年嗤笑。

他微微一用力，掌骨贴着对方的手臂，瞬间拧出瘀青。

年轻小伙捂着胳膊，"哎哟"一声。

"我教你什么是规矩，"谢昭年低头看他，无比嚣张道，"我现在站在这儿，给我女朋友撑腰，这就是规矩。"

村民们一时敢怒不敢言。

林留溪也看向年轻小伙，冷笑道："不知道吃了多少裹脚布，才会发表这些离谱言论。你阳气这么重，还能让我爸复活？"

在场的村民们没想到林留溪说话这么难听，想要发作，但转念一想她刚死了爸，精神状态不太稳定也正常，就都去拉那个愤怒的小伙了。

男孩的妈妈捏紧手，瞪着林留溪，她的变化太大了。

林留溪来到墓地。

林留光早就在那儿等了，手里提着一升糯米酒。

他看见谢昭年，笑眯眯地喊了一声"姐夫"，谢昭年挑眉。

林留溪把在外面看见男孩妈妈的事说了一遍，林留光说这位早就找上门要分遗产了，说要是不给就上法院起诉。

林留溪问："你打算怎么办？"

林留光神秘地笑了笑："可惜她不知道林涛去世前曾留过一份遗嘱，我刚叫人去公证处问了。"

说罢，他的手机铃声响了。

林留光道："你看，说曹操曹操到。"

遗嘱的内容令在场的所有人震惊不已。

公司的三分之一股份给林留光，三分之一给林留溪，另外三分之一给林留溪的妈妈。

而所有的私生子和小情人到最后一分钱都没拿到。

或许，人死前回顾自己的一生，总会感到愧疚。后来他给林留溪打过很多电话，但林留溪一次都没有去看过他。这么多年，她依旧很恨他。他们本该是这世界上最亲密的家人，最后却无一人出现在他病床前安慰。

林涛知道的，他知道为什么，只是他从不会承认自己错了。他这一生对生意上的合作伙伴承认过错误，对不小心撞到的陌生人说过抱歉，但这两个字他从不会对家人说。

他应得的。

林留溪看着棺材一点点被土填满，心中毫无悲痛。

林涛的葬礼上，没有人落泪，只有拿钱办事的哭丧女跟着棺材号啕大哭，村民们以各式各样的表情盯着她。她哭到后面，也觉得尴尬。最后一撮土落下，哭丧女迅速变脸，问林留光的秘书，尾款是微信还是支付宝。

秘书淡淡道："转过去了。"

男孩的妈妈在知道遗嘱内容时，当场就崩溃了："不可能！肯定是你们篡改了遗嘱，你们就是看我们母子几个人不爽。我在他身上浪费了这么多时间，他怎么能这么狠心？他儿子，他亲儿子不要了吗？给我等着，我要上法院告你们。"

她的手捏得紧紧的，小男孩号啕大哭。

男孩的妈妈完全不死心。

林留溪说不出话了，盯着这个和她家纠缠了十多年的女人："你——"

她顿了顿："填高考志愿的那一天，你有想过未来人生会变成现在这样吗？"

林留溪眼神中没了厌恶，突然有点可怜她。男孩的妈妈松了手，手机摔在地上，钢化膜碎了。

处理完这边的事，天已经完全黑了。剩下的基本就是走程序。从农村回 A 市花了不少时间，何况山路陡，车开得慢。

回去已经凌晨了。

林留溪肚子饿，谢昭年去厨房给她煮面。

她坐在地毯上看电影，客厅的灯没开，投影仪的亮光微弱。

谢昭年很快就过来了，但林留溪没有听见厨房的开火声，她问他："家里没面了吗？"

谢昭年扬眉，似乎很喜欢听林留溪把这里称为"家"，坐在她旁边说："你猜？"

少年的影子映在墙壁上，与林留溪的黏在一起，像是林留溪靠在他怀里，被他抱着。

林留溪怀里抱着小熊玩偶，仰头看向谢昭年："这么说，你是想我做

277

给你吃？"

昏暗的光线下，她的小脸莹白，眉眼是弯起来的，唇上换了番茄色的唇釉，荡漾着水光，让人好想亲一口。

只是谢昭年忍住了。

上次被他咬出血，她生气了，看见他就捂着嘴。

谢昭年晚上也没吃什么，这一路上只啃了几口面包，目光从她唇上移开，说道："下次，今天家里没煤气了。"

难怪。

林留溪笑着睨他："下次？我都还没同意。"

谢昭年也笑了，面不改色道："你同意了啊，我刚刚听见了。我女朋友真会疼人。"

他一本正经地指着林留溪的嘴巴，意思是话是从这张嘴里说出来的。

林留溪自己都快信了谢昭年的鬼话，他又开始耍赖。

她说："我懒得搭理你。"

但她随即道："我卧室里还有自热火锅，你要不要？"

谢昭年："要。"

两人等自热火锅煮好的时候，林留溪一边看电影，还一边回手机里的消息。

公司股份虽然很大一部分都在她这边，但公司平常还是由林留光打理，林留溪毕业后主要还是在医院工作，只是不愁钱，其实她本来也不愁钱。

除了走程序的事，最近好像也没什么要忙的，毕业论文也在回去的时候改完了。

只是冯楼雨告诉她，高中同学正在组织大家一起回去看黄晓莉。

林留溪让冯楼雨把她拉进班级群。

冯楼雨使坏：叫你对象拉你。

林留溪：[表情包：指指点点]

冯楼雨道：你会去的吧。高考完聚会那次你都没去。

林留溪道：去去去。

冯楼雨道：[表情包：转呼啦圈的小猫]

林留溪放下手机。谢昭年正拿着筷子把自热火锅的盖子挑开，他边揭开边说："我在国外不太敢吃自热火锅，一吃烟雾报警器就会报警。"

林留溪笑道："实惨。"

她伸手戳了戳谢昭年的胳膊："冯楼雨说我们高中班上正在组织人一起回去看老师。你去不去？"

谢昭年道："去。"

他漫不经心道："你呢？"

林留溪道："这次我也去。"

总不能再让谢昭年一个人了。

说话间，林留溪的自热火锅也好了。但她没有急着揭开盖子，而是抬起脸，对谢昭年撒娇："所以男朋友，把我拉进班级群呗。"

谢昭年很受用。

原本沉寂已久的七班班级群因为大家要一起回去看老师的事热闹起来。

朱里慧：我要穿校服，假装学生混进去，然后当着教务处人的面玩手机，就看他敢不敢收。

冯楼雨：666。

王越：就你爱装。

朱里慧：你给我死！

几个活跃的人互相拌嘴。

这时插进来一条消息：XiXi 邀请溪加入本群。

群里突然鸦雀无声。

虽然群公告让大家把群名片改成自己的名字，但实际没几个人改。有些人有 XiXi 的好友，知道这个是谢昭年。

所以在他们手机里成了：谢昭年邀请溪入群。

四年过去，高中同学的名字早就记不清，但是点开这个溪的主页，和谢昭年是情侣头像！两人的头像都是两只黏在一起的猫。

只是谢昭年是左边那只踮踮的猫，"溪"是脸贴着他撒娇的那只猫。

什么时候换的情侣头像都不知道。

谢昭年 QQ 空间之前开过一段时间，同学们都知道他有个大小姐，但是这个"大小姐"是亲戚朋友之类的，也说不一定，甚至是男的都有可能。谢昭年是不是真有对象，谁都不知道。

现在大家知道了，谢昭年终于是开窍了。

可……明目张胆地往班级群里拉对象，真的好吗？

林留溪一进群就看了公告，乖乖地把自己的群名片改成自己的名字。

见群里安静得可怕，她发了一个叼玫瑰的小羊的表情包。

林留溪。

看见这个名字，同学们更沉默了。

王越：你们什么时候搞到一起去的？我就说你们肯定有一腿，朱里慧还不信。

朱里慧：闭嘴吧，谁会信你？在你眼里，黄晓莉和朱雷军都能有一腿。

王越："啪啪"打脸了吧。

秦思语只发了一个标点：！

…………

林留溪感觉自己来得不是时候，班里的人都好奇他们什么时候在一起的，怎么在一起的，谁追谁的。

她只想装作没看见。

本来没有一条发言记录的谢昭年突然发了一句：我追她。

群里炸开了锅。

林留溪抬眼看了看坐在她旁边的少年，他嘴角挂着笑意，不知道又在酝酿什么。林留溪掐了一把他的胳膊，暗戳戳道："谢昭年，你低调点。"

谢昭年"嘶"了一声，笑道："下手这么重，谋杀亲夫啊。"

少年手撑着下巴，忽而盯着林留溪的脸。长得这么好看的一个人，林留溪冷不防被他这么一盯，压着上扬的嘴角，低下头。

谢昭年懒懒道："我又没说错，本来就是我追的你啊。"

他黑棕色的眼睛里映着投影仪的光，能让林留溪看见他眼中的赤忱。谢昭年就是这样，该说出来的事，从不叫林留溪去猜。

凌晨一点，桌上的玫瑰如昨夜般香甜。

二中不穿校服是不准进的，所以返校那天他们为了给黄晓莉一个惊喜，没有提前通知黄晓莉让门卫放人，而是直接穿上二中的校服混进去。

大学生和高中生其实没什么太大差别，甚至当年教他们班的老师也有长得跟高中生一样的，套上校服混迹在其中，根本就看不出来。只是很多人的校服都丢了，想来，还是厚着脸皮问在校的学弟学妹借了一套。

这样他们在下午上课前顺利地溜进了二中。

时隔四年，林留溪再次穿上校服，有些恍若隔世。这件衣服她高中的时候穿着很宽大，大到袖子卷起来可以藏一部手机而不被教务处巡逻的人发现，现在却刚刚好。

不知道为什么她却有点惆怅。

她回头，谢昭年也套上校服了，还是高中那样散漫的习惯，头发长了不剪，拉链也不喜欢拉。手插进兜里，衣服也是松松垮垮的。

看上去就不正经。

林留溪不禁仔细地打量他，笑道："哎，当时黄晓莉就说你成天跟个二流子一样坐在教室里，现在终于要干回老本行了？"

谢昭年面不改色地说道："错了，我的老本行应该是耍流氓亲你。"

林留溪故作镇定："注意场合，给我收敛点啊！"

他们要给黄晓莉一个惊喜，但是黄晓莉现在还没来校，一伙人就先去原来的教室商量怎么给这个惊喜。

二中翻修，建了新教学楼，他们原来的老教学楼就废弃了。

推开原来七班教室的门，门轴转动的刺耳声音，让后面的人捂住了耳朵。

教室里一点都没变，淡蓝色的窗帘，可以刷抖音的多媒体，一切都是记忆中的模样。天花板有点蜘蛛网，悬挂在头顶的时钟早就停止转动。

黑板旁边是高考梦想箱，橙黄色的箱子上有个很大的笑脸。

黄晓莉当时收集好梦想卡片就塞进了高考梦想箱里，说他们高考后要是想回来看看，就给他们看看当时写在卡片上的理想——是否实现了？

林留溪忘记自己写了什么了，依稀记得当年年少轻狂，好像在上面写过一句收购那些联考机构。

不知道谁碰了一下梦想箱，箱子从墙上掉下来，"哐当"一声后，散架了，散落了一地的梦想卡片。

林留溪捡起属于自己的那张。

　　我的人生理想：

　　成为一个自由多金的小女孩，当一个医生。

她想，这已经实现了。

林留溪很快又发现高考梦想卡片最角落的字样：

17XiXbN1

（17岁的林留溪想变成谢昭年的唯一。）

她当即捏紧卡片，看向谢昭年所在的方向。

她突然想告诉他：其实很久之前我就喜欢你了。

谢昭年察觉到林留溪的目光，抱手看过来，与她对视。林留溪慌忙把卡片藏在身后，扭过脸去。

"藏什么呢？"

他背靠着桌子，随口一问。

这漫不经心的语气让她很容易联想到每次完事后，谢昭年总是会揉她的脸，这样问她："害羞什么呢？"

风从窗外潜入，淡蓝色的窗帘随风飘荡，晃动的影子将少女笼罩。

她的眼神晦暗不明，轻声道："一个秘密。"

谢昭年一愣。

林留溪好像下了很大决心一样，把手心里的那张梦想卡片塞进谢昭年的手里："一个关于你的秘密。"

她认真地望着他，眼睛里像是种满了向日葵，那么闪耀。

谢昭年的喉结动了动，扫了眼手中尚有余温的卡片。

林留溪低声道："你看角落。"

17XiXbN1 是用铅笔写的，颜色很淡。

都说每一个暗恋的人都会有一串属于自己的福尔摩斯密码，林留溪把少女的心思都藏在这串毫不相关的英文和数字的组合里，一藏就是四年。

林留溪认真道："这是我十七岁时写的，谢昭年，你知道它的含义吗？"

少年抚上她的发丝，手指轻颤，还是头一回在她面前乱了阵脚。

林留溪指着自己，弯唇道："我……想成为……你的唯一。"

从那时开始她就想了。

"我之前骗了你，你问我是从什么时候开始喜欢的你，我说在重逢后的酒吧。但其实不是，我高二那年就开始喜欢你了。"

每一个字落在谢昭年的心底，宛如长夏里的蝉鸣，是那般悠长。

他即便早就知道了，依旧会情不自禁地把林留溪拥在怀里，手掌按着她的后脑勺，声音哑得可怕："很抱歉，我没有先一步喜欢你。"

也没有让她感受到他也喜欢她。

年少的暗恋何其隐晦，那时大家都看出来他们两个有点意思，林留溪却装聋作哑。没和谢昭年在一起前，她习惯什么事都往坏处想，所以她只会在人声鼎沸时，偷看他一眼。

一眼就够了。

所幸，最后的结果不是暗恋无疾而终，而是当年没有合上的破镜重圆。林留溪明白，只要谢昭年还爱她，这件事就永远不会是遗憾。

因为他比她会争取得多。

谢昭年也有梦想卡片，但是他的梦想卡片正面是一片空白，只有背面有字。林留溪当年没看全，现在看全了。

是：18LovX18888always

下午学生们陆陆续续来校，再过不久就要打预备铃。

每到这个时候教务处的"鹰犬"会四处出没，他们在校园里游走，查学生们违规带手机。

二中是不让带任何违禁物品。女生不准披头散发，更不许化妆，以免破坏学校形象。林留溪有一天中午在学校散开头发睡觉，醒来时，她看还没打铃，于是下楼上了个厕所，结果就被他们抓住了。

每个学校都有些奇奇怪怪的规矩，林留溪争辩也没用，最后不仅通知了她的家长，还是黄晓莉来领人。

被教务处的人抓到，就是要班主任来领人。

王越提议朱里慧故意跑到教务处的老师面前玩手机，然后报黄晓莉现在教的班级。黄晓莉一来就能看见他们所有人。

朱里慧拒绝。

虽然他们是毕业生，但指不定教务处的人不相信他们，执意要缴掉她手机充业绩。

两人争论了片刻，突然齐齐地扭头，看向谢昭年和林留溪。

林留溪撩开眼皮："啊？"

王越若有所思："保险起见，要不你俩去教务处的老师面前亲一口吧？被抓了，也不能把你们怎么样。"

教务处一直严抓早恋。

林留溪当即就抱着手，挑眉道："你怎么不去亲？"

谢昭年却勾唇："我看可以。"

林留溪错愕地看向他，谢昭年一脸漫不经心。别说，这种事他还真干得出来。

可以个鬼。

林留溪还是很注意影响的。

春夏交替之际，校园里的树木茂密。今天天气好，阳光炽烈，树荫笼罩在教学楼前的石凳上。

谢昭年懒散地坐在那儿，手搭在身旁少女的肩膀上。那少女身穿校服，脑后夹着鲨鱼夹，靠在他的怀中，却一直往后瞄。

林留溪小声说："他们来了。"

谢昭年把她往怀里揽了揽，不知道的还真以为他们是一对依偎在一起的学生情侣。

预备铃打响，很多学生都往教学楼冲。唯有石凳上这两人不慌不忙地坐在那儿，他俩都穿着二中校服，教务处的一眼就看见了。

真的是嚣张至极！

"你们是哪个班的啊？班主任是谁？"教务处主任先拍照取证，才出

283

声呵斥。

林留溪的眼睛弯了弯："黄晓莉。"

黄晓莉接到教务处的通知——班上有两个人早恋被抓住了，问题是今天中午大家都按时到校了，班上没缺人。

可那两个被抓住的学生就是一口咬定自己是她班上的人，黄晓莉还是跑了一趟。

待下了教学楼，她看见被抓住的那两个学生的背影，莫名觉得眼熟。

教务处主任说："你们班主任来了，自己说怎么处理，都是要高考的人了——"

男生很高，手插进兜里，一副懒散的模样，好像根本就没听进去，而他旁边的那个矮个子女生歪着头，黄晓莉更觉得眼熟。

她一步步走近，望着女生单薄的身子，突然就想起了一个人。

那个女生说话声音很低，笑容很甜，却对任何人都保持着警惕。女生曾两眼发光地告诉她想学画画，几天后，又说不想学了。女生说得那么轻松，黄晓莉其实能感觉到她那时的低落。

被迫放弃自己热爱的事物，她一定很难过吧。

但是黄晓莉什么都没说，给了对于一个青春期学生最重要的东西——尊严。

但不应该是她，黄晓莉记得她高考成绩非常优秀，考到上海去了。

黄晓莉皱眉："你们是——"

她的话还没说完，那个女生却回头，阳光照在她上扬的眼尾上，一如当年那般可爱。

林留溪莞尔："黄老师，下午好呀。"

谢昭年也散漫道："下午好，黄老师。"

"黄老师，惊不惊喜，意不意外！我们来看你了！"

"我给你带了我们学校那边的特产！"

"黄老师，你又变年轻了啊！这个发型很适合你，漂亮！"

花坛边突然冒出很多穿校服的学生拥抱她，一张张都是黄晓莉熟悉的面孔。成人礼那天，大家也好像是这样，对视一眼抱在一起就什么也不说了，一个劲在哭，不知道在哭什么。

镜片上起了水雾，黄晓莉摘下眼镜。

"好……好……"

真好。

变年轻了啊。

教务处主任还没搞清楚状况，指了一圈，说不出一句话，为难道："黄

284

老师，这是……"

黄晓莉道："他们是我以前的学生，回来……回来看我了。"

她的声音被清风带走，教学楼里是琅琅的读书声。

高中的时候，林留溪总是和谢昭年两个人踏着读书声踩点到。黄晓莉坐在讲台前，让他俩站在走廊上读书。

林留溪不老实，拿着书在走廊上装模作样，实际上书里夹着一张卷子，她一直站着写试卷。那是昨天晚上的作业，下节课就要讲了。

她刚把公式列出来，就听见谢昭年说："黄晓莉来了。"

林留溪立马翻页，开始朗读英语单词。谢昭年在一旁笑，她就知道自己又上当受骗了。这一招，谢昭年总是百试不厌。

林留溪道："我给你讲个八卦，你听不听？"

谢昭年不上当："不听。"

林留溪又道："我告诉你我喜欢谁，你听不听？"

谢昭年愣了一会儿："听。"

"那你把耳朵凑过来。"

林留溪踮起脚，都够不到他的耳朵。最终，还是谢昭年主动弯下腰来，林留溪把试卷卷成一个喇叭，对着他的耳朵大喊："滚。"

她是笑着说的，对上谢昭年意味深长的目光，少年对她做了一个口型：黄晓莉来了。

林留溪这次才不上当，用试卷卷成的喇叭拍了拍谢昭年的耳朵。信你个鬼。

这时，她身后突然传来黄晓莉的声音："林留溪、谢昭年，你们就好有意思啊，我让你们站在走廊上，是来讲话的吗？本来就迟到了，你们还在这儿讲话。"

林留溪紧抿嘴唇。

啊啊啊啊。讨厌他！讨厌！

或许从那时起，一切都已经暗中注定。少年眼中的笑意，黄晓莉看破不说破。

只是现在不用隐瞒了，谢昭年直接牵起林留溪的手，明目张胆地看着她。

黄晓莉叹了口气道："你们都去给我们现在班上的学生说两句吧，他们也快要高考了。"

林留溪一行人走进黄晓莉所带的班级，班上的同学都不约而同地打量他们。但被看得最多的是林留溪和谢昭年。

林留溪长相偏温柔，个子不是很高，但长得很可爱，特别是旁边还站着一个谢昭年，惊艳的长相足以吸引所有女生的目光。

很多人都红着脸在下面窃窃私语。

王越讲完，轮到林留溪了，把话筒递给她。

林留溪站在黑板前，谢昭年打开摄像头对准她。镜头里的少女落落大方地在黑板上写下一串拉丁文：Per Aspera Ad Astra.

林留溪莞尔道："学弟学妹们好，我是往届的毕业生林留溪，现在在C大就读。

"我们这一生中总会遇见各种各样的泥沼，有的让我们痛苦，有的让我们难过到掉眼泪，有的让我们仿若身处孤岛。这似乎听起来很不幸，但确实又无可避免。太阳东升西落，一年365天，世界从来不会因为我们的一时失意而停止。我们只能不断向前看，挣扎着爬出自己的泥沼，去摘得天上的星星，穿越逆境见星辰。

"因此，我很喜欢这句拉丁谚语，这是一个很重要的人告诉我的，曾陪伴我走过很多低谷，很多次失意，也让我一直坚持到现在……"

只可惜，那个告诉她这句谚语的人早就不在她身边了。

林留溪失笑。

下面有同学举手。

林留溪点了他，男生指着谢昭年道："学姐刚刚说的这句谚语，是那个长得很帅的学长告诉你的吗？"

林留溪一愣。

谢昭年掀开眼皮，漫不经心地与她对视。

林留溪道："不是。"

她深吸一口气："是我之前的一个朋友——"

放弃一段感情最难受的点，其实不在于放弃的一刹那，而在于把对方放下之后，生活中处处都有对方的影子。

林留溪放下话筒，怔然地望着最后一排的女生。

有两个女生是同桌，一个人的腿搭在另一个人的腿上，正用笔在纸上下着五子棋呢。

她们察觉到林留溪的目光，红着脸对视一下，迅速将头埋在书立后，五子棋也不下了。

林留溪淡淡地笑，并没有责怪。

也不知道陆轻悦现在是否还好，她想。

预备铃打响，高三生忙碌的下午又开始了，任课老师其实早就带着U

盘来了，只是看教室里有人，就站在外面等。

林留溪这边说完，上课铃刚刚打响。

"丁零丁零——"已经听倦了的上课铃声。

黑板上的"Per Aspera Ad Astra"闪闪发光。

原本黄晓莉是要请他们吃饭的，但是她家里临时有事，只好下次再聚。没有老师，班上就商量着去KTV团建一下，点了很多酒。

包间里很吵，灯光很暗。

大家飘起歌来就不分伯仲。

要是让林留溪独自一个人来，她多半直接碎掉，好在旁边有谢昭年，漫不经心地坐在沙发上，陪她说话。林留溪也逐渐放松下来。

冯楼雨突然跑过来，拉林留溪一起喝酒。谢昭年最开始并没有多加阻拦。

两人就这么你一杯我一杯喝着。

林留溪喝得脑袋有点晕，看天花板都是旋转的。

她还给自己满上。

谢昭年看不下去，抬手扣住林留溪的杯子，闲散道："乖，别喝了，我来喝。"

"你……诡计多端……"

林留溪仰着脸对着他笑，眉眼都是弯的。

她脸上明显有些醉态，面颊微红，像是晨曦照耀下的玫瑰花。

林留溪忽而凑近道："我猜——你就是想和我间接接吻，你坏。"

凑这么近，也不掂量掂量自己。

谢昭年掀开眼皮，捏住她的下巴亲了一口，一脸无赖道："间接多没意思啊，还是直接有意思。"

唇上蜻蜓点水的触感，一触即离，伴随着一点疼痛。

猝不及防被他咬了一下，林留溪"嘶嘶"道："疼啊。"

谢昭年一本正经道："我坏。"

他把她杯子里的酒一饮而尽，然后拎起桌上尚未开封的酒，故意放到林留溪够不着的地方。

林留溪瞪向他，是真的坏。

包厢里的歌声从未停止，不是电音就是Rap，现在在唱的就是Rap。这么多年了，大家的爱好还是没有变，喜欢Rap的一直都很喜欢。

高中时很流行法老之类的Rappers，林留溪经常听班上的人讲说唱圈的八卦，虽然听不懂，但她喜欢《花，太阳，彩虹，你》，因为谢昭年在听这首，

287

所以她也喜欢听。

人的钟爱总是会爱屋及乌。

她在同学的说唱声中，突然记起了许多暗恋谢昭年的细节。

十七岁的她觉得暗恋太苦了，反复告诫自己不再喜欢谢昭年了。

可越是对自己说不要喜欢他，就越是忘不掉他，总是会在脑海中勾勒出他的样貌。

点的歌快唱完了。

秦思语转过身来，问他们："林留溪、谢昭年，你们要点歌吗？"

谢昭年淡声道："不用。"

林留溪回过神来："我来点一首吧。"

谢昭年敲着杯子的手一顿，抬眼看向林留溪。林留溪垂眸，拿着话筒，歌已经点好了。

前奏一响，少年猝然捏紧杯子。

这首歌是《花，太阳，彩虹，你》。

林留溪背对着谢昭年唱的。

她因喝了酒的缘故，声音有些沙哑，但不影响她唱得好听。

包厢里瞬间安静下来。

林留溪捏着话筒唱歌，前面还好，后面唱着唱着，声音就开始哽咽。或许是酒精容易让人上头吧，她总是想起之前的事。

对于一个困在暗恋中的人来说，唯有天天相见，才能缓解快要溢出来的思念。

有时候放假在家，林留溪太想谢昭年了，就会躺在床上，用被子蒙住脸，听谢昭年推荐给她的那首歌。

歌声在她耳机里循环。

花，太阳，彩虹，雨，
我把对你的思念写进了纸和笔。
好想你在我的梦里出现，
流言蜚语入眼，
让我有些无法入眠，

Baby 那么就将悲伤之日当成喜悦一天，
你陪我走出低谷，
一起听过窗外雨点，
一起做饭海边，

一起手机开启静音，

千万不要放得太响，我来唱歌你听，

摸着黑白琴键，一起小清新，

你的眼睛，一闪一闪，就像小星星，

酒精麻醉掉人，相拥关上房门，安静到整个房间只有心跳声音。

谢昭年，你说——

我们现在是不是很巧合，隔着几公里在听同一首歌。

林留溪那时候是这样想的。

这种几乎不可能发生的概率事件成了她那时所有的心理支撑。高中太苦了，人总要有点盼头，才能有勇气面对。

盼着被他喜欢，盼着春暖花开，盼着早点放学干饭，盼着成为朋友的唯一而非之一。

还有还有……

盼着穿越逆境的那天，直达繁星。

这些小盼头在那段只有学习才是绝对正义的日子里何其珍贵，它们组成了完整的林留溪，不是别人口中只会学习的机器，而是一个完整的"人"。

只不过暗恋的独角戏一个人唱还是太过苦涩。

她那时根本就不知道谢昭年也喜欢她。

酒精刺激得人脑袋生疼。

林留溪回过神，还是在 KTV 包厢里，她眼眶红红的，不知道什么时候哭了。

谢昭年脸色一变，迈步上前："身体不舒服？"

林留溪摇摇头，可不知道为什么眼泪总是止不住，她只是抱着谢昭年的脖子不说话。大家都忧心忡忡地看着她。

谢昭年把她打横抱起，淡声道："我女朋友喝多了，我先带走了。"

林留溪很轻，对他来说简直轻而易举。

谢昭年走得很快。

林留溪现在脑子的确不是很清醒，特别还是情绪起伏较大之后。她的头埋进谢昭年的衣服里，躲避夜间的风。谢昭年垂眸看着她，散漫地笑了几声："我都说了让你别喝这么多。"

林留溪道："我没醉。"

谢昭年懒懒道："好了好了，知道了。"

林留溪坚持道："敷衍，你就是不相信我。我只是想起了一些事，所

289

以才哭的。我没喝醉，不是难受哭的。"

"我肯定相信你啊，"谢昭年捏了捏她被夜风冻红的脸，低声道，"但不管有什么事，睡一觉就好了。睡一觉就不想哭了。"

林留溪闷声道："你还是不信。"

算了。

两人回到家，谢昭年把她抱到床上，没有开卧室的大灯，只开了两盏小夜灯，淡黄色的光笼罩着林留溪的脸庞，她脸颊上的绯红褪去不少。

林留溪趴在枕头上，却没有盖被子睡觉，而是小声道："谢昭年，我高中借给你的那支笔，你真的丢了吗？"

废话。

谢昭年散漫道："没。"

我人丢了，你这支笔都不可能丢。他欲言又止。

林留溪道："那你当年还和我说丢了。"

谢昭年失笑道："你不是早就知道答案了吗？不然你不会突然问我这个。让我猜猜，谁把我卖了？是我表妹，还是周斯泽？"

他这人很聪明。

林留溪道："我想起来了，还不行吗？因为——"

她忽而顿住了，从床上坐起来，凑近谢昭年的耳边，莞尔："因为那支笔藏着我的最后一个秘密，你想知道吗？不过，你必须要发誓一辈子爱我，才能知道，不然我就不告诉你秘密藏在哪儿。"

谢昭年嗤笑："这需要发誓吗？"

他指着自己喉结的位置："看着，你咬的，也只能你咬。"

少年低身，脖颈轮廓线条过于完美，唯一不和谐的一点是喉结上有淡淡的红痕。

这是她昨晚弄的，还没消。

谢昭年这人从来都不需要发誓，他只会用行动证明。

林留溪怔然地望着他，轻声道："那你把按动笔拆开吧。"

谢昭年还从未想过拆开那支笔。

自从林留溪"借"给他那支按动笔后，他只是好好收着，压根就没使用过。他感觉到不对劲。

最后一个秘密？

谢昭年从抽屉里拿出按动笔，然后将笔拆开。

先是弹簧掉在地上，然后他看见了一张泛黄的字条。

字条一直是卷在笔芯上的，他拿下来，看上去已经卷了很久，平时被笔套遮着，从外面看根本看不出。

一点都看不出。

谢昭年的手轻轻一抖，展开字条，就六个字：花、太阳、雨和你。

一笔一画，工工整整，林留溪还是第一次把字写得这么端正。

谢昭年攥紧字条，猛然抬眼，看向林留溪。

她身上的校服还没来得及换，只是头发散开，像盛开的花朵一样，刚好到肩膀下面，看上去清纯又干净，眼神晦暗不明。

"花，太阳，雨和你……谢昭年，你知道下一句是什么吗？"

林留溪喃喃。

小夜灯照得她的脸庞像是莹白的月亮。

她抬起头来，与谢昭年对望，扬起嘴角："我把对你的思念写进了纸和笔。"

本能地，谢昭年抱住她，手指贴紧她的后背。

他不禁记起刚刚林留溪说过的话。

——"我没醉。"

——"敷衍，你就是不相信我。我只是想起了一些事，所以才哭的。我没喝醉，不是难受哭的。"

她是想起了这些事吗？

谢昭年唇边露出讽笑，那他真是个畜生。

少年的手不自觉握紧，指节捏得泛白。

"溪溪。"

林留溪"嗯"了一声。

谢昭年轻吻她的耳垂，低声道："我会爱你到 18888 岁以后。"

林留溪跟他较真："人活不了这么久，人是有寿命的，花也有期限。"

谢昭年执拗："我爱你没有。"

林留溪很瘦，他拥抱她的时候，总是很有分寸。但是这次不一样，谢昭年没有任何思考，因而她不舒服地蹙起眉："松点……"

谢昭年把她按在床上，神情中散漫尽敛："不松。"

少年额前的碎发微遮眉眼，林留溪看不清他的表情，只感觉得到他心情好像不太好。

她问他为什么心情不太好。

谢昭年抚过她的头发，林留溪的黑发散落在枕头上，如同昨夜河水中漂浮着的稻草。

少年声音低哑道："要是我早发现了就好了。"

小夜灯没电了，很快就熄灭。

林留溪没有说话，只是摸了摸他的喉结，用冰凉的手指触碰。谢昭年瞬间就明白了她的意思，低笑了一声，吻下去。

满屋都是星星的碎光。

藏有字条的笔其实一直都在他身边，谢昭年很在意，可能就是因为他太过在意了，反而没有发现其中的端倪。

好在最后遗憾都被弥补，也算得上幸事。

这边的事先告一段落。

林留光对经商这一块有天赋，因为他很早就插手了公司管理，公司交接很顺利。

甚至林留溪准备回学校的时候，林留光还给了林留溪一张银行卡，密码是她的生日。林涛在世的时候，从来都不记得林留溪的生日。

林留溪道："给我妈吧。"

林留光道："我过段时间正好有空，去上海找你玩？"

林留溪点头："正好，我也快毕业了。"

时间过得很快，一晃又过去了不少时光。

每年的夏天都是毕业季，风中夹着暑热，林留溪因为性格的缘故，在大学里基本上没有很熟的人，要么就是点头之交，要么就是追她的人。

因为李博远的事，C大的人对林留溪那个素未谋面的男朋友很好奇。毕竟李博远各方面条件不算差，家境好，长相也过得去，成绩好绩点高，与林留溪在一起，也不算美女配河童。

李博远纠缠这么久，林留溪都看不上他。她那传闻中的男朋友却连面也没露一次，不免叫人觉得疑惑这个男朋友是不是心也太大了？

不仅没见过她男朋友，C大很多人都在学校南门看见过林留溪被一辆黑色的车接走，车牌是黑色的，车身虽低调，但价值不菲。

因此，很多被林留溪拒绝过的男的就开始传她被大老板包养，给人当小三之类的。他们吃饭的时候说起这件事，被C大的女生听见了，挂上校园墙嘲讽，于是更多人知道了。

但都这样了，她那男朋友还没露面维护，不免叫人怀疑他是玩玩，还是孬种？

毕竟学校校园墙之前有个男的因为抖音关注了一个女生，只因为定位在本校，就被女生异校的男朋友挂在校园墙，骂这男的有病喜欢关注别人的女朋友。

林留溪倒觉得谢昭年不至于这样，他只会说这男的没他帅，林留溪这种"颜狗"不至于看上。

即便林留溪没说，谢昭年还是知道她上校园墙的事了。

她原本只是无聊，多看了几眼校园墙，谢昭年就凑过来："看什么这么认真？你亲爱的男性同学给你写的小作文？嗯？"

神情散漫，语调却又透出浓浓的不屑。

林留溪笑道："肯定没有你亲爱的女性同学给你写的小作文多。"

谢昭年却懒懒地勾着林留溪的肩膀，笑道："她们写了也没门路让我看见，号都被封了，还能怎样？哪像你，这边一个李博远，那边还有个王师兄，啧，还当着我的面打电话呢。"

林留溪歪头："谢昭年，你承认吧，你就是吃醋了。"

谢昭年摆弄了一会儿自己的头发，强调："我说过多少回了？我不吃比我矮，还比我穷的人的醋。"

他看清校园墙上的内容，眯了眼："这几个狗东西说的是你吗？"

林留溪沉默了很久，她的表情就说明了一切。谢昭年拨通一个电话，林留溪问他要干吗，少年勾起唇："没干吗啊。发几张律师函而已。"

林留溪忍不住笑。

谢昭年从沙发的靠枕后面，拿出早就藏好的鲨鱼夹。鲨鱼夹是木头做的，一眼看去就知道并非俗木，不像是厂里加工的，而是谢昭年亲自找人定做的。

他的大拇指抚过木纹，那上面刻着一串数字英文：lovXun18888。

林留溪看懂了，love 去 e，until 只留 un。

爱溪直到 18888 岁。

手刻的英文数字像是从木头里长出来一样，细看有些别扭。林留溪还以为是加工的师傅没注意，直到她注意到了谢昭年手指上的刀伤。难怪他最近总是手背对着她，就是不想让她看见。

林留溪面不改色地夸道："真好看。"

而实际上她的手指已然屈起。

谢昭年"啧"声："那是，你男朋友的审美向来好，毕业典礼上不是要发言？就戴这个。"

林留溪道："我可没同意。"

谢昭年："我听见你说同意了。"

说着，谢昭年捞起林留溪的头发，用鲨鱼夹夹住。林留溪的脸颊饱满，但下巴尖瘦，这个发型非常温婉，特别还配着法式刘海。

谢昭年漫不经心地打量一会儿，笑着说："谁家的小女朋友这么可爱？

293

我家的啊。"

林留溪低下头，不自觉地红了脸。

毕业典礼那天，林留溪作为优秀学生代表要上去演讲。她穿着谢昭年给她买的一条白色连衣裙，只化了淡妆。谢昭年在镜子前，给她夹上鲨鱼夹，还说她勾人。

见他俯身，林留溪无情道："我涂口红了，不要。"

谢昭年只是伸手擦去她嘴角的口红，似笑非笑道："不要什么？说出来听听。"

他的指尖摩挲过林留溪的唇畔，仿佛只是林留溪多想。

林留溪看了他一眼，不搭理他了。

她对着镜子，用手扶了扶自己的鲨鱼夹。

旁边很吵闹，这里是学校的一间空教室，今天全校没课，要表演的、要拍照的都在这儿化妆，人很多，女生更多，围着的不是她们的亲友团就是她们的男朋友。

帅哥虽不少，但像谢昭年这样又高又惊艳的实属罕见。还是像高中那样，招姑娘喜欢。要不是看见林留溪在，那些人估计早就来要微信了。

林留溪"啧"声："再帮我涂一遍口红。"

谢昭年："你不是自己涂好了吗？"

林留溪："不解风情，别人的妆都是对象帮忙化的，我的对象可没有。我今天可是要毕业了。"

谢昭年："行。"

他开始研究起林留溪新买的唇釉，目光时不时落在她的唇上。

林留溪提醒："不准起别的心思。"

谢昭年懒散道："反正迟早都能尝到，倒也不急于一时。"

林留溪无语："你再旁若无人地乱说话，我们就要变成校园墙上的癫公癫婆了。"

谢昭年嗤笑一声："那也怪无聊的。"

阳光洒在柏油马路上，C大的郁金香开得正烂漫。林留溪化好妆，带着谢昭年去操场准备典礼，途中遇见不少眼熟的人。

其中就有那几个说她被大老板包养的男的，他们面容憔悴，看得出谢昭年不会让事情这么简单揭过。

"这不是林留溪吗？"

"林留溪？就是那个李博远大张旗鼓要追，最后没追到，还丢光了脸的女生吗？"

"对。上次不是有几个男的在背后八卦她，被人听见挂校园墙了。"

"啊，我看见了。你要知道有些男的是这样的，得不到就毁掉，还想搞坏别人的名声。"

林留溪一路上听人讨论。

当然，还有注意到谢昭年的。

"那她身边的帅哥是她男朋友吗？好帅！在我们学校都直接是校草了吧？难怪林留溪看不上李博远。"

"这么年轻，家里还有钱，这眼光。"

"谁说她男朋友丑的，出来挨打，这都可以直接出道了，好吧！"

林留溪侧头看着谢昭年偷笑，谢昭年很无奈。

雄鹰在高空中盘旋，马上就轮到林留溪上场了。她数着天上的云，默默给自己倒计时。这是她人生中头一回在这么多人面前讲话。

好紧张，好紧张，啊啊啊。

谢昭年坐在下面最瞩目的位置，主席台旁。他不知道从哪儿抽出一张凳子坐在那儿，一副吊儿郎当的样子。旁边的领导以为他也是领导，凳子还往左边移了移，给他腾了空。

林留溪还在人群中看见了另一个眼熟的人。

林留光看上去像是刚下飞机，一路小跑过来，身上还穿着西装，这么热的天气穿西装，肯定闷出一身汗。不过他看见林留溪在台上演讲，才想起边跑边脱下外套。

自高中开始，林留溪就讨厌领导在主席台上演讲，又长又拖又没意义。所以林留溪的演讲稿是最短的，语速还很快，快到底下的领导们一脸"这不是才开始吗？就结束了"的表情。学生们肯定是最开心的，掌声前所未有的震耳欲聋。

领导们都惊呆了。

林留溪演讲完，林留光甚至先谢昭年一步给她鼓掌，激动地说她很棒。

他们拥有着相似的脸，一半的血缘关系，对林涛同等的恨。

但是两个人都在努力成长，在各自的领域闪闪发光。挣扎着摆脱原生家庭的束缚，填补内心的空缺，越往前走，最后找到的人是自己。

时间过得很快，毕业以后，林留溪就进了医院上班。

她因为实习经验多，很快转正，不过最开始那几个月还是工作到很晚才回家。

这天，医院里来了一位病人，马上要安排急救手术，说是突然脑出血了。本来林留溪都打算下班回去了，不得已给谢昭年发了一条信息，让他自己先吃饭，别等她。

谢昭年回复：晚点我去接你。

这场手术是林留溪的老师主刀，林留溪是助手。他们进手术室前，老师让她去找病人家属，最后确认一遍手术方案。同门的师兄说病人家属情绪比较激动，现在过去可能不太好。

林留溪想着总是要告知，没怎么在意同门师兄的叮嘱。

晚上很多科室都下班了，走廊上很暗，林留溪一走过去，就听见有人在哭。

"医生，我爸爸能不能治好啊？你们尽力点，救救我爸。我奶奶已经走了，我爸爸不能再有事了。要多少钱？我现在去借。他还没看见我成家立业，还没看见我和我女朋友结婚呢，求求你们救救他。我给你们跪下了，求求了。真的一定要治好他。"

病人家属背对着林留溪，抓住林留溪同门师姐的衣袖，她能看见师姐脸上无奈的神情。

师姐说："放心，我们肯定尽力。你们最后确认一下治疗方案，没问题就马上准备进行手术了。"

说着，她用眼神示意林留溪这边。

病人的家属跟着回过头。

林留溪往那边走了两步，视线变得明亮起来，她也因此在最短的时间内，看清了病人家属的脸。

他怎么会在这儿？

一瞬间，林留溪如临寒冬。

该怎么形容现在的感受？

林留溪攥紧手中的病历，长廊上的灯光一下子黯淡下来。她听不见师姐在叫她的名字，只能听见玻璃窗外细微的雨声，还有遥远记忆里被起的那些外号。

——"钢牙妹回来了！她生气了！你们不准这么叫她。"

——"他们为什么叫你钢牙妹啊？就因为你戴牙套吗？"

——"你叫林留溪是吧？对不起，因为当时他们都叫你……都叫你……我就不太记得你的名字。"

她永远无法忘记这个外号是她同桌范自鹏给她起的。

因为他是第一个当着她的面这么叫她的人。林留溪自认为一直对他客

296

客气气，从没有招惹过他。

范自鹏为什么要那样对她释放恶意？

林留溪一直都搞不懂，现在也不懂。或许人有时就是喜欢通过嘲笑别人来满足自己的内心。真恶心。

而现在，范自鹏就站在她面前。

时隔了六年。

想想范自鹏高中时头发还比较长，戴着圆框金丝眼镜，很符合艺术生的形象。

如今，他穿着一件深绿色的工装外套，里面是白色的背心，剃了寸头，头发很短，定定地盯着林留溪。

林留溪冷淡道："还请病人家属再次确认手术方案。"

她面无表情，外边的雨声很清晰。

范自鹏失声道："是你。"

林留溪没有任何反应。

生活就是这么戏剧化，让她去救范自鹏的父亲。

范自鹏冲上去，红着眼道："我奶奶是被你们家害死的，你还想怎么样？说我爸当时犯了什么错误，明明就是针对！就是不想让我们一家好过。因为……因为……"

林留溪笑道："因为什么？"

他自己不也说不出口吗？

他其实也知道给人起外号是错的，但就是不会承认。和林涛一样，似乎做错事后却从来不会承认自己是错的。

林留溪道："因为你们给我起外号这件事吗？"

可惜林涛到死都不知道她曾在学校被这么对待过，他永远只关心她的成绩和她有没有成功。

范自鹏噎住了："你想怎么样？我告诉你故意致人死亡，可是犯法的。"

这人是觉得她会故意害死他父亲？

林留溪不免觉得好笑，淡淡道："请病人家属再次确认手术方案。"

她的手机响了，老师说东西都快准备好，马上就要上手术台了。

范自鹏的妈妈什么都不懂，只急切道："确定确定，你们学医的比较专业，我们又不懂这些。医生你一定要救活我老伴啊。"

范自鹏还想警告她，却被师姐给拦住。

林留溪没有任何犹豫地转身，只留下一个潜入黑暗中的背影。

范自鹏绷不住，终于开始后悔。

我真的错了……

不应该给你起外号……不应该把所有的不幸都推到别人身上……

窗外的雨一直在下，手术室上面的牌子变成了"手术中"，夜晚的寒凉从墙缝中渗透进来。

他知道自己现在除了等待，什么都做不了。林留溪肯定要报复他，要是刚才说出来就好了。

这样或许林留溪就会心软。

当年他奶奶癌症晚期，四处寻医无门，他爸爸就带着奶奶来上海治病，在这里换了个新工作。范自鹏文化成绩不好，大学没考上，也不想再花家里的钱，一直在这里打工。出事前，他还跟他爸爸吵了一架，他爸爸执意要他回去读书，他不肯，没想到他爸爸转头就脑出血了。

或许上天永远是公平的，对别人释放的恶，总会变成降临在自己身上的不幸。

他在手术室前崩溃，一遍又一遍地想着自己错了，用两只手掌捂住脸。

墙的另一边。

林留溪站在无影灯下，突然想起自己刚入学念的医学生誓言——

健康所系，性命相托。

当我步入神圣医学学府的时刻，谨庄严宣誓：

我志愿献身医学，热爱祖国，忠于人民，恪守医德，尊师守纪，刻苦钻研，孜孜不倦，精益求精，全面发展。

我决心竭尽全力除人类之病痛，助健康之完美，维护医术的圣洁和荣誉，救死扶伤，不辞艰辛，执着追求，为祖国医药卫生事业的发展和人类身心健康奋斗终生。

说起来，学医这件事，仅仅是当时在高考梦想卡片上随便写的，林留溪的高考分数恰好够，就选了 C 大的医学院。

而等她真正地站在手术台上，凝视患者黑色的眼睛，才感受到了肩上的担子很沉重。

那是生命的重量，她往后都要扛着前行。

这场雨下得格外漫长，手术通常一做就是几小时，不能间断，还不能吃饭。

手术室外的等候区，除了细微的抽泣，接近无声。

范自鹏安慰着妈妈，突然手术室的门打开了。他起身，眼睛里布满血丝。

林留溪出来，摘下口罩："手术很成功。"

她声音沙哑，身体疲惫，也不知道现在几点了，谢昭年还有没有在等她。

林留溪看了眼时间，快凌晨了。

范自鹏愣愣地盯着她："谢谢你。"

林留溪没有搭理他。

他接着说："对不起。"

林留溪拿手机的手一僵，内心冷笑。

她淡淡道："说对不起也没用，我又不会原谅你，这辈子都不会。救死扶伤只是我的职责而已。"

当年的林留溪或许需要这声道歉。

但是现在的她不需要。

因为她本身就强大。

雨停了，夜晚的城市因被雨水洗涤过而清透。

林留溪收拾完自己的东西，才抽得出空给谢昭年发消息。他们的聊天框还停留在谢昭年最后发的那条：*我在你们医院等你，好了就告诉我一声。*

中间好几个小时，林留溪都在手术室，保持失联状态，谢昭年也没有多问。

林留溪给他发：*我终于出来了。好饿好饿，饿得我要啃地板了。*

消息刚刚发出，她就听见同门师兄在外面喊："林留溪，你男朋友来了！"

谢昭年站在门外，手中拿着一把黑色的雨伞，看样子是冒雨而来。有时候雨势太猛是这样的，有伞也没用，他的冲锋衣上残留着雨渍，头发有点乱，雨水从他的发尾滴在他的鼻梁上。鼻梁自然是高挺的，谢昭年的五官条件一直都是很优越的。

只是——

林留溪愣愣地打量他，他就一直等着她吗？

少年漫不经心地盯着林留溪。

她刚刚陪着老师连续做了几小时的手术，看上去自然有些疲倦。这人一疲倦起来，从表面上还是看得出来的，她的面容更加消瘦了，眼皮耷拉着，还歪着脑袋盯着他看。

谢昭年失笑，声音懒散道："我一直在外面等你，听说你出来了，我就第一个来找你。你要是累了，不想走了，还可以占点小便宜，让我抱着你回去。"

真不害臊。

林留溪清了清嗓子："我师兄还看着呢。"

说完，她看见她师兄从椅子上拿起包就走，脸上带着笑意，一脸"我不当你们电灯泡"的自觉。

谢昭年若有所思道："喏，你师兄现在不想看了。"

林留溪沉默片刻："他被你吓跑的。"

谢昭年似笑非笑道："怎么是被我吓跑的？你男朋友有这么可怕吗？"

林留溪看他这副表情，就知道他又要开始自夸了。她伸出手："打住。"

她将自己水杯里的水一饮而尽，火烧似的喉咙好受了不少："我口渴了，先不和你吵了。"

"不过——"林留溪探头到谢昭年的身后。

今天谢昭年的身后空空如也，她不免有些失望："你今天怎么没有送我花？"

谢昭年漫不经心道："今天去得有点晚，花店里的花卖完了。"

林留溪点点头，微红的脸颊总是让人有种想捏的欲望。

他抬手捏了捏林留溪的脸，笑道："行了，别气了，明天两倍。"

这可是你说的哦。

脸被捏得有些不舒服，林留溪却没有生气，对他露出一个笑容。

谢昭年今天开了车来，车就停在医院的停车场。刚下电梯的那条通道黑暗，穿过即是地下停车场。

晚上少有人，整个车库空荡荡的，电灯一闪一闪，好像随时要冲出一个瘦长的鬼影，气氛有点阴森。

林留溪不自觉地抓住谢昭年的胳膊，把他的袖子扯得很紧，稍微一点汽车引擎启动的声音都搅得她草木皆兵。

谢昭年低头看着她的头顶："怕鬼啊？"

林留溪摇头。

谢昭年就当她在点头，正色道："怕鬼就抱着我。"

以他的角度来看，林留溪很小一只，单手扯着他的衣袖，鼻尖被夜风吹红。

超可爱，是他女朋友。

他不自觉地勾唇。

林留溪闻言仰头盯着他，好心地提醒："你的衣服都是湿的，才不想抱，抱得一身都是水。"

谢昭年"啧"声："西西每次洗完澡出来，也是湿的，怎么也不见你嫌弃它？"

林留溪强调："它只是一只猫。"

谢昭年："公猫。"

林留溪愣了片刻，若有所思道："谢昭年可以啊，猫的醋也吃。我不抱西西的时候，你说它是太监猫；我一抱西西，你就说它是公猫，男女有别。"

谢昭年凑近她，懒声道："吃醋还不是因为喜欢你。这辈子我就败在你身上了。"

林留溪很少从他口中听见占有欲这么明显的话，低下头，偷偷地勾起唇。

停车场很大，两人走了一会儿，终于找到了车。林留溪走到副驾驶座门前，手拉着门把手，拉不开，抬眼示意谢昭年把车锁打开。

谢昭年站在原地，没有去兜里掏车钥匙的打算。

林留溪不免有些疑惑。

谢昭年站在墙柱的阴影处，漫不经心地望着她。

少年眉眼利落，眉尾的地方有个锋锐的弧度，只是在林留溪面前，他总是有所收敛，看着也不算不好相处。

他这是……

谢昭年说："我给你准备了一个惊喜。"

惊喜。

林留溪心跳莫名加快。

他不会要求婚吧？

谢昭年走到她身边，影子把她笼罩在其中。

林留溪瞬间紧张起来。

谢昭年往后备厢瞥了一眼，林留溪领会他的意思，走过去。

只是她越紧张就越容易多想。

某个犯罪栏目看多了，她首先想到的是后备厢的秘密，什么杀人藏尸、连环绑架。谢昭年讨厌她，把骗她过来，然后塞进去，各种荒谬的想法从她脑子里冒出，有时候人的思维发散起来就是这样离谱。

只能庆幸心声不会从喉咙里溢出来。

林留溪定定地站在那儿，神情古怪。

谢昭年笑道："就不能有点仪式感？比如闭上眼什么的？"

林留溪在心里斗争了一会儿，才乖乖地闭上眼。

眼前一片黑暗，只听见两人均匀的呼吸声，她感觉到谢昭年在靠近她，后背几乎可以感觉到谢昭年胸膛的起伏。

伴随一声后备厢打开的声音，他低声说："睁开眼吧。"

林留溪下意识就睁眼。

入目是后备厢里的点点灯光，缠绕在鲜花四周，给她明亮又温馨的感觉，像向日葵一样。

后备厢里塞满了粉白色的花，风一动，花瓣如同流水一样，快要溢出来。她心里忽然起了一阵粉色的龙卷风，38.6℃，有人说这是人心动的温度。

这么多花，满满一箱。

林留溪一时惊得说不出话来："谢昭年，你——"

她忽而直视谢昭年，睫毛颤动。

谢昭年低着头道："你还不明白吗？花店里的花卖完了，是因为我把花店里的花买完了。不是蓄谋已久，而是突如其来的想法。你今天上班这么累，不准备点惊喜怎么行？"

他说话还是那么真诚，令林留溪感到安心。

怎么高中时就看不出他是这么一个浪漫的人，超级会来事。她不禁暗自窃喜自己眼光真好啊。

喜欢他是她做的最不后悔的事了。

林留溪超小声地说："浪费。"

谢昭年却道："送花是为让爱人开心，你喜欢就不浪费。"

林留溪的眼瞳被灯光映亮，因而也带上笑意："那好吧。为了不浪费，我就勉为其难喜欢这些花。"

她踮起脚，轻声说道："还有，送我花的爱人。"

谢昭年亲吻她的额头，眼神温柔。

玫瑰之所以对于小王子是独特的，是因为小王子在玫瑰上花了很多心思，爱给鲜花赋予意义，也让玫瑰变得独一无二。

虽然林留溪想象中的求婚没有，但她此刻的心情还是独一无二的。该怎么形容呢？就像花朵的芬芳在空气中发酵成香水，蝴蝶轻扇翅膀，抖落一地花粉，是独家的欢喜。

倒也不急。

他俩回到家已经很晚了。

谢昭年早就准备好晚餐，奶油蘑菇芝士意面，放在微波炉里加热一下，林留溪吃得津津有味。她吃饭的时候，谢昭年进浴室洗澡。

西西又开始上蹿下跳了。

这猫一到晚上就活跃得很，上次谢昭年爸妈来的那次没把家给拆了，差点就被谢昭年揍一顿。林留溪怕它又闯出什么祸来，跑过去逮猫。

西西回头看了她一眼，窜到另一边去。

林留溪一个不留神身体前倾，脑袋差点撞上浴室的门，好在最后只是身体碰上。磨砂的推拉门"哐当"着晃荡了一下。

浴室的门打开。

她听见谢昭年的脚步声。

很快，磨砂门也被推开。

谢昭年还以为是西西在撞门，磨砂门还没被推开，他就语气不善道："死猫，你还没完没了是吧？"

他眼睛一瞥，却看见肩膀靠在门边的林留溪。林留溪低着脑袋，状若无事就要走。

谢昭年拉住她的胳膊，散漫道："哦，原来是我媳妇。小心地滑。"

语气瞬间就变了。

林留溪不敢直勾勾地盯着他看，这厮上衣没穿，只腰间系了一条浴巾，肌肉线条分明又流畅，沟壑凸起，很惑人。

她解释道："我原本是抓西西的，但是它乱跑没抓住，我不小心撞上的。"

说着，林留溪不动声色地从他手中挣脱开，继续去抓猫。

谢昭年摇摇头，进卧室穿衣服去了。

晚上他俩躺在床上。

林留溪问谢昭年："你睡了没？"

她喜欢侧着睡，谢昭年通常就揽住她的腰，手搭着她的后背。

只不过屋内开了冷空调，林留溪把脑袋埋进被子里，手还抱着他的胳膊。

谢昭年道："没。"

林留溪道："我们聊聊天。"

谢昭年"啧"了一声："不是不说梦话吗？"

林留溪当即语塞，这人还挺记仇的。

她不管道："我今天不是协助我老师做手术，你猜我碰到谁了？"

谢昭年"嗯哼"了一声。

林留溪道："高中给我起外号的人的父亲。好好笑，他还以为我会报复他。"

谢昭年嗤笑："虽然我不知道你遇上的是哪个，但那时叫你外号的都被我打了一顿。我人生中第一次没事找事就是因为他们，也算是他们的荣幸。"

林留溪安静了片刻，她后来其实猜出来了，谢昭年就是故意找他们麻烦的。

就是当年她不敢想。

她说："我当然不会像他一样人品败坏，总把人想得狭隘。他之所以觉得我会报复他，无非是要是换作他，他肯定会那么做。但是我不会，我

303

宣誓过的就一定会遵守。所以我和他不一样。"

和林涛也不一样。

都说原生家庭是一面镜子，孩子是不幸家庭的缩影。但是林留溪没有变得和林涛一样，她一直都是她。

谢昭年道："你当然和他不一样，所以我喜欢你。"

林留溪的脑袋从被子中钻出来，眼睛一眨不眨地看向他，笑道："你的情话真是无孔不入，所以我也喜欢你。"

林留溪下周放假。

想起很久没和谢昭年出去正经约会了，林留溪抬头说道："我下周放假，周一出去玩吗？"

谢昭年："没空。"

林留溪问："周二？"

谢昭年："没空。"

他一脸神秘，欠欠的样子好像在说你猜。

林留溪只随口问："忙什么？"

谢昭年回答："忙着谋划一件大事。"

终身大事。

林留溪倒没有追问，"噢"了一声后，躺回去睡觉。谢昭年能谋划什么大事？估计过段时间就知道了。

她刚一闭眼，谢昭年就问："你要睡了吗？"

林留溪道："快了。"

少年漫不经心道："问你一个问题。"

林留溪"嗯"了一声。

还以为他又要问什么时候喜欢他之类的，林留溪都要困死了，谁想到谢昭年只是问她："你喜欢什么样的钻戒？"

林留溪忽而睁开眼，眼前是窗户，窗外是漫天星辰。

她手指揪紧床单："喜欢——喜欢你送我的。"

没有别的标准。

唯一的标准只是谢昭年送她的罢了，因为她知道她的少年会把世界上最好的送给她。

少年失笑，从背后搂紧了她。

最近林留溪放假，天空总是会下太阳雨。

空气闷热，街道潮湿，拉开窗帘，可见玻璃窗上的水珠。

谢昭年不在家，林留溪就开着空调在家里看纪录片，吃着薯片。

窗帘虚掩着，等谢昭年回到家，她就把花瓶里的花换成新鲜的。谢昭年陪着她一起看电影，看就看，还偷吃她的薯片。

林留溪看到一半，手伸进去，发现薯片快要吃完了，不免侧头看向谢昭年。谢昭年不以为然，手还往她这边伸。

这么大摇大摆，偏偏神情还不以为然。

林留溪拍开他的手，谢昭年却反手抓住她的手。

手心相贴，她感受到少年手掌上的暖意，心脏像是被电了一下。

谢昭年没有松手。

就这么肆无忌惮地与她对望，黑色的眼睛里映出少女慌张的神情。

林留溪不客气地哼哼道："去洗手。"

才抓了薯片，又抓她的手，手上全是薯片的油渍。

谢昭年道："洗了。"

他刚刚确实去了趟洗手间，只是手上的水用纸擦干，林留溪一时也记不清了。

她刚要说什么来弥补，谢昭年手上却用力，把她往他这边拉。

林留溪放下了薯片。

谢昭年摊开她的手。

他在她的右手无名指套上了一枚戒指。

戒指很漂亮，并不追求大大的钻石，而是整体设计的合适。它小巧精致，戴在林留溪的无名指上，像朵银色的小花，璀璨又闪耀。

谢昭年漫不经心地笑："还挺合适。"

林留溪睁大眼，当即愣住了。

戒指……

莫名想起高二那年，她还没有和陆轻悦闹掰，早上去学校，在路上碰见陆轻悦。

陆轻悦的校服外套下藏着一袋面包，二中从不让带吃的进校园，除非不被保安看见。林留溪倒是心领神会，用身体帮她挡着，一直走进校园里。

陆轻悦松了口气，把面包从外套下拿出来，问她要不要。

林留溪笑着说："要。"

面包还是五谷的，陆轻悦说健康。

她俩边聊天边走进教学楼，手挽着手，中间还要穿过操场。阳光洒在操场的草坪上，给假草镀了金似的。

林留溪见陆轻悦一直摆弄着捆面包塑料袋包装的钢丝，就问："你在

305

干吗呢？"

陆轻悦把钢丝拧成戒指，得意扬扬地在林留溪面前展示。

林留溪伸出右手无名指，让她给自己戴上。

她收到的第一个戒指是来自好友的，虽然很简陋，却是最珍贵的。

陆轻悦道："怎样？就问你牛不牛？"

两人已经走到教室门口，林留溪挽着她的手走进去，"啧"声："牛，太牛了！我要亲死你，我和你天下第一好，爱你爱你爱你，超级爱你，我的宝！"

陆轻悦的表情像是在说——你、正、常、点。

林留溪面带笑意地看着她。

只是今天班上好像格外安静，平时这个点，预备铃还没打响，大家都会聚在一起聊天、玩多媒体之类的。而现在教室里安安静静的，来的人也格外多，都在低头补作业，只有林留溪的"爱你"在教室里回响。

有人弱弱道："啊？你要亲死谁？"

林留溪拧眉一望，这人根本就不认识，扫了眼教室里那一张张陌生的脸，顿时大脑死机。

好家伙，走错班了。

啊啊啊啊啊。

她瞬间脸颊通红，听见角落里一声嗤笑，懒洋洋的，像是没睡醒的朝阳。

少年靠在墙边，手中拿着一本单词书。窗帘被晨风吹起，在地板上投下一片阴影。

他还是那样，帅得一眼就叫人惊艳。

没想到走到他们班上来了。

好在那时候够尴尬，允许她尴尬地笑，这样林留溪就能光明正大地把暗恋他的窃喜杂糅进上扬的嘴角中。

她捂住脸，用胳膊撞了撞陆轻悦，两人在众学霸的注视下，慌忙逃窜。

跑得太快，林留溪就没注意自己的"戒指"从无名指上滑落了。

这天早读正好是谢昭年扫地，他从地板上捡起那个被人踩变形的"戒指"，差点没笑出声。

在多年后，谢昭年还了林留溪一个真正的戒指，还亲手戴在她的无名指上。这天早上还下了雨，玻璃窗上的水珠闪耀，林留溪的视线从戒指上收回。

她直接伸手搂住他的脖子，整个人挂在上面，谢昭年的肩膀湿了。

这小姑娘就是不说话。

谢昭年无奈地揉揉她的头发，哑声说："去 Dionysus 吧，大家都在。"
都在。

太阳雨停了，天空挂上彩虹。
Dionysus 今天被包场，外人进不来，里面都是林留溪熟悉的人。肖霖几个围在一起打牌，冯楼雨喊了她的室友来，或许大家都心知肚明待会儿会发生什么，林留溪和谢昭年一进来，都看着这边笑。
"谢哥，来了？"
"哟，谁来了？林留溪啊，现在是林大医生了！"
谢昭年拍了一下肖霖的头，肖霖吃痛惊呼一声。
他因此也看见了林留溪无名指上的戒指，睁大眼："谢哥，你可以啊。她答应了？"
两人都不说话。
良久，谢昭年才说了两个字："闭嘴。"
别人求婚都是边跪边送戒指，谢昭年这人倒好，直接就给了戒指，生怕林留溪不同意一样。
林留溪上次在 Dionysus 碰见谢昭年纯属是个意外，她这次是跟着他一起来的，感觉和记忆中又有点不同。吊灯换了新的，店面还扩张了，看起来亮堂了许多，要知道在这个寸土寸金的地方，这可不是一件简单的事。
林留溪拉拉谢昭年的胳膊："可以啊，谢昭年。"
谢昭年"啧"声："那是。"
他从卡座后面拿出一个黑色的大包，林留溪的目光被吸引过去——这是他的吉他。
差点都忘了谢昭年还会这个。

高一那年，谢昭年可是凭着这把吉他和周杰伦的歌曲在运动会上一举成名。林留溪记得特别清楚，那几周校园墙上全是他弹吉他的照片，还有问谢昭年联系方式的。
还是当年的那把吉他，这么多年被保护得很好，林留溪惊叹的同时，发现面板上多了串英文：18LovX18888always.
真的喜欢一个人的时候，爱是会在细节中体现出来的。
和谢昭年在一起后，她发现了很多的细节：他会记得她喜欢吃口味重一点的、喜欢侧着睡、喜欢用投影仪看电影纪录片、薯片喜欢吃黄瓜味的、可乐喜欢喝可口可乐很少喝百事……
在林留溪极度渴望被爱的青春期，连亲生父亲都不记得她的生日，以至于她那时性格敏感缺爱，一点小事都可以让她炸毛。

所幸，有人不在意她浑身的刺来爱她，把破碎的她捡起来一点点拼成完整。

玫瑰找到了属于她的小王子。

他很爱她。

谢昭年试了试音，弦音清越。

他坐在台上，只有他一人，灯光照在他的头发上，是她爱的人在闪闪发光。

林留溪站在台下，听他弹唱。

少年低着头看弦，手指拨动着，时不时看向林留溪，目光何其张扬，却只对她一人温柔。

他唱的这首是周杰伦的《爱在西元前》。想想高中的时候，广播站里的歌在潮流中轮换，从电音到 Rap，但永远火的都是周杰伦。

忙碌中的那一点点美好，拼凑成她完整的高中生活。

林留溪认真地听他唱。

一曲终了，她耳边瞬间爆发出热烈的掌声。

"谢哥牛啊！之前在国外联谊会上，这么多人想听你弹唱你都拒绝，原来是专门唱给嫂子听啊！"

"唱这么好听，简直要命！直接出道得了，有些人明明可以靠脸吃饭，偏偏才艺又过人！"

"这么帅的嘛！这不和我们林医生是天生一对！"

在众多好友的起哄声中，谢昭年走向林留溪，他难得收起浑身的吊儿郎当，停在她面前，低下头似笑非笑道："你收了我的戒指，就不考虑嫁给我？"

这话就像是笃定她会一样。

林留溪若有所思："你都这么说了，那我考虑一下哦。"

谢昭年笑了一声，盯着她飞扬的刘海，手插进兜里，说道："我说真的。你别考虑了，我们挑个好日子去领证呗。"

她手中的戒指闪耀，此刻灯光也迷人。

林留溪温声道："你既然都这么诚心诚意了，我就勉为其难答应好了。领证之前叫男朋友，领完证之后叫老公。"

她看向他："老公。

"那就麻烦你挑个好日子啦。"

这两个字听在谢昭年耳朵里酥酥麻麻的，谢昭年当即就忍不住了，差点把她揉进怀里，这谁能忍得了？恨不得当场就把她按在墙上亲。

少年勾起唇，朝林留溪伸出一只手，她把自己的手递过去，谢昭年捏住，十分有力。

他扫了一眼在场的众人，散漫道："看什么看？这是我媳妇儿。"

在满屋子的祝福声中，林留溪贴在谢昭年的耳边说："谢昭年，你会爱我到什么时候？"

上次他说18888岁以后，林留溪想再听他说一遍。他说情话的样子最帅，她怎么也听不腻。

可这次，谢昭年思考了一会儿，才说："世界上所有的冰块融化……"

林留溪道："全球变暖到一定程度，南北极的冰川就会融为海洋，到时世界上就没有冰块了，你就不爱我了吗？哦，也对，我们都跟着世界一起毁灭了。"

她说着说着，还皱起了眉。

"我的意思是——"谢昭年散漫道，"就算世界上的所有冰块融化，我也不会停止爱你。"

番外一 ▾ 新婚

林留溪和谢昭年的婚礼在海边举办。

婚礼策划人是蒋依岳。

林留溪也是听谢昭年说，可以放心地把这件事交给蒋依岳，才知道原来蒋依岳私下里还是个拥有百万粉丝的博主，毕业以后自己还开了家婚庆公司。

这一家人还真的是……各有各的优秀。

林留溪在化妆间等待，无聊时，刷蒋依岳的微博。

蒋依岳的微博里基本都是一些婚礼现场。最新发的一条是在海边，接近黄昏，天色逐渐暗沉。

正是他们现在所在的地方。

她看底下的评论：

△好美，好漂亮，啊啊啊啊！我家依依真棒！搞这么高级肯定要花不少钱吧！

△依依一般不是不亲自出马吗？突然好奇这对新人的身份。

蒋依岳在下面回复：我表哥啦。

后面：！！！

这个号之前是蒋依岳的生活号，留学时期发过许多 Vlog（视频日志），画面中时不时会闪现一个大帅哥，额前碎发到眉，眉尾锐利，神情慵懒，很高，手中拿着一罐汽水，靠在窗边听歌。

粉丝问她这是谁，蒋依岳说表哥。

粉丝：那他有女朋友吗？

蒋依岳：没有，我感觉他以后是要出家的人。

粉丝：求联系方式！

蒋依岳：他说被封了。

粉丝：。

310

谁能想到就是这样一个倒追也没门的大帅哥突然就结婚了！

粉丝：想看嫂子照片！

粉丝：+1

粉丝：求分享追帅哥的经验，呜呜呜呜呜！我也想拿下 Crush。

蒋依岳回复：不是我嫂子主动，而是我哥倒贴的。

粉丝：！

林留溪看到这儿，嘴角不自觉上扬。一旁的冯楼雨问她笑什么，她说没什么。冯楼雨半信半疑地把脑袋凑过去，林留溪熄屏。

冯楼雨"啧"了一声。

婚礼在傍晚举行，雾紫色的天空与橘粉夕阳交杂在一起，海水颜色像是迷雾中的蓝山。沙滩上的长形桌上摆满鲜花，粉色和淡粉色的玫瑰，上面吊着的很多橘色小灯像星星的眼泪，如梦似幻。

林留溪今天很漂亮，穿着纯白镶钻的公主裙，戴着的头纱随着海风摇曳，手捧花而来。

她在高中时期其实就想象过很多次自己穿婚纱的样子，但这一刻真正到来，却越发紧张。

谢昭年牵着她的手，目光一刻也离不开她。

他越看林留溪就越紧张。

她小声说："看路，别等会儿摔着了。"

谢昭年就看她，嘴角扬起笑意。

真拿他没办法，林留溪无奈。

有什么好看的！不就是穿了一条好看点的裙子嘛。

可她不知道在谢昭年那儿，今天是人生中最重要的一天，从此刻起，他从高中就开始喜欢的小姑娘要变成媳妇了，此生唯一的爱人。

两人相对而立，林留溪却不敢看谢昭年。

他的目光总让她害羞。

在交换戒指前，有个互相表白的环节。

谢昭年接过话筒，一如十八岁那年张扬："现在站在这里的是我的媳妇，现在是，以后是，永远都是。我从十八岁就开始喜欢她，只是那时候不太懂爱，只想着她能够坐在我车后座抱住我，所以故意把车开得很快……"

林留溪猛然想起谢昭年带她飙车的那个晚上，他确实把车开得很快，但又始终保持在安全的范围内。

在那个晚上，她有无数个拥抱他的想法，但是她没有付诸行动，她不知道谢昭年其实也喜欢她。

所以她鼓起勇气伸出去的手又收回来了。

谢昭年讲完，轮到林留溪了。

她捏紧话筒说："我喜欢他的时候也是在高中，那时候吧，我执着于成为别人的唯一而不是之一，所以我就想，谢昭年长得这么好看，又这么优秀，他这一辈子肯定不只有我，我就不喜欢他了。

"但是喜欢这事就是这样，我越说我不喜欢他，眼睛就越往他那儿瞟，跑操的时候、跑八百米的时候，还有大家一起做眼保健操的时候。这时大家都闭着眼，我就可以光明正大地回头偷看他一眼。只一眼，我就知道我还是喜欢他的。

"那时他们都说我和他有一腿，我却不敢信以为真，怕到最后只是我一个人在自作多情。好在——兜兜转转我们还是在一起。谢昭年对我很好，总会明目张胆地让我感受到爱。

"所以，后来我想了想，或许只要谢昭年还爱我，无论发生什么，我们都会在一起。"

她说的每一个字都很清晰。

谢昭年愣了许久，只觉得自己之前对她还不够好，她这么喜欢他，他往后应该多喜欢她才对。

他看向她的目光极其温柔。

太阳逐渐西沉，翻涌海水泛金，海风将他们的誓言吹遍整个沙滩。

林留溪和谢昭年在大家的见证下交换戒指。

肖霖先站起来鼓掌，然后是他们的朋友家人。在场的人很少，但是掌声很大，或许都是他们熟悉的人吧。

这让林留溪有点害羞。

她和谢昭年的婚礼其实很简单，没有盛大的排场、吵闹的小孩，和叫不出名字的亲戚。不过是晚星、几瓶香槟、家人的笑脸和三两个好友罢了。

他们也懂分寸，林留溪也放得开。

仪式结束后，林留溪和谢昭年回了提前订好的酒店。酒店也在海边，推开窗就可以看见海，还配有露天的阳台、浴缸，但是隐蔽性很好，更何况谢昭年有钱包场。

礼服穿了一天也太不方便，林留溪就换了一条比较舒适的白裙子，贴身且面料舒服，摸起来很顺滑。

她一坐在床边，就看见堆积如山的礼物，都是由管家帮忙送回的。

这些礼物是在婚礼上收的，大大小小的礼盒看起来就很贵重。

林留溪简直数不过来。

不过令她印象比较深刻的是，婚礼快要结束时，有一个她不认识的女生到达婚礼现场，那女生还单独和她说过话。

女生说自己是某某设计师的学生。

她的老师现在在国外办艺术展，是个很优秀的设计师，同时还是某大学的教授。

她的老师知道林留溪要结婚了，特地让她来给林留溪送新婚礼物。她的老师说是给一个很重要的朋友，随后又说不是朋友。算了，说不清，反正一定要送到，即便是漂洋过海。

林留溪肯定是不认得什么某某设计师兼什么国外大学教授，还以为是谢昭年的朋友，问谢昭年，谢昭年却说没印象。

林留溪半信半疑地拆开礼物——

那是一幅画。

画上是星空，点点星芒闪耀，像是抓了一把碎钻洒在银河里。

不得不说，很惊艳。

可让林留溪指尖一颤的却不是这个，而是最下面的那串拉丁文：Per Aspera Ad Astra.

手写的，没有署名。

她却一眼就认出这是陆轻悦的字迹。

陆轻悦现在是有名的设计师了啊。

林留溪捏紧手，看见了夹在画背后的那封信。

致曾经的朋友：

或许你会疑惑，我为什么会知道你结婚的消息。但其实很简单，不过是你爱人的兄弟过于高兴发了空间，恰好被共同好友看见了，就告诉我了。

我还记得我们曾经约定，长大后要是和爱人结婚一定要邀请彼此。婚礼一切从简，不要有烦人的亲戚，不懂分寸的小孩，只邀请最好的朋友作为伴郎伴娘，开一瓶香槟，吃一块蛋糕，不被世俗的规矩束缚，最好能在一场晚风中、在朋友的见证下与爱人交换戒指。

曾经我也是这么想的。

有时候翻到我们曾经的照片，好像回到了从前。但也只是好像。那时我们的自尊心都太强，谁也不肯向谁低头，有矛盾不会及时沟通，不会把事情摆出来坦白讲，隔阂逐渐化为鸿沟。然后我们就不会依靠彼此了。

　　长大后我想过很多次，要是我那个时候立场再坚定一点就好了，让你感受到我很在乎你。可惜后悔没用，早就回不去了，但我还是作为一个陌生人来祝愿你一句：新婚快乐，林留溪。

　　你很棒。我也很棒。

　　我们虽然不像曾经一样要好，但都变成了很优秀的人。未来也将一直如此。

　　林留溪虽然早有准备，但还是红了眼眶。

　　她把信件折叠起来，抑制着自己的情绪。

　　谢昭年从浴室出来，发现她不对劲，懒洋洋地问："怎么？新婚还哭，我欺负你了？"

　　林留溪道："谁哭了？我只是收到一个人的礼物，心情有点复杂，我也没想到今天会收到她的东西。反正这件事很复杂，一时也解释不清。"

　　谢昭年眯着眼睛问："男的？"

　　林留溪看向他："什么男的？女的。你就知道吃醋。"

　　谢昭年背对着窗，"啧"了一声。

　　窗外的夜色浓郁，天空是深蓝色的。夜晚的海边很安静，海水在月下闪闪发光。

　　或许是夜色太好，她突然有了倾诉的欲望，戳了戳谢昭年："时间还早，我们出去走走？"

　　谢昭年用毛巾擦了擦头发，随便在上衣外套了一件灰色外套，笑道："我没什么意见，你若想去，我就陪你。"

　　他在她这里向来是没什么主见的。

　　夜色快与海平面融合在一起，都是深蓝色的。抬头可见碎星，恰好无云遮掩，月亮的光辉明显。

　　林留溪踩在沙滩上，连发丝都在发亮。

　　她身上的白裙子随风飘扬，是那种吊带的款式，虽然舒适，但面料很薄。早知道就套一件针织外套了，她隐隐有些后悔。

　　越接近海边，海浪在潮汐的作用下，触碰上她的脚趾。

　　好冷，她不自觉打了个哆嗦，感觉像是泡在了冰水里。林留溪的腿不由自主地往后缩，身体靠在了谢昭年身上。

　　谢昭年盯着她的脑袋，散漫地笑道："知道外面冷，还穿这么少？"

林留溪嘴硬："我什么时候说冷了？只是海水突然涌过来，吓了我一跳。"

谢昭年笑了一下，若有所思道："嗯。海水会吓人……长见识了。"

话是这么说，他还是把外套脱下来，披在林留溪的肩上。林留溪垂下头，外套宽大，披在她身上就像穿了一条裙子。

沙滩上留下阴影。

林留溪弯唇道："那你都知道我被吓到了，还不哄我？"

她仰头，鬓边的碎发飘扬。

谢昭年低头看着她，笑了："想要我怎么哄？"

他的手扶着林留溪的后脑勺，手指勾着她的头发。

林留溪凑近他，指了指自己的脸颊，笑了笑。谢昭年就弯下腰，在她的左脸颊上亲吻了一刻。

耳边皆是海浪的声音。

林留溪的睫毛颤动，说："你知道我刚刚为什么哭吗？"

谢昭年顺着她的话说："为什么？"

林留溪："不是因为你哪里欺负我，而是我难过。"

空气安静了一会儿，海水的"哗哗"声依旧。

谢昭年没有问她原因，而是对她说："难过就看海。我带你去个地方。"

海边的风很大，他声音懒倦，总是这样给她留出余地。

林留溪一愣，抬头看向他。

微暗的光线下，他的面容有些模糊不清，但依旧可以看出他五官的优秀，鼻梁高，眼瞳黑，在暗的地方是这样，要是有阳光的时候，又是黑棕色，像冷漠小猫一样的眼睛。

他朝她伸出一只手，林留溪看见他飘起来的头发，在额头上晃荡，好像海面上起伏的小船。

她没多想，直接伸手让他牵着，和谢昭年说："我高中的时候有一个玩得很好的朋友，从初中开始，我们就玩在一起。你也见过，但或许你忘记了。反正后面发生了一件事，我就和她闹掰了。"

谢昭年很快就猜出来了："但是你今晚收到了她送的礼物？"

林留溪道："嗯。"

她说："那时非要闹到永生永世都不再相见的大事，现在回想起来，好像都不值得一提。后面我也后悔过，是不是一定要把事情做这么绝？我真的……那个时候……就只有陆轻悦最懂我了。"

谢昭年道："你就是因为这个难过？"

林留溪点点头。

315

谢昭年道："我们总要遇见更多人的，不能总被困在过去。"

林留溪一愣。

谢昭年回头看向她，虽然神情模糊，但林留溪感觉他的眼睛里带着笑。

他继续道："你后来不是遇见冯楼雨了吗？也不算运气差。我们总要遇见更多的人，然后磨合出合适的人。都是为了成为更好的自己。"

在林留溪的世界里，海浪声突然变得很轻，月光皎洁。

谢昭年淡声说："不过——就算世界上所有人都不能陪你走到最后，我也会陪你到最后。"

林留溪明知道理由，却总喜欢听他亲口说。

谢昭年挑眉道："因为我此生从未这么喜欢一个人。"

林留溪仰头，对着他笑："好听，爱听。"

心情好了不少。

谢昭年拉着她，两人在沙滩上留下一串脚印。

软绵绵的沙子中混杂着海水，林留溪踩在上面，像是踩中了吸满水的海绵。外面套着谢昭年的衣服，所以她不冷。

夜晚很安静，偶尔能听见蝉鸣。

谢昭年说带她去个地方，可是走了很久都没到。

林留溪走累了，弯下腰，双手扶住膝盖，说道："谢昭年……怎么还没到……我感觉我的脚底板都要冒烟了。"

的确是走了很久，记得过来的时候，海岸边还有一丛茂密的树林，但不知道什么时候，这泡在海水中的树林化为一个黑色的点，只占据她视野的角落，微不足道。

看她喘着气，谢昭年停下来："休息一会儿？不急。"

林留溪问："还有多远呀？"

要是快到了，她还能再坚持一会儿。

可谢昭年说："大概还有一段距离吧。"

他顿了顿，看向她："要不我背你？"

林留溪摇摇头："还是坐下来休息一会儿，背人还是挺累的。我不想你这么累。"

她勾起唇，也看向他，谢昭年散漫道："你还是挺轻的，我又不是没抱过。"

之前就是拦腰抱，直接把她从沙发上抱起，从座位上抱起，抱回家或是床上，他一点也不吃力。

可林留溪还是坚持要休息一会儿，既然谢昭年说要带她去个地方，肯定是准备了惊喜，路途上还是不要这么劳累为好。

越接近海边沙子越细，远离海边有一片草坪，两人就坐在草坪上休息。

谢昭年究竟要带自己去哪儿？林留溪终究忍不住好奇，戳了戳他的胳膊："你透露一下呗。"

谢昭年："想要我怎么透露？"

林留溪："给个提示词。"

谢昭年想了想："地理试卷。"

林留溪还是听得一头雾水。

地理试卷？新婚之夜写地理试卷吗？她觉得挺荒谬的。

算了，想不明白，总会知道的。

休息了一会儿，两人继续出发。夜色已经很浓了，天空与海面融为一体，若不是泛着白沫的浪花拍打在沙滩上，还真看不出天与海。

林留溪都有些困了，她揉了揉眼睛。

可就是在这个时候，谢昭年说："到了。"

林留溪带着睡意抬起头，看见眼前的场景，顿时愣在了原地。

是否曾看见过会发光的蓝海，在梦中一样的场景。

深蓝的海水不断起伏，海浪涌上沙滩，大海在呼吸，天空是蓝调时刻。海水中的蓝色荧光镶嵌在海浪的边缘，像是深海中会发光的透明水母，又像是星光从天上坠落，被人撒了一把，撒进海水中。

会发光的蓝海……

林留溪刹那间明白，为什么谢昭年给的提示词是地理试卷了。

高二接近会考的时候，学校进行了一次摸底考试。林留溪平时都是选薄弱的科目刷卷子，大半年都没碰过别的科目。于是乎，这次地理摸底考试，她直接拿了不及格。

拿到答题卡，她趴在桌子上，刷从外班借来的地理卷子，欲哭无泪："我怎么知道'蓝眼泪'会出现在什么海岸啊……"

她问冯楼雨："你知道'蓝眼泪'会出现在哪个海岸吗？"

冯楼雨看了她一眼："什么'蓝眼泪'？"

林留溪说："题干上说是地理现象，其实原理就是一种会发光的浮游生物。当海萤在海洋中泛滥的时候，海浪就会发光，蓝色的荧光。他们说很漂亮。我在网上刷到过，好想亲眼看一次。"

一定好漂亮。

谢昭年这时拿着试卷走进教室，喊了林留溪的名字，林留溪的脑袋从书立后探出来。

谢昭年说：“老师叫你早点过去拿U盘。”

林留溪“哦”了一声，直接就从位置上站起来。

那时林留溪还没想到，蓝色荧光海将来会在眼前成真。它和多年前在网上刷到的视频一样美，像坠落在海上的流星雨一样，如梦似幻。

而她站在原地，无法用言语来形容。

这么好看，是真的好漂亮。

林留溪瞬间困意全无，都过去这么多年了——

她愣愣道：“原来，你还记得啊……”

谢昭年抱着双手，扬眉：“很惊喜？”

“嗯。”林留溪想了一会儿，皱眉道，“哎，不对，明明今晚是我叫你出来走走的……”

怎么最后成了谢昭年提前准备惊喜了？

谢昭年散漫地笑道：“我这不是陪你出来走了？”

他看向发光的蓝海，慢慢地解释：“我挑在这里举行婚礼，其实就是因为知道有这个。我早就准备好了，只不过提前让你看见了而已。”

真好啊。

林留溪转过身，额头贴住他，说道：“抱我。”

谢昭年虽然不知道她要干什么，但还是把手放在少女的腰部一揽，很听话地抱起了她。

少女的腿瞬间夹住他腰间，脸庞好似月光一样皎洁。

她说上一点，谢昭年就往上一点。

于是乎，林留溪的脑袋比他高了，这面对着面，着实容易叫人脸红心跳。

她的手臂很白，抱住他的脖子。谢昭年努力维持着面上的冷静，他知道现在确实不是时候。

但林留溪又好似刻意逗弄他一样，突然俯下身，在他的唇上落下一吻。

她哑声说：“喜欢你。”

突然就好喜欢好喜欢他。她的眼眶不知不觉就湿了。

谢昭年盯着她的脸颊，低声笑了。

他媳妇总是这样，看似不好招惹，但总爱抱着他哭，看得人心都化了。

所以往后余生，就用爱来填满她。谢昭年想。

两人靠近蓝海，海水漫过他的脚边，发着幽蓝的光。林留溪的裙摆不小心沾染上海水，蓝光在白裙子上一闪而逝。

但她不介意。

而谢昭年捧上她的脸，反客为主。

番外二 ▾ 网课

　　记得高一升高二的那个暑假，快开学了，疫情突然变得挺严重，很多人都说最近不要出门。

　　学校受了影响，决定延迟开学。线下开学延迟了，但是要上网课，早上八点钟起来早自习，还必须要开摄像头。

　　只是网课这东西大家都知道，不能一直上，一直上就会废掉。除了极个别自律人士，大家基本上都是挂在直播间浑水摸鱼。老师一问屏幕为什么是黑的，大家就说：摄像头坏了，手机摔了。

　　反正有无数个理由，就是不开摄像头。大概率他们此时此刻躺在床上。

　　网课期间，林留溪待在家，作息颠倒，凌晨三点睡，中午十二点起，一起来就和陆轻悦连麦打游戏，王者或者吃鸡，被健康系统弹下来，已经是下午了。

　　她的暑假作业还没写完，学校那边也发现一上网课大家都在摆烂，策划着怎么让大家回学校上课。

　　最有用的办法：打疫苗。

　　反正疫苗也是免费的。市里有专门的接种点，医院或者卫生院，每个社区都有，还有一些比较特殊的地方也被征用，变成了接种点。

　　林留溪问陆轻悦：你什么时候去打疫苗？

　　我女鹅天下第一：我昨天就去了。打完一般建议暂时不洗澡。

　　林留溪忍不住问：疼吗？

　　我女鹅天下第一：还好，只是有点紧张。

　　林留溪道：行。那我下午去打好了。

　　她去公众号查了，最近的疫苗点的号都被拿完了，除了最远的烟厂。

　　远到——她根本就没去过。

　　公交站牌上有一站正好叫"烟厂"。

　　林留溪坐公交车去烟厂。

从车上下来，四周都是居民区，找不到烟厂在哪儿。她想要用手机导航，点开手机，才发现导航软件之前就卸载了。因为打游戏内存不够用。

她沉默了片刻，打电话问了妈妈，也感觉问了个寂寞。林留溪正头疼，瞄到远处有个男生。

还是问问吧，反正丢脸也是陌生人。

她做了很多心理建设，才鼓起勇气走上前，从男生身后绕到他身前。

林留溪看向他，礼貌道："你好！你知道烟厂怎么走吗？"

他戴着口罩，刚刚一直在低头看手机，闻声他便垂眸，看着满脸紧张的林留溪。

天气比较热，少年穿了一件白色短袖，简单背了个腰包。袖子下露出半截胳膊，经脉分明，骨节处的凸起很明显。

他手中的手机微斜。

是谢昭年。

林留溪愣在原地。

和她想象中不同，谢昭年的手机屏幕并不是聊天软件的页面，而是网课的页面，看 PPT 上的公式，还是数学课。

只是他们的老师很沉默，一直闭着麦。

不是因为课讲完了，而是他们数学老师现在在点人回答问题，被点到的应该是谢昭年，所以他的麦是开着的。

林留溪也沉默了。

一时间，路边洒水车的音乐充斥他整个麦克风，班级直播间的弹幕炸了。

谷梁博：哈哈哈哈哈。他在外面。

施雨星：谢昭年，愣着干什么？快告诉她啊！人家问你路啊！

伍鸿哲：走在路上又被搭讪了。我们谢大帅哥依旧稳定发挥啊！

施雨星：什么搭讪？你没听见人家在问路吗？

在满屏的消息中，他们班数学老师默默地开启全员禁言，随后清清嗓子道："谢昭年，下次上网课最好在家里。在外面怎么上课？"

还顺便禁言了谢昭年的麦。

少年沉默地看向林留溪，淡声道："我不知道。"

他关掉手机，塞进口袋里。林留溪张唇想要说什么，谢昭年瞥了她一眼，若有所思："实不相瞒，我是路痴。"

落叶飘进下水道，洒水车浇灌花坛，飘散在空中的水滴折射着耀眼的阳光。

林留溪望着少年远去的背影，站了很久。

她撇撇嘴，不知道就不知道。

路边还有很多便利店是开着的，老板娘抱着哭泣的孙子低哄。林留溪在门口纠结了半天，最终还是走进去，假装买了一袋薯片，结账时有意无意地问老板娘烟厂怎么走。

兜兜转转，林留溪终于找到了。

烟厂和她想象中的不同，不像是电视剧里老旧的工厂，而像是酒店大厅一样，有沙发，有棕白相间的菱形瓷砖，上面还有纹路。林留溪觉得，可能是厂里接待贵宾之类的地方吧？

门口有戴着口罩的医生查健康码和行程码，每人间隔一米。

站在林留溪前面的女生还穿着实验中学的校服，来打疫苗的都是学生，很多学生都排到了门口。

林留溪莫名紧张起来。

她今天其实不是没有网课，而是这节网课是体育课，她后台直接挂在直播间。排队无聊的时候，她突然开始思考：体育课怎么上网课？哈哈哈。

林留溪觉得新奇，就点回直播间看看，入眼的是体育老师在地板上做俯卧撑，还让大家一起做。他没开全员禁言，弹幕区都是以下画风：

△加油加油！老师，胜利近在眼前！多做几个。

△老师，你简直是我的男神，太帅了吧！九班的刘亮说，他想问问你有没有腹肌！

刘亮：？？？你能不能滚！

体育课的网课都是几个班一起上，格外热闹，什么五花八门的弹幕都有。

另外还有各种奇奇怪怪的名字，很多人改名乱入，有改成校长名字的，还有改成年级主任名字的。

朱雷军：太帅了吧。

卢光耀：楼上是本人？

朱雷军二号：楼上是假的，我才是真的。

朱雷军三号：你们会完蛋。

朱雷军四号：你们都等着通报批评吧。

正在做俯卧撑的体育老师抬头一看，见大事不妙，直接开全员禁言。

林留溪高一班级群里都在说这事，说朱雷军本人知道了直播间里有一堆学生冒充他，朱雷军准备查是谁冒充他。

林留溪发了一条消息：真能查出来？

321

陈愿：只能查出 QQ 号，那边在通报批评了。批评了一堆 QQ 号，但不知道是谁。

然后陈愿转发了一大堆涉事 QQ 号，都是在直播间发表不文明言语或者冒充老师的，年级组让班主任去班级群里查是谁，但是很多班级群连备注都没有。

估计会不了了之。

林留溪随手点开一个 QQ 号，发现和这个 QQ 号有共同好友，当即人都蒙了。

啊。

林留溪一看备注：周肖林。

这不是……这不是他们班班主任嘛！

他怎么也在涉事名单里，显然发现这件事的不只有林留溪一人，班上其他男生直接把周肖林艾特出来：老师！你怎么也在涉事名单里？

林留溪捂着嘴偷笑。

周肖林：不好意思，刚刚手机放在沙发上，被我儿子按到了。

班上的男生：不信，你就是想看体育老师的腹肌。

另一个男生：大胆！怎么和老师说话的？

他们班群就被全员禁言了。

林留溪把这件事分享给了陆轻悦，陆轻悦发了一长串"哈哈哈哈哈"。林留溪抬起头来看队伍，快排到她了，她也就没看手机了。

打疫苗的地方在二楼，一共分为两队，一队靠近楼梯间，一队远离。

林留溪踮起脚，想看前面还有几个人，余光却看见了谢昭年。

他排在另一队，不像她这样紧张，一直看着手机，应该在继续上网课。

只不过在里面他没有外放，而是戴着蓝牙耳机，侧着脸，戴着 N95，下颌线条利落完美。他这人长得帅就算了，还高，站在长龙一样的队伍里像是鹤立鸡群，特别明显，一眼就看见了。

骗子。

林留溪一直盯着他，明明知道烟厂在哪儿。

她盯了许久，期盼谢昭年能注意到，但是他没注意到，神情散漫地靠在墙边，盯着手机屏幕。

排在他前面的男生好像和他认识，偶尔还会搭上两句话。

林留溪收回目光，算了。对于谢昭年而言，他们之间不过是见过几面、说过几句话而已。

她回过神，继续找陆轻悦聊天。下一个就是她了，林留溪最怕打针了，很紧张，一时把在里面看见谢昭年的事抛到脑后。

　　前面的人打完，她就坐在红色塑料凳子上，把袖子卷起来，她很轻易就嗅到了酒精的味道。

　　好吧。打针还是有点痛。

　　她咬着牙。

　　疫苗打完，医生给了林留溪一根棉签，让她按住针孔，要留下来观察二十分钟才能走。只不过胳膊太痛，没有一只手是空着的，她也玩不了手机，只能坐在一楼大厅的角落发呆。

　　二楼没有大厅，走廊中间是镂空的，从这儿俯视，可以看见一楼大厅的场景，坐满了打完疫苗的人。

　　谢昭年站在靠走廊的位置，前面那个男生回头看了一眼他，然后转而看向他的手机屏幕："想什么呢？屏幕都熄了。"

　　谢昭年抬头看了他一眼，散漫道："没什么，就是今天骗了一个人。"

　　男生一愣，显然听不懂他在说什么。

　　谢昭年瞥了一眼楼下那个坐在沙发上、按着胳膊的少女，她的眼睛一直在打量着周围的人，愁眉苦脸的，胳膊一动不动，看样子是真的很疼。

　　少年若有所思地说道："或许——还被她发现了。"

323

番外三 ▾ 跨年

关于元旦跨年，林留溪和谢昭年商量了很久。

商量之后的结果是到时候再说。到时候嘛，随便，先吃餐饭，然后再看场电影……怎么随意怎么来，公园人多就去公园里凑凑热闹。

"谢昭年，你觉得呢？我们还要去干吗？"

林留溪靠在沙发上，看向谢昭年。这厮午觉刚睡醒，从卧室里走出来，挠了挠头，头发参着，不知道的还以为有谁在他睡着的时候，拿卷发棒烫了几下，发尾都翘在头顶。

谢昭年侧头对她笑了下，边过去接水边回话，低哑的声线中睡意还未散去："干吗都行，我听我媳妇的。"

他一侧身，整个头发就参得更明显，衣服也随便穿着，给人一种玩嘻哈的错觉。

林留溪终究忍不住"扑哧"一声笑出来，提醒谢昭年："哎，你要不要去卫生间搞点水弄弄头发？成爆炸头了。"

饮水机旁边就有一面镜子，男人闻声抬眸，有模有样地对着镜子抒着头发。但头发不听话，没过多久就恢复原样，他没多少耐心，直接放弃了。

他散漫道："爆炸头也帅，有这张脸撑着。"

林留溪一时无言。

谢昭年兴头上来了给他杠上了，他坐在林留溪旁边，胳膊靠在沙发上，懒声道："你不说话就当默认了。"

幼稚。

林留溪故意板着脸，整个人定在原地不动，也不出声，一直盯着谢昭年，宛若在细细地打量他，等他说话，想等谢昭年被盯得不好意思了自己破功。

谢昭年这人聪明，自然看穿了林留溪的意图。所以他换了个舒服的姿势，也学着林留溪的模样一动不动，似笑非笑地与林留溪对视。

不能一直盯着爱人的眼睛看，不是因为他看向她的眼神是独一无二的，而是他眼中的爱意太过明目张胆，让她很害羞。

两人对视了一会儿，还是林留溪最先破功。她低下头，使劲憋着笑，推开谢昭年："滚啊。"

谢昭年手腕翻过来，抓住她的胳膊，淡笑道："对我就这么冷漠？睡了个觉就要我滚，啧啧啧，真没良心。"

林留溪和他相处这么久了，瞬间明白他说这话是什么意思。较真这一招在他这儿永远都玩不够，又在骗她亲他。

明知道如此，林留溪还是在他的脸颊上如蜻蜓点水般亲了一下："拿你没办法。"

她伸出食指，戳戳他的胳膊，恶声道："最后一次了啊。下次你再这么说，我可不会理睬你。"

谢昭年露出一个得逞的表情，勾手把玩着林留溪垂下来的头发。

他懒懒地盯着她平静的面庞，出声："林留溪。"

林留溪抬起头："嗯？"

"跨年那天我们在外面住呗。"

林留溪愕然地望向他，谢昭年的动作停下来，一脸无赖："酒店都订好了，总不能浪费吧？"

她想了想："行吧。"

天天在家也容易腻。

岂料谢昭年得寸进尺道："事先说好了，禁止带猫。"

林留溪有时候真怀疑西西是他在马路上随便捡来的。

12月31日，永远是一年的最后一天。

他们去逛商场，林留溪是最兴奋的，从她弯起来的眉眼都能感受到她的快乐。林留溪理了理刘海，回过头，对谢昭年勾勾手。

"愣着干什么啊？快过来。这家居然出了新品，去试试。"

"我们去书店逛逛吧？等会儿再去超市逛逛。

"谢昭年，帮我拍个照，先让我上网搜搜怎么拍照好看。给你变个惊喜，我带了拍立得！"

幸福最满的时候，总会心生惶恐。

这种情绪是因为害怕失去。

谢昭年罕见地走神，林留溪见他许久不动，笑容收敛，走到他面前挥挥手："你在想什么呢？"

十二月天气冷，她鼻尖泛红，穿着一件驼色的风衣，和谢昭年身上的这件是情侣装。脖子上的围巾是奶黄色的。她和他在一起之后，笑容就多

325

了起来，给人的感觉和向日葵一样，很明媚。

谢昭年比她高很多，但总会弯下腰来，故意把她梳好的头发揉乱。林留溪瞪向他，他就毫无悔改道："在想你为什么有时候这么傻？"

他的衣袖摩擦她的头发，起了静电，好一会儿才分开。林留溪踮起脚，把他的头发也揉乱，以示报复。

林留溪："傻什么呢？我喜欢你，很傻吗？"

她故作在思考："好吧，确实傻，我赞同。"

脖子上挂着的拍立得，随着动作在摇晃。谢昭年也没生气，而是嗤笑一声，把拍立得拿在手中把玩。林留溪还以为他现在就想拍。她刚想说什么，谢昭年却勾唇道："拍立得的相纸都没带，这还不傻吗？"

林留溪下意识地摸摸口袋，果然没有。

好吧。

出门时她还记得，换鞋的时候，就落在鞋柜上了。

谢昭年把相纸塞进她的衣服口袋，无奈道："这个家没我不行。"

这天气确实有些冷，他的手伸进林留溪的口袋，林留溪抓住他的手，很暖，舍不得松手。谢昭年胳膊一僵，抬眸与之对视。

林留溪的睫毛微微一动，被他看着的时候，她总会不自在。

他懒声说："你的手好冷。"

林留溪刚要抽手："不冷，不冷。"

谢昭年却握紧她，淡声说："你说不冷的时候，那就是冷。"

林留溪一愣，低下头，什么都没说就把脸埋进围巾里。

谢昭年不由得笑道："害羞什么？"

林留溪故作镇定："谁害羞？你害羞了？多大的人了，抓个手都能害羞。"

谢昭年面不改色地听着她颠倒黑白，吊儿郎当地笑道："那行，是我害羞了。那你就让让我，一直让我抓着。别离开我。"

他话语间的占有欲超强。

林留溪目不转睛地盯着他，倒把自己看笑了。

她手心里暖暖的，像是抓住了太阳。还记得小时候在南方过冬，家里还没装空调，就喜欢开着小太阳写作业。她写累了放下笔，把手凑在小太阳旁边，就是这样的感觉。

是炙热的。

不想松手。

她勾唇，讷讷道："好的，让你。"

326

商场很大，商业圈基本都在一块儿，但是因为很多人，队排得老长，她挤不进去，遂放弃，只找了一家人少的餐厅，提前吃了个晚饭，买了两杯水果茶，打包了一块点心。

提前准备好，等倒计时的时候开吃。

如果饿了的话。

跨年夜决定在外面游荡的年轻人很多，还没到点，外滩那儿就挤满了人。不仅江风吹得人舒服，一边的复古建筑群一到晚上也亮起灯。橙黄的灯光不由分说地打在街上行人的肩膀上。

红绿灯亮起，行人摩肩接踵。

林留溪和谢昭年刚过马路，就听见后头有人惊呼："哎，这不是……谢哥吗？"

是个戴墨镜的男人，穿着一件白色的外套，旁边跟着一个年轻漂亮的小姑娘。林留溪回头看了一眼，还以为他在喊别人。

谢昭年低声说："大学同学。"

原来如此。林留溪打量对方的同时对方也在打量她。

他"啧"声："谢哥，这是你女朋友？般配啊。你终于开窍了！上学的时候成天就会拒绝别人小姑娘。我们当时都在担心你，还以为你要出家。"

谢昭年拍了下他的脑袋，男人"哎哟"一声，谢昭年懒懒道："不是女朋友。"

林留溪看向他。

江风一到晚上就更大，湿漉漉的，像是有人在哭。要下雨的时候，也是这样。但在她心底，这成了另一种预兆，一种很强烈的预兆。

于是她听见谢昭年说："不是女朋友，是妻子、媳妇、我爱人。"

他神情是散漫的，语调却是柔和的。他的手靠在林留溪的肩膀上，微微搂着。死男人，这么会说话。林留溪抓住他的手指，然后把头埋进了他怀中。嘴角的笑容也藏起来，不让他看见。

太过害羞。

晚上十一点，外滩的人潮已成海。

林留溪都怀疑此刻上海一半人都在外滩。灯光闪烁，还有许多执勤的警察，很多外国人也来凑热闹，甚至很多网红都举着自拍架对着现场直播。

林留溪不由得感叹："好多人啊。"

谢昭年："后悔了？"

林留溪笑道："后悔什么呀？我就爱凑热闹，这样才有跨年的氛围感嘛。"

谢昭年拿她没辙，轻笑了一声。

林留溪看向他，嘟嘴道："笑什么？你不乐意吗？"

还没等谢昭年说话，林留溪忽而抱着他的胳膊假哭："呜呜呜，谢昭年，你不乐意陪我，说明什么？你不爱我了。我要变成鸽子把你丢进黄浦江里！"

也许是被周围的快乐氛围感染，林留溪都感觉自己有点疯，不知道什么时候，言行举止也变得咋咋呼呼起来。等她自己意识到了这一点，清了清嗓子，又恢复了文静小女孩的模样。

"开个玩笑。"

谢昭年捏捏她的脸："真可爱。"

因为喜欢她，她怎样他都觉得可爱。尽管月亮从她的身后升起来，他却看不见月亮，只看见了她。

今年的最后一分钟，大家一起倒数。

然后，再眨眼，就是新的一年了。

林留溪凑过来，示意谢昭年低下头。男人照着她的话做，她小声地对着他耳朵说："新年快乐，亲，爱，的。"

谢昭年一愣。

天空中除了夜色什么都没有。即便没有烟花，他的心里还是荧光闪烁。他的手扶着少女的后背，想要热吻她的脸颊。

谢昭年没对林留溪说新年快乐，而是反贴在林留溪的耳边："我爱你。我愿意一直陪你，今年、明年、永远。

"要是有一天我被你丢进黄浦江里了，也会慢慢地游上岸，抖落一身的水，来告诉你。

"溪溪，我是真的爱你。"

此生岁岁年年我都要和你一起过。

后记 ▾

    昨天赶完更新，想着写写随笔，缓解一下压力。那就随便写写吧。这篇迟来的《后记》会同步在晋江的随笔集里，嗯，杂七杂八的都堆在那儿算了。我基本上很少写后记，这本书完结的时候，想写个后记，但那时状态不好，提笔写了几行字，挤不出来了，算了，那就全部删了。

    有宝宝问我，为什么晋江的笔名叫"妙岁碎"，微博名却叫"小长衿"？其实《春夜》的"作话"中我说过的，因为原来的笔名就叫小长衿，过了笔名冷冻期就会改回去，现在已经改回去啦。朋友问我为什么要叫小长衿？有什么特殊含义吗？

    我说："我也不懂，就是当时注册作者号，脑子里突然冒出这个名字！"命运使然吧。

    命运是个很有趣的东西。在我的高中时期，某天晚自习，写题写累了，就趴在桌上，看着窗外发呆，或许是因为生物的趋光性，飞蛾在玻璃窗外扑腾。

    此刻，我就想到一个场景：一个怨气很重的女高中生通过玻璃窗的反光，看向自己暗恋的人。

    可是，暗恋很多人写过呀，我想写本独一无二的，于是我开始记录所听闻的每一个细节。或许就能更与众不同。

    从2020年到2023年，疫情、山火呀，法老和Blackpink风靡校园的那年，还有本手、妙手、俗手冲上热搜，我的发圈从大肠圈变成电话线，身高也逐渐长高，爱背的书包还是JanSport，手表还是卡西欧，好像什么都在变，好像又没有变化。到后面逐渐和同学们一起戴起了鲨鱼夹、口罩，定期去体育馆做核酸。

    很多我们所经历的集体记忆或许会随着时间而流逝，但也许有一天，又会以另一种形式在另一个世界永远存在。

我记得高三那年吧，好像开了个 G20 峰会，听起来离高中生很遥远吧，但我有一天上课太困了，隔着一条走廊的好朋友也太困了，于是我们对视一眼，在昏迷前，互相握住对方的手，将对方摇醒。

　　地理老师看见，笑着问："×××和×××，怎么？你们也在开 G20 峰会吗？"

　　在全班的哄堂大笑中，我默默低下了头，又与朋友对视一眼，抿着嘴笑了。

　　这些看似遥远却无比贴近我们生活的事情，无时无刻不在改变着我们的人生。又或者，我们每个人都是时代动脉中的一个血小板，永远奔流不息。

　　后面我真的写书了！把这本书定名为《春夜妄想》吧。二十多万字，连载期虽然很冷，但也很荣幸签了出版。可惜这样独特的书，我应该写不出第二本了。

　　在写《春夜》的过程中，我的情绪损耗特别特别严重，写到两人分开后主角情绪爆发的部分，自己都不争气地哭了好久，真的太难受了。

　　这感觉好像：我让她走出了困住她的窄门，门外花团锦簇。可共鸣过她一切痛苦的我，却走不出自己心中的那道窄门。以至于后面写他们破镜重圆，甚至在完结之后很长一段时间，我都差点没有缓过来。想写的后记也搁置又搁置，终于在此刻画了一个句号。谢昭年和林留溪的故事一直未完待续。

　　《春夜》完结后，我收到了许多意想不到的长评和微博私信，很高兴能遇见你们，也很荣幸能被你们喜欢。青春这本难以读懂的书，我就先说到这儿了。在这闪闪发光的日子里，愿你们生活愉快。